KATE GLANVILLE
Ein Sommer voller Kirschen

Weitere Titel der Autorin:

Das Bootshaus an den Klippen
Über uns die Sterne

Über die Autorin:

Kate Glanville wurde als Tochter irischer Eltern in Westafrika geboren. Seit sie acht Jahre alt war, hat sie Geschichten geschrieben. Heute ist sie nicht nur Schriftstellerin, sondern auch eine sehr erfolgreiche Keramikerin. Neben Prinz Charles gehören Madonna und Robbie Williams zu ihren Kunden. Kate Glanville lebt mit ihrer Familie, vier Katzen und einem Hund in einem kleinen Dorf in Wales.

Kate Glanville

Ein Sommer
voller
Kirschen

Roman

Aus dem Englischen von
Eva Bauche-Eppers

lübbe

Dieser Titel ist auch als E-Book erschienen

Vollständige Taschenbuchausgabe

Deutsche Erstausgabe

Für die Originalausgabe:
Copyright © 2019 by Kate Glanville
Titel der englischen Originalausgabe: »Moondancing«

Für die deutschsprachige Ausgabe:
Copyright © 2020 by Bastei Lübbe AG, Köln
Textredaktion: Birgit Volk
Umschlagmotive: © shutterstock: schankz | Galyna Andrushko | Fotokostic |
l i g h t p o e t | poomooq | Leonid Andronov | Borisb17 | Dimmitry;
© Flora Press: Daniela Behr; © iStockphoto: Mary Ann Lewis
Umschlaggestaltung: Kirstin Osenau
Satz: hanseatenSatz-bremen, Bremen
Gesetzt aus der ITC Berkeley Oldstyle
Druck und Verarbeitung: GGP Media GmbH, Pößneck
Printed in Germany
ISBN 978-3-404-17971-8

2 4 5 3 1

Sie finden uns im Internet unter
www.luebbe.de
Bitte beachten Sie auch: www.lesejury.de

Prolog

London, 1992

Sie trat aus dem Haus und spürte die eisige Nachtluft wie Nadelstiche im Gesicht. Hinter ihr schloss sich die Tür, der Stechpalmenkranz schwang leicht hin und her wie ein letztes Winken zum Abschied. Drinnen hatte jemand *White Christmas* angestimmt, man hörte den gedämpften Gesang der Gäste bis auf die Straße hinaus.

»Sei vorsichtig«, sagte ihr Mann, der vor ihr ging und den leeren Kinderwagen die Eingangstreppe hinuntermanövrierte. »Es hat gefroren.«

»Ich passe schon auf.« Das Baby im Arm, die freie Hand am Geländer, tastete sie sich auf ihren hohen Absätzen Stufe um Stufe nach unten. Ihr Mann stand inzwischen auf dem Bürgersteig und schaute von dort zu ihr hinauf.

»Eigentlich hatten meine Eltern bei ihrer Einladung an einen besinnlichen Heiligabend gedacht. Eine kleine Feier mit Freunden und Familie. Ich verstehe nicht, warum du immer glaubst, dich in Szene setzen zu müssen.«

Er klang gereizt, und sie hielt es für besser, nicht zu antworten. Am Fuß der Treppe angelangt, bückte sie sich, um den Kleinen in den Kinderwagen zu setzen und anzuschnallen.

Ihr Mann zog seine Lederhandschuhe an, langsam und sorgfältig, ein pedantisches Ritual. »Und du weißt, dass mein Vater es nicht leiden kann, wenn man auf seinem Steinway etwas anderes spielt als Chopin.«

Sie blickte auf und zwang sich zu einem Lächeln. »Aber den Gästen hat es gefallen, oder nicht? Die Frau in dem Twinset konnte jedes Lied mitsingen.«

»Trotzdem hättest du nicht die ganzen alten Schnulzen zu Gehör bringen müssen.«

»Die Leute haben sich die Songs gewünscht, und ich wollte nicht unhöflich sein.« Die Plastikschnalle des Gurts rutschte ihr aus den klammen Fingern. »Entschuldige, *cariad*.« Ihr Söhnchen, Owen, warm verpackt in einen wattierten Schneeanzug, strampelte ungeduldig, als ihr die Schnalle ein zweites Mal entglitt. Sie gab ihm einen Kuss auf die Nasenspitze. Der Kleine lachte glucksend.

Endlich gelang es ihr, den Gurt zu schließen. Als sie sich aufrichtete, wurde ihr für einen Moment schwindelig – der Champagner machte sich bemerkbar.

»Jetzt mal los.« Ihr Mann schob sie zur Seite und bemächtigte sich des Kinderwagens.

»Warum lässt du mich nicht …« Aber er stapfte schon, als hätte er nichts gehört, mit energischen Schritten die menschenleere Straße hinunter. Seine langen Mantelschöße schwangen hin und her, die Räder des Kinderwagens ratterten über die Gehwegplatten, beides im Takt der Melodie, die durch ihren Kopf kreiste. Es war der Song, den sie zum Abschluss gesungen hatte.

In my sleep I feel you kiss me …

Sie bemühte sich, ihn einzuholen, aber auf ihren hohen Absätzen hatte sie keine Chance, und da er keine Anstalten machte, auf sie zu warten, blieb sie immer weiter zurück.

And your lips whisper a love poem …

Die weißen Atemwolken vor ihrem Mund erinnerten sie an die verbotene Zigarette, die sie mit der Frau des Vorstandsvorsitzenden auf dem Balkon geraucht hatte.

Then I awake und find you're with me ...

Reif glitzerte auf den Treppengeländern vor den Häusern, und das Kopfsteinpflaster glänzte silbrig im Licht der Straßenlaternen.

We ask the band to play our tune ...

Ein feiner Nebel hing in der Luft, verdichtete sich zum Ende der Straße hin und hüllte ihren Mann und den Kinderwagen in einen weißlichen Schleier.

We are moving in the starlight ...

Das Lachen einer Frau hallte überlaut durch die nächtliche Stille. Es kam von der gegenüberliegenden Straßenseite, wo eben drei Leute in Feierlaune aus der Tür eines Pubs stolperten.

And I am dancing on the moon.

Autoscheinwerfer geisterten durch den Nebel, ein gelbes Taxi näherte sich. Der Lichtkegel des Scheinwerfers erfasste die Frau und ihre beiden männlichen Begleiter.

»Martha?«, rief die Frau über die Straße. Sie trug einen bodenlangen, pinken Pelzmantel. »Martha Morgan, sind Sie's wirklich?«

»Eine von uns!«, rief einer der beiden Männer, und der unüberhörbare walisische Zungenschlag verriet, wo seine Wiege gestanden hatte. Er begann zu singen:

»Calon lan yn llawn daioni ...« *Ein reines Herz voller Güte ...*

Martha lächelte. Sie blieb stehen und sang die nächste Zeile mit:

»Tecach yw na'r lili dlos ...« *Ist schöner als die schönste Lilie ...*

Das Taxi fuhr vorbei, und dahinter überquerte das Trio leicht schwankend die Straße.

»Dieses komische Kauderwelsch versteht doch kein Mensch«, beschwerte sich der zweite Mann.

»Vorsicht, Engländer! Diskriminierung von Minderheiten.« Der Waliser umfasste Marthas Hand und schüttelte sie voller Begeisterung. »Als Ihre Band in Glastonbury dieses Lied gesungen hat, war Walisisch für einen magischen Moment weltweit die Sprache der Herzen.«

»Ich war ein Riesenfan.« Die Aussprache der Frau war ein wenig undeutlich, offenbar war der Abend bisher recht feucht-fröhlich verlaufen. Sie breitete die Arme aus. »Ich liebe Sie, Martha Morgan.«

»Vielen Dank.« Martha lachte und erwiderte die Umarmung. Dem pinkfarbenen Pelzmantel entströmte ein Geruch nach Bier, Zigarettenrauch und Parfum. Martha fühlte sich in die Künstlergarderoben zurückversetzt, die sie während ihrer gemeinsamen Bühnenzeit mit Cat geteilt hatte.

»Und ich liebe *Moondancing*«, schwärmte die Frau. »Bei dem Song habe ich meinen ersten Kuss bekommen.« Sie stimmte das Lied an, das eben noch die Gäste ihrer Schwiegereltern in nostalgische Seligkeit versetzt hatte. »*In my sleep I feel you kiss me …*«

»*And your lips whisper a love poem …*«, sang Martha und improvisierte zusammen mit der Frau ein paar Tanzschritte, bis beide vor Lachen nicht mehr konnten und stehen blieben. Martha hatte für einen Moment das Gefühl, dass der Boden unter ihren Füßen schwankte, und machte unwillkürlich einen Schritt nach hinten, um nicht das Gleichgewicht zu verlieren. Der Engländer legte ihr den Arm um die Schultern und hielt sie fest.

»Ich mochte immer den Song mit der Kellnerin in der Cocktailbar.«

»Das war *Human League*, du Kunstbanause«, tadelte ihn der Waliser.

Martha konnte nicht aufhören zu lachen. »Ich wundere mich, dass ihr euch überhaupt noch an *East of Eden* erinnert. Wir haben uns doch schon vor Ewigkeiten getrennt.«

»Wo bleibst du denn?« Die Stimme aus dem Nebel tönte hohl zu ihr herüber, aber der scharfe Ton war nicht zu überhören. Marthas Lachen erstarb, sie spähte die Straße hinunter und sah ihren Mann ein gutes Stück entfernt als Silhouette im diffusen Schein einer Straßenlaterne stehen. Ganz leise hörte sie Owen weinen.

»Ich muss gehen.«

»Kann ich ein Autogramm haben?« Die Frau wühlte in ihrer Handtasche, ein Lippenstift und ein Mistelzweig aus Plastik fielen heraus.

»Tut mir leid, aber mein Mann …« Martha löste sich aus der Umarmung des Engländers.

»Ich weiß genau, dass ich hier irgendwo …«

Martha spürte plötzlich jedes Glas Champagner, das sie an diesem Abend getrunken hatte, ganz besonders das eine Glas zu viel.

»Dann müssen wir improvisieren.« Die Frau hielt ihr den Stummel eines Kajalstifts hin und eine Weihnachtskarte mit vielen Knicken. »Würden Sie hier unterschreiben?«

Martha kritzelte hastig ihren Namen auf die Karte.

»Und gewähren Sie mir einen Kuss, nach altem Brauch?« Der Waliser hatte den Mistelzweig aus Plastik vom Boden aufgehoben und hielt ihn hoch.

»Ich muss gehen«, wiederholte Martha. Der Nebel hatte ihren Mann und den Kinderwagen verschluckt.

»Nur ein harmloser Kuss auf die Wange. Von Ihrem größten Fan.«

»Nein!« Martha wandte sich ab und hastete den Bürgersteig entlang. Auf der Straße tauchten wieder Lichter auf, ein Auto schälte sich aus dem Dunst.

»Ich wette, die Mädels von *Human League* hätten sich nicht zwei Mal bitten lassen«, rief der Mann hinter ihr her.

Das grelle Scheinwerferlicht des näher kommenden Autos blendete Martha. Sie hoffte, dass ihr Mann gewartet hatte, und ging schneller. Vor einem Laden stand Müll zur Abholung bereit. Sie trat vom Bürgersteig herunter, um dem Hindernis auszuweichen, und rutschte auf der gefrorenen Pfütze einer Flüssigkeit aus, die aus einer der schwarzen Tüten gesickert war. Ihr Fuß knickte um, ein stechender Schmerz schoss durch ihren Knöchel, sie schrie auf. Dann kreischten Bremsen, Lichtkegel schlingerten von einer Straßenseite zur anderen. In Panik wollte sie zurück auf den Bürgersteig flüchten, aber der dünne Stiefelabsatz klemmte zwischen den Pflastersteinen fest, und sie brauchte eine verhängnisvolle Sekunde zu lang, um sich zu befreien. Sie sah den Wagen auf sich zukommen, spürte einen harten Schlag und erlebte einen Augenblick der Schwerelosigkeit, als sie durch die Luft flog. Sie hörte noch den entsetzten Ausruf des Walisers: »O mein Gott! O mein Gott!«, dann nichts mehr. Dunkelheit.

Dordogne, 2018
Samstag

1

Es war heiß. Sogar auf der schattigen Veranda fühlte man sich wie in einem Backofen. Schweiß sammelte sich unter dem Verschluss von Marthas BH und lief als kleines Rinnsal an ihrer Wirbelsäule hinunter. Sie hörte auf zu fegen, stützte sich auf den Besen und schob die Sonnenbrille in die Stirn, um den jungen Mann zu beobachten.

Ihm schien die Hitze nichts auszumachen, jedenfalls montierte er konzentriert und zügig den abgerissenen Fensterladen an die Wand. Er hatte bereits das weinberankte Spalier wieder aufgerichtet und die ramponierte Laube am Pool repariert. Martha fragte sich, wie alt er wohl war. Er hatte das Hemd ausgezogen und zahlreiche Tätowierungen auf der schmalen Brust und den sehnigen Armen entblößt: Tauben und Blumen, eine trotzig geballte Faust. Die Jeans hing tief auf den jungenhaft schlanken Hüften und ließ die Schrift auf dem Bund seiner Boxershorts sehen. Anfang zwanzig höchstens, etwa im selben Alter wie Owen.

Martha fegte weiter, das rhythmische Schaben des Besens auf den Terrassenplatten erinnerte sie an das Intro eines Songs, den sie und ihre Mutter bei Spaziergängen am Strand von Abertrulli zu singen pflegten. Später war sie dann die

Mutter gewesen. Sie hatte Owen im Kinderwagen durch den Sand geschoben und ihm das Lied vorgesungen:

Under the boardwalk down by the sea …

Die Zikaden in den Pappeln bildeten den Background-Chor.

… on a blanket with my baby is where I'll be.

Martha sah Owen vor sich, wie er sie angelacht hatte. Seine Bäckchen waren von dem scharfen Wind gerötet, der von der Cardigan Bay landeinwärts wehte, seine großen braunen Augen funkelten verschmitzt, während er sich zum hundertsten Mal die Fäustlinge von den Händen zog und sie aus dem Kinderwagen fallen ließ.

Sie hörte auf zu kehren und richtete sich auf. Sie wollte sich nicht an Owens Lachen erinnern, nicht an seine Handschuhe und am allerwenigstens an seine braunen Kulleraugen.

In einem Roman wäre dieser junge Mann ihr Sohn Owen gewesen, der sich nach vielen Jahren auf die Suche nach seiner Mutter gemacht hatte, aber die Tattoos und die Piercings und die billigen Jeans sagten ihr, dass er nie und nimmer Owen sein konnte. Dieser Junge war nicht unter der Ägide von Andrew Frazer aufgewachsen, in einer Welt der Privilegien und starrer Konventionen.

Sie unterzog den Jungen einer neuerlichen Musterung. Er drehte ihr den Rücken zu, und sie sah das eintätowierte Reptil, das sich über seine Schultern wand, ein Drache, wie sie erkannte, als er sich zur Seite drehte, um nach etwas zu greifen. Die blauen Schuppen wirkten wie Blutergüsse auf seiner blassen Haut. Was er wohl zu dem winzigen Schmetterling an ihrem linken Oberschenkel sagen würde? Ob er überrascht wäre? Ihm musste sie uralt vorkommen, viel älter, als sie tatsächlich war, mit ihrem faltigen Gesicht und dem kurzen, glatten grauen Haar, das bei Bedarf mit der Küchenschere gestutzt wurde, ohne Spiegel, nach Gefühl. Ihr letzter Friseurbesuch lag viele Jahre zurück, im Nebel der Vergangenheit, als sie es noch genossen hatte, wenn Anton im Salon *John Frieda* um sie herumflatterte und für Fotoshootings neue Rotnuancen in ihr Haar zauberte, oder Cheryl den stilprägenden Martha-Schwung ihres Ponys mit Haarspray zementierte, bevor die Band auf die Bühne ging. Damals hatte Martha viel Zeit vor Spiegeln verbracht, während Stylisten sich um ihr Make-up und ihr Outfit gekümmert hatten. Heutzutage verschwendete sie kaum noch einen Gedanken an ihre Kleidung. Shirts, lange Röcke oder Hosen, alles weit geschnitten, alles in Schwarz. Fertig. Niemand sah den Schmetterling in den Dellen ihrer Orangenhaut versinken, niemand sah die Narbe, die sich als gezackter blauroter Strich an ihrem Bein hinunterzog.

Wenn sie im benachbarten Städtchen einkaufen ging, versteckte Martha sich hinter einer Sonnenbrille. Manchmal schauten ihr die Männer auf dem Bouleplatz nach, weil ihnen ihr hinkender Gang auffiel, oder die Frauen auf dem Markt musterten sie kritisch, weil sie nicht wussten, was sie von »der da« halten sollten, aber mittlerweile hatte man begriffen, dass sie keinen Wert auf eine Unterhaltung legte, und ignorierte sie. Die Kinder nannten sie *la sorcière*, die Hexe, hinter ihrem Rücken, aber so, dass sie es hören konnte.

Nicht ganz zu Unrecht, fand Sally, die sich selbst immer wieder missbilligend über Marthas Mangel an modischem Schick äußerte.

»Nur weil du in einem ehemaligen Kloster wohnst, musst du dich nicht kleiden wie eine Nonne!«

Martha hatte die junge Frau mit gerunzelten Brauen über ihre Kaffeetasse hinweg angeschaut und so getan, als wäre sie beleidigt.

»He, Pierre«, rief Sally ihrem Mann zu und verriet durch ihren breiten Akzent, dass sie ursprünglich aus Lancashire stammte. »Findest du nicht, ein Schal in Pink oder ein rotes Shirt würden großartig zu Marthas grauem Haar passen?«

»Da 'alte ich mich raus. *Trop dangereux*.« Sallys französischer Ehemann war mit der gefälligen Anordnung der Spirituosen in dem verspiegelten Regal hinter der Bar beschäftigt.

Sally seufzte und wandte sich wieder Martha zu. »Oder noch besser: Lass dir bei Celeste im Salon die Haare färben.«

Pierre und Sally waren Marthas einzige Freunde. Es war so etwas wie Tradition geworden, dass sie zum Abschluss ihrer wöchentlichen Einkaufsrunde im Halbdunkel der kleinen Bar am Rand des Marktplatzes einen *petit noir* trank. Es gab Wochen, da waren der hoch aufgeschossene, hagere Franzose und seine kurvige englische Ehefrau die einzigen Menschen, mit denen sie ein paar Worte wechselte.

»Blond, vielleicht.« Sally hatte sich für das Thema erwärmt. »Nicht zu grell, natürlich. Strähnchen, ein paar Highlights. Oder Braun oder Mahagoni oder Zyklam!« Sie warf ihre langen blonden Locken zurück und lachte. »Das gäbe Gerede im Dorf!«

Martha hatte sich eine Zigarette angezündet. »Gerede ist das Letzte, was ich brauchen kann.«

»Ich würde mich dann jetzt um den Pool kümmern«, rief der junge Mann zu ihr hinüber.

»Die Pumpe erst wieder einschalten, wenn du das Laub aus dem Filter geholt hast«, rief Martha zurück. Sie hoffte, dass der Pool nach der Reinigung wieder Ähnlichkeit mit dem kristallklaren türkisen Rechteck haben würde, das auf der Webseite von *Dordogne Dreams* zu bewundern war. Er war das i-Tüpfelchen auf Marthas Angebot, ein Luxus, den sie dem Vorbesitzer des Anwesens verdankte, einem deutschen Schriftsteller.

Am Abend zuvor hatte sie sich nackt in die kühlen Fluten gleiten lassen, fix und fertig nach dem Putzmarathon durch Haus und Hof. Sie hoffte, am nächsten Tag vor dem Eintreffen der Feriengäste noch Zeit genug zu haben, um die Küche auf Vordermann zu bringen und die Betten mit den eigens angeschafften blütenweißen Laken und Bezügen zu beziehen.

Der Pool hatte noch nie so sauber ausgesehen. Sie hatte fast den ganzen Nachmittag gebraucht, um die abgefallenen Blüten der Bougainvillea herauszufischen und den grünen Schlick von den Mosaikfliesen zu schrubben.

Sie hatte auf dem Rücken gelegen und sich treiben lassen. Es war niemand da, der ihre Falten sah, das schlaffe Fleisch, die Cellulitis – oder ihre Narbe. So schwerelos im Wasser schwebend, spürte sie keine Schmerzen. Sie schloss die Augen und war wieder jung und schwamm mit Cat im lauen Meer vor Abertrulli.

Als sie die Augen wieder aufmachte, türmten sich dunkle Wolken am Himmel über ihr.

Das Unwetter wütete die ganze Nacht lang. Martha lag wach in ihrem Bett in der früheren Kapelle des Klosters, in die sie für den Sommer umgesiedelt war, hörte den Sturm an den Buntglasfenstern rütteln und den Regen auf die Dachziegel aus Terrakotta prasseln. Das grelle Weiß der Blitze zuckte durch ihr Schlafzimmer, Donner krachte, und sie fürchtete, Pippa, ihr Kaninchen, könnte sich zu Tode erschrecken, obwohl sie das Tierchen, gleich als es losging, zu sich hereingeholt hatte.

Der Schmerz, ihr langjähriger Vertrauter, pochte in ihrem Bein, und das Verlangen nach den kleinen weißen Pillen verfolgte sie in einen unruhigen Halbschlaf.

Ich bin stark. Ich habe mich unter Kontrolle.

Sie konzentrierte sich mit aller Macht auf das Mantra, das sie in der Klinik gelernt hatte: *Ich bin stark. Ich habe mich unter Kontrolle.*

❖

Früh am nächsten Morgen war Martha den Fußweg zwischen der Kapelle und dem ehemaligen Klostergebäude hinaufgehumpelt. Pippa war wohlauf, wenigstens das. Von diesem kleinen Lichtblick abgesehen, war der stechende Fäkaliengestank, der über dem Anwesen hing, das passende Motto für diesen Tag. Wie nicht anders zu erwarten, war die Sickergrube von den nächtlichen Regenmassen geflutet worden. Auf der Terrasse musste sie bei der Besichtigung der Schäden über umgeknickte Spaliere und das Gewirr abgerissener Ranken steigen. Das Dach war beschädigt, in den alten Mauern gab es neue Risse, die Fensterläden waren gesplittert, und die Kletterrosen vorn und hinten am Haus, die jahrzehntelang den gelben Lehmputz geschmückt hatten, lagen zerrupft und entblättert im Matsch. Angesichts der allgemeinen Verwüstung wurde das Verlangen nach den kleinen weißen Pillen fast unerträglich stark, und sie war nahe daran, ins Auto zu steigen und zu Jean-Paul zu fahren. Jean-Paul mit seinem schmierigen Grinsen und den Wucherpreisen, auf die er noch etwas draufschlagen würde, wenn er die Verzweiflung in ihrem Blick registrierte. Sie zündete sich die erste Zigarette des Tages an und versuchte, nicht an die ganze Arbeit zu denken, die für die Katz gewesen war, oder daran, wie sie den Feriengästen, die sich für den Nachmittag angesagt hatten, beibringen sollte, dass sie sich ein anderes Quartier suchen mussten.

Sie blies den Zigarettenrauch langsam durch die gespitzten Lippen und schaute zu, wie er sich auflöste.

Ich bin stark. Ich habe mich unter Kontrolle.

Sie hatte in den letzten Wochen von morgens bis abends geschuftet, um den Gästen das Ambiente zu bieten, das sie nach der Beschreibung auf dem Buchungsportal erwarten durften, und war mehr als einmal versucht gewesen, alles hinzuschmeißen. Was sie angespornt hatte weiterzumachen, war der Gedanke an die Ansichtskarte. Die Karte von Owen, die sie erst beantworten wollte, wenn sie etwas vorzuweisen hatte und es ihr finanziell wieder etwas besser ging.

Sie wandte dem traurigen Szenario den Rücken zu und verdrängte den Gedanken an zerstörte Hoffnungen, an die Mahnschreiben von der Bank und an Owen und ließ sich von dem grandiosen Ausblick trösten, den das hochgelegene Anwesen bot.

Dichter, rosig durchhauchter Nebel füllte das Tal. Die Kirschbäume unterhalb der steil abfallenden Wiese waren noch zu sehen, auch die Umfassungsmauer dahinter und dann nichts mehr, nicht der Flickenteppich der Sonnenblumenfelder, nicht die Weinberge und nicht das pittoreske Städtchen an der dem Kloster gegenübergelegenen Hügelflanke. Einzig der Turm der mittelalterlichen Kirche ragte aus dem Dunst.

Die Vorstellung eines Lebens ohne dieses Panorama versetzte Martha einen Stich ins Herz, aber nach der vergangenen Nacht konnte sie sich nichts mehr vormachen. Sie würde *Le Couvent des Cerises* verkaufen müssen. Der Gedanke schnürte ihr die Kehle zu. Ein Dasein außerhalb dieser historischen ockerfarbenen Mauern – unvorstellbar. Und wie sollte das Wiedersehen mit Owen verlaufen, wenn sie nicht einmal ein Zuhause hatte, in das sie ihn einladen konnte? Beim letzten Zug an ihrer Zigarette begannen im Dorf die Kirchenglocken zu läuten; sie riefen zur Frühmesse.

In das Glockenläuten mischte sich ein anderes Geräusch, ein sonores Brummen. Martha drehte sich um. Ein Motorrad rollte langsam und vorsichtig die abschüssige, von Schlaglöchern übersäte Einfahrt hinunter. Sie schaute dem frühen Besuch entgegen, zu müde und niedergeschlagen, um sich zu fragen, wer das sein könnte und was er wollte.

Vor einigen Jahren noch hätte sie ein solcher Eindringling in helle Aufregung versetzt. Nach ihrem Einzug in *Les Cerises* hatte sich irgendwie herumgesprochen, wer die neue Besit-

17

zerin war, und ein Strom von Fans und neugierigen Touristen war zu dem ehemaligen Kloster gepilgert, in der Hoffnung, einen Blick auf die prominente Einsiedlerin zu erhaschen. Damals war das große Tor immer fest verschlossen gewesen. Im Lauf der Zeit hatte das Interesse nachgelassen, und nun standen die Torflügel schon so lange weit offen, dass sie in den Angeln festgerostet waren.

Auf dem kleinen Parkplatz am Ende der Einfahrt stoppte das Motorrad und der Fahrer – ein junger Mann in Jeans und T-Shirt – nahm seinen Helm ab.

»*C'est privé!*«, rief Martha. »*Sortez! Alles-vous-en!*«

»Ist das hier *Le Couvent des Cerises*?«

»Sie befinden sich auf Privatbesitz. Zutritt verboten. Bitte verlassen Sie das Grundstück.«

»Ich wollte nur fragen, ob Sie noch Hilfe brauchen.«

»Hilfe?«

»Ich war in der Bar und habe den Aushang gelesen.« Der junge Mann war Schotte, dem Akzent nach.

»Verlassen Sie sofort das Grundstück, oder ich rufe die Polizei!«

Der junge Mann ließ den Blick über den verwüsteten Garten wandern, schnupperte und rümpfte die Nase.

»Das riecht nach einem Problem mit ihrer Klärgrube.«

»Sie sollen verschwinden!«

Der Mann zuckte die Schultern und setzte den Helm wieder auf. Er startete den Motor und schickte sich an, die Maschine zu wenden.

Hinter sich hörte Martha ein unheilverkündendes Knarren und Knirschen, dann krachte es, und ein Teil der Pergolaüberdachung stürzte auf den Verandatisch. Die Laterne, die an einem der Querhölzer gehangen hatte, zerschellte auf den

Mosaikfliesen der Tischplatte. Martha schloss die Augen. Das war das Ende. Oder? Was hatte der junge Mann gesagt? *Ich habe den Aushang gelesen.* Vor ein paar Wochen hatte sie einen Zettel an das Schwarze Brett in Sallys Bar gehängt. *Helfer für handwerkliche Tätigkeiten in Haus und Garten gesucht. Gute Englischkenntnisse Voraussetzung.* Da sich niemand gemeldet hatte, hatte sie die Hoffnung aufgegeben, selbst die Ärmel hochgekrempelt und die Arbeiten, die sie sich zutraute, in Angriff genommen. Auch wenn sie auf das Geleistete stolz sein konnte, es gab noch viel zu tun.

»Warten Sie!« Martha humpelte die Verandastufen hinunter und verfluchte einmal mehr ihr Bein, weil es sie behinderte. »Moment!«

Sie hatte noch eine Galgenfrist von acht Stunden, mit einem zusätzlichen Paar Hände konnte sie es schaffen, wenigstens die größten Schäden zu beheben.

Der Motor heulte auf. Sie schwenkte die Arme über dem Kopf.

»Stopp!«

Der junge Mann hatte die Maschine gewendet und gab Gas. Martha hatte die Treppe hinter sich gebracht und war vor Anstrengung außer Atem. »WARTEN SIE!«

Sie setzte sich in Bewegung und begann schwerfällig hinter ihm herzulaufen, aber es war zu spät. Gegen das Röhren des Auspuffs kam ihre Stimme nicht an, und das Motorrad brauste schon in eine Staubwolke gehüllt zwischen den hohen Torpfosten am Ende der Einfahrt hindurch.

»Gottverdammter Mist!«

Schmerzgepeinigt blieb sie stehen und suchte Halt an dem Staketenzaun zwischen Fußweg und Pool. *Knack!* Der morsche Pfosten splitterte, kippte in die Blumenrabatten und knickte die einzige Stockrose um, die zu blühen begonnen hatte.

»GOTTVERDAMMTER MIST!«

Martha kramte in der Tasche ihrer weiten Hose nach Zigaretten und Feuerzeug, dann fiel ihr ein, dass beides noch auf dem Verandatisch liegen musste, jetzt begraben unter Weinranken und Holztrümmern.

»*CACHU HWCH! FFUC A PISSO!*« Die Wut machte sich in ihrer Muttersprache Luft. Sie trat mit der Fußspitze des guten Beins gegen den Boden, dass der Schotter spritzte. Dann machte sie kehrt und stapfte zum Haus zurück, weitere walisische Flüche vor sich hinmurmelnd.

Unvermutet wurde das Motorengeräusch wieder lauter. Martha schaute sich um und sah die Maschine zurückkommen, schneller diesmal, in verwegenen Schlangenlinien kurvte sie um die Schlaglöcher herum. Ein paar Meter von ihr entfernt kam sie schlitternd zum Stehen, der Motor blubberte im Leerlauf, und der Fahrer nahm wieder den Helm ab. Sein Mund verzog sich zu einem kleinen, schiefen Grinsen.

Martha nahm ihn diesmal genauer in Augenschein: zerzaustes blondes Haar, Tätowierungen, Piercings in Nasenflügel und Brauen.

»Ich wollte Ihnen nur Bescheid sagen, dass ein Baum auf Ihre Telefonleitung gefallen ist.« Er deutete über die Schulter in Richtung der Landstraße. »Er hat den Mast umgerissen.«

Martha verschränkte die Arme vor der Brust und hoffte, dass sie nicht aussah wie eine müde alte Frau, die mit ihrer Weisheit am Ende war und dringend Hilfe brauchte.

»Dann sind Sie ja fein raus. Ich kann nicht mehr die Polizei anrufen, um Sie von meinem Grundstück entfernen zu lassen.«

Der Mann zog ein Handy aus der Gesäßtasche seiner Jeans. »Hier. Nehmen Sie das.«

»Zwecklos.« Martha schüttelt den Kopf. »Kein Netz.«

Der Mann schob das Handy zurück in die Tasche. »Ich bin ein guter Arbeiter.«

Martha erlaubte sich leise Zweifel. Er wirkte nicht besonders kräftig, eher mager als muskulös. Genau genommen sah er aus, als hätte er eine ordentliche Mahlzeit nötig.

»Wie heißen Sie? Oder darf ich Du sagen?«

»Ben. Und Du ist okay.«

»Du bist weit weg von zu Hause?«

»Ich schaue mir ein wenig die Welt an.« Er deutete mit dem Kopf auf einen großen Rucksack auf dem Gepäckträger des Motorrads.

»Woher kommst du?«

»Schottland.«

»Das hört man. Ich meinte, von wo in Schottland.«

»Von hier und da, überall und nirgends.«

»Ein unsteter Geist also.«

»Könnte man sagen.« Wieder das schiefe Grinsen. Er zeigte auf den umgefallenen Zaun. »Ich repariere Ihnen das, wenn Sie mir Werkzeug geben.«

Als Martha damals den besagten Zettel geschrieben hatte, hatte sie sich unter dem erhofften Handlanger einen älteren Mann vorgestellt, vielleicht einen der englischen Bauarbeiter-Expats, die in der kleinen Bar von Sally und Pierre zusammensaßen, Rotwein tranken, über die Immobilienpreise in der Gegend fachsimpelten und Pierre mit ihren Lästereien über die »frogs« auf die Palme brachten. Dieser schmächtige Jüngling mit seinen zahlreichen Tattoos und Piercings war jedenfalls nicht das, was ihr vorgeschwebt hatte.

Martha dachte an die Briefe von der Bank und die Anrufe der Hypothekenabteilung. Sie hatte versprochen, sich sofort nach Erhalt der ersten Zahlung des Ferienanbieters um den Ausgleich der Konten zu kümmern. Dummerweise hatte die arrogante Mitarbeiterin von *Dordogne Dreams* sie auf einen Passus im Kleingedruckten hingewiesen, dass Gelder erst fließen würden, wenn die ersten Gäste eine positive Beurteilung abgegeben hatten.

»Ihr Anwesen hat nicht das Niveau der Unterkünfte, die wir normalerweise über unser Portal anbieten«, hatte sie verkündet, während sie mit hochgezogenen Augenbrauen Marthas Sammelsurium antiker Möbel und Kuriositäten begutachtet hatte. Ein korallenrot lackierter Fingernagel zog einen langen Strich durch die Staubschicht auf der Anrichte. »Hier ist zuallererst ein gründliches Großreinemachen fällig.«

Wie auch immer: Die beiden Paare, die mit ihren drei kleinen Kindern am Nachmittag eintreffen wollten, waren Marthas einzige Hoffnung, das finanzielle Fiasko doch noch abwenden zu können.

»Traust du dir zu, dieses Chaos zu beseitigen?« Marthas weit ausholende Armbewegung umfasste die von den Naturgewalten angerichteten Verwüstungen.

Ben nickte.

»Glaubst du, du kannst auch das Malheur mit der Klärgrube in Ordnung bringen, damit die Toiletten wieder funktionieren?«

Ben nickte wieder.

»Ich selbst habe drinnen noch eine Menge zu tun.« Sie zeigte auf das Haupthaus. »Betten beziehen, Badezimmer putzen, die Küche herrichten und hundert andere Dinge, die ich schon vergessen habe und die mir hoffentlich noch früh genug wieder einfallen. Bis drei Uhr muss alles tipptopp sein, also keine Müdigkeit vorschützen.«

»Wenn Ihnen nicht gefällt, wie ich arbeite, können Sie mich jederzeit zum Teufel schicken.« Das unschuldige Lächeln des jungen Mannes passte so gar nicht zu den bebilderten Armen und gepiercten Augenbrauen.

Martha lachte. »Okay, abgemacht. Deine erste Aufgabe besteht darin, den Verandatisch von dem Grünzeug zu befreien und meine verdammten Zigaretten zu suchen, die darunter begraben sein müssen.«

Sally und Pierre äußerten Zweifel an ihrem Verstand, als sie ihnen eröffnete, dass sie *Le Couvent des Cerises* an Feriengäste vermieten wolle. Vier Monate war das jetzt her. Viel zu viel Arbeit für einen allein, hatten sie ihr einstimmig versichert.

»Übertreibt ihr nicht ein bisschen?«, hatte Martha geäußert und an ihrem *café* genippt.

»Nun ja …« Sally ließ ihr Handtuch sinken. Sie und Pierre trockneten Gläser ab und stellten sie hinter sich auf das Regal. Sie arbeiteten absolut synchron – ein gastronomischer Pas de deux. Sallys Brüste hüpften bei jeder Bewegung unter ihrer Bluse, als führten sie ein Eigenleben. Sie bildete mit ihrer kurvenreichen Figur einen reizvollen Kontrast zu der asketischen Erscheinung ihres älteren Ehemannes mit seiner römischen Nase und dem grau melierten Haar. »Der Aufwand ist nicht zu unterschätzen«, fuhr sie fort. »Wir haben früher im ersten Stock Fremdenzimmer vermietet und es war …«

»… *stress, rien que du stress*«, mischte Pierre sich ein. Trotz der Jahre an der Seite einer Engländerin und der Expats, die seine Bar heimsuchten, sprach er nur gebrochen Englisch, mit einem starken französischen Akzent, den Martha sehr charmant fand. »Und für dich wird es sein viel schlimmer. Erst muss das Haus sauber. Spinnweb sind keine – wie sagt man – Dekoration, *non*? Und der Pool muss sein blau und nicht grün. Dann die Wäsche, *des montagnes!*, das Bettzeug, die 'andtuch … Und die Löcher in die Dach und *les robinets* – die Wasser'ahn, sie tropfen …«

»Genau für die Löcher im Dach und die tropfenden Wasserhähne brauche ich Geld«, sagte Martha. »Aktuell droht die Bank damit, mir das Haus wieder wegzunehmen.«

»*Merde!*« Sally warf sich das Geschirrtuch über die Schulter und setzte die Kaffeemaschine in Gang. »Bekommt ihr Rockstars nicht haufenweise Tantiemen oder wie das heißt?«

»Ich war nie ein Rockstar, nur Sängerin in einer Popgruppe. Und Lucas und Cat nahmen für sich in Anspruch, alle Songs geschrieben zu haben, deshalb bekamen sie auch das meiste Geld. Ich erhalte nur Tantiemen für den einen Hit, unter dem mein Name steht.«

Sally stellte einen frischen *café* vor Martha hin, setzte sich zu ihr und verschränkte die Arme auf der Tischplatte. »Ich habe *Moondancing* erst gestern wieder im Radio gehört. Bekommst du nicht automatisch jedes Mal Geld, wenn der Song gespielt wird?«

»Schon, aber das ist nicht viel. Die Tantiemenschecks fallen jedes Jahr kleiner aus. Mir bleibt nichts anderes übrig, als das Haus zu vermieten. Ich habe einen englischen Ferienhausanbieter gefunden, der es in sein Programm aufnehmen will.«

»Ich kann mir das gar nicht vorstellen, du mit fremden Leuten zusammen in deinem Haus. Du betonst doch immer, wie sehr du das Alleinsein liebst.«

Martha leerte das Tässchen mit zwei kleinen Schlucken. »Ich weiß, aber in der Not frisst der Teufel Fliegen, wie meine Mutter zu sagen pflegte. Sie war alleinerziehend und hat drei Jobs gleichzeitig gestemmt, um uns über Wasser zu halten. Ich war immer gut gekleidet, wir haben gut gegessen, und ich bekam Ballett- und Klavierunterricht. Gott allein weiß, wie sie das geschafft hat. Ich komme mir vor wie eine komplette Versagerin, verglichen mit …« Sie schüttelte müde den Kopf.

»Aber bist du sicher, dass du das ertragen kannst, die Unruhe, den Krach, Grillpartys bis tief in die Nacht?« Auf Sallys hübschem Gesicht zeigte sich teilnahmsvolle Besorgnis.

»Du willst doch nicht wieder«, sie senkte die Stimme, »diese *Drogen* nehmen.«

»Es waren keine Drogen«, protestierte Martha. »Nur Schmerzmittel.«

»Ich weiß, aber du kommst jetzt schon seit Monaten sehr gut ohne zurecht.«

»Weil du mich überredet hast, in diese Entzugsklinik zu gehen.« Martha lächelte Sally an. »Obwohl es nur …«

»… Schmerzmittel waren.« Sally verdrehte die Augen. »Aber ich fürchte trotzdem, *Les Cerises* als Ferienunterkunft zu betreiben wird anstrengender sein, als du dir momentan vorstellen kannst. Hast du über andere Möglichkeiten nachgedacht?«

»Die Kasse im Supermarkt? Trauben lesen?« Martha seufzte. »Und ich glaube, ich bin ein bisschen zu alt, um noch ein Bordell zu eröffnen.«

Pierre beugte sich über den Tresen, er grinste. »O lala, Madame Martha – das 'at was.« Er wackelte vielsagend mit den Augenbrauen. »Ich kenne Leute, die sind interessiert …«

Sally drohte ihrem Ehemann mit dem Finger. »Pierre!« Sie wandte sich wieder an Martha. »Aber du kannst singen.«

»Das ist ewig her.«

»Das verlernt man doch nicht. Du könntest hier auftreten. Ein paar Strahler, ein Barhocker, und Henri aus der Bäckerei ums Eck begleitet dich auf der Gitarre. Im Sommer verlegen wir die Auftritte nach draußen. Die Leute bleiben stehen, hören zu, und ganz bestimmt kommt einiges an Geld zusammen.«

Martha schüttelte den Kopf. »Auf keinen Fall.«

»Martha hat nicht nötig, in unsere kleine Dorf zu singen.« Pierre schaute seine Frau missbilligend an. »Die Musik der 80er ist in, *très en vogue, non?* Kajagoogoo geben Konzerte, Bananarama, sogar Rick Astley. Warum nicht East of Eden?«

»Wie soll das gehen, ohne Lucas?« Martha starrte in ihre Kaffeetasse. »Ohne ihn gibt es kein *East of Eden*.«

Vor sechs Monaten hatte Martha die Einladung zu Lucas' Beerdigung in ihrem E-Mail-Postfach entdeckt. Nur selten fanden Nachrichten aus der Welt draußen den Weg in ihre Abgeschiedenheit, deshalb hatte sie nicht mitbekommen, dass der Leadsänger ihrer alten Band tot in seinem Haus in Surrey aufgefunden worden war.

Martha ging nicht zu der Beerdigung. Erleben müssen, wie Cat hereingerauscht kam, als Einzige umweht vom süßen Duft des Erfolgs, während die übrigen Mitglieder der Band im wahrsten Sinne des Wortes sang- und klanglos in der Bedeutungslosigkeit versunken waren? Nein danke. Außerdem würde auch die Boulevardpresse anwesend sein, und wie der Teufel es wollte, hatte man in den Redaktionen die alten Geschichten ausgegraben, die damals, als die Band sich auflöste, in allen Zeitungen breitgetreten worden waren. Womöglich fand auch der Skandal bei den Brit Awards noch einmal den Weg auf die Titelseiten oder einer der anderen peinlichen Vorfälle, an die Martha nicht mehr denken wollte. Nie mehr.

Folglich war sie zu Hause geblieben.

Sally nahm einen Zuckerwürfel aus der kleinen Schale in der Tischmitte und steckte ihn sich gedankenverloren in den Mund. »Deine Bilder!« Sie schlug mit der flachen Hand auf die Tischplatte, die Zuckerwürfel in der Schale machten einen Satz. »Du könntest deine Bilder verkaufen. Wir machen hier in der Bar eine Ausstellung …«

Martha zog eine Grimasse. »Dazu sind sie nicht gut genug. In der Schule hatte ich Kunstunterricht, aber nach dem Abschluss habe ich nie wieder etwas in dieser Richtung gemacht.« Sie zuckte die Schultern. »Erst wieder, als sie in der Klinik Malen als Therapie angeboten haben.«

Sallys Miene verdüsterte sich. Martha griff über den Tisch

hinweg und drückte Sallys Hand. »Danke, dass du dir für mich den Kopf zerbrichst, aber das Haus zu vermieten ist wirklich der einzig mögliche Ausweg aus meiner finanziellen Misere.«

»Ha!« Pierre drehte sein rotes Geschirrtuch in ein Glas, bis es quietschte. »Ich mache mir Sorgen um dich, Martha. Diese *touristes anglais, ils sont la peste.* Sie sind mit nichts zufrieden.«

»He!« Sally schlug spielerisch mit dem Geschirrtuch nach ihm.

»Ausgenommen die Einwohner von Rochdale, *naturellement.*«

»Und von Wales.« Sally schaute Martha Zustimmung heischend an, aber Martha hatte nicht zugehört. Ihr Blick war durch die schmale Türöffnung der Bar hinaus auf den sonnenhellen Marktplatz gewandert. Ein kleiner Junge spielte am Brunnen, schlug mit beiden Händen auf das Wasser und erzeugte regenbogenbunte Tropfenfontänen. Lächelnd wandte Martha sich wieder Sally und Pierre zu.

»Ihr braucht euch wirklich keine Sorgen zu machen, ich habe mir alles genau überlegt. Während der Saison ziehe ich in die ehemalige Kapelle. Von da aus kann ich das Haus nicht einmal sehen. Ich werde von den Gästen kaum etwas merken.«

2

Sie saßen im flirrenden Schatten der Weinranken, mit Blick auf den Kirschengarten und das dahinterliegende Tal. Laken und Bettbezüge flatterten an der quer durch den Garten gespannten Wäscheleine, auf den Stufen der Terrassentreppe standen prallvolle Müllsäcke und eine ansehnliche Batterie leerer Weinflaschen. Ein Eimer mit Gemüse- und Obstabfällen wartete auf den Weitertransport zum Kompost. Der in der Hitze gärende Inhalt verströmte einen satten Fäulnisgeruch, aber wenigstens war der Fäkaliengestank verflogen, seit Ben mit einer aus mehreren Teilstücken zusammengebastelten Bambusstange die verstopften Rohre frei gestochert hatte.

Von der Dorfkirche hallte das Angelusläuten herüber. Martha schaute auf die Uhr. »Noch drei Stunden, bis die Gäste kommen. Mir wäre es lieb, wenn sie sich verspäten. Ich muss noch die Betten beziehen, den Müll wegbringen und den Komposteimer ausleeren. Wenn jetzt nichts mehr dazwischenkommt, können wir rechtzeitig fertig sein, aber ich wünschte, ich hätte gestern mehr vorgearbeitet.«

»Ich mache das mit dem Müll und dem Kompost.« Ben nahm einen Schluck aus der Bierflasche, die Martha ihm hingestellt hatte.

Martha schnitt zwei dicke Scheiben Brot ab. »Du hast schon so viel geleistet. Erst mal brauchst du eine ordentliche Stärkung.« Sie schob ihm das Brot hin, den Käseteller und die Salatschüssel. »Ich habe noch nicht einmal gefragt, wo du übernachtest. Hast du im Dorf ein Zimmer?«

Ben verschlang das erste Käsebrot mit großen Bissen, als hätte er seit Tagen nichts zwischen die Zähne bekommen, und wischte sich anschließend mit dem Handrücken den Mund ab. Martha wartete auf eine Antwort, doch er nickte stattdessen mit dem Kopf in Richtung der offen stehenden Küchentür.

»Du hast ein Karnickel im Haus. Gehört das dahin?«

»He, da bist du ja!«

Ein braunes Zwergkaninchen mit zwei weißen Pfoten und einem Hängeohr hoppelte auf die Terrasse hinaus. Martha hob es hoch. »Das ist Pippa. Ich habe sie vor der Meute der Dorfhunde gerettet. Eine Sekunde später hätten sie sie zerfleischt.«

»Armes kleines Ding.« Ben beugte sich vor und offerierte Pippa ein Salatblatt, das noch nicht mit der Vinaigrette in Berührung gekommen war.

»Sie war ganz zutraulich. Bestimmt ein Haustier, das irgendwo ausgebüxt ist. Ich habe im Dorf Zettel aufgehängt, aber es hat sich niemand gemeldet.«

»Was ist mit ihrem Ohr?« Ben betrachtete das Kaninchen, das mit Begeisterung an dem Salatblatt mümmelte.

»Die bösen Hunde.« Martha streichelte das Hängeohr. »Sie hätten es ihr beinahe abgerissen.«

»Bestien.« Er strich Ziegenkäse auf die zweite Scheibe Brot.

»Magst du ein Stück Melone? Ich habe eine Cantaloupe, die inzwischen genau richtig sein dürfte. Ich freue mich seit Tagen darauf, sie anzuschneiden.«

Ben nickte kauend.

»Ich hole sie gleich. Dann muss ich noch meinen Kram aus der Küche räumen, und ich darf nicht vergessen, Blumen zu schneiden. *Es sind die kleinen Dinge, die einen großen Unterschied machen, wie zum Beispiel eine Vase mit Blumen ...*« Martha zog eine Grimasse. »Auch eine von Tamaras Weisheiten.«

»Muss ein komisches Gefühl sein, sein Zuhause Fremden zu überlassen«, meinte Ben.

Martha zuckte die Schultern und hielt dem Kaninchen noch ein Salatblatt hin. »Ich hoffe nur, dass die Blagen Pippa in Ruhe lassen.«

»Was sind das denn für Leute, deine Feriengäste?«

»Zwei Familien aus London, mehr weiß ich auch nicht.« Martha setzte das Kaninchen auf den Boden. »Ich hatte Tamara gesagt, dass ich nur Gäste ohne Kinder haben möchte, aber sie meinte, ich verbaue mir damit die Chancen auf Einkünfte in der Ferienzeit. Diese Leute haben drei Kinder. Wahrscheinlich besuchen sie eine Privatschule, denn der Sommer hat ja gerade erst begonnen.«

»Demnach sind sie reich?« Ben setzte die Bierflasche an und leerte sie.

»Keine Ahnung. Aber sie bekommen einen satten Preisnachlass dafür, dass sie die erste Beurteilung schreiben. Und wenn sie nicht zufrieden sind, müssen sie überhaupt nichts bezahlen!«

»Das ist nicht fair.«

»Tja ...« Martha nahm das Zigarettenpäckchen aus der Hosentasche und hielt es Ben hin. Er schüttelte den Kopf.

»Ich habe das Rauchen aufgegeben.«

Martha zündete sich eine Zigarette an und inhalierte genussvoll. »Hatte ich auch. Aber dann fand ich, ich hätte schon genug Dinge aufgegeben, und ein Laster sollte man haben.«

Ben sah sie an. Seine Augen waren groß und tiefdunkel, wie Teiche aus flüssiger Schokolade. Das war ungewöhnlich, denn sonst war er eher der hellhäutige Typ. Bens sonnengebleichter blonder Schopf erinnerte sie an Owens goldene Locken. Auch Owen hatte braune Augen. Damals hatten ihr alle versichert, das werde sich auswachsen und früher oder später wäre er so dunkel wie sie und Andrew.

Es fiel ihr schwer zu glauben, dass aus ihrem Baby ein junger Mann geworden war wie der, der hier vor ihr saß, auch wenn sie bezweifelte, dass ein Sohn von Andrew mit einem Motorrad durch Frankreich reisen würde. Ihres Wissens saß Owen in der City hinter einem Schreibtisch und lernte alles, was man über die Wege des Geldes wissen konnte, um dereinst in die Fußstapfen seines Vaters und seines Großvaters zu treten. Vor ein paar Jahren hatte sie nach Owen Frazer gegoogelt und bei LinkedIn das unscharfe Foto eines jungen Mannes gefunden – zurückgegeltes Haar, perfekte Zähne und ein steil ansteigender Lebenslauf, der nach den Stationen Wellington College und University of Exeter bislang in einer leitenden Position im Familienunternehmen gipfelte. Seitdem hatte sie immer einmal wieder bei LinkedIn vorbeigeschaut, aber das Foto war bisher nicht gegen ein aktuelleres ausgetauscht worden.

Sie holte Luft, um Ben zu fragen, wie alt er wäre, als ein rumpelndes Geräusch sie beide veranlasste, den Kopf zu drehen. Ein massiger Volvo 4x4 passierte das Tor und holperte, eingehüllt in eine gelbe Staubwolke, langsam die Einfahrt hinunter, dicht gefolgt von einem noch massigeren Range Rover. Martha registrierte die getönten Scheiben und das personalisierte Kennzeichen – RANJ1. Jedes der beiden Fahrzeuge war fast so breit wie die ganze Einfahrt. Während die Fahrer sich bemühten, den zahlreichen Schlaglöchern auszuweichen, gerieten sie in den Bereich der tief hängenden Zweige neben dem Weg, die unheilverkündend über den glänzenden Lack scharrten.

»O nein«, flüsterte Martha. »Da sind sie schon. Viel zu früh. Erbarmen! Was soll ich jetzt nur machen?«

3

Martha drückte die Zigarette aus. Sie dachte an die nicht bezogenen Betten, die stinkenden Müllsäcke, die leeren Flaschen, die Wäsche, die noch auf der Leine hing. Die beiden Autos rollten auf den winzigen Parkplatz und wirkten neben Bens Motorrad und Marthas altem Saab noch monströser. Die Motoren verstummten. Stille, bis auf das unaufhörliche Zirpen der Zikaden.

Martha wartete.

Nach einer endlos scheinenden Minute schwang die Fahrertür des Range Rovers auf. Ein hochgewachsener, asiatisch aussehender Mann mit Sonnenbrille und weißem Baumwollhemd stieg aus. Ein paar Sekunden später entließ die Beifahrertür eine zierliche blonde Frau in einem schicken Hängekleid und Ballerinas in die Mittagshitze. Nachdem sie kurz die Umgebung gemustert hatte, öffnete sie die hintere Tür auf der Beifahrerseite, bückte sich in den Innenraum, und als sie sich wieder aufrichtete, hatte sie ein Baby in den Armen. Sie legte es an ihre Schulter und wiegte es beruhigend hin und her.

Von einem Baby war nicht die Rede gewesen. Marthas Gedanken überschlugen sich. Gitterbettchen, Hochstühle und

Wickelkommoden – alles Dinge, mit denen sie nicht dienen konnte. Soweit sie erkennen konnte, war es kein Neugeborenes, sondern schon ein paar Monate alt. Womöglich konnte es bereits krabbeln, vielleicht sogar laufen. Sie dachte an die steilen Treppen und die fehlenden Schutzgitter und verspürte den dringenden Wunsch nach Nikotin. Ihr Blick kehrte zum Auto zurück. Auf der Fahrerseite stieg hinten gerade ein kleiner Junge aus, der zu dem Mann hinlief. Die Ähnlichkeit der beiden ließ den Schluss zu, dass es sich um Vater und Sohn handelte.

Als Nächstes öffnete sich die Fahrertür des Volvos, und ihm entstieg eine langbeinige Frau in Caprihose und einer adretten blauen Hemdbluse. Rotes Haar, zu einem präzisen Bob geschnitten, bildete den Rahmen für ein schmales Gesicht mit hohen Wangenknochen. Sie hielt einen breitkrempigen Hut in der Hand, den sie hastig aufsetzte.

Sie rief etwas ins Wageninnere, und auf der anderen Seite schob sich ein Mann ins Freie. Er war äußerlich das genaue Gegenteil des Asiaten, klein und dicklich. Er hatte lockiges Haar, das am Ansatz bereits auf dem Rückzug begriffen war. Als er sich neugierig umschaute, konnte man auch am Hinterkopf eine kahle Stelle sehen. Er gähnte und reckte sich, das T-Shirt rutschte hoch und entblößte einen nicht mehr klein zu nennenden Bauch. Die Frau sagte etwas zu ihm, er ließ die Arme sinken, zog das Shirt nach unten und öffnete die hintere Tür des Volvos. Zwei ernst blickende Mädchen stiegen aus. Sie trugen identische Shorts und T-Shirts und hatten beide Sommersprossen und lange rote Zöpfe. Ihre Mutter holte zwei weitere Hüte aus dem Auto und stülpte sie den Mädchen über den Kopf; anschließend fingen beide Eltern an, Sonnencreme auf die sommersprossigen Arme der Kinder zu kleistern.

Der große schwarzhaarige Mann kam die Terrassentreppe zwei Stufen auf einmal heraufgesprungen, streckte Martha

33

die Hand hin und lächelte strahlend. Seine Zähne waren sehr weiß und ebenmäßig, sein Händedruck war fest.

»Hallo, ich bin Ranjit Chandra.«

»Sie sind zu früh«, entfuhr es Martha. *Verdammt.* Hastig fügte sie hinzu: »Ich meine, hallo, guten Tag. Wie war Ihre Reise? Willkommen in *Le Couvent des Cerises*.«

Ranjit nahm die Sonnenbrille ab. Seine Augen waren groß und braun, die Wimpern dicht und pechschwarz. Er hob entschuldigend die Hände.

»Ich muss Abbitte leisten für unseren Überfall. Ich weiß, wir hatten uns für drei Uhr angesagt, aber wir wollten nicht auf der Überfahrt nach Calais in das Gewitter geraten. Wegen der Kinder.« Er zeigte hinter sich, zu den anderen, die bei den Autos warteten. »Deshalb sind wir schon gestern gekommen und haben in einem Hotel in der Gegend übernachtet, *Château du Pont*. Sie kennen es vielleicht? Ein sehr schönes Haus und gar nicht weit von hier.«

Martha schüttelte den Kopf.

»Nun ja, ich kann es jedenfalls empfehlen. Wir wussten nicht, wie lange wir brauchen würden, um Sie zu finden, aber dank der ausgezeichneten Wegebeschreibung von *Dordogne Dreams* ging es dann schneller als erwartet.« Sein Lächeln wurde breiter.

Martha schaute hinüber zu der Gruppe der Wartenden. Das Baby greinte. Ihr Blick kehrte zu Ranjit zurück.

»Wir haben versucht, Sie telefonisch zu erreichen, aber die Leitung scheint gestört zu sein.«

»Ich fürchte, Ihre Zimmer sind noch nicht bezugsfertig.«

»Macht nichts.« Ranjit rieb sich unternehmungslustig die Hände. »Lassen Sie sich von uns nicht stören. Wir setzen uns solange an den Pool und genießen die traumhafte Aussicht.« Er schwenkte den Arm in Richtung des Tals. »Die Fotos auf der Webseite werden ihr nicht gerecht.«

»Schön, dass Ihnen die Gegend gefällt.«

Martha fiel ein Stein vom Herzen. Wenigstens der erste Eindruck war positiv.

»Und das Haus! Es ist …« Er machte eine Pause, als suchte er nach den richtigen Worten. »Es atmet Geschichte.«

Martha bemerkte, dass sein Blick ausgerechnet an dem tiefsten Riss im Mauerwerk hängen geblieben war. Um ihn davon abzulenken, deutete sie zum anderen Ende des Hauses.

»Der Teil dort stammt noch aus der Römerzeit, die weiteren Anbauten sind im Mittelalter entstanden. Aus dem römischen Landgut wurde ein Kloster, und um 1700 herum stiftete ein hiesiger Würdenträger Geld für den weiteren Ausbau des Klosters.« Sie wusste, dass sie zu viel redete, aber sie konnte nicht aufhören. »Dann, während der Französischen Revolution wurde es …«

Ranjit fiel ihr ins Wort. »Faszinierend. Das müssen Sie unbedingt meiner Frau erzählen. Ich bin nur ein einfacher Buchhalter, aber Lindy unterrichtet Geschichte an einer Mädchenschule.«

Die Frau mit dem Baby kam zu ihnen herüber. Das Baby hatte aufgehört zu greinen und schaute Martha aus großen Augen an. Martha widerstand der Versuchung, es anzulächeln.

»Was ist los?«, fragte die Frau, die Lindy sein musste. »Wir können nicht den ganzen Tag hier herumstehen. Tilly braucht eine frische Windel.«

»Lindy, Schatz.« Ranjit legte den Arm um seine Frau. »Ich habe Martha eben erzählt, dass du Geschichtslehrerin bist.«

»Ich *war* Geschichtslehrerin.« Lindys Schulter zuckte kaum merklich, und ihr Mann zog seinen Arm zurück. Sie wandte sich an Martha. »Es wäre nett, wenn Sie uns unsere Zimmer zeigen könnten. Ich muss die Kleine frisch machen, und sie braucht ein Schläfchen.« Sie drückte dem Kind einen Kuss aufs Haar. »Tilly ist nämlich eine kleine Schlafmütze.«

Dem kleinen Mädchen war keine Müdigkeit anzumerken, es fixierte Martha unverwandt mit hellwachem Blick.

»Ich habe kein Kinderbett«, sagte Martha.

»Tilly braucht kein Kinderbett.« Lindy gab dem Baby noch einen Kuss. »Sie schläft bei Mama und Papa, stimmt's, mein Schatz?«

Bei dem Geräusch durchdrehender Reifen drehten alle die Köpfe und schauten zum Tor. Ein silbernes Porsche-Cabrio hatte offenbar um ein Haar die Einfahrt verpasst, war kurz ins Schlingern geraten und bretterte jetzt ohne Rücksicht auf Verluste durch die Schlaglöcher in Richtung Parkplatz. Neben dem Range Rover und dem Volvo kam es auf dem Kies knirschend zum Stehen. Das Verdeck war merkwürdigerweise nur halb geöffnet und schwebte hinter den Vordersitzen über dem anscheinend mit Gepäck vollgestopften Fond.

»Wunderbar!«, sagte Ranjit. »Ich fürchtete schon, sie hätten wieder eine Panne gehabt.«

Martha fühlte eine böse Vorahnung in sich aufsteigen. »Gehören die auch zu Ihnen?«

»Ist das ein Problem?« Ranjit zeigte sein gewinnendstes Lächeln, dann rief er: »HE, JOSH!«, und winkte dem Porschefahrer, der ausstieg und zurückwinkte. Der Mann hatte sandfarbenes, zerzaustes Haar und einen hellen, buschigen Bart. Seine Haut war tiefengebräunt, und er trug Espadrilles und so knapp sitzende Shorts, dass man sich fragte, wie er hineingekommen war. Auf der anderen Seite öffnete sich ebenfalls die Tür. Im Nu war der Mann zur Stelle, um – ganz Kavalier – seiner Beifahrerin beim Aussteigen behilflich zu sein.

Sie entpuppte sich als junge Frau, barfuß, in einem kurzen, geblümten Sommerkleid. Ihr langes, kastanienbraunes Haar war hinter die Ohren zurückgekämmt, was ihr mädchenhaft hübsches Gesicht und ihren rosigen Teint vorteilhaft zur Geltung kommen ließ.

Ranjit wandte seine Aufmerksamkeit wieder Martha zu. »Bei *Dordogne Dreams* hieß es, im Notfall gäbe es zusätzliche Kapazitäten.«

»Einen Raum könnte ich noch freimachen.« Martha dachte an das Zimmer, in dem ihre Mutter immer übernachtet hatte, wenn sie zu Besuch kam. Doch inzwischen war sie schon viele Jahre tot, und das Zimmer war seither nicht mehr benutzt worden. Es musste geputzt und gelüftet werden, und sie hatte nicht genug ordentliche Bettwäsche. Die unangemeldeten Gäste würden sich mit vergilbten Laken und zerschlissenen Kopfkissen zufriedengeben müssen. Ihr fiel ein, dass die Glühbirne der Deckenlampe in der Fassung festgerostet war. Vielleicht gelang es dem vielseitig talentierten Ben, sie herauszudrehen und eine neue einzusetzen. Sie schaute sich nach ihm um, doch er war verschwunden und mit ihm die Müllsäcke und der Komposteimer.

Die schrille Stimme eines Kindes ließ sie aufschrecken. Ein kleiner Junge mit langen weißblonden Locken wühlte sich aus einer winzigen Lücke zwischen den Gepäckstücken im Fond des Porsches, indem er Taschen, Jacken und Plastiktüten vor sich her schob. Kaum draußen, zog er den Reißverschluss seiner Shorts auf und pinkelte in einem beeindruckend hohen Bogen in eine Azalee am Wegrand.

Martha traute ihren Augen nicht.

»Noah, was fällt dir ein!« Einer zweiten Stimme vom Rücksitz des Wagens folgte eine weitere Gepäckeruption. Lange, dünne Beine in schwarzen Röhrenjeans kämpften sich frei, dann folgte der Rest: ein Mädchen, das Gesicht verdeckt von einem Vorhang langer brauner Haare mit türkisen Strähnen. Ihr T-Shirt war ebenfalls schwarz, mit einem Aufdruck in Weiß: *Frag nicht.*

37

»Fantastisch, die ganze Bande wieder vereint.« Ranjit strahlte.

»Aaaaah …. ääähm … waaa …« Martha brachte kein verständliches Wort heraus.

»Ich sage den anderen, dass wir uns ein Stündchen gedulden müssen, bis die Zimmer fertig sind.« Ranjit legte seine Hand auf die Schulter seiner Frau und dirigierte sie mit sanftem Druck zur Treppe.

»Aaaah …«, versuchte Martha noch einmal, sich Gehör zu verschaffen.

Der Bengel hatte sein kleines Geschäft erledigt, sich umgeschaut und den Swimmingpool erspäht. Sofort rannte er los, aber das Mädchen mit dem Frag-nicht-Shirt nahm die Verfolgung auf, packte ihn und hielt ihn fest, ungeachtet seines Protestgebrülls und der Versuche, sie in den Arm zu beißen.

»Dad, Hilfe«, rief sie dem Porschefahrer zu, der aber in eine lebhafte Unterhaltung mit dem kleinen, dicken Mann aus dem Volvo vertieft war. Er lachte und schlug ihm freundschaftlich auf den Rücken, dann kehrte er zu seiner Begleiterin zurück. Selbst aus der Entfernung konnte Martha sehen, dass sie zu jung war, um die Mutter der Kinder zu sein.

»Aber ich habe nicht genug Platz für alle«, rief sie hinter Ranjit her. Er drehte sich um und kam die Treppe wieder herauf, seine Frau mit dem Kind im Schlepptau. »Aber eben haben Sie gesagt, Sie hätten zusätzliche Unterbringungsmöglichkeiten.«

»Ich habe – zur Not – fünf Fremdenzimmer. Damit fehlt aber immer noch eins für die beiden Kinder Ihrer unangemeldeten Freunde.« Sie deutete mit dem Kopf in Richtung des Jungen, der sich der Umklammerung seiner älteren Schwester zu entwinden versuchte.

»Ich habe dir gesagt, dass du Josh abwimmeln sollst«, äußerte Lindy verdrossen.

»Lass gut sein, Schatz, wir kriegen das schon hin.« Ranjit nickte seiner Frau beruhigend zu, dann wandte er sich wieder an Martha. »Josh, mein alter Freund vom College, hat mich in letzter Minute gefragt, ob er sich uns anschließen darf. Wir haben immer gemeinsam Urlaub gemacht, zusammen mit Simon und Paula.« Er zeigte auf das Ehepaar, das noch immer damit beschäftigt war, seine Kinder mit Sonnencreme einzureiben. »Wir waren alle auf derselben Universität, und seither treffen wir uns jedes Jahr für einen Kurzurlaub.« Ranjit senkte vertraulich die Stimme. »Wegen privater Probleme hat Josh in diesem Jahr abgesagt. Dann ruft er vor ein paar Tagen plötzlich an und fragt, ob er und die Kinder doch mitkommen können.«

»Seine neue Freundin hat er unerwähnt gelassen.« Lindy presste die Lippen zusammen.

Ranjit überhörte den Einwurf. »Auf den Bildern auf der *DD*-Webseite wirkt das Haus riesig, deshalb dachten wir, das geht in Ordnung.« Sein Hundeblick hätte ein Herz aus Stein erweicht.

Martha seufzte.

»Wie ich schon zu erklären versucht habe, besteht das Problem darin …«

»Problem? Was für ein Problem?« Die Frau mit dem roten Haar und dem Strohhut marschierte die Stufen hinauf, eine Tube Sonnencreme in der Hand. Sie ließ den Blick über die Terrasse schweifen, von den leeren Weinflaschen zu den Resten von Bens Mittagessen, dem Zigarettenpäckchen und den ausgedrückten Stummeln im Aschenbecher.

»Ich habe Ihren Freunden eben erklärt, dass es im Haus nur fünf Fremdenzimmer gibt.«

»Vielleicht könnten die Mädchen sich ein Zimmer teilen und die beiden Jungs ebenfalls?«, schlug Ranjit vor.

»Meine Töchter brauchen ein eigenes Zimmer.« Die Rothaarige stemmte die Fäuste in die schmalen Hüften. »Sie brauchen Platz und Ruhe, um ihr Ferientagebuch zu schreiben, außerdem müssen sie die Pflichtlektüre für das nächste Schuljahr lesen.«

Martha schaute hinüber zu den beiden Mädchen, die artig neben ihrem Vater standen, Gesicht und Arme weiß gestreift von der dick aufgetragenen Sonnencreme. Sie konnten nicht älter sein als sieben.

»Und Elodie ist fünfzehn. Ich bin ziemlich sicher, dass sie auch ein Zimmer für sich haben möchte.« Die Frau zeigte auf das ältere Mädchen, das immer noch mit dem aufmüpfigen kleinen Bruder kämpfte. »Ganz bestimmt erwartet Carla, dass Josh alles dafür tut, dass die Kinder die Zeit mit ihrem Vater genießen, und dazu gehört ja wohl eine angemessene Unterbringung.«

Angesichts der Art, wie er seine Begleiterin an sich drückte und ihr etwas ins Ohr flüsterte, vermutete Martha, dass die angemessene Unterbringung seiner Kinder das Letzte war, was Josh interessierte.

»Alles in Ordnung?«, rief der Mann der Rothaarigen vom Parkplatz herüber.

»Kann sein, dass wir uns eine andere Unterkunft suchen müssen«, rief seine Frau zurück.

»Ach, Paula, sei nicht so negativ.« Ranjit versuchte, sie zu besänftigen. »Ich bin sicher, es findet sich eine Lösung.«

Lindy hatte die Zeit genutzt, um Terrasse und Haus genauer zu betrachten. »Ich glaube nicht, dass wir uns hier wohlfühlen werden, Ranji.« Sie redete leise, aber Martha hatte gute Ohren. »So, wie das hier aussieht …« Statt weiterzusprechen, rümpfte sie leicht die Nase.

»Ich habe erst in zwei Stunden mit Ihnen gerechnet«, verteidigte sich Martha. »Bis dahin wäre alles hergerichtet gewesen.«

»Im *Chateau du Pont* haben sie gesagt, sie wären in dieser Woche noch nicht ausgebucht«, fuhr Lindy im selben lauten Flüsterton fort. »Dort hätten wir einen wunderschönen Pool mit Wellnessbereich.«

»Und einen Fitnessraum«, fügte Paula hinzu. »Und das Essen war auch ausgezeichnet. Sehr gesund.«

»Leider waren die Preise ziemlich gesalzen, also langsam, Mädels, nicht gleich die Flinte ins Korn werfen.« Er legte beiden Frauen einen Arm um die Schultern und richtete seine dunklen Augen auf Martha. »Wenn Josh und seine Freundin …«

»Alice«, sagten Lindy und Paula wie aus einem Mund.

»Ach ja, Alice. Wenn Sie Josh und Alice das fünfte Zimmer geben, könnten die Jungs sich eins teilen. Ich bin sicher, Reuben und Noah haben nichts dagegen. Bleibt Elodie. Hätten Sie vielleicht für die Kleine auch noch einen Schlafplatz?«

Die Dachkammer. Martha seufzte innerlich. Sehr klein, vollgestopft mit Krimskrams und aus gewissen Gründen von ihr seit Jahren nicht mehr betreten.

»Ich hätte noch etwas, zwei Treppen hoch, unter dem Dach, und ich muss das Zimmer erst ausräumen. Das kann eine Weile dauern.«

»Komm schon, Ranji, lass uns fahren.« Zum ersten Mal hatte Lindy ein Lächeln für ihren Ehemann. »Ich würde mich im Hotel wohler fühlen.«

Ranjit schaute seine Frau an, dann wieder Martha. »Ich nehme an, wir dürfen mit einer Erstattung rechnen?«

»Einer Erstattung?« Martha starrte ihn an.

»Da Sie die vereinbarte Leistung nicht erbringen können, können wir natürlich unser Geld zurückverlangen.« Ranjits Dauerlächeln war verschwunden.

»Wir haben doch noch gar nichts gezahlt«, zischte Lindy. »Weißt du nicht mehr? Die Absprache mit *Dordogne Dreams*?«

41

Paula mischte sich ein. »Dann haben wir trotzdem Anspruch auf eine Entschädigung. Wir hatten eine lange Anreise, und die Unterkunft ist absolut inakzeptabel.« Sie zückte das Handy. »Ich rufe diese Tamara an.« Sie hielt das Handy über den Kopf und drehte sich hin und her. »Ich habe kein Netz.«

»Funkloch.« Martha stellte das Geschirr zusammen. Sie hoffte, dass man nicht von ihr erwartete, für die Entschädigung aufzukommen.

»Warum werfen wir nicht mal einen Blick in die allgemeinen Geschäftsbedingungen des Buchungsportals«, sagte Lindy. »Ranji, gib mir dein Handy.«

»Kein Telefon, kein Internet.« Martha hob den Tellerstapel auf. »Und was 4G angeht – sparen Sie sich die Mühe.«

»Nicht zu fassen!« Paula versuchte immer noch, mit ihrem Handy ein Signal zu empfangen. »Ich muss mit meinem Team in der Bank kommunizieren können, wir stecken gerade in immens wichtigen Verhandlungen. Und mein Vater beaufsichtigt die Arbeiten an unserem Haus. Ein Anbau für die neue Küchenlandschaft. Er muss mit mir Rücksprache halten können!«

Martha zuckte die Schultern. »Tut mir leid, lässt sich nicht ändern.«

Paula fixierte Martha einen Moment stumm, dann ging sie die Treppe hinunter und zum Wagen zurück. »Die Mädchen sollen wieder einsteigen«, rief sie ihrem Mann zu. »Sag Josh Bescheid, dass wir zum Hotel zurückfahren.«

Josh machte sich an seinem Porsche zu schaffen und achtete nicht auf das, was um ihn herum vorging. Er wies Alice an, die Zündung ein- und wieder auszuschalten, während er erfolglos an dem störrischen Verdeck zerrte und zog.

Ranjit und Lindy schickten sich an, Paula zum Parkplatz zu folgen, als das plötzliche Klirren von splitterndem Glas sie veranlasste, stehen zu bleiben und sich umzuschauen.

»Sorry.« Ben sammelte die Scherben einer zerbrochenen Flasche auf.

Martha hatte nicht einmal gehört, dass er wiedergekommen war. Die Gäste starrten ihn an, und sie fragte sich, was ihnen jetzt wohl durch den Kopf ging. Unzweifelhaft verfügte das *Château du Pont* über seriöser aussehendes Personal.

Ben legte die Scherben in einen Karton und stellte sich neben Martha. »Ich könnte Ihnen helfen, die Kammer auszuräumen«, sagte er leise.

Martha schüttelte den Kopf. Sie griff nach ihren Zigaretten.

»Wir werden bei TripAdvisor einiges zu Ihrem Geschäftsgebaren zu sagen haben«, rief Paula vom Parkplatz her.

»Wollen Sie die Leute wirklich wegfahren lassen?«, fragte Ben. »Nach all der vielen Arbeit?«

»Die sind so verdammt unhöflich!« Martha nahm eine Zigarette aus dem Päckchen und steckte sie zwischen die Lippen.

»Ich dachte, Sie bräuchten das Geld.« Ben hatte seine Stimme noch weiter gedämpft.

Martha schloss für einen Moment die Augen. Sie dachte an das beschädigte Dach, die morschen Fensterläden, den Riss in der Mauer. Sie dachte an die Briefe von der Bank und die Rechnungen, die sich auf ihrem Schreibtisch stapelten. Sie dachte daran, dass sie *Le Couvent des Cerises* vermutlich verlassen musste. Sie dachte an Owen.

Sie öffnete die Augen, nahm die nicht angezündete Zigarette aus dem Mund und schob sie in die Packung zurück. Dann gab sie sich innerlich einen Ruck und ging zur Treppe.

»Ich richte die Bodenkammer her«, rief sie der bei den Autos versammelten Gruppe zu. »In einer Stunde ist alles bezugsfertig.«

Lindy tauschte einen Blick mit ihrem Mann. Sie schüttelte den Kopf. Paula hatte die Fahrertür des Volvos bereits geöffnet. Josh haderte noch mit den Tücken der Technik und hatte von der Planänderung nichts mitbekommen.

»Fahren wir wieder?«, erkundigte sich seine Tochter, die ihren Bruder in den Schwitzkasten genommen hatte.

»Selbstverständlich.« Paula setzte sich hinter das Lenkrad und startete den Motor.

»Bieten Sie ihnen an, abends für sie zu kochen«, drängte Ben.

Martha schaute ihn aus großen Augen an. »Aber ich bin eine miserable Köchin.«

»Sagen Sie's einfach.«

Simon legte den beiden Mädchen auf dem Rücksitz des Volvos die Sicherheitsgurte an. Lindy schnallte ihr Töchterchen in der Babyschale fest.

»Ich koche für Sie«, rief Martha. »Abendessen.«

»Entschuldigung, was haben Sie gesagt?« Ranjit wiederholte die Frage lauter, um das Motorengeräusch des Volvos zu übertönen. »Was haben Sie gesagt?«

Martha warf Ben einen unsicheren Blick zu, er nickte ermutigend. »Ich helfe Ihnen.«

»Dass ich Ihnen anbiete, abends für Sie zu kochen.« Sie hielt inne und wartete darauf, dass Paula den Motor abstellen würde und Ranjit sich äußerte. »Halbpension«, fügte sie hinzu, und als immer noch keine Reaktion erfolgte: »Ohne Aufpreis.«

Das Motorengeräusch verstummte. Ranjit setzte zu einer Erwiderung an, doch bevor er etwas sagen konnte, ertönte vom Pool her ein lautes Platschen. Das Mädchen – Elodie – stand allein am Beckenrand.

»Tut mir leid«, sagte sie schulterzuckend. »Er hat sich losgerissen.«

Ein zweiter Platscher, und Lindy stieß einen spitzen Schrei aus. »Reuben! Das gehört sich nicht! Und du hast dein neues T-Shirt an!«

»Sieht aus, als hätten die Jungs uns die Entscheidung abgenommen.« Ranjit lachte. »Es gibt Zimmer für alle, wir werden kostenlos verpflegt, und damit spricht meines Erachtens nichts dagegen, dass wir hierbleiben.« Über die Autos hinweg sah er Paula an, die wieder ausgestiegen war. »Was meinst du?«

Paula antwortete nicht, sie hatte gerade gemerkt, dass die Zwillinge schneller gewesen waren als sie und sich still und heimlich zum Pool hinbewegten.

»Untersteht euch!«, rief sie streng. »Erst zieht ihr eure UV-Badeanzüge an. Simon, sie sind in der blauen Reisetasche im Kofferraum, gleich neben der Kühlbox mit Sojamilch.«

»Das klingt nach einem Ja von der Chefin.« Simon signalisierte Ranjit mit erhobenem Daumen Zustimmung. »Gott sei Dank. Eine ganze Woche in diesem Wellness-Tempel hätte ich nicht ertragen. Bei den dort üblichen Miniportionen verhungert man glatt.« Er schenkte Martha ein Lächeln. »Danke, dass Sie die Situation gerettet haben. Das rechne ich Ihnen hoch an. Ich freue mich auf eine Probe Ihrer Kochkunst.«

Josh hatte sich derweil auf den Rücksitz des Porsches gequetscht und trat mit den Füßen gegen das Verdeck. »He, Elodie!«, rief er seiner Tochter zu. »Wo ist Noah? Solltest du nicht auf ihn aufpassen?«

»Komm.« Martha gab Ben einen Stoß. »Entrümpeln wir die Dachkammer, und anschließend kannst du mir erklären, wie ich ohne nennenswerte kulinarische Talente und mit einem praktisch nicht existierenden Budget heute Abend sechs Erwachsene und fünf Kinder satt kriegen soll.«

4

Martha stand auf der zweiten Stufe der Treppe zum ersten Stock und wartete auf Ben. Seit sie das Haus betreten hatten, war er immer wieder stehen geblieben, um zu schauen und zu staunen. Er bewegte sich durch die Räume wie durch ein Museum.

»Wow«, sagte er angesichts der großen, kunterbunt eingerichteten Küche, die ein deutliches Zeugnis ablegte von Marthas häufigen Streifzügen durch Antiquitätenläden und über Flohmärkte. Polsterstühle mit hohen Lehnen und Gobelinbezug, bemalte Bauernschränke sowie eine mit kunstvollen Schnitzereien versehene, rot gestrichene Kirchenbank teilten sich eine Hälfte des Raums mit einem langen Esstisch aus Kiefernholz, der von den Gebrauchsspuren vieler Jahre noch veredelt wurde. Emaillierte Reklameschilder und große Majolikateller hingen neben Porträts vergessener französischer Aristokraten aus dem siebzehnten Jahrhundert. Marthas Küche war die reinste Wunderkammer.

Das Wohnzimmer wartete mit einer goldenen Cocktailbar aus den Fünfzigern auf, komplett mit Barhockern und einem Satz unterschiedlich gefärbter Champagnerflöten. Ein Zebrafell lag vor einem offenen Kamin, der mit dicken Kiefernzapfen und einem Strauß Pfauenfedern dekoriert war. Über dem Sims hing ein Wandspiegel im Stil des Barock; der vergoldete Rahmen trug an beiden Seiten je einen Kerzenleuchter. An der gegenüberliegenden Wand stand auf einer Kommode ein kleiner, tragbarer Plattenspieler in einem roten Lederkoffer, daneben stapelten sich Schallplatten des Motown-Labels.

Zwei Gegenstände in diesem Raum hatte Martha von dem Vorbesitzer des Anwesens übernommen, einem deutschen Schriftsteller. Bei dem einen handelte es sich um einen Konzertflügel, der gut ein Viertel des Zimmers für sich beanspruchte. Martha hatte einige Anläufe unternommen, sich seiner zu entledigen, aber auch erfahrenen Möbelpackern war es nicht gelungen, ihn durch die in den Garten führende Glastür nach draußen zu bugsieren.

Die zweite Erbschaft war ein kapitaler ausgestopfter Bär, der auf den Hinterbeinen stehend, mit aufgerissenem Maul und gefletschten Zähnen am Fuß der Treppe wachte.

»Das ist Elvis.« Martha tätschelte die mottenzerfressene Vordertatze des Bären. »Sein früherer Besitzer hatte ihn Wagner getauft, aber ich nenne ihn nach einem berühmten Sänger aus meiner Heimat Wales.«

Ben strich über den rauen braunen Pelz. »Elvis? Nicht Tom Jones?«

Martha lachte über seine verdutzte Miene. »Wusstest du nicht, dass der Großvater von Elvis aus Wales stammte?«

»Keine Ahnung. Ich kenne ein paar Songs von Elvis und Tom Jones, aber ihre Lebensgeschichte …«

»Das war auch vor deiner Zeit.« Martha stieg die Treppe hoch. »Genau genommen war es auch vor meiner Zeit, aber ich fand, seine rebellische Miene und der Knick in der Hüfte …« Martha lachte. »Für mich sah er einfach nicht aus wie ein *Wagner*.«

Ben musterte den Bären kritisch, er versuchte zu erkennen, was Martha in dem bepelzten Staubfänger gesehen hatte.

»Komm schon«, rief Martha von oben zu ihm herunter. »Früher oder später werden sie sich an dem Panorama sattgesehen haben und ihre Zimmer beziehen wollen.«

Unter dem Dach staute sich die Hitze, die Luft war zum Schneiden dick. Martha blieb vor einer dunkel gebeizten Eichentür stehen und zog einen großen, altertümlichen Schlüssel aus der Hosentasche. Sie zögerte und schaute Ben an.

»Vielleicht wären sie in dem verdammten *Château du Pont* besser untergebracht.«

Er zuckte die Schultern. »Es ist doch bestimmt kein Akt, die Sachen da drin vorübergehend woandershin zu packen.«

»Am besten nicht nur vorübergehend. Manchmal denke ich, das alles ist nur Ballast, den man abwerfen sollte.« Martha steckte den großen Schlüssel ins Schloss. »Ich weiß gar nicht mehr, warum ich den ganzen Krempel hergebracht habe.«

»Wie viel ist es denn?«

Martha antwortete nicht. Der Schlüssel hakte, sie bewegte ihn ruckelnd hin und her und fluchte leise, bis er sich endlich drehen ließ. Sie schloss auf. »Eine Menge.« Die Tür knarrte. »Vor ein paar Jahren wollte ich anfangen auszusortieren, aber dabei kamen so viele Erinnerungen hoch, dass ich gleich wieder aufgehört habe.«

Die Tür schwang auf. Sonnenlicht kämpfte sich durch ein fast blindes Dachfenster in die stickige Kammer und fiel auf etliche Bühnenkostüme, die an einer umlaufenden Schiene aufgehängt waren. Lurex und Lamé flimmerten und schillerten mit paillettenbesetztem Tüll und Organza um die

Wette, Samt, Seide und Satin glänzten, üppige Pelze changierten in Bonbonfarben und versuchten gar nicht erst den Anschein zu erwecken, sie wären echt.

Modeschmuck aus Strass ergoss sich in glitzernden Kaskaden vom Rand eines Ankleidespiegels. Ein Frisiertisch verschwand fast unter Handschuhen und Hüten und einer Unzahl Sonnenbrillen aller Formen und Größen, von kleinen runden – Typ John Lennon – bis hin zu riesigen Gestellen mit pfirsichfarbenen Gläsern à la Jackie O. Auf einem ungemachten, schmiedeeisernen Bett türmten sich noch mehr Hüte, und ein schiefer Turm aus Pappkartons sah aus, als könnte er jeden Moment umfallen.

Ben ließ den Anblick schweigend auf sich wirken.

»Meine Mutter hat das alles aufbewahrt.« Martha hatte bereits angefangen, Kleidungsstücke von den Bügeln zu nehmen und zusammenzufalten. »Ich hatte keine Vorstellung von den Ausmaßen, bis ich nach ihrem Tod den Haushalt auflösen musste. Ich wusste nicht, wohin damit, deshalb habe ich alles erst einmal hierher gebracht.«

Ben trat an das Bett, hob einen flachen runden Strohhut auf, betrachtete ihn von allen Seiten und legte ihn wieder hin, neben einen abgewetzten Zylinder mit einem silbernen Schal als Hutband.

»Waren das *alles* deine Sachen?«

Martha wandte sich ab, als hätte sie die Frage nicht gehört, und riss das Fenster auf.

»Hier drin erstickt man ja.« Sie beugte sich nach draußen und atmete ein paar Mal tief ein. Unten hatten die Gäste das Panorama gegen den Pool getauscht und ihr Gepäck kreuz und quer auf der Wiese verteilt. Einige der Koffer und Taschen waren offen, Kinderkleidung lag achtlos verstreut im Gras, wahrscheinlich infolge der hastigen Suche nach Badeanzug und Schwimmbrille.

Die Kinder tobten mit Josh im Pool. Er peitschte das Wasser auf und tat, als wäre er der weiße Hai, vielleicht um die sträfliche Vernachlässigung seiner Vaterpflichten von vorhin wiedergutzumachen. Noah und die anderen Kinder kreischten und schrien vor Lachen, nur Elodie schien unbeeindruckt. Sie hockte krumm am Beckenrand, ein Badetuch über den mageren Schultern, und ließ die Beine ins Wasser hängen. Lindy saß in der schattigen Laube und fütterte das Baby mit Brei aus einem Gläschen, während Ranjit im Liegestuhl sitzend eine Landkarte studierte.

»Wer hat Lust, ein Weingut zu besichtigen?«

»Nicht das Richtige für die Kinder.« Das kam von Paula, die voll bekleidet auf einer Sonnenliege lag, den Strohhut über den Augen.

»Vielleicht gönnen sich die Jungs einen kleinen Ausflug in die Umgebung.« Simon saß bewaffnet mit Stift und Notizblock auf einem Klappstuhl neben seiner Frau.

»Mit *Jungs* meinst du wahrscheinlich dich, Ranjit und Josh?«

»Reuben und Noah sind ein bisschen zu jung für eine Weinprobe.« Simon lachte.

»Mach weiter mit der Einkaufsliste.« Paula wedelte gereizt mit der Hand. »Ich glaube nicht, dass man uns auch das Frühstück serviert, die Rede war nur von Abendessen.«

»Pfirsiche«, rief Lindy. Gehorsam notierte Simon *Pfirsiche*. »Reiskuchen«, sagte Paula. Simon schrieb *Reiskuchen* auf.

»Und Orangensaft.« Wieder Lindy. Simon schrieb.

»Muss das sein? Orangensaft ist so schlecht für die Zähne von den Kindern«, gab Paula zu bedenken. Simon machte einen Strich durch *Orangensaft*.

»Aber Reuben trinkt kein Wasser.« Simon notierte noch einmal *Orangensaft*.

Im Pool wurde es ruhig, als Josh seine Haifischnummer

unterbrach, um Luft zu holen. »Da wir gerade beim Thema sind: Ob beim Abendessen der Wein inklusive ist? Ich hoffe, unserer Gastgeberin ist bewusst, dass wir ganz schön was wegpicheln können.«

Martha war drauf und dran, aus dem Fenster zu rufen, dass sie auf keinen Fall auch noch den Wein zum Essen beisteuern würde, aber sie biss sich noch rechtzeitig auf die Zunge. Diese Leute sollten nicht glauben, dass sie sie belauscht hätte.

»Bitte macht aus diesem Urlaub nicht wieder ein spätpubertäres Dauerbesäufnis.« Paula hob den Hut vom Gesicht und funkelte Josh an. »Lindy und ich legen keinen Wert auf eine Wiederholung des Toskana-Fiaskos.«

Josh grinste breit. »Ah, die Toskana. Veni, vidi, bibi. Unvergesslich.«

»Mir hat der Urlaub in Cornwall am besten gefallen«, äußerte Paula. »Da habt ihr euch wenigstens halbwegs zivilisiert benommen.«

»Was war denn in der Toskana?« Alice saß ein Stück von den anderen entfernt unter einem Feigenbaum und hatte bis jetzt gelesen.

Paula stützte sich auf den Ellenbogen und musterte Alice mit einer Miene, als hätte sie die Anwesenheit der jungen Frau völlig vergessen.

»Mein Daddy hat auf den Grill gepinkelt«, rief Noah.

»Und mein Daddy ist in den Pool gefallen«, verkündete Reuben.

»Und unser Vater …«

»Das reicht!« Paula schnitt ihren Zwillingen das Wort ab. »Ihr wart noch viel zu klein, um euch erinnern zu können.«

»Ich kann mir auch so ein Bild machen.« Alice lächelte.

Simon hatte Stift und Notizblock sinken lassen. Er lachte glucksend.

»Das war der beste Urlaub *ever*. Carla war eine Wucht mit

51

ihrem Tanz der sieben Sarongs. Was für ein Prachtweib!« Er schlug die Hand vor den Mund. »Oh, sorry, Josh.«

Alle verstummten und sahen Alice an, die rot geworden war. Martha konnte es selbst von ihrem Fenster im zweiten Stock aus erkennen.

Ranjit warf Simon einen Schwimmflügel an den Kopf. »Bitte vergeben Sie ihm seine Plattfüßigkeit auf dem gesellschaftlichen Parkett, Alice. Er kommt nicht viel unter Leute.«

»Er macht den Hausmann«, fügte Josh hinzu. »Paula muss hinaus ins feindliche Leben und in der City mit den Erwachsenen spielen, während Simon seine Tage in einem Reihenhaus in Wimbledon verbringt, Legosteine aufsammelt und für die Kinder Smiley-Pommes macht. Eine allmähliche Gehirnerweichung ist unausweichlich die Folge.«

»Sei nicht albern!«, schnappte Paula.

»Hausmann sein ist sehr erfüllend«, antwortete Simon mechanisch. »Von wegen Gehirnerweichung.«

Paula winkte verärgert ab. »Ach was! Ich meinte, dass die Mädchen in ihrem ganzen Leben noch keine Smiley-Pommes gegessen haben.« Sie ließ sich zurücksinken und legte den Hut wieder über die Augen. »Ich muss dieser Frau unbedingt noch sagen, dass ich eine Weizenunverträglichkeit habe. Hoffentlich überfordert sie das nicht.«

»Für Weizen lässt sich ziemlich problemlos ein Ersatz finden.« Alice blätterte in dem Buch auf ihrem Schoß. »Mandelmehl eignet sich wunderbar zum Kuchenbacken. In diesem Kochbuch stehen sehr schöne Rezepte für glutenfreie Backwaren.«

»Du liest ein *Kochbuch*?« Paula richtete sich wieder auf und sah Alice ungläubig an.

Alice nickte.

»Sie schreibt ein Back-Blog«, rief Josh vom Pool her.

»Wie um alles in der Welt kommt jemand auf so eine

Idee?« Paula legte die Stirn in Falten. »Ein Back-Blog? Was schreibst du denn da?«

»Ich probiere Rezepte aus, experimentiere mit neuen Zutaten und berichte den Leuten von meinen Erfahrungen. Und ich schreibe Beurteilungen über Cafés und Konditoreien in meinem Viertel.«

»Und das machst du beruflich?« Simon musterte die junge Frau staunend.

»Als Nebenjob. Eigentlich arbeite ich in einer Anwaltsfirma am Empfang.«

»Also ist dieser Blog mehr ein Hobby.« Paula legte sich wieder hin.

»Wie heißt dein Blog denn?« Ranjit zog sein Smartphone aus der Hosentasche. »Ich würde mir das gern mal anschauen.«

»Er läuft unter ›Die Einraumbäckerei‹.«

»Wieso Einraumbäckerei?«

»Weil es eine ist. Ich habe nur ein möbliertes Zimmer mit Kochnische, und da backe ich.«

»Es ist ein Studio-Apartment, kein möbliertes Zimmer«, erklärte Josh, an die anderen gewandt. »Alice hat ein paar Tausend Follower bei YouTube, und sie ist eine großartige Köchin. Sie kann viel mehr als nur hübsch aussehen.«

»Fantastisch!« Simon rieb sich den rundlichen Bauch.

»*Fast* eintausend Follower«, sagte Alice leise.

»Verflixt, ich hatte vergessen, dass das Internet nicht funktioniert.« Ranjit steckte das Handy wieder ein. »Ich versuch's später noch mal, wenn die Störung beseitigt ist.«

Martha auf ihrem Horchposten stöhnte innerlich. Aus Erfahrung wusste sie, dass Probleme mit Telefon oder Internet zahllose Anrufe bei der Hotline des jeweiligen Anbieters erforderten, ein Ausharren in Warteschleifen und frustrierende Diskussionen mit schlecht gelaunten Service-Mitarbeitern, die sie noch dazu in ihrem kümmerlichen Französisch bestreiten musste.

»Alice hat uns ein paar Schoko-Dattel-Walnussplätzchen mitgebracht.« Es sah aus, als machte Josh Liegestütze an der Wand des Pools und bewunderte dabei seinen Bizeps. »Wartet, bis ihr probiert habt. Sie sind exquisit – genau wie die schöne Bäckerin selbst.«

Wieder wurde Alice rot bis zu den Haarwurzeln.

»Ich esse keinen Zucker.« Lindy schob ihrem Töchterchen einen Löffel grünen Brei in den Mund. »Reuben ist allergisch auf Nüsse, und Schokolade darf er nicht.«

»Meine Mädchen haben eine Lactose-Intoleranz«, ergänzte Paula. »Aber Schokolade mögen sie auch gar nicht.«

»Aber du magst Plätzchen, Elodie, oder nicht?«, fragte Josh seine Tochter.

»Wie oft soll ich's denn noch sagen? Ich bin Veganerin.«

»Umso besser, mehr für uns.« Simon lachte.

»Du bist auf Diät«, wies Paula ihn zurecht.

»Hai-Attacke!«, schrie Noah in diesem Augenblick, und Simons Erwiderung ging in der beginnenden Wasserschlacht unter.

Martha drehte sich zu Ben um.

»Hast du gehört, wie speziell die sind, was das Essen angeht? Und diese junge Frau scheint eine halbe Ernährungswissenschaftlerin zu sein. Ich hoffe, du bist ein echt guter Koch, denn ich für meinen Teil habe schon Probleme mit einem Sandwich für eine Person, ganz zu schweigen von einem Abendessen für zwölf.«

Ben hörte nicht zu. Er war in die Hocke gegangen und betrachtete etwas, was an der Wand lehnte. Es war Marthas gerahmte Platin-LP.

»Noch etwas aus der Zeit vor deiner Geburt.« Sie versuchte, es witzig klingen zu lassen.

»Ich glaube, von der Band *East of Eden* habe ich mal gehört.« Ben stand auf. »Und ich kenne den Song.«

Martha dachte an den Morgen in der Wohnung in Notting Hill zurück, als sie auf Lucas' Keyboard ein paar Töne angeschlagen hatte. Die schlichte Melodie war Welten entfernt von dem flirrenden elektronischen Beat der Band, doch als Lucas Martha singen hörte, wachte er für einen Moment aus dem Alkohol-Koma auf, in dem er sich befand, seit er wieder mit Cat zusammen war.

»I touch your face and close my eyes
Our bodies meet and my heart flies,
I take a step into the darkness of the room
And suddenly I find I'm dancing on the moon.«

»Das ist wunderschön«, hatte er geflüstert und das Whiskyglas hingestellt.

Cat hatte auf dem Sofa gelegen und in der illustrierten Beilage der *Sunday Times* nach einem Interview gesucht, das sie dem Feuilleton gegeben hatte: *My Life in Lipstick*.

»Das singe ich nicht, jedenfalls nicht so«, hatte sie gesagt. »Für Schmachtfetzen sind Bonnie Heulboje Tyler und Cher zuständig.«

»Ich finde, diesmal überlassen wir Martha das Mikrofon«, hatte Lucas entgegnet. »Es ist ihr Song.«

Und das war der Anfang vom Ende gewesen.

Draußen war ein durch Mark und Bein gehender Schrei zu hören, gefolgt von unbändigem Kinderjohlen. Martha schaute sich unentschlossen im Zimmer um.

»Das meiste von dem Zeug kommt in den großen Dielenschrank am Treppenabsatz.«

»Okay.« Ben hob einen Karton auf und trug ihn nach unten.

Martha zog ein Laken von einem niedrigen Tisch, und zum Vorschein kamen, paarweise geordnet, mehrere Reihen Doc Martens in allen erdenklichen Farben und teils aus ungewöhnlichen Materialien wie Tweed oder Samt. Noch andere waren den damaligen Kundenwünschen entsprechend mit Farbspritzern oder Graffiti dekoriert.

Ben kam ins Zimmer zurück.

»Sollen die Docs auch in den Schrank?«

Martha nahm einen Stiefel aus Lackleder in die Hand; von allen Modellen waren die aus Lack ihre Favoriten gewesen.

»Diese Boots waren unser Markenzeichen«, sagte sie. »Cat und ich trugen sie zu altmodischen Cocktailkleidchen aus Secondhandshops oder zu ausgebeulten Arbeitshosen.« Sie stellte den Stiefel wieder hin. »Als wir uns trennten, schrieb der *Melody Maker*, wir wären die ›Essenz der 80er‹ gewesen.«

»Dann habe ich offenbar was verpasst.« Ben verschwand mit einem Karton Schallplatten im Flur.

»Ich glaubte, der *Melody Maker* hat das über alle Bands dieser Ära geschrieben«, rief Martha ihm nach. »Wir waren nur ein paar Kids aus Wales wie viele andere, aber wir waren zur rechten Zeit am rechten Ort.«

»Möglich. Aber ein bisschen Talent gehört schon auch dazu.« Ben war wieder da und half Martha beim Zusammenfalten der Kleidungsstücke.

Martha zuckte mit den Schultern. »Cat hat einmal beim Eisteddfod-Festival ein Gedicht aufgesagt und den zweiten Platz gemacht, und die Jungs waren in einer Punkband, die sich *The Rippers* nannte – die walisische Antwort auf die *Sex Pistols*. Ich konnte als Einzige Noten lesen.«

»War das die Band mit dem Leadsänger, der vor Kurzem gestorben ist?« Ben probierte verschiedene Methoden aus, eine über und über mit Rüschen bedeckte Bluse möglichst ordentlich zusammenzulegen.

»Lucas Oates.«

»Er sah ziemlich cool aus, als er jünger war – zumindest für einen Kerl mit Kajal und Lippenstift.«

Martha lächelte bei der Erinnerung an den Abend, als sie und Cat Lucas zum ersten Mal nach seiner Rückkehr aus England wiedergesehen hatten. Er hatte lässig am Tresen des Rugby Clubs gelehnt und ausgesehen wie von einem anderen Stern. Pechschwarze Haare, eine Kopfseite rasiert, Lidstrich und ein einziger riesiger Ohrring. Lederjacke über einem topmodischen Spitzenhemd. Dünn wie ein Zaunpfahl, ein Gesicht wie James Dean.

Er stand neben den vierschrötigen Bauernsöhnen in ihren karierten Hemden und Jeans mit Schlag, unbeeindruckt von ihren scheelen Blicken und halblaut geäußerten beleidigenden Kommentaren. Genau wie sie wusste er, dass alle Mädchen in der Disco an diesem Abend nur Augen für ihn hatten.

Lucas seinerseits hatte den ganzen Abend Martha und Cat beobachtet, die sich selbstbewusst auf der von verschütteten Cocktails klebrigen Tanzfläche bewegten. Sie hatten ihre Haare mit dem Kreppeisen gewellt und trugen *winkle pickers*, vorn extrem spitz zulaufende Stiefeletten, die sie für kleines Geld auf dem Kirchenbasar gekauft hatten. Sie taten so, als würden sie nicht merken, dass er sie anstarrte, doch gerade, als sie glaubten, er würde herüberkommen und sie ansprechen, war er plötzlich verschwunden.

Erst kurz vor Weihnachten tauchte er wieder auf, lungerte an dem Zeitungskiosk gegenüber der Schule herum. Als sie aus dem Tor kamen, schlenderte er über die Straße, warf den langen Pony zurück und sagte in dem Cockney-Akzent, den er aus London mitgebracht hatte: »Ich könnte zwei Mädels wie euch in meiner Band gebrauchen.«

❖

Ein Knarren des Holzbodens ließ Martha zusammenzucken. Sie fuhr herum und sah eine kleine, schmächtige Gestalt im Türrahmen stehen. Es war das Mädchen, Elodie, noch in ihren Röhrenjeans, aber mit einem neuen schwarzen T-Shirt. Auf diesem stand quer über der Brust das Wort *Ernsthaft*, darunter ein übergroßes Fragezeichen. Ihr eines Auge wurde von dem Vorhang der langen glatten Haare verdeckt, das andere sah sich im Zimmer um.

»Wir sind noch nicht fertig«, sagte Martha.

»Dad sagt, ich muss hier oben schlafen.« Elodie starrte beim Sprechen auf ihre Fußspitzen.

»Aber bestimmt gehst du nicht jetzt schon ins Bett.« Martha angelte eine Hutschachtel von dem an der Wand lehnenden Kartonstapel herunter, und prompt geriet die ganze prekäre Konstruktion ins Wanken. Sie bemühte sich, die Kartons wieder an die Wand zu schieben, aber der oberste bekam Schlagseite und rutschte ihr entgegen. Kleidungsstücke, Papier und Fotos ergossen sich auf die staubigen Dielenbretter.

»Oh nein!« Martha bückte sich, um die Sachen aufzusammeln, Ben kam ihr zu Hilfe. Elodie blieb in der Tür stehen.

Martha blickte zu ihr auf. »Du kannst dich auch gern beteiligen.«

Das Mädchen bückte sich langsam, hob einen Packen Schwarz-Weiß-Fotos auf und hielt ihn ihr hin. Martha schaute die Bilder flüchtig durch, es waren die ersten Pressefotos der Band, aufgenommen kurz nach ihrer Ankunft in London. Ein Talentscout, der ihren Auftritt bei einer Veranstaltung in der Students' Union gesehen hatte, hatte ihnen einen Termin bei seiner Plattenfirma besorgt. Schauplatz des Shootings war eine enge Gasse, Müll auf dem Boden, hohe Mauern links und rechts. Martha stand der graue Februartag noch deutlich vor Augen. Die Gasse lag um die Ecke vom Büro der Plattenfirma, weil der Fotograf keine Lust gehabt hatte, viel Aufwand

58

für eine Provinzband aus Wales zu treiben, die es ohnehin nicht schaffen würde – seiner Erfahrung nach. Er hatte einen Witz über lustige Kirmesmusikanten gemacht, und Martha hatte befürchtet, die Jungs würden ihn dafür lynchen.

Lucas stand in der Mitte und posierte in einer goldbetressten Fantasieuniformjacke, um den Hals hatte er ein Palästinensertuch geschlungen. Links und rechts wurde er flankiert von Idris und Posh Paul, beide in übergroßen Trenchcoats und Röhrenhosen aus Leder, die Gitarre schräg vor der Brust wie Wachtposten das Gewehr. Sledge hielt sich im Hintergrund und sah zu bullig aus für das Rüschenhemd, in das man ihn gesteckt hatte. Er hatte die Arme verschränkt und hielt in einer Faust die Trommelstöcke.

Martha und Cat saßen in identischen trägerlosen Kleidern auf den Stufen einer Feuertreppe, weite Röcke und Petticoats, Netzstrümpfe mit großen Löchern und ihr erstes Paar Docs. Big Bunny, ihr Manager, hatte die Stiefel am selben Vormittag noch schnell an einem Stand auf dem Markt in Soho gekauft.

»Ihr müsst einen Look haben, meine Goldkehlchen«, hatte er gesagt, während er ihre Strümpfe zerriss und an den Schnürsenkeln zerrte, bis Martha und Cat ihn anflehten, aufzuhören.

Sie hatten gedacht, sie hätten schon einen Look: nach hinten gekämmtes Haar, schwarzer Lippenstift und breiter Kleopatra-Lidstrich. Am Tag vor ihrer Abreise aus Abertrulli hatte Cat sich die Haare weiß gebleicht und Martha ihre mit Henna zyklamrot gefärbt. Sie hinterließen Marthas Mutter ein Badezimmer, das aussah wie das eines Serienkillers.

Es kam ihnen vor wie ein Traum, als sie sich am nächsten Morgen in den Van von Sledge zwängten, und das Gefühl der Unwirklichkeit ließ sie während der gesamten Fahrt nicht los. Sie hatten bis dahin erst eine Handvoll Gigs gespielt. Martha erinnerte sich noch genau, wie sie am Tag des Shootings gefroren und gehofft hatte, dass die Gänsehaut auf den Fotos nicht zu sehen sein würde.

Nachher hatten sie in der von ihrer Plattenfirma in der Baker Street gemieteten Wohnung Cinzano getrunken. Sie aßen Chips vom Imbiss im Erdgeschoss, und Lucas und Cat waren irgendwann im Schlafzimmer verschwunden, während Martha sich bemühte, die Tränen zurückzuhalten. Sie war nach unten gegangen, hatte sich noch eine Portion Chips gekauft und dann *Dallas* mit den Jungs geschaut, auf dem größten Fernseher, den sie je gesehen hatte. Später waren sie alle miteinander in den Blitz Club gezogen. »Er war nicht so besonders«, hatte Cat Martha im Taxi ins Ohr geflüstert. Im Morgengrauen waren sie in die Wohnung zurückgekehrt, und bevor Martha und Cat ins Bett fielen, hatten sie feierlich gelobt, dass sie nie, nie wieder nach Abertrulli zurückkehren würden, komme, was da wolle. Man schrieb das Jahr 1980, und sie waren siebzehn.

Martha schob die restlichen Fotos zusammen und legte sie wieder in den Karton. Sie stand auf und klopfte sich den Staub von der Hose.

Ben hielt ihr einen kleinen Gegenstand hin. Martha erkannte auf den ersten Blick, was es war, und riss ihn an sich.

»Sorry«, sagte er und stand auf. »Lag unter dem Bett.«

Martha starrte auf den winzigen gestrickten Fausthandschuh, der so gearbeitet war, dass er aussah wie der Kopf eines Dinosauriers. Oben aufgestickte Augen, vorn eine Reihe spitzer Zähne aus Filz. Martha hielt ihn an die Nase und schnupperte. Sie roch nichts als staubige Wolle und den Mief des lange nicht gelüfteten Zimmers. Sie ließ den Handschuh zu den anderen Sachen in den Karton fallen und drückte den Deckel mit einer energischen Bewegung zu.

Elodie war zu den Doc Martens hinübergewandert. Sie strich über die Kappe eines Booties aus Kunstleder.

»Finger weg!«, brummte Martha.

Elodie schlenderte weiter zum Frisiertisch und hob dort verschiedene Schmuckstücke auf, um sie zu betrachten.

»Finger weg, habe ich gesagt!« Martha nahm ihr eine Plastikperlenkette weg und steckte sie in einen großen Lederbeutel, in dem sich schon andere Schmuckstücke befanden. »Und ich will nicht, dass du in meinen Sachen herumstöberst, während du hier oben schläfst, verstanden?«

Elodie nickte.

»Ich schließe den Schrank ab. Du brauchst gar nicht erst zu versuchen, ihn aufzumachen.«

Elodie nickte wieder.

»Wenn du es doch tust, werde ich es merken.«

Elodies Miene verriet größte Skepsis. Martha machte ihr grimmigstes Gesicht. »Du kannst die Kinder im Dorf fragen. Sie glauben, ich bin eine Hexe.«

Elodie wirkte noch immer nicht überzeugt, dann aber riss sie die Augen auf, weil jemand im Garten einen gellenden Schrei ausgestoßen hatte.

Martha und Ben stürzten zum Fenster. Unten stand Lindy auf einem der Koffer, hatte das Baby an sich gedrückt und sah sich mit wilden Blicken um. »Eine Ratte! Da war eine Ratte!«

Ranjit war bereits aufgesprungen und spähte unter die Sonnenliege.

»Sie hatte riesige Zähne, und sie wollte Tilly beißen!«

Paula und Simon kamen Ranjit zu Hilfe, sie suchten unter den Stühlen und in allen Ecken und Winkeln der Laube.

»Das ist keine Ratte«, verkündete Paula schließlich. Sie lugte in den Spalt zwischen der Mauer und einem großen, mit Geranien bepflanzten Blumenkübel aus Terrakotta. »Nur ein etwas komisch aussehendes Kaninchen.«

5

»Eine Ratte!« Martha schälte die nächste Zwiebel und gab sie an Ben weiter. Eins, zwei, drei war sie wie ihre Vorgängerinnen halbiert, längs und quer eingeschnitten und fein gewürfelt, eine reife Leistung in Anbetracht der Tatsache, dass Marthas Küchenmesser durchweg alt und stumpf waren. »Wie kann jemand, der Augen im Kopf hat, Pippa mit einer *Ratte* verwechseln?«

Ben schob die Zwiebelwürfel mit der Messerklinge in die Pfanne. Er zuckte die Schultern. »Möglicherweise sind in den exklusiven Vororten Süd-Londons auch die Ratten besonders groß …«

Martha sammelte die Zwiebelschalen ein und warf sie in den Komposteimer. »Mit langen Ohren und Puschelschwänzchen?«

Sie schaute Ben zu, der jetzt Lorbeerblätter in die Pfanne gab. Er hatte ihr erklärt, dass die karamellisierten und langsam weiterschmorenden Zwiebeln die Basis für eine Pastasauce waren, die sämtlichen ernährungstechnischen Ansprüchen der Gäste gerecht werden würde. Er verwendete einige der Zutaten, die Martha rasch aus dem Haus geholt hatte, dazu Kräuter aus dem kleinen, weiland von der Frau des Vorbesitzers angelegten und inzwischen verwilderten Küchengarten.

Ben gab Salbei und Rosmarin zu den Zwiebeln und rührte das Ganze mit einem Holzlöffel um.

»Wo hast du Kochen gelernt?«, wollte Martha wissen.

»Hier und da«, lautete die Antwort. Martha wartete, aber Ben schien nicht vorzuhaben, mehr Informationen preiszugeben. Er streifte Thymianblättchen von den holzigen Zweigen und streute sie auf den simmernden Sud.

Das ferne Klingeln von Gläsern, die auf den langen Mosaiktisch auf der Terrasse gestellt wurden, und das Ploppen von Champagnerkorken drang durch die offene Tür der Kapelle zu ihnen herein. Jemand lachte.

»Seht euch das an, Simon hat ein neues Hawaiihemd!«

»Wo ist meine Sonnenbrille? Dieser Glanz blendet mich!«

»Hat einer von euch Noah gesehen?«

»He, Josh, ist das Sonnenbräune aus der Dose, oder hast du wieder zu viel Karotin genascht?«

»Du bist fast so rot wie Simons Hemd.«

»Haha, sehr komisch.«

»Unglaublich, dass der Kühlschrank hier keinen Eiswürfelbereiter hat. Ich meine …«

»Köpfen wir noch ein Fläschchen von dem edlen Gesöff.«

»Habt ihr den ausgestopften Bären gesehen?«

»Ein Kühlschrank ohne Eiswürfelbereiter!«

»Diesen Ursus holzwollikus? Gruselig, das Ding. Und ein Zebrafell als Teppich …«

»Komm da runter, Noah! Das ist ein Rankgitter und kein Klettergerüst!«

»Da wir gerade von Teppichen reden – Josh, Alter, seit wann lässt du dir einen Bart stehen?«

❖

Martha hob eine Stange Sellerie hoch und beäugte das welke Gewächs. »Kann man damit noch was anfangen?«

»Klein geschnitten in der Sauce sorgt es für Aroma.« Ben zerdrückte Knoblauchzehen mit einem umgedrehten Löffel.

»Wenn du meinst.« Martha hatte ihr Stichwort verstanden und machte sich ans Schnippeln. Der Duft aus der Pfanne ließ ihr das Wasser im Mund zusammenlaufen.

Oben im Haus klimperte jemand auf dem Klavier herum.

»Ich habe ihnen gesagt, dass das Klavier tabu ist«, schimpfte Martha halblaut vor sich hin. Aus dem Geklimper schälte sich so etwas wie eine Melodie. Bei der dritten Wiederholung erkannte Martha Beethovens *Ode an die Freude*.

»Ich werde dir den Tag heute bezahlen«, sagte sie zu Ben. »Ich kann dir gar nicht genug für deine Hilfe danken.«

»Wenn es noch mehr zu tun gibt – ich stehe zur Verfügung.«

»Zu tun gibt es jede Menge. Den Fußweg jäten, die Hecke schneiden, die Wiese mähen, die Risse in den Mauern zuspachteln, und ich hatte eigentlich geplant, die Schlaglöcher in der Einfahrt aufzufüllen. Die Steine sind schon vor Monaten geliefert worden. Es wundert mich, dass sich noch keiner über den ›unansehnlichen Haufen‹ neben dem Tor beschwert hat.« Martha ließ das Messer auf die Selleriestange niedersausen wie ein Henkerbeil. »*Und* ich muss noch weitere fünf Mal ein Abendessen fabrizieren, das die Herrschaften zufriedenstellt.«

Ben nahm das Brett mit den Selleriescheibchen und schob sie mit dem Holzlöffel in die Pfanne.

»Ich bleibe gern noch ein paar Tage, wenn Sie möchten.«

»Ich zahle dir, was ich kann, aber viel wird es nicht sein.«

»Was immer Sie sich leisten können. Momentan bin ich noch nicht so darauf angewiesen.«

Martha hob die Augenbrauen. »Erzähl mir nicht, dass

du keine aufregenderen Ziele auf dem Zettel hast. Das hier wäre für Cat und mich damals *hinter den sieben Bergen bei den sieben Zwergen* gewesen.«

Ben wiegte den Kopf. »Mir gefällt's.«

Mit geradezu chirurgischer Präzision schnitt er Champignons in Scheiben. Martha entdeckte verblasste blaue Buchstaben auf seinem Handrücken, ein J und noch andere, die sie nicht entziffern konnte. Im Vergleich zu seiner übrigen Körperkunst waren sie recht amateurhaft ausgeführt.

»Wo schläfst du heute Nacht?«

Es zischte, als Ben Pilze und Zucchini in die Pfanne gab.

»Vielleicht könnte ich da mein Zelt aufbauen.« Er zeigte mit dem Daumen durch die Tür auf das Stück Wiese neben der Kapelle.

»Also Campen?«

Er nickte.

Gelächter auf der Terrasse.

»Muss es wirklich die ganze Tüte Salzbrezeln sein?«

»Paula, Liebling, wir sind im Urlaub!«

»Schon, aber wir haben gesagt, kein Knabberzeug, und bilde dir nicht ein, ich hätte dein Plätzchenversteck nicht entdeckt!«

Das Baby wurde quengelig.

Die *Ode an die Freude* begann von vorn, die einzeln angeschlagenen Töne hämmerten in Marthas Gehirn, weckten Erinnerungen an Klavierstunden und eine Lehrerin, die es verstanden hatte, Martha das Gefühl zu vermitteln, sie wäre die dümmste Schülerin aller Zeiten.

Auf einmal wollte sie keinesfalls allein mit diesen fremden Leuten sein, die sich in ihrem Zuhause breitmachten. Bens unkomplizierte Art gefiel ihr. Seine Gelassenheit wirkte beruhigend auf sie, und er stellte nicht zu viele Fragen.

»Eigentlich spricht nichts dagegen. Du kannst Dusche und

Toilette am Pool benutzen. Aber bitte nicht zu den Zeiten, wenn die Gäste dort sind.«

»Danke, ich weiß das zu schätzen.« Ben goss Rotwein in die Pfanne, eine Dampfwolke stieg auf und hüllte ihn ein. Dem Wein folgte der Inhalt einer großen Dose Tomaten. »Jetzt muss die Sauce eine Zeitlang reduzieren.«

»Dann haben wir uns eine Pause verdient.« Martha holte zwei Weingläser von der Anrichte und schenkte ihnen vom Kochwein ein. »Wir setzen uns nach draußen, dann kann ich mir endlich eine Zigarette anzünden. Und hör auf mit dem *Sie*, unter Köchen duzt man sich.«

»Da ist jemand in den Kirschen.« Martha hatte sich auf der Marmorbank niedergelassen, beugte sich vor und spähte mit zusammengekniffenen Augen in die einsetzende Dämmerung.

Ben folgte ihrem Blick. »Das ist die Freundin von dem Mann, der das Verdeck von seinem Porsche nicht zukriegt.«

Alice. So hieß sie, Martha fiel es wieder ein. Jedenfalls stand diese junge Frau zwischen den Bäumen und pflückte Kirschen von einem tief hängenden Ast. Warum war sie nicht bei den anderen auf der Terrasse?

»Ich wüsste zu gern, was da für eine Geschichte hintersteckt.« Martha nahm einen Schluck von dem trockenen Roten.

Ben schnaubte verächtlich. »Das Übliche wahrscheinlich.«

Alice schlenderte hangaufwärts, steckte gedankenverloren ab und zu eine Kirsche in den Mund und schien Ben und Martha erst zu bemerken, als sie fast bei ihnen war.

»Oh, Entschuldigung.« Dunkelroter Kirschsaft lief ihr das Kinn herunter. »Ich nehme an, ich hätte erst fragen sollen, bevor ich ihre Kirschen pflücke.« Sie wischte sich mit dem Zeigefinger den Saft vom Kinn und schleckte ihn mit flinker

Zunge ab. Sie lachte. »Aber sie sind einfach zu verführerisch. Zuckersüß. Bestimmt lässt sich daraus eine wunderbare Marmelade herstellen.«

»Entzieht sich meiner Kenntnis.« Martha schüttelte den Kopf. »Die Vögel holen sich ihren Anteil, was sie übrig lassen, fällt runter und verfault.«

»Ich habe daran gedacht, einen Clafoutis zu backen«, meinte Alice. »Würden Sie mir erlauben, Ihre Kirschen dafür zu nehmen?«

»Nur zu.« Martha zündete sich eine Zigarette an und dachte an den köstlichen *Clafoutis aux Cerises*, den es in der Patisserie im Dorf gab. Warum war sie nie auf die Idee gekommen, selbst einen zu backen?

Alice' Blick wanderte zur Küchentür.

»Da drin riecht es aber gut.«

»Das ist Bens Werk.« Martha lächelte.

»Knurren die Mägen schon?« Ben nickte in Richtung der Terrasse.

Alice winkte ab. »Keine Sorge. Ich glaube, sie amüsieren sich noch eine Weile mit dem Champagner und dem Salzgebäck.«

An Martha gewandt fragte sie: »Besteht die Aussicht, dass wir bald wieder Internet haben, damit ich ein paar Fotos auf meinen Blog hochladen kann? Ich habe Aufnahmen von den Bäumen gemacht, mit dem Sonnenuntergang im Hintergrund.«

»Tut mir leid. Ich hatte noch keine Zeit, in den Ort zu gehen, um die Störungsstelle anzurufen.«

»Hier steckst du!« Josh kam vom Haus zu ihnen herüber. Er schaute Martha an, dann Ben und legte Alice besitzergreifend den Arm um die Taille. »Ich habe dich schon überall gesucht.«

Alice blickte lächelnd zu ihm auf. »Ich habe beschlossen, aus Marthas Kirschen ein Clafoutis zu machen.«

»Klafu – was?«

»Kla-fu-ti. Eine traditionelle französische Süßspeise. Im Grunde so etwas wie ein dicker Eierkuchen mit Kirschen. Extralecker. Ein Kandidat für die Top-Ten-Liste der Lieblingskuchen, von der du mir erzählt hast.«

Josh küsste sie auf den Nacken. »Wer braucht schon Kuchen. Du bist meine Nummer eins, was Süßes angeht.«

Alice wurde rot.

»Komm jetzt, der Schampus wartet.« Josh schob Alice vor sich her. Nach ein paar Schritten drehte er sich um und sah Martha an. »Ich nehme an, dass unser Abendessen nicht mehr allzu lange auf sich warten lässt?«

Ohne eine Antwort abzuwarten, ging er weiter. Auf dem Weg zurück zum Haus glitt seine Hand auf Alice' Hinterbacke.

»Saftsack«, sagte Ben halblaut und leerte sein Glas.

Sonntag

6

Martha baute ihre Staffelei auf dem kleinen ebenen Platz vor der Kapelle auf. Auf der anderen Talseite lag das Dorf im goldenen Morgendunst. Es war noch früh, aber die Zikaden in den Pappeln hatten ihr unerbittliches Konzert schon begonnen. Schon jetzt war es drückend heiß.

Von den Gästen hatte sich noch keiner blicken lassen. Es war spät geworden gestern. Nach dem Abendessen hatte man Martha mit einer schier endlosen Liste unterschiedlicher Wünsche bombardiert: zusätzliche Kissen, große Handtücher, kleine Handtücher, ein Föhn, eine stärkere Glühbirne, eine Anleitung für den DVD-Player und endlich die Bitte, Elvis mit einer Decke zu verhüllen. Der Anblick des zähnefletschenden Bären jagte den Kindern offenbar Angst ein. Nicht zu vergessen die Beschwerden: ein tropfender Wasserhahn, die Stechmücken auf der Terrasse, ein »Geruch« im Zimmer von Paula und Simon und Wollmäuse unter dem Bett. Einig waren sich alle in dem ungläubigen Staunen darüber, dass die Telefon- und Internetleitung immer noch nicht repariert war und dass das Haus keine Klimaanlage hatte.

Martha hatte der Reaktion der Gäste auf das von Ben improvisierte Abendessen mit einiger Bangigkeit entgegengesehen. Ihr war der Blick nicht entgangen, den Paula und Lindy wechselten, als sie die große Schüssel Spagetti auf den Tisch stellte, auch nicht das Beben von Lindys Nasenflügeln oder Paulas kaum merklich gekräuselte Oberlippe. Ben kam mit dem Salat, und Noah, der wie ein Prinz auf einem der goldenen Barhocker aus der Cocktailbar thronte, machte würgende Geräusche, als müsse er sich erbrechen.

Martha war von einem zum anderen gegangen und hatte mit der Zange die glitschigen Nudeln portionsweise auf die bunt zusammengewürfelten Teller transferiert.

Paula hatte es sich nicht nehmen lassen, unter ihrem Teller nach der Herstellermarke zu suchen. »Made in Taiwan.« Sie rümpfte die Nase.

»À la Bohème«, kommentierte Simon und tauschte seine Dresdner Rosen gegen Joshs blauweißes Weidendekor. »Damit du mit deiner weiblichen Seite in Kontakt treten kannst.«

Josh tauschte die Teller zurück. »Dito.«

Ranjit beteiligte sich an dem Spiel. »Vielleicht gefallen dir meine Goldgirandolen.« Er beugte sich über den Tisch, und im Nu hatte Josh wieder einen anderen Teller. Dem Vorbild der Erwachsenen folgend, begannen die Kinder ein munteres Teller-wechsel-dich-Spiel. Die Zwillinge heulten los, weil beide den Teller mit den Eulen haben wollten, den Noah von Reuben eingetauscht hatte.

»Da siehst du, was du angerichtet hast«, zischte Paula Simon zu.

In dem ganzen Hin und Her wäre Martha um ein Haar die größte aller Katastrophen passiert. Es fehlte nicht viel und die für Lindy bestimmte Spaghettiportion wäre statt auf ihrem Teller auf dem Kopf des Babys gelandet, das sie auf dem Schoß hielt.

»Vorsicht!« Lindy riss die Kleine zur Seite.

Unwillkürlich musste Martha an den Ferienjob denken,

den sie und Cat in dem Hotel in Abertrulli gehabt hatten, wenn auch nicht lange.

Martha wurde nach ein paar Tagen gefeuert, weil beim Auftragen ein Löffel Erbsen im Dekolleté einer älteren Dame gelandet war, und Cat durfte ebenfalls gehen, nachdem sie einem kleinen Jungen statt Limonade den Gin Tonic seiner Großmutter serviert hatte. Die beiden Mädchen hatten sich köstlich über ihre kurze Karriere in der Gastronomie amüsiert und waren zu dem Schluss gekommen, dass Kellnern ohnehin unter ihrer Würde war. Martha fragte sich, was Cat wohl sagen würde, wenn sie sie jetzt sehen könnte. Sie dachte an das mit Botox geglättete Gesicht, das sie im Internet gesehen hatte; die ganzen Straffungen und Raffungen erlaubten Cat heutzutage wahrscheinlich kein herzliches Lachen mehr.

Paula zuckte vor Marthas Spaghettischüssel zurück, als wäre sie ein Schlangennest. »Ich dachte, ich hätte gesagt …«, begann sie, doch bevor sie weitersprechen konnte, tauchte Ben auf und stellte eine kleine Schüssel Reis mit Kräutern vor sie hin.

Als die Gäste anfingen zu essen, wurde es plötzlich ganz still am Tisch. Man hörte leise Bemerkungen wie: »Das ist sehr gut« und »Mmmh, wirklich lecker!« Als Martha und Ben wiederkamen, um abzuräumen, ernteten sie freundliche Blicke und Komplimente, sogar die Teller der Kinder waren blitzblank.

»Wo hast du gelernt, für so viele Personen zu kochen?«, fragte Martha Ben leise, während sie den Geschirrspüler in der Küche des Hauses einräumten.

Ben wusch die Salatschüssel in der Spüle unter fließend Wasser aus.

»Ich habe mal in einer Art Großküche gearbeitet.«

Alice kam mit den letzten Tellern herein.

»Diese Pasta war *so* gut, viel besser als gestern das Abendessen im *Château du Pont*. Ich hätte nicht einmal sagen können, was genau man uns da aufgetischt hat.« Sie stellte das Geschirr neben das Spülbecken. »Kann ich helfen, den Nachtisch rauszubringen?«

Martha plumpste auf einen Küchenstuhl. »Nachtisch?!«

Alice nickte. »Simon träumt von Mousse au Chocolat. Josh hofft auf eine Zitronentarte.«

»Hat er vorhin nicht gesagt, dass er keinen Nachtisch mehr braucht?«, murmelte Ben

»Sie können zu ihrem verdammten Château zurückfahren, wenn sie Mousse au Chocolat und Zitronentarte haben wollen.« Martha kramte Zigaretten und Feuerzeug aus der Hosentasche, nahm eine Zigarette aus der Packung und steckte sie zwischen die Lippen.

Alice und Ben starrten sie an. Martha nahm die Zigarette wieder aus dem Mund.

»Im Gefrierschrank in der Kapelle steht noch eine große Dose Vanilleeis.« Ben überlegte offenkundig bereits, was in Sachen Nachtisch möglich wäre.

»Und ich habe noch einen Riegel Toblerone von der Fähre«, sagte Alice.

»Den könnten wir schmelzen und über die Eiscreme träufeln. Obendrauf streuen wir dann noch gehackte Mandeln.« Ben lächelte.

»Es gibt auch noch meine Dattel-Walnuss-Plätzchen«, fügte Alice hinzu.

»Die würden sehr gut zu Vanilleeis passen.«

»Wir könnten das Dessert in diesen kleinen Glasschälchen servieren.« Alice zeigte auf einen Stapel grüner Art-déco-Schüsselchen auf einem Regal.

»Was ist mit den Leuten, die weder Schokolade noch Zucker mögen?« Martha ließ das Feuerzeug auf- und zuschnappen. »Oder Weizen oder Milchprodukte oder Nüsse?«

Ben nickte. »Denen könnten wir die Melone anbieten, von der du vorhin gesprochen hast.«

Martha verstaute Zigaretten und Feuerzeug wieder in der Hosentasche. Sie seufzte. »Auf die hatte ich mich gefreut.«

Aber Ben war bereits zur Kapelle unterwegs, und Alice ging, um die Schokolade und die Plätzchen zu holen. Martha stützte den Kopf in die Hände.

Auf der Terrasse wurde gelacht. Ranjit erzählte eine lange Anekdote, in der ein Sessellift in Chamonix eine Rolle spielte. Die Kinder waren vom Tisch aufgestanden und steckten abwechselnd den Kopf durch die Küchentür. Martha blickte auf und schnitt eine Grimasse – die Kinder ergriffen schreiend die Flucht. Martha hoffte, dass alle sehr früh schlafen gehen würden …

Es sollte ein frommer Wunsch bleiben. Das laute Stimmengewirr, das immer wieder von jäh aufbrandendem Männergelächter durchbrochen wurde, war erst lange nach Mitternacht verstummt.

Martha lag schlaflos im Dunkel der Kapelle und verfluchte sich, weil sie die ganze Bagage nicht in ihr Nobelhotel zurückgeschickt hatte. Sie hatte sich das Kissen auf den Kopf gelegt, um den Krach zu dämpfen. Doch es half nichts.

Als sie endlich doch einschlief, träumte sie wirres unzusammenhängendes Zeug, bruchstückhafte Bilder aus der Vergangenheit. *Eine Fahrt im Tourbus, draußen zieht eine unbekannte Landschaft vorbei. Sie schaut durch das Fenster des kleinen Hauses in Abertrulli auf das Meer und die Klippen und die farbig gestrichenen Cottages, die wie bunte Sprenkel die Bergflanke überziehen, bis hinunter zu der kleinen Bucht mit dem gelben Sandstrand. Es klingelt an der Tür. »Dein Vater«, sagt die Mutter, und Martha läuft hin, um aufzumachen. Sie schaut hi-*

naus. Unten stapft ein Mann durch den Sand. Sie rennt die steile Straße hinunter zum Strand, betritt ihn und merkt, dass sie einsinkt. Weit entfernt schreit ein Baby. Sie kann sich nicht befreien, Knöchel, Beine, sie sinkt immer tiefer ein, immer schneller. Sie will schreien, aber Sand dringt in ihren Mund, die Ohren, die Augen.

Als Martha aufwachte, war sie schweißgebadet, und das Herz schlug ihr bis zum Hals. Es war früher Morgen. Sonnenlicht strömte durch die Buntglasfenster, malte einen Farbenteppich auf die Terrakottafliesen. Martha setzte sich auf die Bettkante und zündete sich mit zitternden Händen eine Zigarette an.

Ich bin stark. Ich habe mich unter Kontrolle.

Pippa lag der Länge nach ausgestreckt neben ihr und schlief. Martha strich behutsam über das weiche Fell des Kaninchens und wurde ruhiger. Sie inhalierte tief und stieß den Rauch langsam durch die gespitzten Lippen.

Ich bin stark.

Ich habe mich unter Kontrolle.

Sie kniff die Augen zu und dachte an die Klinik und den Rat, den der freundliche Arzt ihr für Situationen wie diese mit auf den Weg gegeben hatte.

Lenken Sie sich ab. Suchen Sie sich eine Beschäftigung, die Ihnen Freude macht und Sie auf andere Gedanken bringt.

Den Rat des Arztes im Ohr, stellte Martha die Utensilien zusammen, die sie brauchte. Sie baute vor der Tür der Kapelle ihre Staffelei auf und legte die Farbtuben sortiert neben die Palette. Sie holte einen Stuhl aus der Küche und ein Marmeladenglas mit Wasser für ihre Pinsel. Eine blau und gelb gemusterte Keramikschüssel, die sie vor Jahren auf einem *foire à la brocante* erstanden hatte, platzierte sie auf dem kleinen Gartentisch vor der Staffelei. Sie legte drei Äpfel in die Schüssel und nahm sie wieder heraus. Wiederholte den Test mit drei Zitronen und schüttelte den Kopf. Die Farben waren zu matt. Ihr Blick ging zu den Kirschbäumen am Fuß des Wiesenhangs, und sie erinnerte sich an Alice und die prallen, tiefroten Früchte in ihrer Hand. Kurz entschlossen machte sie sich mit der Schüssel auf den Weg, Pippa hoppelte hinter ihr her.

Sie kamen an dem Igluzelt vorbei, das Ben auf der Wiese aufgebaut hatte. Ein leerer Schlafsack lag als Knäuel vor dem Eingang. Martha schaute sich suchend um, aber Ben war nirgends zu sehen. Gerade als sie weitergehen wollte, fesselte etwas anderes ihren Blick, und sie blieb wieder stehen. Am unteren Ende der Einfahrt verharrte eine dünne Gestalt in einem Stretchanzug in entschieden merkwürdiger Haltung: Ein Knie gebeugt, das andere gestreckt, und ein magerer Hintern zeigte zu den Wipfeln der Pappeln. Die Gestalt faltete sich auseinander und wiederholte das Manöver in umgekehrter Position. Martha verfolgte das Schauspiel fasziniert. Nach ein paar Augenblicken richtete sich die Gestalt auf, ließ die Arme wie Windmühlenflügel kreisen, hüpfte dabei auf und nieder, als wollte sie abheben und davonfliegen. Es war Paula, wie Martha jetzt erkannte. Diese ließ nun die Arme sinken, und nach einem kurzen Sprint auf der Stelle joggte sie die Einfahrt hinauf zum Tor. Martha ging kopfschüttelnd weiter. Sie verstand nicht, was man daran finden konnte, in aller Herrgottsfrühe ohne guten Grund durch die Gegend zu laufen. Aber jeder nach seinem Geschmack. Mit ihrem Bein kam Joggen ohnehin nicht in Frage.

Mit einer Schüssel voller glänzender roter Kirschen kehrte sie zur Kapelle zurück. Schon die kurze Steigung brachte sie außer Atem, und sie merkte ihr Bein. Sie dachte an Jean-Paul. Ein Anruf, und er wäre in einer halben Stunde hier, aber dann fiel Martha ein, dass das Telefon außer Betrieb war. *Merde*,

75

wie Sally gesagt hätte. Sie setzte sich vor die Staffelei und verbot sich jeden Gedanken an Jean-Paul und seine kleinen weißen Pillen.

Ich bin stark. Ich habe mich unter Kontrolle.

Hastig drückte sie Farben auf die Mischpalette, Blau und Gelb und Grün, viel Schwarz und einen großen Klecks Zinkweiß. Die Tube mit roter Farbe rutschte ihr aus den Fingern, als sie die Kappe aufdrehen wollte, und fiel auf den Boden.

»GOTTVERDAMMTE SCHEISSE!«

»Moment, lassen Sie mich.« Ranjit, der aus dem Nichts aufgetaucht war, bückte sich, um die Tube aufzuheben. Er hielt sein Töchterchen in der Armbeuge, Tilly. Die Kleine in ihrem zerknautschten pinkfarbenen Schlafanzug griff begeistert nach der Farbtube, aber ihr Vater hielt sie wohlweislich außer Reichweite ihrer Patschhände und reichte sie Martha.

»Danke.« Sie nahm die Tube, vermied es aber, ihn anzuschauen. »Und Entschuldigung wegen der verbalen Entgleisung. Ist mir so rausgerutscht.«

»Halb so schlimm. Ich habe auf der Universität Rugby gespielt, da kriegt man Schlimmeres zu hören, glauben Sie mir.«

Martha drückte eine kleine Menge Scharlachrot auf die Palette. Die Farben glänzten in der Sonne, für Tilly eine unwiderstehliche Versuchung. Sie beugte sich vom Arm ihres Vaters hinunter, um danach zu greifen, aber er setzte sie wieder aufrecht hin und ließ sie leicht auf- und abwippen.

»Sie sind ein früher Vogel, Mrs Morgan«, sagte er.

»Ich bin nicht verheiratet.«

»Verzeihung, also Miss Morgan.« Ranjit schenkte ihr sein charmantestes Lächeln.

»Martha. Nennen Sie mich einfach Martha.«

Tilly unternahm erneut Anstrengungen, an die bunten Farben heranzukommen, und Ranjit trat einen Schritt von der Staffelei zurück.

»Die Kleine ist auch so eine Lerche«, erklärte er. »Ich versuche, meine Frau etwas zu entlasten. Normalerweise gehe ich sehr früh aus dem Haus, und sie ist den ganzen Tag allein mit dem Kind. Ich habe mir vorgenommen, mich in diesem Urlaub mehr auf die Familie zu konzentrieren. Das ist doch der Sinn eines Urlaubs, oder nicht? Was meinen Sie, Miss … sorry, Martha?«

»Ich habe seit Jahren keinen Urlaub mehr gehabt.« Martha setzte die Brille auf und nahm einen Kohlestift zur Hand. Wie lange es her war, seit sie sich als Teil einer Familie gefühlt hatte, darüber wollte sie gar nicht erst nachdenken.

Sie zeichnete die Umrisse der mit Kirschen gefüllten Schüssel auf die Leinwand.

»Wie ich sehe, malen Sie«, fuhr Ranjit fort. Martha wünschte sich, er würde verschwinden und sie in Ruhe lassen. »Lindy und ich kaufen gern Gemälde noch unbekannter Künstler. Kleine Investitionen in die Zukunft – hoffen wir.«

Martha antwortete nicht. Sie radierte, veränderte die Position der Schüssel, skizzierte die Umrisse neu und überlegte, welche Farbe wohl die richtige für den Hintergrund wäre.

»Was kosten Ihre Bilder?« Ranjit zeigte auf das praktisch noch jungfräuliche Blatt.

»Meine Bilder sind nicht verkäuflich.«

Ranjit schaute eine Weile schweigend zu, dann fragte er: »Besteht die Chance, dass wir heute wieder ins Internet können?«

Martha schüttelte den Kopf. »Das bezweifle ich. Manchmal dauert es nach einem Unwetter Wochen, bis alle Schäden behoben sind.«

Ranjit seufzte. »Ich müsste wirklich dringend meine E-Mails checken. Meine Klienten erwarten, dass ich jederzeit für sie erreichbar bin.«

Martha schaute zu ihm hoch. »Ihre Klienten werden doch wohl Verständnis dafür haben, dass Sie Zeit mit Ihrer Familie verbringen möchten.«

Ranjit schob Tilly auf den anderen Arm. »Ja, selbstverständlich. Bestimmt kommen sie ein paar Tage ohne ihren Finanzberater aus.« Es klang nicht sehr überzeugt. Er schwieg kurz, dann fügte er hinzu: »Auch Paula ist auf Internet angewiesen. Sie ist Fachanwältin in einer großen Bank und steckt mitten in wichtigen Verhandlungen. Außerdem muss sie mit ihrem Vater Kontakt halten; er beaufsichtigt die Umbauarbeiten an ihrem Haus.«

»Ich werde den Chef der französischen Telekommunikationsbehörde darüber in Kenntnis setzen.«

»Vielen Dank, das wäre sehr nett.« Marthas Sarkasmus war an Ranjit vergeudet. »Und der Wasserhahn im Zimmer der Jungs tropft immer noch.«

Martha überlegte, welche Summe Ranjit bereit wäre, für das Bild einer bestimmten unbekannten Künstlerin auf den Tisch zu legen.

»Ranjit!« Der Ruf kam von der Terrasse her. Eine fast hysterisch klingende Frauenstimme. »Ranjit, wo bist du?«

»Lindy!« Ranjit war mit wenigen Schritten an der Hausecke und winkte mit der freien Hand. »Ich bin hier unten, bei der Kapelle!«

Im nächsten Augenblick kam Lindy den Weg heruntergelaufen. Sie war im Nachthemd und barfuß, verschwitzt, das blonde Haar zerzaust.

»Tilly!« Sie riss ihm das Baby aus dem Arm und drückte es an ihre Brust. »Tilly, Tilly. Mein süßer Schatz.«

»He, he, nun beruhige dich!« Ranjit legte den Arm um seine Frau.

»Ich bin aufgewacht, und sie war nicht da …« Lindy hörte sich an, als wäre sie den Tränen nahe.

Ranjit streichelte ihr übers Haar. »Du solltest einmal ausschlafen dürfen, deshalb bin ich mit Tilly nach draußen gegangen. Ich wollte dir helfen.«

»Ich hatte Angst, dass ihr etwas passiert ist.« Lindy schluchzte, und die Kleine begann ebenfalls zu weinen.

Pippa kam unter Marthas Staffelei hervor. Lindy prallte zurück.

»Komm schon, Schatz. Das ist wieder nur dieses Kaninchen.« Ranjit gab seiner Frau einen zärtlichen Kuss auf die Stirn. »Gehen wir zum Haus, und trinken wir eine Tasse Tee.« Er wandte sich an Martha. »Bitte entschuldigen Sie uns. Lindy muss sich von diesem Schreck erst mal erholen.«

»Kann ich irgendwie helfen?«

»Nein, es ist ganz allein meine Schuld.« Er betrachtete Frau und Kind. »Manchmal weiß ich einfach nicht, was das Richtige für uns ist.«

Marthas Blick folgte der kleinen Familie, die langsam zum Haus hinaufging: Ranjit aufrecht, Lindy an ihren Mann geschmiegt, im Arm das leise quäkende Baby. Ein Idyll, aber auch von Dauer?

»Kaffee?«

Martha schaute sich um und sah Ben in der Tür stehen. Sein Haar war nass, und er hielt in jeder Hand einen dampfenden Becher.

»Oh ja, danke.« Martha nahm den Becher, den er ihr hinhielt.

Paula hechelte an ihnen vorbei, ihr Gesicht war röter als ihr Haar.

»Morgen«, rief Martha ihr hinterher, aber Paula schien taub und blind für ihre Umgebung zu sein. Ben setzte sich auf das Mäuerchen an der Blumenrabatte, schaute in die Ferne und nahm ab und zu einen Schluck Kaffee.

Es platschte, jemand war in den Pool gesprungen, dann

hörte man Paula rufen: »Simon, haben die Mädchen ihre Pflichtlektüre für heute gelesen?«

»Ist Noah bei dir?« Martha erkannte Joshs Stimme.

»Nein, wieso?«

»Noah!«

»Simon, fährst du in den Ort und holst Croissants?«

»NOAH!« Wieder Joshs Stimme, lauter diesmal.

»Hast du die Mädchen mit Sonnencreme eingerieben?«

»Noah ist bei mir, Dad.«

Martha stand auf und schaute nach oben zum Haupthaus. Das kleine Dachfenster stand offen. Elodie beugte sich nach draußen.

»Er ist in der Nacht zu mir raufgekommen. Er hat schlecht geträumt. Ein Bär wollte ihn fressen.«

»Wahrscheinlich das ausgestopfte Monstrum unten an der Treppe«, sagte Josh.

»Nein!« Noahs kleineres, runderes Gesicht schob sich neben das seiner Schwester. »Es war ein echter, lebendiger Bär mit Laseraugen und aus seinem Hintern kamen Feuerbälle, wie Pupsbomben.« Er lehnte sich weit über den Fenstersims und produzierte Lippenfürze, gefolgt von Explosionsgeräuschen wie aus Computerspielen.

»Sei vorsichtig, Noah«, rief Josh zu seinem Sohn hinauf. Noah beugte sich noch weiter vor. »Noah, sei nicht albern! Was du da machst, ist gefährlich!«

Noah lachte, drehte sich um und lehnte sich rücklings über den Sims, seine weißblonden Locken hingen herab wie Sonnenstrahlen.

»Noah, sei nicht so ungezogen, hörst du?«

Noah produzierte noch mehr Lippenfürze.

»Noah, hör jetzt auf damit, bitte.«

Furz, Furz, Furz.

»Bitte, Sohn, lass das sein.«

Noah rutschte noch ein Stück weiter nach unten. Martha holte tief Luft, dann wetterte sie los: »HÖR SOFORT AUF DAMIT, DU KLEINER ROTZLÖFFEL! WILLST DU DIR DEIN VERDAMMTES GENICK BRECHEN?«

Blitzartig rutschte Noah ins Zimmer zurück. Elodie schaute zu Martha hinüber, dann verschwand auch sie vom Fenster. Martha ließ sich auf ihren Stuhl fallen. Sogar das Plätschern im Pool war verstummt.

Ben studierte den Inhalt seines Kaffeebechers.

»Bin ich zu weit gegangen?«, fragte Martha flüsternd.

Ben hob den Kopf und zuckte mit den Schultern. »Der Junge brauchte eine klare Ansage, denke ich.«

Martha seufzte. »Eine innere Stimme sagt mir, dass sie besser nicht von mir gekommen wäre.«

7

Josh war nicht erschienen, um sich zu beschweren, dass Martha seinen siebenjährigen Sohn angebrüllt und »einen kleinen Rotzlöffel« genannt hatte, und das neue Bild war so gut wie fertig. Martha tupfte Zinkweiß als Highlight auf die Kirschen. Eine große Wespe landete kurz auf dem Blatt, und als sie weiterflog, trug sie an den Beinen dicke weiße Stiefelchen. In der Ferne surrte die Motorsense; Ben machte den Brennnesseln in den Blumenrabatten an der Einfahrt den Garaus.

Trotz Marthas Warnung, dass es am frühen Nachmittag besonders heiß und besonders voll sein würde, waren die Gäste vor einer Stunde zum See aufgebrochen. Elodie hatte sich geweigert mitzukommen; sie sagte, sie hätte Kopfschmerzen. Josh hatte Martha gebeten, ein bisschen auf sie zu achten.

»Er kann mich nicht für gänzlich unmöglich halten, wenn er mir seine Tochter anvertraut«, sagte sie zu Ben bei ihrem späten, aus Käse und Brot bestehenden Mittagsimbiss.

Er zuckte mit den Schultern. »Als ich in dem Alter war, musste niemand mehr auf mich aufpassen. Mein Bruder und ich waren halbe Tage uns selbst überlassen, wir haben alles Mögliche angestellt, und keinen hat's interessiert.«

»Haben eure Eltern sich keine Sorgen gemacht?«

Sie wartete auf eine Antwort, aber Ben wischte sich nur mit dem Handrücken über den Mund. »Irgendwelche Vorschläge für die abendliche Fütterung der Raubtiere?«

»Heiliger Strohsack, das hatte ich völlig vergessen. Wir müssen ja heute Abend schon wieder kochen.«

»Vielleicht kommt mir beim Mähen eine Erleuchtung.« Ben stand auf. Martha lächelte ihn an. »Du bist ein Engel.«

»Ein was?«

»Ein Engel.«

Ben strich sich grinsend eine blonde Haarsträhne aus dem Gesicht. »Einen Engel hat mich noch keiner genannt.« Er sah auf einmal sehr jung aus, trotz der Tattoos, die seine Arme überzogen wie Comicstrips. »Ein- oder zweimal hab ich gehört, ich sei ein Teufel. Aber ein Engel? Noch nie.« Immer noch grinsend stand er auf, um an seine Arbeit zurückzukehren. Martha stellte die leeren Teller zusammen, und drüben am Pool startete die Motorsense mit einem optimistischen Röhren.

Elodie zog im Pool ihre Bahnen, unermüdlich, hin und her, her und hin. Wenn die Motorsense pausierte, konnte Martha sie hören. Die Kopfschmerzen des jungen Mädchens schienen verschwunden, kaum dass die Autokarawane aus dem Tor gerollt war.

Martha legte den Pinsel weg und zündete sich noch eine Zigarette an. Das Gras der Wiese stand hoch und war durchsetzt mit Butterblumen und Klatschmohn; kleine orangefarbene Schmetterlinge schaukelten über den Blüten, der Himmel war sehr blau.

Pippa saß neben Martha im Schatten der Staffelei, ihre Ohren zuckten jedes Mal, wenn das Jaulen der Sense verstummte und wieder neu einsetzte.

Martha schaute sich suchend nach einem Aschenbecher um und entdeckte Elodie, die hinter ihr stand. Sie trug ein Handtuch um die Schultern, das sie vor der Brust zusammenhielt. Aus ihrem langen Haar tropfte Wasser auf ihren Rücken.

»Wann geht das Internet wieder?«, fragte sie.

»Ich weiß es nicht«, antwortete Martha. Sie war immer noch nicht im Ort gewesen, um den Schaden zu melden und einen Techniker anzufordern.

»Ich muss was bei Snapchat posten, damit meine Streaks weiterlaufen.«

Snapchat? Streaks? Martha hatte keine Ahnung, was das war, und wollte es auch gar nicht wissen. Elodie legte den Kopf schief und studierte das Bild.

»Es ist gut«, äußerte sie schüchtern.

»Vielen Dank.« Jetzt, wo die Haare nicht ihr halbes Gesicht verdeckten, stellte sich heraus, dass Elodie ein hübsches Mädchen war. Sie hatte große graue Augen und eine Stupsnase.

Martha musterte Elodie über ihre Brille hinweg. »Du solltest dich ordentlich abtrocknen. Sonst wirst du dich erkälten.«

Elodie zitterte vor Kälte. »Geht schon.«

Martha drückte die Zigarette aus. »Meinetwegen. Aber dann leg dich wenigstens in die Sonne, damit dir warm wird.« Sie griff wieder nach dem Pinsel und tupfte das nächste Glanzlicht auf eine Kirsche.

»Ich habe hundert Bahnen geschafft«, platzte Elodie heraus.

Martha wusste nicht, was sie dazu sagen sollte. Als sie in Elodies Alter war, wäre hundert Bahnen im Schwimmbad zu ziehen das Letzte gewesen, was sie hätte tun wollen. Cat und sie hatten damals verschiedene Farben Lipgloss ausprobiert und den Text von *Chanson d'Amour* auswendig gelernt. Um nichts Falsches zu sagen, wechselte sie das Thema. »Elodie ist ein schöner Name.«

»Ich hasse ihn.«

»Das ist schade.«

»Meine Mum hat mich nach irgendeiner dämlichen französischen Schauspielerin genannt, die sie am Tag vor meiner Geburt in einem Film gesehen hatte.«

»Und meine Mutter hat mich nach Martha Reeves genannt, der Motown-Diva. Hast du schon mal von ihr gehört?«

»Nein.«

»*Martha and the Vandellas? Dancing in the Street?*«

Elodie schüttelte den Kopf. Tropfen flogen.

»Meine Mutter liebte den Motown-Sound. Sie wäre auch gern Sängerin geworden, eine Little Eva aus West Wales … Stattdessen lernte sie beim Tanzen in Swansea einen französischen Matrosen kennen und wurde meine Mutter.«

Ein weiteres langes Schweigen entstand.

»Ich möchte Illustratorin werden.« Elodie versuchte, mit dem Handtuch das Wasser aus den Haaren zu kneten.

»Den Wunsch hatte ich auch, als ich so jung war wie du. Jedenfalls wollte ich irgendwas mit Kunst machen.«

Elodies Blick wanderte über das Bild und kehrte zu Martha zurück.

»Aber Sie sind eine Künstlerin.«

Martha seufzte und legte den Pinsel wieder hin.

»Schön wär's. Dilettantin, bestenfalls.«

»Ich würde gern eine Kunstschule besuchen.«

»Ich hatte einen Studienplatz an der School of Art and Design in Cardiff, aber ich habe ihn sausen lassen.«

»Waren Ihre Eltern dagegen?«

»Ich hatte nur meine Mutter … Sie wäre einverstanden gewesen. Aber dann habe ich etwas gemacht, was sie noch viel besser fand.«

»Was war das?«

»Ich habe in einer Band gesungen.«

Die Augen des Mädchens wurden groß. »Wart ihr berühmt?«

»Ein bisschen.« Martha schwieg und tupfte ein bisschen Rosé auf den Rand der Schüssel. »Aber ich frage mich oft, wie mein Leben verlaufen wäre, wenn ich mich für die Kunstakademie entschieden hätte.«

»Sie können auch so gut malen.« Elodie zeigte auf das Bild.

»›Naive Kunst‹ nennt man so was, glaube ich.« Martha studierte ihr Werk kritisch. »Ich habe erst vor Kurzem wieder mit Malen angefangen. Aus therapeutischen Gründen, eigentlich.« Verdammt, sie redete zu viel. Was ging dieses grüne Pflänzchen ihre Lebensgeschichte an? Sie kniff die Lippen zusammen. Elodie sagte nichts. Martha hoffte, das Mädchen würde nie nach Wegen suchen müssen, um die Dämonen der Vergangenheit zum Schweigen zu bringen.

Eine Weile herrschte Stille, dann meinte Elodie: »Mein Dad sagt, Kunstschule ist was für Loser.«

»Oh! Was macht er denn beruflich?«

Elodie verzog das Gesicht. »Er ist ein Financial Applications Specialist.«

»Oh«, sagte Martha wieder. »Ich muss zugeben, dass ich keine Ahnung habe, was das ist.«

»Ich weiß es auch nicht.«

»Und deine Mutter? Was hält sie von der Idee mit der Kunstschule?«

»Diese Frau ist nicht meine Mutter«, antwortete Elodie wie aus der Pistole geschossen.

Martha setzte die Brille ab. »Ich meinte deine leibliche Mutter.«

Elodie schob mit der Zehenspitze ein Steinchen hin und her. »Die findet sie gut, aber ich glaube, das sagt sie nur, um meinen Dad zu ärgern.« Sie ging in die Hocke und streckte Pippa die Hand entgegen.

Martha wollte sie ermahnen, vorsichtig zu sein und das Kaninchen nicht zu erschrecken, aber dann sah sie, dass Pippas Schnuppernase sich Elodies Fingern näherte. Einen Augenblick später ließ Pippa es sogar zu, dass das Mädchen ihr den Kopf kraulte.

»Sie mag dich«, sagte Martha.

Elodie lächelte. »Sie ist süß.«

Näher kommendes Motorengeräusch ließ beide, Elodie und das Kaninchen, zusammenschrecken. Der schwarze Range Rover schaukelte die Einfahrt hinunter, gefolgt von Volvo und Porsche, Letzterer immer noch mit halb offenem Verdeck. Kurz darauf knallten Autotüren, Kinder maulten, und die gereizt erhobenen Stimmen der Erwachsenen zerstörten den Frieden des Nachmittags.

»Das war ein Albtraum!« Paulas Stimme klang empört.

»Diese Hitze!« Das kam von Lindy. »Die Kleine hat fürchterlich gelitten.«

»Eingekeilt von Horden fetter Franzosen.« Wieder Paulas Stimme.

»Aber sehr leckeres Eis«, rief Simon dazwischen. »He, Josh, Ranjit, auch ein Bierchen?«

»Setz mich auf die Liste«, rief Josh zurück. »Aber ich muss mich erst noch mal mit diesem besch…eidenen Verdeck beschäftigen.«

»Ich bin auch dabei«, sagte Ranjit. »Und stell gleich Nachschub in den Kühlschrank.«

»Du hast die Aufsicht am Pool«, tadelte Paula. »Null Promille war abgemacht!«

Elodie blieb neben Pippa hocken und schien nicht die geringste Lust zu haben, zu den anderen hinüberzugehen. Ein paar Minuten später kam Alice den Pfad hinunter. Ihr rot gepunktetes Spaghettiträgerkleid enthüllte leicht gebräunte, schlanke, aber kräftige Arme. Sie hatte eine marokkanische Keramikschüssel in der Hand, die sonst in der Küche stand und Martha als Aufbewahrungsort für Autoschlüssel und einige Reservepäckchen Zigaretten diente.

»Hallo«, sagte sie und zögerte einen Moment an der Hausecke, bevor sie näher kam. »Kopfweh besser, Elodie?«

Elodie hielt den Blick gesenkt und antwortete nicht.

»Ich sehe, dass du eine neue Freundin gefunden hast«, fuhr Alice fort, als bemerkte sie die abweisende Haltung des Mädchens nicht. »Das ist wirklich ein ausgesprochen niedliches Tierchen.«

Schweigen.

Alice wandte sich an Martha. »Mir gefällt Ihr Bild.«

Martha nickte. »Danke.«

»Auch Elodie ist künstlerisch sehr begabt.« Alice richtete den Blick wieder auf Elodie. »Ganz ehrlich, die Zeichnung von Noahs Gesicht, die du gemacht hast, als er auf der Fähre auf der Bank gesessen und geschlafen hat, ist großartig.«

Elodies Reaktion auf das freundliche Lob war ein genervter Blick aus dem Augenwinkel.

»Wie war's am See?« Martha hoffte, mit ihrer Frage die Situation zu entspannen.

Alice lächelte. »Oh, ich fand es großartig. Ich bin zu dem Floß in der Mitte geschwommen, kein Vergleich mit dem Pool da, wo ich wohne. Aber ich glaube, den anderen war es ein bisschen zu heiß und zu voll.«

»Am frühen Abend ist es viel ruhiger und auch von der Temperatur her angenehmer.«

»Sie hatten uns ja gewarnt. Ich weiß nicht, warum alle trotzdem unbedingt gleich nach dem Mittagessen loswollten.«

»Nächstes Mal hört man vielleicht auf die Ortskundigen.«

»Vielleicht«, sagte Alice mit einem kleinen Lachen. »Eigentlich komme ich, um Kirschen für meinen Clafoutis zu pflücken. Wenn Sie nichts dagegen haben …«

»Absolut nicht. Pflücken Sie so viele, wie Sie mögen.«

»Wie ist es, Elodie? Magst du mitkommen und mir helfen?«

Elodie schüttelte stumm den Kopf.

Ben erschien, er wischte sich den Schweiß von der Stirn. Er hatte sein T-Shirt ausgezogen und um die Taille gebunden. Martha bemerkte, dass Alice fasziniert auf seinen tätowierten Oberkörper starrte. Ben bemerkte es ebenfalls und legte die Hand auf das Haupt des Drachen auf seiner Schulter, wie um ihn zu beruhigen.

Alice schaute rasch zur Seite, als fühlte sie sich bei etwas Verbotenem ertappt.

»Ich sollte mich beeilen, sonst fragt sich Josh noch, wo ich bleibe.«

Sie wanderte durch die Blumenwiese zu den Kirschbäumen hinunter, umflattert von den aufgescheuchten Schmetterlingen. Die Mohnblüten waren genauso rot wie die Tupfen auf ihrem Kleid.

»Kichererbsenpuffer«, äußerte Ben aus heiterem Himmel.

»Wie bitte?«

»Als Tortilla-Wrap.«

Martha schaute ihn verständnislos an.

»Zum Abendessen.«

»Ach so, natürlich.«

Er sah Elodie an. »Okay für unseren Veggie?«

»Veganerin«, murmelte Elodie, aber sie nickte.

»Chillihähnchen für die, die nicht ohne Fleisch leben können. Und diese Frau, die so verhungert aussieht, bekommt einen Wrap aus Mangoldblättern. Dazu ein paar Salate: einen Bulgur, einen griechischen, einen aus Kartoffeln mit Mayonnaisedressing, einen mit Tomate und Avocado und vielleicht einen Panzanella mit Anchovis und roten Paprika.«

89

Marthas Mienenspiel drückte schrankenlose Bewunderung aus.

»Dann mache ich mich jetzt auf den Weg zum Supermarkt und besorge die Zutaten für das Bankett.«

Vom Haus her rief jemand nach Martha.

»Mrs Morgan, ich meine Miss, Verzeihung, Martha ...« Es war Ranjit, der angetrabt kam und außer Atem am Rand des Sitzplatzes stehen blieb. »Tut mir leid, dass ich Sie belästigen muss, aber ich wollte fragen, ob Sie vielleicht ein Moskitonetz haben. Lindy und Tilly wollen sich ein bisschen hinlegen, und Lindy sagt, das Schlafzimmer wäre voller Stechmücken. Tilly ist schon von oben bis unten *zerstochen*.«

»Ich vermute, das ist am See passiert. Hatte ich Ihnen nicht gesagt, dass Sie Mückenspray mitnehmen sollen?«

»Ich weiß, ich weiß, aber Lindy sagt, die Mücken sind im Zimmer. Ich habe keine gesehen, aber ...« Ranjit schaute Martha flehend an. »Bitte. Haben Sie so ein Netz?«

»Irgendwo ist eins, wenn mich nicht alles täuscht, aber ich müsste erst danach suchen. Das kann eine Weile dauern.«

Ben hatte in der Zwischenzeit das T-Shirt wieder übergestreift. »Ich fahre dann einkaufen.«

Martha seufzte. »Das ist sehr nett von dir. Du kannst mein Auto nehmen. Der Schlüssel liegt auf der Anrichte.«

»Ich bringe die Packtaschen an und fahre mit dem Bike.«

»Danke.« Martha lächelte ihn an. »Ich wiederhole es: Du bist ein Engel.«

Ben unterdrückte ein Grinsen und ging hinüber zu seiner Maschine. Sie stand an der Mauer, die das Grundstück umgab.

»Würdest du Sally und Pierre in der Bar Bescheid sagen, dass bei uns hier Telefon und Internet ausgefallen sind?«, rief Martha ihm hinterher. »Und könntest du Pierre bitten, dass er den Techniker anruft? Er als Muttersprachler kann das viel besser erklären als ich mit meinen paar Brocken Französisch.«

»Das sind die beiden aus der Bar, in der ich deinen Aushang gesehen habe?«

»Genau.« Martha nickte.

»Okay, ich richt's aus.« Ben war schon dabei, die Packtaschen festzuschnallen. Wie ein Cowboy, der seinen Gaul aufzäumt, um in die Stadt zu reiten, dachte Martha. »Und könntest du auch noch zwei Päckchen Zigaretten mitbringen?«

»Klar.« Ben schob die Maschine von der Wiese auf den Weg und stieg auf. Er winkte. Martha winkte zurück, und auch Ranjit hob kurz die Hand.

»*Elodie*!« Joshs Stimme war von der Terrasse zu hören. »Du musst mir helfen, Noah mit Sonnencreme einzureiben. Er will einfach nicht stillhalten.«

Als Nächstes hörten sie einen Aufschrei, gefolgt von: »Verdammt noch mal, Noah!«

»Du gehst besser und hilfst deinem Vater«, sagte Martha.

Elodie strich Pippa noch einmal über die langen Ohren, dann stand sie auf. Ihr Haar war inzwischen getrocknet. Sie schüttelte die wilde Mähne mit den türkisen Strähnen, bis sie wieder wie ein Vorhang vor ihr Gesicht fiel, und machte sich auf den Weg zum Haus hinauf, barfuß, das Handtuch fest um die schmalen Schultern gezogen. Martha sah ihr nach. Als sie sich wieder zu Ranjit umdrehte, bemerkte sie auf dessen Gesicht einen betretenen Ausdruck.

»Übrigens, ich sage es nur ungern, aber wäre es möglich, dass Sie nicht rauchen, wenn die Kinder es sehen können?«

Martha öffnete den Mund, um ihn zu fragen, was er sich eigentlich einbildete, aber dann rang sie sich stattdessen ein Lächeln ab. »Selbstverständlich. Ich möchte kein schlechtes Beispiel geben.«

»Vielen Dank für Ihr Verständnis, die Kinder sind einfach in einem sehr beeinflussbaren Alter.« Während er sprach, hingen seine Augen wie gebannt an der Zigarettenschachtel auf dem Tisch, dann riss er den Blick davon los und wechselte abrupt das Thema: »Gibt es Neuigkeiten in Sachen Telefon und Internet? Ich frage wegen Paula, nicht wegen mir. Sie muss unbedingt mit ihrem Vater kommunizieren können. Heute wird der AGA installiert, und sie will sich vergewissern, dass er den Handwerkern die korrekten Maße gegeben hat. Der Herd wird in eine Mauernische gesetzt, da kommt es auf den Zentimeter an.«

Martha hatte eine Vorstellung davon, wie Paulas Vater war und wie er die bedauernswerten Handwerker herumkommandierte.

»Das mit dem Internet wird noch etwas dauern, aber die Sache ist in Arbeit.« Sie lächelte mit zusammengebissenen Zähnen, was Ranjit hoffentlich nicht merkte. »Und wenn Sie mir eine halbe Stunde Zeit lassen, finde ich bestimmt auch dieses Moskitonetz.«

»Recht herzlichen Dank, Mrs … Miss Morgan, Martha.« Ranjit wandte sich zum Gehen, doch vorher ließ er noch einmal die weißen Zähne blitzen. »Wir sind außerordentlich dankbar für Ihre Hilfe und für Ihre …« Er zeigte auf die Zigaretten. »… Ihre Bereitschaft, in Gegenwart der Kinder nicht zu …« Er verstummte, als würde er es nicht über sich bringen, das Wort auszusprechen. Dann ging er endgültig.

Als er weit genug weg war, zeigte Martha seinem Rücken den Mittelfinger. Sie kochte innerlich. Bevor der Druck zu groß wurde und sie ihre Wut laut hinausschrie, schnappte sie sich Zigaretten und Feuerzeug und ging zu der großen Azalee, um dahinter verborgen ihrem Laster zu frönen. Verdammte arrogante, nervende, ewig unzufriedene *touristes anglais*!

8

Es war fast Mitternacht, und Ben war noch immer nicht zurück.

Martha saß draußen vor der Kapelle, vor sich ein großes Glas Chardonnay und die Reste der Salatauswahl. Ein Chicken Wrap war auch noch übrig. Martha war davon ausgegangen, dass sie und Ben gemeinsam essen würden, nachdem sie die Teller und Schüsseln ab- und den Geschirrspüler eingeräumt hatten, aber dann hatte Ben gesagt, dass er noch mal in den Ort fahren müsse.

»Ich habe meine Sonnenbrille in der Bar vergessen.«

Aber kurz nachdem er weg war, hatte Martha die Brille auf dem Mäuerchen zwischen ihrem kleinen Sitzplatz und der Wiese entdeckt, direkt neben einer brennenden Zitronellakerze und deshalb gut sichtbar.

Sie stocherte in den Salaten auf ihrem Teller herum, dabei beobachtete sie die Serpentinenstraße, die vom Ort ins Tal hinunterführte. Dort musste irgendwann der Scheinwerfer von Bens Motorrad auftauchen. Bald hoffentlich, sie wusste nicht, wie lange sein Chicken Wrap noch genießbar sein würde.

Die Gäste auf der Terrasse wurden immer lauter und aus-

93

gelassener. Gelächter schallte durch die Nacht, Martha hörte das Klingen von Gläsern, begleitet von Trinksprüchen. Musik hatten sie auch, wahrscheinlich von einem Laptop oder iPad. Das Fehlen von Radio und CD-Player war Tamara bei der Besichtigung gleich negativ aufgefallen: »Der Retro-Plattenspieler ist putzig, aber wirklich nichts für Gäste der Klasse, die wir anzusprechen wünschen.«

Martha kannte die Songs nicht; was seit den Neunzigern auf dem Musikmarkt passiert war, war ungehört an ihr vorbeigegangen, abgesehen von der Zwangsbeschallung mit französischen Popsongs in Supermarkt.

Die weinselige Runde auf der Terrasse war nicht die einzige Lärmquelle. Die Kinder, die eigentlich längst ins Bett gehörten, spielten unter Geschrei im Garten Fangen. Das Baby brüllte, und dann fing jemand an zu singen. Martha hätte sich am liebsten die Ohren zugehalten. Die Gäste schienen entschlossen, das Anwesen bis in den letzten Winkel mit dem akustischen Nachweis ihrer Anwesenheit zu füllen.

Die Bitte, vor den Augen der Kinder nicht zu rauchen, wurmte sie immer noch gewaltig, besonders weil diese Helikoptereltern und Gesundheitsapostel offenbar nichts dabei fanden, sich in Gegenwart derselben Kinder hemmungslos zu betrinken.

»Hi.« Alice tauchte aus der Dunkelheit auf. Sie hatte einen Teller in der Hand. »Ich bringe Ihnen ein Stück von meinem Clafoutis.«

Martha begutachtete den Kuchen. »Der sieht gut aus, sehr saftig.«

»Ein Wunder, dass er halbwegs gelungen ist.« Alice seufzte. »Die Kinder wollten helfen, aber die Zwillinge waren ein bisschen zu enthusiastisch beim Mischen der Zutaten, und Noah hat die erste Schüssel Teig auf den Boden fallen lassen. Dann hat Lindy den Ofen nach der Hälfte der Backzeit ausgeschaltet, und als Ranjit mir helfen wollte, den Kuchen aus der Form zu nehmen, hat er sein Glas Merlot darübergeschüttet. Eigentlich wollte ich morgen eine Zitronentarte backen, aber ich weiß nicht, ob meine Nerven das aushalten.«

Martha dachte mit Schrecken an die zusätzliche Arbeit für sie und Ben, wenn Alice keine Desserts mehr beisteuerte. Die Vorstellung, an weiteren vier Abenden Mahlzeiten für diese Leute mit ihren kulinarischen Extrawünschen kochen zu müssen, *inklusive* Nachspeise, ließ ihr Herz rasen. Sie schaute die junge Frau an. »Und wenn Sie Ihren Wirkungsbereich hierher verlegen?« Martha zeigte hinter sich auf die Eingangstür der Kapelle.

Alice' Miene hellte sich auf. »Wäre das möglich?«

»Die Küche ist allerdings winzig.«

»Ich bin von zu Hause gewöhnt, mit wenig Platz auszukommen. Ich würde alles sauber und ordentlich hinterlassen, und ich würde Sie auch nicht lange stören. Mir ist es einfach wichtig, etwas zu diesem Urlaub beizutragen. Sonst fühle ich mich …« Sie stockte, suchte nach dem passenden Wort. »Überflüssig.«

Martha stach mit einem kleinen Löffel ein Stück von dem Clafoutis ab. »Sie werden sich mit Ben und mir arrangieren müssen, weil wir zur selben Zeit das Abendessen vorbereiten. Das kann schwierig werden.« Sie steckte den Löffel in den Mund, schmeckte Zucker und Kirschen und noch etwas anderes, das sie nicht identifizieren konnte. Rotwein vielleicht? Ranjits Merlot? Egal, Alice' Clafoutis war einfach köstlich.

»Ich kann Ihnen zur Hand gehen«, bot Alice an.

»Ich bin überzeugt, dass Sie lieber Ihren Urlaub genießen möchten, als bei der Speisung der fünftausend mitzuwirken.« Martha nahm noch einen Löffel von dem Kirschauflauf und stieß einen entzückten Seufzer aus. »Wunderbar!«

Von der Terrasse beim Haus war Freudengeheul zu hören,

95

gefolgt von einem Chor aus drei Männerstimmen, die nicht schön, aber schön laut einen Refrain mitsangen.

Alice warf einen Blick über die Schulter. »Ich würde euch sehr gern helfen.«

Man hörte Josh nach Alice rufen.

Alice antwortete nicht. Das Kleid der jungen Frau war mit Totenschädeln und Rosen bedruckt, stellte Martha fest. Das Muster erinnerte sie an Bens Tätowierungen.

»Ein Glas Wein?«, fragte sie.

Alice zögerte kurz, bevor sie nickte. »Ja, gern. Danke.«

Martha wies einladend auf den freien Stuhl und goss Chardonnay in das Glas, das sie für Ben hingestellt hatte.

Alice setzte sich. Im selben Moment ertönte ein weiteres begeistertes Grölen vom Haus her, aus dem Paulas schrille Stimme hervorstach: »Komm vom Tisch runter, Simon, du machst dich zum Affen. Josh, du musst ihn nicht auch noch anstacheln. Oh nein – das muss aber doch jetzt wirklich nicht sein!«

Martha und Alice wechselten einen Blick. »Die Wogen der Stimmung schlagen hoch«, kommentierte Martha.

»Allerdings.« Alice nippte an ihrem Glas. »Ich habe nicht geahnt, dass Josh so …« Sie brach ab und sagte dann leise: »… so ausgelassen sein kann.«

»Schon Pläne für morgen?«, erkundigte sich Martha nach kurzem Schweigen.

»Kanufahren auf dem Fluss.«

»Ah.«

Alice drehte den Stiel des Weinglases zwischen den Fingern. »Für Elodie und Noah ist es gut, wenn sie etwas mit ihrem Vater zusammen unternehmen können. Sie sollen nicht denken, dass ich ihn ganz für mich allein haben will.«

Martha dachte an Elodies abweisendes Verhalten gegenüber Alice und fragte sich, wie das Verhältnis zwischen Owen und seiner Stiefmutter gewesen sein mochte. Vielleicht hatte es geholfen, dass sie vorher schon sein Kindermädchen gewesen war.

»Ist bestimmt nicht so ganz einfach mit Kindern, die nicht die eigenen sind.«

Alice nahm einen Schluck. »Ich wusste nicht, dass sie mitkommen würden, bis Josh mit ihnen vor der Tür stand, um mich abzuholen.«

»Eine ziemliche Überraschung.«

Alice lachte. »Das kann man wohl sagen. Aber auch für sie. Sie hatten offenbar keine Ahnung, dass ihr Vater sich mit jemandem trifft, geschweige denn, dass er die fremde Frau mit in den Urlaub nimmt.«

»Seid ihr beide schon lange zusammen?«

»Drei Wochen.« Im Kerzenschein konnte man es nicht genau sehen, aber Martha hätte gewettet, dass der jungen Frau wieder das Blut in die Wangen gestiegen war. »Oder nein, mittlerweile sind es dreieinhalb Wochen.«

»Wie habt ihr euch kennengelernt?«

»Bei einer Deli-Dating-Night.« Als Martha nichts sagte, fügte sie erklärend hinzu: »Eine Dating-Night in einem Delikatessenladen.«

»Aha.«

»Ein sehr schöner Delikatessenladen. In Battersea. Exquisiter Käse. Schokoladentrüffel, für die man töten würde. Macarons mit allen möglichen Füllungen.«

»Ich verstehe.«

»Ich kenne das Besitzerehepaar. Die Dating-Night war ein Marketingexperiment. Ich war nur da, um ein paar Fotos zu machen und später in meinem Blog darüber zu berichten. Ich hätte nicht im Traum daran gedacht, dass ich ausgerechnet dort jemanden kennenlernen würde. Josh und ich standen nebeneinander an dem Tisch mit den Käsesorten. Wir haben beide dieselben Favoriten – Reblochon und Vacherin.«

»Das ist gut.« Martha bemühte sich, so zu klingen, als glaubte sie wirklich, eine Präferenz für dieselben Käsesorten wäre eine tragfähige Basis für eine dauerhafte Beziehung.

»Ich weiß, Josh ist etwas älter als ich, aber er ist einfach süß. Ganz anders als mein vorheriger Freund. Chip interessierte sich nicht für Essen, außer es waren Kartoffeln dabei.«

»Daher der Name?«

Alice nickte. »Ein kulinarisches Wagnis bestand für ihn aus einer Ofenkartoffel mit Pommes frites als Beilage. Aber die *Pommes dauphinoise*, die ich für ihn gemacht habe, oder den *Colcannon*, die mochte er nicht. Er sagte nur: Warum soll man eine von Natur aus schmackhafte Knolle mit ›so einem Zeug‹ wie Sahne und Knoblauch verderben?« Alice seufzte. »Josh weiß meine Kochkünste wenigstens zu schätzen. Seit wir uns kennen, habe ich fast jeden Abend für ihn gekocht.«

Beide Frauen blickten auf, denn in der Einfahrt war das Brummen eines Motorrads zu hören. Sie sahen Ben, der auf seinen vorherigen Stellplatz rollte, den Motor abstellte und die Maschine auf den Ständer wuchtete. Dann kam er zum Tisch herüber. Er wirkte erschöpft.

»Tut mir leid, ich wurde aufgehalten. In der Bar lief ein Fußballspiel.«

Martha zeigte auf die Sonnenbrille auf dem Mäuerchen. »Sie hat die ganze Zeit da gelegen.«

Ben streifte die Brille mit einem flüchtigen Blick und zuckte die Schultern. »Ich hab's gemerkt, als ich da war.«

»Wenn du Wein möchtest, musst du dir aus der Küche ein Glas holen. Es ist aber auch Bier im Kühlschrank.«

Ben verschwand im Hausinnern und kam mit einer Flasche Bier zurück. Er lehnte sich an den Türrahmen, setzte die Flasche an und trank sie in einem Zug fast leer.

Martha beobachtete ihn nachdenklich. »Wie geht's Sally und Pierre?«

Ben legte den Kopf in den Nacken und ließ den Rest aus der Flasche die Kehle hinunterlaufen. »Sorry, wem?«

»Sally und Pierre aus der Bar.«

»Gut«, antwortete er nach einer kurzen Pause.

»Hast du Pierre wegen der Telefonleitung Bescheid gesagt?«

Ben nickte. »Er kümmert sich darum.«

»Danke dir.« Martha zeigte auf den Tisch mit den Schüsseln. »Ich fürchte, dein Chicken Wrap hat die beste Zeit hinter sich, aber Alice hat uns ein Stück Clafoutis zum Probieren vorbeigebracht.« Sie hielt ihm den Kuchenteller hin.

»Ist nicht ganz so gut geworden, wie ich gehofft hatte«, sagte Alice entschuldigend.

Ben trat an den Tisch und nahm das klebrige Kuchenstück mit der Hand vom Teller. Er lehnte sich wieder an den Türrahmen und nahm einen Bissen.

»Echt gut«, sagte er und biss noch mal ab. »Mit gemahlenen Mandeln?«

Alice nickte. »Ich habe weniger Zucker genommen als sonst, weil Lindy fast einen Anfall gekriegt hat, als sie sah, wie ich *pfundweise Zucker* in den Teig *geschaufelt* habe. Ihre Worte.«

»Klingt für mich nach einem Fall von zu vielen Köchen«, kommentierte Martha.

»Kenne ich.« Ben hatte aufgegessen und leckte sich die Finger ab. »Ich habe mal in einer großen Küche gearbeitet.«

»In einem Restaurant?«, fragte Alice.

»Ja. Fünf Sterne.« Er stieß sich vom Türrahmen ab. »Ist es okay, wenn ich mir noch ein Bier nehme?«

»Natürlich, nur zu«, sagte Martha. Schon war Ben in der Küche, und man hörte, wie die Kühlschranktür geöffnet und geschlossen wurde. »Ich habe Alice gesagt, dass sie morgen herkommen kann, um die Zitronentarte zu backen, die es zum Nachtisch geben soll. Es könnte zu dritt ein bisschen eng werden, aber irgendwie wird es schon gehen.«

»Bestimmt erstarre ich vor Ehrfurcht, wenn mir ein echter Maître auf die Finger schaut.« Alice lachte.

Ben erschien mit der neuen Flasche in der Türöffnung und schenkte Alice ein breites Grinsen. »Nach deinem Clafoutis zu urteilen, könnte ich von dir noch einiges lernen.«

Plötzlich tauchte Josh aus der Dunkelheit auf. Sein Blick flog von Alice zu Martha und zu Ben, dann legte er Alice die Hand auf die Schulter.

»Hier steckst du, Prinzessin. Ich habe dich überall gesucht. Du hast was verpasst. Simon hat vorgeführt, wie Ranjit damals auf Ibiza versucht hat, auf dem Tisch einen Flamenco hinzulegen. Ach, das waren Zeiten …«

»Ich möchte erst das hier noch austrinken.« Alice hielt ihr Weinglas in die Höhe. Josh nahm ihr das Glas aus der Hand und stellte es auf den Tisch. »Lindy und Paula haben gedroht, ins Bett zu gehen, und du darfst mich nicht mit den Jungs allein lassen. Sie sind fest entschlossen, sich mit dem billigen Stoff aus dem Ort die Kante zu geben. Du weißt, wie leicht verführbar ich bin.«

»Um ehrlich zu sein, habe ich das nicht gewusst«, sagte Alice mit abgewandtem Gesicht.

»Aber ja.« Josh grinste. »Ich habe nur ganz wenig Selbstkontrolle.« Er ließ seine Hand ihren Rücken hinuntergleiten. Alice stand ruckartig auf.

»Ich bin auf einmal schrecklich müde. Ich glaube, ich gehe ins Bett.«

Joshs Grinsen wurde breiter. »Wenn ich darüber nachdenke, habe ich auch schon ausreichend Bettschwere.«

»Die Wirkung des Château, du Snob«, murmelte Ben.

»Mmmh, ja, der hat ziemlich viele Umdrehungen«, meinte Josh. »Ist aber sehr gut.«

Alice presste die Hand auf ihren Mund, wie um ein Lachen zurückzudrängen. »Bleibt es bei morgen, Martha?«, fragte sie.

Martha nickte. »Wir teilen gern mit dir.«

»Was wollt ihr teilen?« Josh blickte von einem zum anderen. Niemand machte sich die Mühe, ihn aufzuklären. »Egal, unser Bett wartet.« Er forderte Alice mit einer Handbewegung auf, ihm zu folgen, dann verschwanden beide in Richtung Haus.

Ben schüttelte den Kopf. Diesmal konnte Martha nicht verstehen, was er leise vor sich hinbrummte.

Montag

9

Martha stand im Schatten des Hauses und widmete sich der Pflege der Kletterrose. Sie arbeitete sich methodisch von unten nach oben vor und schnitt Dürres und Verblühtes ab, so hoch sie reichen konnte. In der Luft lag der schwere Duft der Bourbonica, die an der Rückseite des Haupthauses emporrankte. Martha liebte es, sich auszumalen, wie die Nonnen diese Rose mit den dunkelrosa Blüten vor vielen Jahren gepflanzt hatten. Wie sie, den langen schwarzen Habit hochgeschürzt, das Pflanzloch aus der fetten Erde am Fuß der Mauer aushoben. Heute schienen die Zweige mit der gelben Putzschicht verwachsen zu sein, wucherten kreuz und quer über die Mauer und über die Risse in der Mauer, als versuchte die Pflanze, das Gebäude zusammenzuhalten.

Eine leichte Brise wehte durch Marthas langes schwarzes Hängekleid und machte die Hitze des Vormittags erträglicher. Wenigstens herrschte auf dem ganzen Anwesen himmlische Ruhe. Die Männer und Alice waren mit den Kindern in den Ort gefahren, um Croissants fürs Frühstück zu besorgen. So hörte man nur das Zirpen der Zikaden und in Abständen das Geräusch von Bens Hammer, der die Sturmschäden am Dach ausbesserte.

Es dauerte eine Weile, bis Martha in dem halbblauen Murmeln über ihrem Kopf zwei Stimmen erkannte, die sich unterhielten. Frauenstimmen.

»Ich fand ihn viel zu klebrig und süß.«

»Hast du gesehen, was für Unmengen Zucker sie in den Teig geschüttet hat?«

»Und sie hat jeden einzelnen Arbeitsschritt fotografiert.«

»Ich wünschte, das Internet würde funktionieren, dann könnten wir uns mal diesen *Blog* ansehen.«

»Was glaubst du, präsentiert sie da?«

»Haufenweise Muffins …« Ein verächtliches Schnauben. »Und diese Dinger mit den bunten Streuseln obendrauf.«

»Von denen haben sie bei *Waitrose* eine Riesenauswahl. Ich habe mich immer gefragt, wer die kauft.«

Martha hielt beim Rosenschneiden inne und lauschte. Paula und Lindy standen auf dem Balkon des Schlafzimmers und ahnten offenbar nichts von ihrer Anwesenheit. Sie konnte Tilly brabbeln hören, als versuchte die Kleine, sich an der Unterhaltung zu beteiligen. Oder – stellte Martha sich vor – sie versuchte, ihrer Mutter mitzuteilen, dass sie vom Arm herunter und endlich selbstständig ihre Umgebung erkunden wollte.

»Josh hat erzählt, ihr nächstes Projekt wäre ein Kochbuch.«

Gekicher.

»Tolle Törtchen, kesse Kekse.«

»Fifty Shades of Tortenguss.«

Beide Frauen prusteten los. Martha widmete sich wieder dem Ausputzen der Rose.

»Glaubst du, sie war der Grund, weshalb er Carla verlassen hat?«

»Die alte Geschichte – Mann verlässt Ehefrau für jüngere Geliebte.«

»Aber Alice sagt, dass sie ihn erst vor Kurzem kennengelernt hat.«

Wieder Gelächter.

»Das behaupten sie alle.«

»Aber warum hat er sich dann von Carla getrennt?«

»Weiß der Himmel! Sie ist umwerfend attraktiv.«

»Und witzig.«

»Eine brillante Journalistin.«

»Nie im Leben würde sie über so etwas Banales wie Essen
schreiben.«

»Oder sich selbst an den Herd stellen.«

»Oder abwaschen.«

»Oder auch nur den Tisch abwischen.«

Kurzes Schweigen.

»Aber mit ihr war es immer sehr lustig.«

»Hat Josh mit Simon über die Trennung gesprochen?«

»Nein. Wir bekamen eine Mail, dass er sich von Carla getrennt hätte und dieses Jahr nicht mitkommen würde. Dann
rief er plötzlich an und sagte, dass er doch kommt und dass
er die Kinder mitbringt.«

»Er hat auch Ranjit nichts erzählt, nur, dass Carla ausgezogen wäre.«

»Wahrscheinlich, weil sie herausgefunden hatte, dass er
sie betrügt.«

»Von Alice haben wir erst erfahren, als er in Calais mit ihr
in diesem Angeberschlitten aufgetaucht ist.«

»Carla hätte nie geduldet, dass er sich so ein Ding an-
schafft.«

»Was ist eigentlich aus dem Vintage-Camper geworden,
mit dem sie letztes Jahr nach Cornwall gekommen sind?«

»Verkauft, wahrscheinlich.«

Pause.

»Wie findest du den Bart?«

Wieder eine Pause, länger diesmal.

»Ich frage mich, wie Carla das alles bewältigt, mit dem Beruf und den Kindern und ganz ohne Hilfe.«

»Ich habe Elodie gefragt, wie es ihrer Mutter geht, aber sie hat mich nur böse angeschaut.«

»Das beherrscht sie meisterhaft.«

»Arme Carla. Ich habe ein richtig schlechtes Gewissen, weil ich nicht dazu gekommen bin, mich bei ihr zu melden. Momentan bin ich einfach zu eingespannt: Diese Vertragsverhandlungen in der Bank sind ein wirklich harter Brocken, und dann der Küchenumbau bei uns zu Hause …«

»Mir geht es ganz genauso. Irgendwie finde ich nie eine freie Minute, um sie anzurufen. Man nimmt sich so viel vor, dann ist der Tag plötzlich vorbei, und nichts davon ist erledigt.«

»Es ist mir ein Rätsel, wie du das aushältst – den ganzen Tag im Haus eingesperrt, mit einem Baby. Gott sei Dank hat Simon sich bereit erklärt, zu Hause zu bleiben, solange die Zwillinge klein sind. Jetzt gehen sie zur Schule, und er hat eigentlich gar nichts mehr zu tun, trotzdem jammert er mir ständig die Ohren voll, dass er *so* müde ist und *so* erschöpft.«

»Also, Kinder großzuziehen ist kein Zuckerschlecken, Paula, und mit Schulkindern ist man als Mutter oder Vater im Dauerstress.«

»Das kann ich mir nicht vorstellen.«

Das Baby quäkte, als wollte es seine eigene Meinung zu dieser Frage äußern.

»Tilly ist so ein süßer Schatz.« Paulas Tonfall klang nicht überzeugend. »Meine persönliche Assistentin hat ihre Babys in einem ausgezeichneten Kindergarten in Wimbledon untergebracht.«

»Ich will für Tilly keinen Kindergarten«, entgegnete Lindy pikiert. »Ich gehe nicht zurück in den …«

Der Rest von Lindys Satz ging in Bens Hämmern unter. Martha schaute zu ihm hinauf. Er hatte das T-Shirt ausgezogen, und wo seine helle Haut nicht von Tätowierungen bedeckt war, zeigte sich bereits ein rötlicher Schimmer, der auf einen beginnenden Sonnenbrand hindeutete. Garantiert hatte er nicht daran gedacht, sich einzucremen, falls er überhaupt so etwas wie ein Sonnenschutzmittel besaß. Martha hätte ihm allerdings auch keines geben können, sie brauchte so etwas nicht. Ihre Kleidung – hochgeschlossen, lange Ärmel – war Sonnenschutz genug.

Aus Richtung der Einfahrt hörte sie ein Motorengeräusch. Martha schaute sich um und sah auf der Straße ein Auto halten. Im ersten Moment glaubte sie, es wären die Männer samt Alice und den Kindern, die aus dem Ort zurückkamen, aber bei dem Auto handelte es sich um einen kupferfarbenen Kombi. Selbst aus der Entfernung konnte sie erkennen, dass die Motorhaube eine Riesendelle hatte und der Wagen unglaublich dreckig war. Jetzt bog er langsam in die Einfahrt ein, stoppte zwischen den gemauerten Torpfeilern. Martha wartete darauf, dass er die Einfahrt hinunterfahren würde, stattdessen setzte er zurück und bog wieder auf die Landstraße ein, die zum Ort führte. Marthas Blick kehrte zu Ben zurück. Den Hammer zum Schlag erhoben, starrte er in die Richtung, in die das Auto verschwunden war. Als das Motorengeräusch verstummt war, sauste der Hammer mit voller Wucht herab. Es klirrte.

»SCHEISSE!«

Die Scherben des Tonziegels rutschten vom Dach und fielen scheppernd auf die Wiese.

»Ein Glück, dass die Kinder das nicht hören können!« Paulas Stimme drang wieder in Marthas Bewusstsein.

»Reuben ahmt schon diesen schottischen Akzent nach.«

»Ich habe Noah dabei erwischt, wie er sich die Brust mit Filzstift bemalt hat. Er wäre ein *Drache*.«

»Tja, Noah hat es faustdick hinter den Ohren.«

»Nichts als Dummheiten im Kopf.«

»Simon hat gesagt, er hätte ihn im letzten Moment daran hindern können, das Kaninchen in den Pool zu werfen, um zu sehen, ob es schwimmen kann.«

Martha nahm sich vor, besser auf Pippa aufzupassen.

»Als ich noch unterrichtet habe, nannten wir solche Kinder ›verhaltensauffällig‹.«

»Und Elodie hat ganz offensichtlich ebenfalls Probleme.«

»Dieser Fimmel mit veganer Ernährung.«

»Aber ist es verwunderlich? Nach allem, was Josh den Kindern zugemutet hat?«

Beide Frauen schwiegen. Martha sah ihre Gesichter vor sich: gespitzte Lippen, missbilligendes Kopfschütteln.

Ein Dielenbrett knarrte.

Das Baby gluckste.

»Ich muss runtergehen und das Frühstück für Tilly fertig machen, bevor die anderen zurückkommen. Glaubst du wirklich, dass man die Pfirsiche nicht zu schälen braucht?«

»Du musst sie nur gründlich abwaschen.«

»Aber das Spülbecken ist total versifft. Hast du den schwarzen Rand um den Abfluss gesehen?

»Ja, sehr unappetitlich. Und die Gummidichtung am Kühlschrank ist schimmelig.«

»Was immer du tust, schau bloß nicht unter die Schränke! Ich schwöre, ich habe da drunter Kaninchenköttel gesehen!«

Beide Frauen stießen angeekelt Laute aus.

»Ob wir ihr das sagen sollten?«

»Ich glaube nicht, dass sie viel unternehmen würde. Sie ist so furchtbar mürrisch, finde ich.«

»Vielleicht hätten wir wieder nach Cornwall fahren sollen.«

»Oh ja, das war paradiesisch. Dieses schöne Haus und die herrliche Landschaft!«

»Und es wäre nicht so grauenhaft heiß. Meine beiden Mädchen leiden ganz schrecklich.«

»Wenn wenigstens das Meer in der Nähe wäre.«

»Ich glaube, ich schreibe mal eine Liste mit Beschwerden, die wir *Dordogne Dreams* zur Stellungnahme vorlegen können.«

Paulas Stimme wurde leiser, als die beiden Frauen ins Haus gingen. Die Tür wurde geschlossen. Stille.

Martha hob den Korb auf, in dem sie die abgeschnittenen Triebe und Blüten gesammelt hatte. Im selben Moment kündigte das Knirschen von Autoreifen auf Schotter die Rückkehr derjenigen an, die ausgezogen waren, Croissants zu besorgen.

Touristes anglais sont la peste! Auf dem Rückweg zur Kapelle wiederholte Martha in Gedanken Pierres Worte. *Schimmelig! Versifft!* Ein kleiner Stein, von ihrem Fuß angestoßen, hüpfte vor ihr her hangabwärts. *Mürrisch.* Und das Meer! Wollten sich diese Ignoranten tatsächlich darüber beschweren, dass die Dordogne nicht am Meer lag?

Autotüren wurden zugeschlagen.

Ein Kind schrie.

»Das ist nur eine Wespe, Reuben.«

»Ich fürchte, die Eiscreme ist auf deine Ledersitze getropft, Ranji.«

»Noah, lass das Kaninchen in Ruhe.«

»Häschen hüpf, Häschen hüpf«, sang eine Jungenstimme.

Martha trat in das Halbdunkel ihrer kleinen Küche in der Kapelle. Pippa kam hereingesaust und versteckte sich unter der Anrichte. Martha knallte die Tür zu und schloss ab. Draußen hörte sie Kinderstimmen.

»Wo ist es hin?«

»Es ist hier reingelaufen.«

Kleine Hände rüttelten an der Türklinke.

»Lass doch! Komm, wir gehen schwimmen.«

»Der Letzte am Pool ist ein Homo!«

Martha ging ins Schlafzimmer. Sie nahm die Ansichtskarte vom Nachttisch und las zum hundertsten Mal die wenigen Zeilen auf der Rückseite, um sich erneut ins Bewusstsein zu rufen, warum sie diesen Leuten erlaubte, sich in ihrem Zuhause breitzumachen.

10

Martha lag vor der Kapelle auf ihrer Sonnenliege. Ihr Kopf schmerzte zum Zerspringen, und Paulas Liste von Negativpunkten wurde in ihrer Fantasie immer länger.

Nr. 33: ein kleines Spinnennetz in der Gästetoilette im Erdgeschoss.

Nr. 34: Die Besteckteile haben kein einheitliches Dekor.

Nr. 35: Im Ort wohnen zu viele Franzosen.

Nr. 36: Es gibt keine *Waitrose*-Filiale.

Die Geräusche aus dem Haupthaus drangen bis zu ihr hinunter: Das Klappern von Geschirr verriet, dass der Mittagstisch abgeräumt wurde, auf dem Dach hämmerte Ben, Ranjit lachte, jemand pfiff eine Melodie, das Baby schrie, und zum wer-weiß-wievielten Mal vergewaltigte jemand auf dem Flügel Beethovens *Ode an die Freude*.

»Im Auto wird man lebendig gebraten«, hörte sie Paula sagen.

Nr. 37: kein Schatten auf dem Parkplatz.

Etwas summte über Marthas Gesicht, sie wedelte es weg.

Nr. 38: Es gibt Bienen.

Erleichtert hörte sie, wie die Autos wegfuhren. Die Gesellschaft brach zu der geplanten Kanutour auf. Ohne Lindy, die nicht mitfahren wollte, »weil Tilly ihren Mittagsschlaf braucht«. Auch Alice hatte verzichtet, aber von allen anderen war sie für die nächsten paar Stunden erlöst.

Martha überlegte, ob sie sich nun verpflichtet fühlen sollte, der Küche mit Bleichmittel zu Leibe zu rücken und unter den Schränken zu fegen. Auf jeden Fall wurde es langsam Zeit, die Vorbereitungen zum Abendessen in Angriff zu nehmen. Ben war morgens gleich als Erstes losgefahren, um die Zutaten zu besorgen, und Martha hatte versprochen, das Gemüse zu schneiden, während er das Dach reparierte. Sie lauschte auf das rhythmische Hämmern und versuchte, sich zu erinnern, was sie eigentlich kochen wollten. Ihre Lider wurden schwer, sie schloss die Augen, und das Hämmern wurde immer leiser …

Sie setzte sich ruckartig auf. Die grelle Mittagssonne stach ihr in die Augen. Irgendetwas hatte sie geträumt, etwas Beunruhigendes – von Abertrulli, der Eisdiele am Strand, dann von Andrew, von

»OWEN!«

Nach ein paar Sekunden wurde ihr bewusst, dass sie nicht allein war. Elodie saß im Schneidersitz im Gras und hatte Pippa auf dem Schoß. Ihr schwarzes T-Shirt verkündete das Motto des Tages: *Verzeihung, wenn ich gähne.*

»Bist du nicht mit den anderen mitgefahren?« In Marthas Kopf ging noch alles durcheinander. Hatte sie eben laut Owens Namen gerufen?

»Ich hasse Boote«, antwortete Elodie, ohne den Blick zu heben.

Martha ließ sich zurücksinken und wartete darauf, dass ihr wild klopfendes Herz sich wieder beruhigte. Sie klammerte sich an Elodies Worte, wiederholte sie in Gedanken wie ein Mantra: *Ich hasse Boote, ich hasse Boote, ich hasse Boote …* Nach ein paar Minuten spürte sie, wie ihr Körper sich entspannte.

Die Sonne brannte auf ihrem Gesicht, normalerweise wäre sie aufgestanden und hätte ihren Sonnenhut geholt, aber Elodies Anwesenheit wirkte aus irgendeinem Grund lähmend.

Aus halb geschlossenen Augen betrachtete sie das junge Mädchen, das immer noch hingebungsvoll das Kaninchen streichelte, und versuchte, sich zu erinnern, wie sie mit vierzehn gewesen war ...

In dem Jahr war Cat an ihre Schule gekommen, das neue Mädchen aus England, eine Exotin. Nicht lange, und sie beide hatten den *Die-Bay-City-Rollers-sind-scheiße-Club* gegründet und hatten sich über die anderen Mädchen lustig gemacht, die »Ich liebe Woody« in das Holz der Schulbank ritzten. Statt Woody schmachteten Martha und Cat die Fotos von David Essex in der *Jacki* an und sparten für die Plateauschuhe aus dem Versandhauskatalog von Cats Mutter Kay. Am Ende dieses Schuljahres hatte David Bowie den Platz von David Essex in ihren Herzen eingenommen und statt der *Jacki* lasen sie nun die *Cosmopolitan*. Auf den bunten Hochglanzseiten lernten sie alles über den weiblichen Orgasmus und darüber, wie man Lipgloss auftragen musste, wenn man aussehen wollte wie Jessica Lange.

An Samstagabenden spendierte ihnen Cats älterer Bruder Cidre im *Sailor's Arms*. Als Gegenleistung brachte ihm Martha nützliche Floskeln auf Walisisch bei, wie zum Beispiel: *Du hast schöne Haare* oder *Willst du mit mir ausgehen?* Besonders lebhaft erinnerte sich Martha daran, wie sie, nachdem sie die Abschlussparty der sechsten Klasse gecrasht hatten, in der Küche eines der besseren Häuser von Abertrulli standen und Cinzano aus der Flasche tranken. Cat probierte ihren ersten Zungenkuss, Martha ihre erste Zigarette, und auf dem Heimweg wurde beiden schlecht, und sie kotzten ins Gras am Straßenrand.

In den langen Sommerferien lagen sie in den Dünen im Sand, um der wässrigen walisischen Sonne einen Hauch von Bräune abzuringen, und beklagten, dass sie in einer Gegend leben mussten, in der so absoluttotalüberhauptgarnichts los war. Boote? Hätten sie gehasst.

»Hallo, Martha.«

Martha richtete sich auf. Alice stand vor ihr. Sie hatte einen Pappkarton dabei.

»Entschuldige, dass ich störe, aber ich wollte jetzt mit der Tarte anfangen. Ich habe im Dorf einen fantastischen Obst- und Gemüsehändler entdeckt.« Sie griff in den Karton. »Sieh dir an, wie groß die ist.«

Martha betrachtete die knubbelige Zitrone in der Hand der jungen Frau. Alice trug heute ein mit Erdbeeren be-drucktes Kleid. Mit ihrer Pfirsichhaut und dem strahlenden Lächeln sah sie aus wie einer Werbeanzeige für Fruchtjogurt entstiegen.

»Sie hatten auch keine Lust auf eine Kanufahrt?«

»Ach nein. Ich hielt es für besser, dass Josh Zeit mit seinem Sohn verbringt, und um ehrlich zu sein, habe ich auch nicht viel übrig für Boote.«

»Dann habt ihr beide etwas gemeinsam, Sie und Elodie.«

Alice schaute sich zu Elodie um, die stoisch das Kanin-chen kraulte.

»Ich werde schrecklich seekrank«, gestand Alice. »Sogar in der kleinsten Nussschale.«

Elodie schnaubte verachtungsvoll.

»Gehen Sie ruhig schon vor in die Küche.« Martha hatte Mühe, von der Liege hochzukommen. Ihr schlimmes Bein war steif, und ihr Kopf tat immer noch weh. »Wie gesagt, die Ausstattung ist einfach, aber der Herd ist gut. Ich komme nach und erkläre Ihnen, wie man ihn bedient.«

»Das ist nicht nötig, ich komme schon zurecht.«

Martha setzte sich wieder hin. »Ich hatte versprochen, das Gemüse fürs Abendessen zu schneiden, aber ich habe Kopfschmerzen, die einfach nicht weggehen wollen.«

»Dann bleiben Sie hier sitzen und ich bringe Ihnen gleich eine Tasse Tee.« Alice lächelte. »Du auch einen Tee, Elodie? Oder lieber Kaffee?«

Ohne Alice anzublicken, schüttelte Elodie den Kopf.

»Ein Glas Wasser?«

»Von dir will ich gar nichts«, sagte Elodie leise, aber doch so laut, dass Alice sie hören konnte.

Alice seufzte und verschwand im Inneren der Kapelle.

Martha betrachtete Elodie, die das Kaninchen streichelte und eine Feindseligkeit ausstrahlte, die man fast mit Händen greifen konnte. »Ich glaube, Alice gibt sich wirklich Mühe«, sagte sie endlich.

»Ich wusste nicht einmal was von einer *Freundin*!« Elodie stieß die Worte so heftig hervor, dass Pippa von ihrem Schoß sprang und Schutz unter der Liege suchte.

Martha wollte etwas Aufmunterndes sagen, aber ihr tat der Kopf so weh, dass ihr nichts einfiel, außer: »Warte ab, alles wird wieder gut, bestimmt.«

»Wird es nicht.« Elodie stand auf. »Meine Eltern – sie sind alle beide gleich peinlich. Mein Vater mit dieser Frau und Mum mit …« Sie brach ab und biss sich auf die Unterlippe. »Mum ist genauso schlimm«, sagte sie leise. Dann drehte sie sich um und marschierte den Weg hinauf zum Haus.

11

Am Nachmittag wurde es noch heißer. Martha döste auf ihrer Liege, aber diesmal mit dem Strohhut als Sonnenschutz über dem Gesicht. Ihre Kopfschmerzen klangen allmählich ab. Ab und zu öffnete sie die Lider einen Spalt und blinzelte durch das Strohgeflecht in den azurblauen Himmel.

Sie mochte den Duft von Stroh, er erinnerte sie an die große Einkaufstasche ihrer Mutter und an die Sommerabende, wenn Sandwiches und Fantadosen in diese Tasche gepackt wurden. Dann nahm Martha den einen Henkel und ihre Mutter den anderen und so spazierten sie zum Ende ihrer von kleinen Reihenhäusern gesäumten Straße, liefen den steilen Fußweg hinab, vorbei an bunt gestrichenen Cottages und hinunter zum Strand. Dabei ließen sie die Tasche zwischen sich schwingen und sangen Motown-Songs. Unten breitete Marthas Mutter eine karierte Decke auf dem Sand aus (in Wirklichkeit war es die eine Hälfte von einem Paar alter Vorhänge), und sie machten ein Picknick. Anschließend zogen sie die Schuhe aus und spielten Fangen mit der Brandung, während die Schatten länger wurden und die Gischt wie weißer Bierschaum über ihre Zehen schwappte.

Martha sah ihre Mutter vor sich, wie sie zwischen Wellen

und Strand hin und her lief und noch nichts ahnen ließ von der gebrechlichen, verwirrten alten Frau, die sie in ihren letzten Jahren gewesen war. Martha hatte jeden zweiten Tag mit ihr telefoniert, obwohl das Personal im Heim ihr mitfühlend zu verstehen gab, dass die alte Miss Morgan gar nicht wusste, wer ihre Anruferin war. Sie hatte es tröstlich gefunden zu wissen, dass ihre Mutter am anderen Ende der Leitung war, auch wenn sie kaum etwas sagte, außer vielleicht »Wer ist da?« oder »Versuchen Sie, mir was zu verkaufen?«. Martha wollte glauben, dass sie immer noch mit der lebhaften jungen Frau redete, die in der Küche in Abertrulli Fischpaste auf Weißbrotscheiben strich, während sich im Hintergrund auf dem kleinen Koffer-Plattenspieler eine Marvin-Gaye-Scheibe drehte.

Die Stunden vergingen, und später am Nachmittag zog Kuchenduft durch die offene Kapellentür in den Garten und stieg in Marthas Nase. Um Punkt fünf Uhr läuteten die Kirchenglocken, und Ben erschien.

»Meiner Meinung nach müsste das Dach komplett neu gemacht werden«, sagte er und zeigte hinüber zum Haupthaus.

»Wem sagst du das«, brummelte Martha.

Alice kam mit einem Teller Plätzchen aus der Tür, sie lächelte schuldbewusst. »Wenn ich einmal angefangen habe zu backen, finde ich irgendwie kein Ende. Ich habe auch noch zwei Focacce fürs Abendessen im Ofen, obwohl ich gar nicht weiß, was auf der Speisekarte steht.«

»Risotto mit Chorizo«, antwortete Ben. »Die Focacce sind also genau richtig.«

»Und Elodie?«, fragte Alice. »Sie isst doch keine Wurst.«

»Sie bekommt ein *Risotto vegetariano*.«

Martha richtete sich auf. »Dann fange ich besser mit Zwiebelschneiden an.«

»Nicht nötig«, sagten Alice und Ben wie aus einem Mund. »Ich übernehme das.« Auch das kam wieder unisono. Sie sahen sich an und lachten.

»Ich glaube nicht, dass in der Küche Platz für drei Leute ist«, meinte Alice.

»Wir würden uns nur gegenseitig auf die Füße treten«, bekräftigte Ben.

Martha lächelte. »Wenn das so ist ...«

Der Nachmittag schritt voran, die Schatten auf der Wiese wanderten, und der Geruch gebräunter Zwiebeln vermischte sich mit Düften aus dem Backofen. Hin und wieder hörte Martha Lachen aus der Küche. Als die Sonne langsam hinter dem First des Haupthauses verschwand, kehrten die Kanufahrer zurück.

»Legt eure nassen Sachen nicht auf meinen Hut!«
»Nein, du gehst jetzt nicht in den Pool.«
»Um Himmels willen, lass das sein!«
»Josh, pass auf Noah auf, er wird das kaputt machen.«
»Hängt die Handtücher zum Trocknen auf!«
»Josh!«
»Wieso sind die Kinder eigentlich so nass?«
»Noah!«
»Und wieso sind es die Erwachsenen auch?«
»Mein Hut ist ruiniert.«
»Wo ist Josh abgeblieben?«
»Mädchen, wie wär's, wenn ihr einen Aufsatz über den Ausflug in euer Ferientagebuch schreibt?«
»Nicht essen! Erst waschen!«
»Ranj, geh und frag sie, ob das Internet endlich wieder funktioniert.«

Martha setzte sich hin und wartete. Es dauerte nicht lange,

und sie sah Ranjit kommen. Das weiße Baumwollhemd flatterte über Shorts, die aussahen wie maßgeschneidert, aber sowohl auf dem Hemd als auch auf der Hose waren große Wasserflecken zu sehen. Anscheinend war die Kanutour nicht ganz unfallfrei verlaufen.

»Nein, tut es nicht«, rief sie ihm entgegen.

Er kam mit einem fragenden Lächeln auf sie zu. »Was meinen Sie?«

»Das Internet. Es funktioniert immer noch nicht.«

»Oh. Großartige Neuigkeiten. Noch ein entspannter Tag im Paradies.« Ranjit wandte sich dem Panorama zu, mit Kirschbäumen, Tal und Dorfidyll, und breitete die Arme aus. »Ich spüre, wie die Sklavenketten des Berufs von mir abfallen.«

»Freut mich zu hören, aber Ihre Freundin scheint anderer Meinung zu sein.«

»Paula ist extrem auf ihren Beruf fixiert.« Ranjit ließ eine kleine Pause entstehen. »Und auf ihren Küchenanbau.« Noch eine Pause. »Und? Was kann ich ihr berichten in Sachen Internet?«

Martha zuckte die Schultern. »Ich weiß nicht. Sie kann sich ja hinsetzen und einen gesalzenen Negativkommentar für TripAdvisor verfassen.«

Ranjit lachte laut. »Oh, keine Sorge, Martha. Das würde sie nicht tun.«

»Meines Wissens ist sie schon dabei, eine Mängelliste zu erstellen.«

Ranjit lachte wieder, aber diesmal klang es ein wenig nervös.

Martha vergewisserte sich mit einem Blick, dass keine Kinder in der Nähe waren, dann zündete sie sich eine Zigarette an. Ranjit blähte die Nasenflügel.

»Verzeihung.« Martha wedelte den Rauch weg.

»Nein, nein, das ist es nicht. Mir sind die himmlischen Düfte aus Ihrer kleinen Eremitage in die Nase gestiegen.«

»Alice hat gebacken.« Martha zeigte auf den Plätzchenteller. »Und Eremitage ist nur bedingt richtig. Dieses Gebäude war ursprünglich die Kapelle des Konvents. Es stammt aus dem 16. Jahrhundert.«

Martha hoffte, die Aussicht auf einen Vortrag über historische Klosterarchitektur würde Ranjit in die Flucht schlagen, stattdessen setzte er sich auf einen der Gartenstühle, streckte die langen, gebräunten Beine von sich und stieß einen zufriedenen Seufzer aus.

»Schön, mal für einen Moment von allem wegzukommen.« Er lehnte sich zurück und zeigte auf sein nasses Hemd. »Vier Erwachsene und vier Kinder, verteilt auf vier Kanus – theoretisch sollte das zu kontrollieren sein.« Er schüttelte den Kopf. »Aber mit Noah ist es so, als hätte man einen Wurf junger Hunde im Boot. Reuben kann es nicht lassen, ihn zu provozieren, und beide lieben es, die Zwillinge zu ärgern. Man füge ein paar Hundert Meter Fluss hinzu, mit ausreichend tiefem Wasser, und das Chaos ist programmiert.«

»Hier steckst du, Ranj!« Simon kam schwerfällig angetrabt. Die im Schwinden begriffenen Locken standen wie ein krauser Heiligenschein um seinen Kopf, und das durchnässte T-Shirt spannte sich über dem Kugelbauch. Sofort hatte er die Plätzchen erspäht. »Ui, jetzt begreife ich, warum du dich nicht losreißen konntest. Wo kommen die denn her?«

»Von unserer Göttin des Herdfeuers.« Ranjit zeigte auf die offene Tür. »Sie hat sich in eine zivilisiertere Küche als die unsere zurückgezogen – eine ohne nervige Kinder. Und eine …« Er dämpfte die Stimme. »… in der einem nicht die Lebensmittelpolizei im Nacken sitzt.«

Simon sank auf den Stuhl neben Ranjit und nahm sich ein

Plätzchen. Martha spürte, dass die Kopfschmerzen zurückkehrten.

»Ist ziemlich still geworden da oben.« Ranjit deutete mit dem Daumen über die Schulter.

»Badezeit«, nuschelte Simon mit vollem Mund. »Es ist von höherer Stelle das Gebot ergangen, dass ein jegliches Kindlein vor dem Abendessen mit Wasser und Seife traktiert werden solle. Von uns wird erwartet, dass wir die nassen Sachen aufhängen.«

»Wo ist Josh?«

»Josh versucht immer noch, das blöde Verdeck zu reparieren. Er hat Angst, dass es anfängt zu regnen.«

Ranjit hob den Blick zum wolkenlosen Himmel. »Sieht nicht danach aus.«

Simon hob die Schultern. »Habe ich ihm auch gesagt. Um ehrlich zu sein, ich glaube, dass das Ding nicht so will, wie er will, gibt ihm das Gefühl, ein Versager zu sein.«

»Impotent, meinst du? Das Verdeck steht sozusagen für eine erektile Dysfunktion?«

»Da helfen auch die kleinen blauen Pillen nicht.«

Die beiden Männer kicherten.

»Sorry.« Ranjit schaute Martha entschuldigend an. »Manchmal überkommt's uns einfach, und wir benehmen uns wieder wie Teenager.«

Simon nahm sich ein zweites Plätzchen. »Wir sind achtzehn Jahre jung und ohne alle Sorgen.«

Ranjit sprang plötzlich auf.

»Was ist denn?«, fragte Simon.

»Solange die Mädels noch beschäftigt sind, mixe ich uns eine Erinnerung an die gute alte Zeit.« Er grinste Martha an und rieb sich die Hände. »Sie sind auch eingeladen, Martha, als Dank dafür, dass Sie uns auf ihrer lauschigen Terrasse Zuflucht gewähren.«

Martha hob die Augenbrauen. Das kleine Rechteck aus niedergetretenem Gras und Unkraut war nicht das, was sie als *Terrasse* bezeichnen würde.

»Soll ich mitkommen, Ranj?«, fragte Simon mit vollem Mund und versprühte Kekskrümel, die auf seinem Bauch landeten.

»Nicht nötig. Ich werde Josh von seinem Flitzer loseisen und ihn als Hilfskraft rekrutieren, dann sind wir in null Komma nichts wieder zurück – falls Sie unsere Gesellschaft noch ein Weilchen länger ertragen können, Martha?«

»Ich muss wirklich reingehen und beim Kochen helfen.« Martha hoffte, dass die beiden den Wink mit dem Zaunpfahl verstehen würden. Aber Ranjit war mit ein paar Schritten an der Tür, steckte den Kopf hindurch und winkte den beiden, die drinnen am Herd beschäftigt waren. Dann kam er zurück. »Alice und Ihr Hausfreund scheinen alles ganz gut im Griff zu haben«, berichtete er.

»Er ist nicht mein Hausfreund.« Martha wurde rot. »Er arbeitet für mich! Er ist nicht einmal halb so alt wie ich und …«

»Schon gut, schon gut, es geht mich überhaupt nichts an.« Ranjit war ebenfalls vor Verlegenheit rot angelaufen. Bevor Martha zu weiteren Erklärungen ausholen konnte, sagte er: »Ich habe oben neben der Küchentür einen großen Topf mit Minze gesehen. Darf ich mir ein paar Zweige abschneiden?«

Ohne eine Antwort abzuwarten, war er auf und davon. Martha drückte die Fingerspitzen gegen die Schläfen, sie hoffte inständig, dass Simon sich ebenfalls entfernen würde. War nicht von Wäscheaufhängen die Rede gewesen? Aber er hatte sich noch ein Plätzchen genommen und beschnupperte es von allen Seiten. Auf seinem Gesicht erschien ein seliges Lächeln. »Mmmh«, er schnupperte wieder. »Josh ist ein glücklicher Mann.« Er biss ein Stück ab, kaute. »Ein sehr glücklicher Mann.« Noch ein Stück, dann schob er kurzentschlossen das ganze Plätzchen in den Mund. »Mein Gott, der Mann ist gesegnet.«

Pippa wagte sich unter der Liege hervor. Martha hob das Kaninchen auf und strich sanft über sein Hängeohr.

Simon redete kauend weiter.

»Joshs Exfrau ist eine echte Stimmungskanone, mit ihr gibt's immer was zu lachen, aber kochen kann sie nicht, und wenn's um ihr Leben ginge. Sie lässt sogar Wasser anbrennen.« Er schluckte herunter, was er im Mund hatte, und leckte sich die Lippen. »Gottverdammt! Das war fantastisch!« Er wollte wieder zugreifen, aber seine Hand machte auf halbem Wege Halt. Er schaute Martha an. »Sie werden doch Paula nichts verraten, oder?« Er tätschelte seinen runden Bauch. »Sie will, dass ich Diät halte und auf Süßes verzichte.« Er rülpste diskret. »Aber man muss sich doch auf etwas freuen können, wenn man den ganzen Tag am Laptop sitzt und versucht …« Er stockte und räusperte sich, als wäre ihm um ein Haar etwas entschlüpft, was er eigentlich nicht verraten wollte. »Wenn man den ganzen Tag versucht, alles auf die Reihe zu kriegen, den Haushalt, die Kinder, Waschen, Putzen, Kochen … Da braucht man ab und zu eine Stärkung.«

»Meine Lippen sind versiegelt.« Martha schloss mit Daumen und Zeigefinger einen imaginären Reißverschluss über ihrem Mund.

Simon hob den Daumen, während er sich mit der anderen Hand das nächste Plätzchen in den Mund stopfte.

Kurz darauf kehrte Ranjit zurück, in der Hand zwei große Krüge mit Mojito. Josh folgte ihm mit einem Tablett voll Gläsern.

Ranjit schwenkte die Krüge breit grinsend durch die Luft. »Genau wie in alten Zeiten.«

»Guter Mann.« Simon wischte die Krümel von seinem T-Shirt. »Erinnert mich an Walcott Square.«

»*Mojito Mondays!*«, erklang ein dreistimmiger Schlachtruf. Ranjit stellte die Krüge auf den Tisch und nahm Josh das Tablett mit den Gläsern ab.

Alice erschien und brachte Käsestangen.

»Hier versteckst du dich, mein Schatz.« Josh küsste sie auf die Wange, dann fiel sein Blick auf Ben, der hinter Alice aus der Tür getreten war. »Ranjit sagte schon, dass du mit dem Mädchen für alles in der Küche bist.«

»Einen Mojito für unsere Meisterköchin?« Ranjit schenkte ein.

»Ja, gern.« Alice sammelte ein paar Käsestangen ein, die vom Teller auf den Tisch gerollt waren.

Ben war in der Tür stehen geblieben und beobachtete die Szene.

»Mojito?« Josh hob ein Glas hoch.

Ben schüttelte den Kopf. »Ich bleibe bei Bier, danke.«

»Na klar, ein Kerl wie du würde nicht einmal tot mit so einem Gesöff für Weicheier gesehen werden wollen.« Josh legte seinen Arm um Alice' Taille und zog sie an sich. »Whisky mit einem Schuss *Iron-Bru* ist wahrscheinlich mehr deine Kragenweite.«

Ben nickte bedächtig. »Habe ich statt Muttermilch eingesogen.«

Josh lachte. »Alice hat dir also in der Küche geholfen.«

»Wir haben den ganzen Nachmittag Mars-Riegel frittiert.«

»Echt!«

»Er will dich bloß auf den Arm nehmen.« Alice ließ sich auf der Bank nieder. »Er hat Risotto gekocht.«

Josh verdrehte die Augen. »Oho, extrem männlich!«

Ben kam mit einer Flasche Bier aus der Küche zurück, und Martha bot ihm einen freien Stuhl an. »Komm her und setz dich zu uns.«

Ben nahm einen großen Schluck aus der Flasche. »Danke, ich stehe eigentlich ganz gut hier.«

»Darf ich einen Toast ausbringen?« Ranjit hob sein Glas. »Auf *Le Couvent des Cerises*, ein kleines Stück vom Himmel auf Erden.« Er wollte das Glas an den Mund führen, hielt aber plötzlich inne. »Eine Wespe!« Er versuchte, das Insekt wegzupusten. »Meine Güte, die ist riesig, dreimal so groß wie die bei uns zu Hause.«

»Auf dem Krug sitzt auch eine.« Simon rutschte ängstlich mit seinem Stuhl zurück.

Ben kam zum Tisch und verscheuchte die Wespen mit einer energischen Handbewegung, dann nahm er seinen Platz in der Tür wieder ein.

Martha sah die Insekten in Richtung der Kirschbäume davonfliegen und machte sich gedanklich eine Notiz, gleich am nächsten Morgen Zuckerfallen aufzuhängen.

Ranjit, Josh und Simon schienen einen längeren Aufenthalt zu planen. Martha fühlte sich an die Jungs von der Band erinnert. Bald versuchten sie, sich gegenseitig mit absurden Geschichten aus ihrer gemeinsamen Sturm- und Drangzeit zu übertrumpfen. Martha fragte sich, was von einem Studium zu halten war, das offenbar aus einer lückenlosen Aneinanderreihung von Partys und Freizeitaktivitäten bestanden hatte: Windsurfen, Bergsteigen, per Anhalter durch Europa reisen, Tauchen in Thailand. Und jedes Mal gab es noch eine Geschichte in der Geschichte: *Wie wir uns verirrt haben. Unser Besäufnis in … Mein schlimmster Kater. Weißt du noch, das Mädchen in …*

Martha konnte nicht anders, bei einigen Geschichten musste sie lauthals lachen.

Ranjit füllte ihr Glas auf, dabei bemerkte sie, dass sein Blick immer wieder verstohlen zu der Zigarettenpackung wanderte, die vor ihr auf dem Tisch lag. Sie beugte sich vor, um das Päckchen einzustecken.

»Nein, nein.« Ranjit hob abwehrend die Hand. »Lassen Sie nur.«

Einem Impuls folgend, schob sie ihm die Zigaretten hin, und nach einem raschen Blick zum Haus bediente er sich.

»Eigentlich rauche ich nicht«, sagte er, als Martha ihm das Feuerzeug reichte. »Oder nicht mehr, seit ich Lindy getroffen habe. Sie hat mich von unserem ersten Date an gezähmt. Keine wilden Partys mehr, keine durchgefeierten Nächte. Sie hat mich zu dem seriösen, strebsamen jungen Mann gemacht, den ihr vor euch seht.« Er lachte, zündete die Zigarette an und inhalierte tief. »Ich sah sie an und war geläutert.«

Simon hätte sich vor Lachen fast an seiner Käsestange verschluckt. »Das würde ich nicht unterschreiben, Ranj. Sollen wir uns mal über deinen Junggesellenabschied unterhalten?«

Ranjit winkte ab. »Lieber nicht. War sowieso langweilig.«

»Von wegen langweilig.« Josh grinste. »Das musst du hören, Alice. Du wirst dich schieflachen.«

Simon prustete schon los. »Wir haben Ranjits sämtliche Klamotten konfisziert, und er musste …«

»Ich habe gesagt, ihr sollt das nicht erzählen«, rief Ranjit dazwischen.

»Du musstest …« Simon konnte vor Lachen nicht weitersprechen.

Josh übernahm die weitere Berichterstattung. »Er musste das ganze Wochenende in Barcelona in einem Mankini herumlaufen.«

»Er hatte sich extra für diesen Trip ein Paar todschicke Sneaker von Paul Smith geleistet«, japste Simon. »Die durfte er tragen, aber mit einem Paar rosa Söckchen mit Glitzerherzen, die wir am Flughafen entdeckt hatten.«

Ranjit lehnte sich zurück und blies einen Rauchring in die Luft. »Ich finde, ich habe ziemlich sexy ausgesehen.«

»Ja, und deshalb musste diese Tante aus Liverpool auch unbedingt testen, wie dehnbar so ein Mankini ist ...« Josh zeigte mit der Hand, was der Test ergeben hatte.

»Bitte, Josh, es sind Damen anwesend«, äußerte Ranjit tadelnd.

»Mir haben sie beim Junggesellenabschied die Haare abrasiert.« Simon zupfte an seinen Locken. »Anschließend haben sie mir Kopf und Gesicht mit Sofortbräuner eingeschmiert. Bei der Trauung habe ich ausgesehen wie eine Mandarine im Frack. Paula war stinksauer. Die Hochzeitsfotos konnte man niemandem zeigen.«

»Und bei dir, Josh?« Ranjit zwinkerte verschwörerisch. »Du hast geglaubt, wir hätten die Stripperin deiner Träume für dich engagiert.«

Josh setzte eine ernste Miene auf und nahm Alice' Hand in die seine. »Ich glaube nicht, dass Alice diese Geschichte hören sollte.«

»Oh doch, sollte sie!« Simon nickte heftig.

»Wir haben Josh den Mund wässrig gemacht und gesagt, sie wäre was ganz Besonderes. Außergewöhnlich.« Ranjit zog an seiner Zigarette. »Haben wir nicht gesagt, sie wäre mal das Mädchen auf Seite drei gewesen, Simon?«

»Playboy-Bunny, glaube ich.«

»Das reicht.« Josh versuchte, Alice die Ohren zuzuhalten. Sie schob seine Hände weg.

»Wir haben einen großen Kasten hereingerollt, mit einer riesigen Schleife. Ganz klassisch.« Simon zeigte mit einer Käsestange auf Josh. »Er hat geglaubt, er wäre der größte Glückspilz aller Zeiten.«

»Seine Finger haben gezittert, als er die Schleife aufgemacht hat«, sagte Ranjit.

»Bitte«, flehte Josh. Es klang verzweifelt. »Wirklich, hört
auf damit.«

Zu spät, Ranjit und Simon krümmten sich vor Lachen.

»Er macht den Deckel auf …«

»Nichts passiert …«

»Aber dann …«

»Dann springt diese Frau auf, in einem Glitzerkorsett mit
Rüschen …«

»Sie wendet ihm den Rücken zu, wir machen die Musik
an, und sie lässt die Hüften kreisen, dass einem schwindelig
wird. Sie gibt alles. Wirklich sehr professionell.«

»Jungs!«, sagte Josh warnend.

»Josh hatte Stielaugen.« Ranjit ignorierte den Protest. »Er
hat ihren Hintern gestreichelt.«

»Ich glaube, das muss ich jetzt wirklich nicht mehr hören.«
Alice nahm einen Schluck von ihrem Mojito.

»Wie ging's weiter?«, fragte Ben von der Tür her. Alice sah
zu ihm hinüber.

Ranjit und Simon hätten ohnehin nicht auf die Pointe verzichtet.

»Dann plötzlich dreht sich dieses göttlich geile Weibsbild
um, und Josh fielen fast die Augen aus dem Kopf, denn es
war …«

»… ein Kerl. Mit einem riesengroßen …«

»… gezwirbelten Schnauzbart!«

»Es war großartig!«

»Armer Josh, ihr hättet sein Gesicht sehen sollen.«

»Er ist schon immer so homophob gewesen. Dieser Streich
war einfach genial!«

»Ich bin nicht homophob.« Josh stand auf.

»Reg dich nicht auf«, sagte Simon.

»Sorry, Alter, aber du warst immer irgendwie komisch, wenn es um schwule Männer ging.« Ranjit konnte nicht aufhören zu lachen.

Simon nickte. »Du hast dich geweigert, dir *Broke Back Mountain* anzusehen.«

»Du hast auch was gegen lesbische Frauen«, fügte Ranjit hinzu.

»Bei *Mulholland Drive* hast du mitten im Film das Kino verlassen.«

»Ich mag keine Filme von David Lynch.« Joshs Wangen röteten sich.

»Weil er schwul ist?«, fragte Simon unschuldig.

»David Lynch ist nicht schwul.« Joshs Stimme klang schrill.

»Komm schon, Josh, bleib locker, wir machen nur Spaß.« Ranjit drückte die Zigarette aus und griff nach der nächsten. Martha schob ihm das Feuerzeug hin.

»Obwohl du nie mehr diesen Regenbogen-Schirm vom Golfclub benutzt hast, nachdem wir gesagt hatten, dass du damit aussiehst, als ob du unterwegs zu einer Schwulenparade wärst.« Simon bekam wieder einen Lachanfall.

»Ach, haltet einfach die Klappe, alle beide.« Josh ließ sich auf seinen Platz neben Alice fallen und schüttete den Rest Mojito hinunter. Martha bemerkte eine große Wespe, die an seinem Glas hinaufkrabbelte. Sie wollte ihn warnen, aber er hatte das Glas schon hingestellt, und die Wespe flog weg.

»Was um alles in der Welt treibt ihr hier?« Paula war unbemerkt an den Tisch getreten. »Da oben liegt das nasse Zeug noch auf einem Haufen, und ihr sitzt hier und gackert wie die Schuljungen. Man hört euch bis oben zum Haus.«

Simon stand auf. »Sorry, Paula.«

»Sorry, Paula«, sagte Ranjit und ließ verstohlen die Zigarette auf den Boden fallen.

»Sorry, Paula«, murmelte Josh.

Paula stemmte die Fäuste in die Hüften. »Übrigens, Josh, Noah rennt splitterfasernackt durch die Gegend und will sich partout nichts anziehen lassen.«

»Sorry, Paula«, murmelte Josh noch einmal.

Paula schlug nach einem Insekt, das vor ihrem Gesicht herumschwirrte. »Diese Wespen sind wirklich überall.«

»Ich kümmere mich darum«, sagte Martha.

»Gut. Also los, ihr drei!«

Paula machte auf dem Absatz kehrt und marschierte mit energisch schwingenden Armen zum Haus zurück. Martha musste an einen Feldwebel denken. Simon, Josh und Ranjit trotteten hinterher.

Bevor sie auf den Fußweg zum Haupthaus einbog, blieb Paula noch einmal stehen und drehte sich um. Die drei Männer merkten zu spät, dass es nicht mehr weiterging, und prallten gegeneinander.

Paula stieß den Zeigefinger in Marthas Richtung. »Nur damit Sie Bescheid wissen: Der Wasserhahn an der Badewanne ist undicht.« Dann setzte sie sich und ihre Truppe wieder in Marsch, und nacheinander verschwanden alle vier aus Marthas Blickfeld.

Martha seufzte. »Also haben wir jetzt zwei undichte Wasserhähne.« Sie schaute Ben an. »Kennst du dich mit so was aus?«

»Ein bisschen.« Er zuckte die Achseln. »Ich werde sehen, was ich tun kann.«

Alice sammelte die leeren Teller ein. »Tut mir leid, Martha. Bestimmt hätten Sie lieber Ihre Ruhe gehabt.«

Martha lächelte. »Keine Sorge. Eigentlich war es ganz unterhaltsam.«

Alice wandte sich an Ben, der die Gläser abräumte. »Ich bringe die Salate und die Brote nach oben zum Haus. Wie lange brauchst du noch für das Risotto?«

»Ein paar Minuten.« Ben sah Alice mit einem schiefen Grinsen an. »Vorher wollte ich noch schnell das übrig gebliebene Stück Toblerone frittieren, speziell für deinen Freund.«

Alice antwortete nichts darauf, aber Martha sah, wie sich die Grübchen in ihren Mundwinkeln vertieften, als sie mit niedergeschlagenen Augen an Ben vorbei ins Haus ging, um das Tablett fertig zu machen.

Dienstag

12

Nach einer weiteren unruhigen Nacht wurde Marthas Drang, Jean-Paul einen Besuch abzustatten, fast übermächtig. Die Kopfschmerzen von gestern waren immer noch da, und das Liegen in dem schmalen, schmiedeeisernen Bett tat ihrem Bein nicht gut. Als es draußen hell wurde, gab sie die Hoffnung auf, doch noch Schlaf zu finden, und tauschte das verschwitzte Nachthemd gegen eine luftige Leinenhose und ein schwarzes T-Shirt.

Ich bin stark. Ich bin stark.

Das ist meine Entscheidung, denn ich habe die Kontrolle.

Schlüssel, Schlüssel, wo sind die verdammten Autoschlüssel?

Martha durchwühlte hektisch ihre Taschen, dann den Wust auf der Anrichte, bis sie zu dem Schluss kam, dass die Schlüssel eigentlich nur noch im Auto sein konnten.

Sie öffnete die Haustür und trat hinaus in den Morgennebel. Die Luft war schwer und süß vom Duft reifer Kirschen, man konnte sie fast auf der Zunge schmecken. Die Sicht reichte kaum weiter als ein paar Meter. Überall summte und surrte es geschäftig, und irgendein großes Insekt prallte gegen ihre Stirn.

Martha schlug danach, gleichzeitig hörte sie eine Stimme.

Sie spähte durch den Dunst zum Kirschenhain hinunter und sah eine schemenhafte Gestalt, die zwischen den Bäumen hindurchlief.

»Oh, die Gesundheitsfanatikerin«, murmelte Martha. Sie wollte sich schon abwenden und zum Parkplatz gehen, da hörte sie plötzlich wütende Schreie. Sie hielt inne und schaute noch einmal hin. Diesmal sah sie zwei Gestalten, und keine davon war Paula, so viel konnte sie trotz des Nebels erkennen. Es waren Männer, das verrieten Größe und Körperbau. Unversehens versetzte der eine dem anderen einen Stoß. Ein kurzes Handgemenge folgte, bis einer der Kontrahenten hinfiel und der andere sich umdrehte und zu der hohen gelben Mauer rannte, die die Grenze zwischen *Les Cerises* und den zum benachbarten Bauernhof gehörenden Feldern bildete. Der Gestürzte rappelte sich wieder auf und rief etwas, aber die Worte waren nicht zu verstehen, weil gleichzeitig irgendwo in der Ferne ein Hahn stimmgewaltig den anbrechenden Tag begrüßte.

Martha lief, so schnell ihr Bein es zuließ, ins Haus zurück und griff sich die Schrotflinte, die sie seinerzeit bei ihrem Einzug im Haus oben gefunden und behalten hatte, obwohl der Verschluss defekt war. Auch andernfalls wäre sie nie in die Versuchung gekommen, die Waffe zu laden, aber sie in Reichweite zu wissen vermittelte ihr ein Gefühl der Sicherheit. Deshalb hatte sie sie mitgenommen, als sie in die Kapelle übergesiedelt war.

Es hatte nicht lange gedauert, die Flinte zu holen, aber als Martha wieder herauskam, war von den beiden Gestalten nichts mehr zu sehen. Sie spähte zu den Bäumen, zwischen denen noch der Nebel hing. Mehrere Minuten stand sie so da, fühlte ihr Herz bis zum Hals klopfen und wartete darauf, dass sich etwas regte.

»Stimmt was nicht?« Ben kam in Badehose vom Pool

her, er rubbelte sich mit einem Handtuch die Haare trocken. Wassertropfen perlten über seine Arme und die Brust und glänzten auf dem Schuppenleib des Drachen und den Totenschädeln. Dass Martha ihm mit einer doppelläufigen Schrotflinte gegenüberstand, schien ihn nicht aus der Ruhe zu bringen.

»Ich habe da unten bei den Kirschen zwei Männer gesehen.« Sie lachte nervös und kam sich reichlich albern vor, die Schrotflinte wog plötzlich sehr schwer in ihren Händen. »Ich dachte, ich könnte sie damit verjagen …«

Ben hob wortlos die Augenbrauen.

»Sie ist kaputt.«

»Was du nicht sagst.«

»Hast du die Männer auch gesehen?«

»Nein.« Ben schüttelte den Kopf. »Ich war im Pool, um ein paar Runden zu schwimmen, bevor die anderen aufwachen.«

»Einer von den beiden hat den anderen umgestoßen und ist weggerannt. Es sah aus, als wollte er da unten über die Mauer klettern.« Martha deutete mit der Flinte in die Richtung, die sie meinte.

Bens Blick folgte dem Gewehrlauf. Der Nebel begann sich zu lichten, die Morgensonne vertrieb die letzten Schwaden und setzte die sommerliche Landschaft langsam wieder in ihrer ganzen Farbenpracht in Szene.

»Ich bin überzeugt, dass ich sie gesehen oder gehört hätte, auch vom Pool aus. Darf ich?« Ben nahm ihr behutsam die Schrotflinte aus den Händen. »Du siehst blass aus. Vielleicht solltest du dich noch ein bisschen hinlegen.«

Martha schloss die Augen. Kein schlechter Vorschlag nach einer weitgehend schlaflosen Nacht, umgetrieben von den Dämonen der Vergangenheit, Gegenwart und Zukunft. Ein Traumfragment war ihr noch gegenwärtig: *Sie stand vor einem Haus ohne Tür und Fenster. Sie umkreiste es wieder und wieder, fand aber keinen Weg hinein, keine Möglichkeit, das schreiende Kind im Innern zu erreichen.*

Die streitenden Männer konnten durchaus das Echo eines anderen Traums gewesen sein. Sie hatte sich in der Vergangenheit so viele Dinge eingebildet, Menschen gesehen, die nicht da waren. Die kleinen weißen Pillen hatten Illusionen befeuert, und diese waren zu ihrer Welt geworden.

In dieser Fantasiewelt war sie nicht allein. Owen war da, tapste neben ihr durch den Garten, zeigte begeistert auf die Eidechsen, die sich auf den warmen Mauersteinen sonnten, schnupperte an Lavendelähren. Nachts schlief er neben ihr im Bett, und morgens saß er mit ihr am Frühstückstisch und schlürfte seinen heißen Kakao. Wenn sie zum Markt ging, um Gemüse einzukaufen, ging er an ihrer Hand mit, und spätnachmittags zur Teatime saßen sie nebeneinander am Swimmingpool, plantschten mit den Füßen im Wasser und aßen belegte Brote und kleinen Törtchen aus der Bäckerei. Die Grenzen zwischen Wunsch und Wirklichkeit verschwammen: Der kleine Junge, der nie älter wurde, und die Mutter, die für ihren Sohn das perfekte Zuhause erschuf.

»Ich glaube wirklich, dass du dich hinlegen solltest«, wiederholte Ben.

»Vielleicht habe ich mich geirrt, was diese Männer angeht.«

»Gut möglich, der Nebel war sehr dicht.«

Ben ergriff ihren Arm und führte sie vorsichtig zurück in die Kapelle. Dort legte er das Gewehr auf den Küchentisch.

»Ich muss mit dir über diese Wespen reden«, sagte er.

»Ich hänge später ein paar Zuckerfallen auf.«

»Es sind keine Wespen, sondern Hornissen.«

»Oh.« Martha spürte, wie der letzte Rest Energie aus ihrem Körper wich. »Kein Wunder, dass sie so groß sind. Dann muss ich in den Ort fahren und telefonieren. Denn wir brauchen einen Schädlingsbekämpfer.«

»Nein, das kriegen wir auch so hin.« Ben warf sich das Handtuch über die Schulter. »Ich suche das Nest und entsorge es. Geht es dir nicht gut?«

Martha schwankte, als sie das Gewicht von ihrem schlimmen Bein auf das gesunde verlagerte. »Ich glaube, ich lege mich wirklich noch mal ins Bett.«

Ben ging zur Tür. »Und keine Sorge. Ich denke auch an die undichten Wasserhähne.« Er trat ins Freie. »Und für heute Abend schlage ich *Boeuf Bourguignon* vor. Ich habe gestern alles Nötige besorgt.« Er drehte sich noch einmal um und winkte ihr zum Abschied. Die Sonne spann einen goldenen Heiligenschein um seinen Kopf. Martha widerstand der Versuchung, ihm noch einmal zu sagen, er wäre ein Engel. Denn bei einem kernigen Schotten mit Drachen- und Totenschädeltattoos sollte man solche Komplimente vermutlich eher sparsam dosieren.

Im Schlafzimmer setzte sich Martha vorsichtig auf das ungemachte Bett. Pippa lag noch schlafend an derselben Stelle wie vorhin. Martha streichelte das samtige Fell, und Pippa belohnte sie mit einem leisen Schnurren, das fast wie das einer Katze klang.

Martha nahm die Ansichtskarte vom Nachttisch und betrachtete erneut die ihr so wohl bekannte Szenerie. Das Foto des sonnenbeschienenen Küstenstädtchens war im Studio des Fotografen so lange bearbeitet worden, bis das Meer so blau war wie die Südsee. Martha dachte an den kleinen Jungen aus ihrer Fantasie, der ihr viele Jahre Gesellschaft geleistet hatte. Sie hatten oft von Spaziergängen am Strand gesprochen. *Erinnerst du dich an das Meer, Owen?* Und schon schlug er mit den Händen aufs Wasser, dass es nur so spritzte.

❖

Sally hatte die Ansichtskarte zusammen mit dem alljährlichen Weihnachtsgruß von Sledge mitgebracht, dem einzigen Bandmitglied, das sich die Mühe machte, wenigstens lose mit Martha in Verbindung zu bleiben. Seit Jahren kam so wenig Post für *Les Cerises*, dass der Postbote die Briefe in der Bar hinterlegte, statt auf dem Fahrrad den steilen Hügel zum Haus hinaufzustrampeln. Daran hatte sich auch in letzter Zeit nichts geändert, als die länglichen weißen Umschläge von der Bank immer zahlreicher und in immer kürzeren Abständen eintrudelten.

»Ich hab sie nicht gelesen«, versicherte Sally, als sie Martha die Karte überreichte.

Martha lächelte, antwortete aber nicht – ihre Aufmerksamkeit galt dem Foto auf der Vorderseite. Sie drehte die Karte um.

»Nicht unbedingt weihnachtlich«, plapperte Sally weiter, während sie gebrauchte Tassen in den Geschirrspüler räumte und das ausgelaugte Kaffeemehl aus dem Siebträger klopfte. »Ich habe Kuchen mitgebracht, *Bûche de Noël*. Bei uns zu Hause in Rochdale heißt er einfach *Baumkuchen*.«

Martha hörte kaum zu, sondern starrte auf die Ansichtskarte.

»Wieder einer von deinen Fans?«, erkundigte sich Sally. »Um ehrlich zu sein, ich habe sie doch gelesen, nur für den Fall. Du erinnerst dich an den verrückten Norweger vor ein paar Jahren – er wollte getragene Unterwäsche von dir haben, der Perversling!«

Sally nahm zwei dicke Scheiben Schokobiskuitrolle mit Buttercremefüllung aus einer Schachtel und legte sie auf Teller. »Der da schreibt, als würde er dich kennen.«

»Wer?« Martha hob den Kopf.

»Der da.« Sally zeigte mit dem Kuchenheber auf die Karte. »Kommt er aus Wales? Das Foto zeigt einen Ort namens Abertoffee.«

»Abertrulli«, berichtigte Martha.

»Egal, irgendwas Unaussprechliches jedenfalls. Gehört er irgendwie zur Band?« Sally leckte Buttercreme von den Fingern und schob Martha einen Teller hin.

Martha schüttelte den Kopf.

Sally machte sich über ihren Kuchen her. »Und wer ist er dann? Ein ehemaliger Liebhaber?«

»Er ist mein Sohn.« Marthas Stimme klang schwach, innerlich zitterte sie wie Espenlaub.

»Du hast einen Sohn?« Sally verschluckte sich und begann zu husten. Schokokrümel regneten in ihr Dekolletee.

»Wusstest du das nicht?«

»Nein!«

»Ich dachte, das wäre allgemein bekannt.«

»Ich hatte keine Ahnung.«

»Und ich habe geglaubt, du und Pierre, ihr wärt nur zu taktvoll, um mich darauf anzusprechen.«

»Liebe Güte, Martha, *so* taktvoll könnte ich niemals sein! Warum hast du nie von ihm erzählt?«

Martha legte die Karte hin und setzte sich an den Tisch. Sally beugte sich vor, umfasste sanft ihre Hände und hielt sie fest. »Was ist passiert?«

Martha seufzte. »Ich war eine schreckliche Mutter.«

»So schrecklich kannst du nicht gewesen sein«, sagte Sally mit einem Blick auf die Ansichtskarte, die zwischen ihnen auf dem Tisch lag. »Sonst würde er dir nicht schreiben und fragen, ob er dich besuchen darf.«

Martha zeichnete mit den Fingern die Buchstaben seines Namens nach, wie jeden Tag seit mehr als sechs Monaten. Die umgeknickten Ecken der Karte und die verwischte Tinte waren Indizien dafür, wie oft sie sie in die Hand genommen und gestreichelt hatte. Die Telefonnummer am unteren Rand war kaum noch lesbar.

»Owen«, sagte sie flüsternd in das stille Zimmer. Draußen konnte sie die Kinder im Pool plantschen hören.

Sie betrachtete noch einmal das Foto vorne auf der Postkarte. Abertrulli. War es denkbar, dass Owen sich erinnerte? An lange Fahrten auf der Autobahn und endlose Meilen auf kurvenreichen Landstraßen? An Mutter und Großmutter, die ihn im Kinderwagen über den Strand schoben und ihm Lieder vorsangen?

Under the boardwalk … Sie sah ihn vor sich, wie er lachte, das erste Wort, das er sagen konnte, war *mehr*. Sie drehte die Karte um. Gerundete Buchstaben, schwarze Tinte, jede Zeile zum Ende hin leicht abfallend. Owens Name war unterstrichen, doppelt.

Sie dachte an den jungen Mann bei LinkedIn und versuchte, sich vorzustellen, wie er neben ihr her durch den Sand lief und wie es wäre, in sein lächelndes Gesicht zu schauen. Aber sein Lächeln war zu unverbindlich, der Anzug mit Krawatte zu formell für den Strand von Abertrulli. Er lachte nicht, er sagte nicht *mehr*, er war stumm.

Unvermittelt riss ein gellender Schrei sie aus ihren Gedanken zurück in die Realität. Dann noch einer und noch einer. Sie ließ die Karte fallen und lief nach draußen.

13

Am unteren Ende der Einfahrt drängten sich die Erwachsenen um den Urheber des ohrenbetäubenden Geschreis. Die Zwillinge und Reuben umkreisten die Gruppe und versuchten, durch die Beine der Erwachsenen zu erspähen, was die Aufregung zu bedeuten hatte.

Als sie näher kam, hörte Martha Ranjits Stimme: »Halt still, wir müssen uns das anschauen.«

»Oha, das sieht übel aus«, sagte Simon.

»Diese Biester sind überall!« Lindy klang fast hysterisch. »Ich bringe Tilly ins Haus!«

»Nimm die anderen Kinder auch mit«, sagte Ranjit. »Schließt Fenster und Türen!«

Lindy hastete an Martha vorbei, das Baby auf dem Arm. Mit der freien Hand scheuchte sie die drei anderen Kinder vor sich her: »Schnell, schnell.«

Martha hielt sie an. »Was ist passiert?«

»Wären wir bloß nach Cornwall gefahren!« Lindy machte sich los und lief mit ihren Schützlingen weiter zum Haupthaus hinauf.

Martha erreichte die Gruppe. Das Wehgeschrei war noch lauter geworden.

»Um Himmels willen, halt still und lass mich die Salbe auftragen.« Paulas Ton war deutlich strenger als der der Männer, die Wirkung aber war ebenfalls gleich null.

Martha sah Ranjit, der auf der Erde kniete und etwas Rosiges und Zappelndes in den Armen hielt. *Ein Ferkel*, war Marthas erster Gedanke, obwohl sie natürlich wusste, dass es ein Kind war.

»Er ist übersät damit«, sagte Ranjit. »Zwanzig Stiche, mindestens.«

»Das ist ein Antihistaminikum. Ich habe es seit dem Erste-Hilfe-Kurs auf der Arbeit immer im Auto. Es hilft gegen Insektenstiche, aber er muss *stillhalten*!«

Alice stand etwas abseits und verfolgte die Szene mit weit aufgerissenen Augen. Ihre sonst so rosigen Wangen waren blass.

Martha wandte sich an sie. »Was um Himmels willen ist denn passiert?«

»Es ist Noah.« Alice schluckte krampfhaft. »Ich habe den Kindern gesagt, sie sollen da wegbleiben, aber …« Sie verstummte, denn sie wurde von Paulas Schimpfen übertönt.

»Wir können dir nicht helfen, wenn du uns nicht lässt«, fuhr sie den Jungen an, der sich brüllend gegen ihre Bemühungen wehrte, die Salbe aufzutragen. »Josh, steh nicht da wie Lots Weib, hilf Ranjit, ihn festzuhalten.«

Martha zog Alice ein Stück zur Seite. »Wegbleiben von was?«, fragte sie.

»Von dem Hornissennest.« Alice zeigte zu den Kirschbäumen hinunter. Martha kniff die Augen zusammen und versuchte zu erkennen, was sie meinte. Und tatsächlich sah sie schwarze Punkte aufgeregt zwischen den Bäumen herumschwirren. Dann entdeckte sie größere Punkte direkt über ihren Köpfen. Simon schwenkte etwas, das nach Paulas Strohhut aussah, um sie zu verscheuchen.

»Ben hat das Nest in einem der Kirschbäume gefunden«, fuhr Alice mit zitternder Stimme fort.

»Noah, hör auf damit, lass das! Nicht treten!«, schrie Josh seinen Sohn an, der sich wild strampelnd aus Ranjits Umklammerung zu befreien versuchte.

»Ben hat mir davon erzählt, als er die Leiter holen wollte.« Alice war den Tränen nahe. »Ich hatte die Aufsicht am Pool, während die anderen den Frühstückstisch abräumten. Ich hielt es für richtig, den Kindern zu sagen, dass sie sich von den Bäumen fernhalten sollen, aber natürlich habe ich sie damit erst auf die Idee gebracht.« Alice schüttelte den Kopf. »Und ich habe nicht gut genug aufgepasst. Ich habe nicht bemerkt, dass Noah aus dem Pool verschwunden ist, weil ich damit beschäftigt war, für meinen Blog einen Beitrag über die verschiedenen Käsesorten im hiesigen Supermarkt zu verfassen. Noah hat sich einen Stock gesucht und ...«

Martha seufzte. »Den Rest kann ich mir denken.«

»Es ist ganz allein meine Schuld.«

»Nein. Es ist meine Schuld.« Martha fuhr sich nervös mit der Hand durch die Haare. »Es wäre meine Pflicht gewesen, vor dem Eintreffen von Feriengästen für Sicherheit auf dem Gelände zu sorgen. Wenigstens hätte ich gestern gleich den Schädlingsbekämpfer bestellen müssen. Ich habe mich darauf verlassen, dass Ben die Hornissen unschädlich macht.« Sie schaute sich suchend um. »Wo ist Ben überhaupt?«

Alice zuckte die Schultern.

In diesem Moment tauchte Elodie auf, in einem mit Einhörnern bedruckten, verwaschenen Schlafanzug, aus dem sie deutlich herausgewachsen war. Die knochigen Hand- und Fußgelenke ragten ein gutes Stück aus den zu kurz gewordenen Ärmeln und Hosenbeinen.

»Was ist los?« Sie gähnte. »Ist das Noah?«

Beim Anblick seiner großen Schwester verstummte Noah

141

augenblicklich und verdoppelte seine Anstrengungen, sich zu befreien. Von Paula dick mit Salbe eingekleistert, glitschte er Ranjit aus den Händen, der ihn zu halten versuchte, sprang auf Elodie zu und klammerte sich an ihr fest. Seine Arme und der Rücken waren von dicken roten Quaddeln übersät.

»Es tut weh, es tut so weh«, heulte er. Elodie ging in die Hocke, um ihn zu trösten. Sie schaute zu den Umstehenden auf.

»Was ist mit ihm? Seine Hände und seine Arme werden dick.«

»Mein Mund fühlt sich komisch an.« Die Worte, zwischen Schluchzern hervorgestoßen, klangen undeutlich. »Meine Zunge …« Noah verstummte.

»Er muss ins Krankenhaus.« Martha konnte nicht glauben, dass sie das gesagt hatte.

Sofort war sie der Mittelpunkt der Aufmerksamkeit.

Josh machte ein erstauntes Gesicht. »So ernst wird es doch wohl nicht sein.«

»Er muss nur zulassen, dass ich diese Salbe auf die Stiche auftrage«, sagte Paula. »Sie hat den Zwillingen bei Insektenstichen immer wunderbar geholfen.«

»Er muss sofort ins Krankenhaus«, wiederholte Martha entschieden. »Er zeigt Symptome eines anaphylaktischen Schocks.«

»Ich weiß, was ein anaphylaktischer Schock ist, das haben wir auch in dem Kurs gelernt. Er tritt sofort ein und nicht zeitverzögert wie bei Noah.« Paula hatte die für sie typische Pose eingenommen, mit streitbar in die Hüften gestemmten Armen.

»Es ist ein anaphylaktischer Schock«, beharrte Martha. »Ich habe das schon einmal gesehen.«

Aus Noahs Kehle drang ein ersticktes Röcheln.

»Lieber Gott«, rief Ranjit. »Sein ganzes Gesicht quillt auf wie ein Hefeteig!«

»Und seine Augen sind zugeschwollen.« Josh war kreide-bleich geworden. »Was sollen wir tun?«

»Ich hole den Autoschlüssel.« Simon rannte los.

Ranjit wandte sich an Martha. »Wo ist das nächstgelegene Krankenhaus?«

»Bergerac. Aber das ist zu weit.«

Paula wollte Noahs Puls fühlen, aber er schlug ihre Hand weg. Sie schaute Josh an. »Hat er schon früher allergische Re-aktionen gezeigt?«

»Ja … Nein … Ich weiß nicht … Ich glaube nicht …« Josh raufte sich verzweifelt die Haare. »Elodie?«

»Nein, Dad, nie. Als ihn im Legoland eine Wespe gesto-chen hat, war gar nichts. Er hat nicht einmal viel geweint. Auch nicht, als er damals versucht hat, eine Biene mit Tesa-film an sein ferngesteuertes Auto zu kleben.«

»Da haben Sie's.« Paula schaute Martha mit hochgezogenen Augenbrauen an. »Er ist offenbar nicht allergisch. Der Kurs-leiter hat gesagt, dass eine allergische Reaktion *immer* auftritt.«

»Ganz egal, was die in Ihrem Kurs gesagt haben, es *ist* eine allergische Reaktion.« Martha fühlte ihr Herz rasen. Es war unverantwortlich von ihr gewesen, Ben die Lösung des Hor-nissenproblems anzuvertrauen.

»Was tun wir jetzt?« Josh starrte Martha an. In seinen Augen war Angst zu sehen.

»Er braucht Adrenalin. So schnell wie möglich.«

»Wenn wir einen Rettungshubschrauber anfordern könn-ten.« Ranjit richtete den Blick zum Himmel, als erwartete er, wie aufs Stichwort dort einen auftauchen zu sehen.

»Wir bringen ihn nach Bergerac ins Krankenhaus«, ent-schied Paula.

Martha schüttelte den Kopf. »Dafür ist keine Zeit. Im Dorf gibt es einen Arzt. Er hat nur abends Sprechstunde, aber wir sollten hinfahren und sehen, ob er da ist.«

Simon kam mit dem Schlüssel zurückgerannt. Er schwitzte, sein Gesicht war puterrot.

»Dann los.« Paula riss ihm den Autoschlüssel aus der Hand. »Wir nehmen den Volvo. Josh, du setzt dich mit dem Jungen nach hinten. Ich fahre.« Dann blaffte sie Martha an: »Wo ist das Haus von diesem Arzt?«

»An der rechten Seite vom Marktplatz.« Martha bemühte sich, schneller zu denken. Sie war nie bei diesem Arzt gewesen. Wozu auch? Kein Mediziner würde ihr verschreiben, was sie haben wollte, das gab es nur bei Jean-Paul. »Es ist die zweite Straße … Ach was, ich komme mit, dann kann ich euch lotsen, das geht schneller.«

Paula war schon beim Volvo. Sie riss die hintere Tür auf der Beifahrerseite auf, bevor sie um den Wagen herum nach vorne lief. Josh hatte Noah auf den Armen, der sich wimmernd an die Hand seiner Schwester klammerte. Sein Gesicht war inzwischen so angeschwollen, dass man die Augen nicht mehr sehen konnte.

Martha hatte mit ihrem Bein Mühe, den anderen zu folgen.

»Nun beeilen Sie sich.« Paula winkte ungeduldig. »Elodie, du bleibst hier.«

Kaum dass Martha den Beifahrersitz erklommen und die Tür zugemacht hatte, gab Paula Gas. Staub wirbelte auf, und der Wagen holperte durch die Schlaglöcher zum Tor. Ranjit lief ein Stück nebenher. »Halte durch, Noah«, rief er durch das offene Fenster. »Alles wird wieder gut.«

Martha warf einen Blick über die Schulter und sah, dass Elodie neben ihrem Vater saß, obwohl Paula ihr verboten hatte mitzukommen. Noah lag halb auf dem Schoß seines Vaters, halb auf dem seiner Schwester. Sein Gesicht begann sich bläulich zu verfärben. Elodie streichelte sein Haar. »Ganz ruhig, ganz ruhig«, flüsterte sie, obwohl ihr kleiner Bruder so still war wie sonst nie.

144

14

»Die Schädlingsbekämpfer sind unterwegs.« Sally stellte einen doppelten Espresso vor Martha hin. Es war noch nicht einmal Mittag, aber Martha fühlte sich so erschöpft, als läge ein ganzer langer Tag hinter ihr.

»Verdammt noch mal.« Martha presste die Hand gegen die Stirn, ein Versuch, die Kopfschmerzen in Schach zu halten, die mit Wucht zurückgekehrt waren. »Wenn ich die Leute nur früher angerufen hätte.«

»Und du willst bestimmt nicht was Stärkeres als Kaffee?«, fragte Sally. »Du siehst immer noch sehr elend aus.«

»Cognac?« Pierre zeigte einladend auf das Flaschensortiment hinter seiner Bar. »Ist gut gegen Schock.«

Martha schüttelte den Kopf und durchsuchte ihre Taschen nach dem Feuerzeug. »Nein, ein Kaffee und eine Zigarette, das genügt mir.«

»Was Süßes, *peut-être*?« Pierre nahm die gläserne Haube von einer Tortenplatte auf dem Tresen und schnitt ein Stück Kuchen ab. »Keine Widerrede. Du hast heute schon – wie sagt man? – viel durchgemacht.« Er schnalzte missbilligend mit der Zunge. »'ornissen sind Raubtiere. Gefährlich für *les abeilles* – für die Bienen. Sehr schändlich.«

145

»Schädlich«, berichtigte Sally.

Martha riss ein Streichholz an und wartete, bis das Flämmchen ruhig brannte, bevor sie es an die Zigarette hielt. Sie nahm einen Zug und stieß den Rauch aus. »Ich sehe schon vor mir, wie die Liste der Negativpunkte in der Bewertung wächst: keine Klimaanlage, kein Internet, undichte Wasserhähne und *Killerhornissen*!«

Sally tätschelte mitfühlend Marthas Arm. »Aber der kleine Junge wird wieder, oder?«

»Ja, Gott sei Dank. Der Arzt hat ihm Adrenalin gespritzt, und fünf Minuten später war Noah schon wieder fit genug, um mit Kugelschreiber auf einem Poster herumzumalen, das zeigt, welche Teile des menschlichen Körpers von einer Pilzinfektion befallen werden können.«

»Dr. Dubois, er ist ein guter Arzt.« Pierre stellte einen Teller mit einem Stück Zitronentarte und einer Kuchengabel neben Martha auf den Tisch. Er legte Sally die Hand auf die Schulter und drückte sie liebevoll. »Er hat auch für uns noch Hoffnung.«

»Aber die Hoffnung erfüllt sich nie.« Sally schüttelte seine Hand ab. »Er und seine befreundeten Spezialisten wissen immer noch nicht, warum ich immer wieder Fehlgeburten habe.«

»Cherie …« Pierres Hand kehrte auf die Schulter seiner Frau zurück.

»Lass das.« Sie schüttelte sie wieder ab.

Pierre kehrte hinter die Bar zurück und fing an, Gläser zu polieren. Sally nahm die Gabel, stach die Spitze von dem für Martha bestimmten Kuchenstück ab und schob sie sich geistesabwesend in den Mund.

Martha hätte Sally gern ein paar tröstende Worte gesagt, aber vielleicht war Ablenkung besser, und dafür bot das Drama des Vormittags wahrlich genügend Stoff.

»Dr. Dubois hat Noah nach Bergerac ins Krankenhaus geschickt, damit man ihn dort durchcheckt. Zur Sicherheit. Ich hatte nicht den Eindruck, dass ich noch gebraucht werde, denn Noah war ja schon wieder munter, deshalb bin ich gegangen.«

»Ein sehr großes Glück, dass du hast erkannt, was los war mit dem *pauvre enfant*.« Pierre stellte ein sauberes Glas ins Regal und griff nach dem nächsten.

»Als wir noch die Band hatten, wurde Posh Paul während eines Gigs in Berlin von einer Biene gestochen. Um ein Haar wäre er uns weggestorben, mitten auf der Bühne. Danach hatte er immer ein Notfallset bei sich, und wir alle ließen uns zeigen, was wir tun mussten, falls er noch einmal gestochen würde.«

»Man mag sich gar nicht vorstellen, wie die Sache ausgegangen wäre, wenn du nicht darauf bestanden hättest, Noah zum Arzt zu bringen.« Sally schauderte.

»'eute du bist eine 'eld.« Pierre lächelte, aber Martha schüttelte den Kopf.

»Es ist meine Schuld. Ich hätte mich nicht darauf verlassen sollen, dass Ben das Hornissenproblem aus der Welt schafft.«

Die Gabel mit dem nächsten Stück Kuchen blieb vor Sallys Mund in der Schwebe. »Ben?«

Martha drückte ihre Zigarette aus. »Ach so, das könnt ihr nicht wissen, ich war ja ein paar Tage nicht hier. Ben ist bei mir aufgetaucht und hat nach einem Job gefragt. Er hat sich in Haus und Garten schon unentbehrlich gemacht, und kochen kann er auch.«

»Wie ist er denn ausgerechnet zu dir gekommen?«, fragte Sally.

»Er hat den Zettel gesehen, den ich vor ein paar Monaten hier bei euch aufgehängt habe. Ihr wisst schon, den Zettel, dass ich einen Helfer suche.«

Sally und Pierre schauten gleichzeitig zu dem Sammelsurium von antiquarischen Ansichtskarten und verblassten Flyern an dem Holzbrett neben der Eingangstür.

»Ich dachte, du hättest den Zettel längst wieder weggenommen«, meinte Sally. »Wer ist dieser Ben? *Wie* ist er?«

»Ihr habt ihn schon gesehen«, sagte Martha.

Sally schaute Pierre an, Pierre zuckte die Schultern. »Ich kenne keinen Ben.«

»Wie sieht er denn aus?«, wollte Sally wissen.

»Blond. Piercings. Tätowierte Arme. Fährt ein Motorrad.«

Sallys Augen wurden groß. Das Stück Kuchen drohte von der Gabel zu rutschen, und sie schob es rasch in den Mund.

»Er müsste Sonntag hier gewesen sein, um euch zu sagen, dass ein Baum auf die Telefonleitung gestürzt ist.« Marthas Blick wanderte fragend von Sally zu ihrem Ehemann. »Er ist Schotte.«

»*Mais oui, mais oui*, jetzt ich weiß!«, rief Pierre. »Er wohnt *Les Cerises,* und ich denke, er eine von deine *vacanciers, Cherie*. Ich 'abe dir von ihm erzählt und gesagt, er sieht nicht aus, wie ich mir vorstelle Gäste von Martha.«

Sally nickte. »Das war der Abend, an dem das Viertelfinale im Fernsehen übertragen wurde. Hier war es brechend voll, deshalb ist er mir wahrscheinlich nicht aufgefallen.«

»Aber mir er ist aufgefallen«, warf Pierre ein. »Ich ihm gebe ein Bier, und als ich 'öre, er ist schottisch, mache ich ein Scherz, dass Schottland nie ist in *Coup du monde*. Er 'at nicht gelacht.«

»Hat er ein Zimmer hier im Dorf?«, erkundigte sich Sally.

»Nein, er wohnt bei mir.«

Sally fiel fast die Gabel aus der Hand. »Du nimmst einen Wildfremden bei dir auf?«

Martha zuckte die Schultern. »Ich habe ein ganzes Haus voller Menschen, die mir vollkommen fremd sind. Und damit sie bleiben und eine halbwegs gute Bewertung schreiben, brauche ich jede Hilfe, die ich kriegen kann.«

»Na ja, bei den Hornissen scheint er keine große Hilfe gewesen zu sein.«

Martha seufzte. »Das war auch zu viel verlangt. Für so etwas braucht man Profis.«

Sally tupfte mit der Fingerspitze Puderzucker von dem leeren Kuchenteller. »Ich fahre dich nach Hause. Ich möchte mir diesen Knaben mal aus der Nähe ansehen.«

»Du brauchst dir keine Sorgen zu machen. Er ist nur ein junger Mann, der seine Reisekasse aufbessern möchte.«

»Weißt du denn überhaupt etwas von ihm, außer dass er Ben heißt und Schotte ist?«

Martha überlegte. »Nein, eigentlich nicht. Er ist ein Mann weniger Worte – unter anderem deshalb mag ich ihn.«

»Solange er seinen Freund nicht bringt in dein 'aus.« Pierre kam an den Tisch und nahm Sally den Kuchenteller weg, bevor sie ihn ablecken konnte. »*Un individu louche.*«

Martha schaute verständnislos zu ihm auf. »Indivi-was?«

»Zwielichtiges Individuum«, übersetzte Sally.

»*Oui.*« Pierre nickte bekräftigend. »Zweilichtig. An der Bar er spricht mit eine andere Mann, und ich denke, diese Mann sieht noch zweilichtiger aus als dein schottische Ben.«

15

»Dein Fahrstil ist immer noch gewöhnungsbedürftig.« Martha suchte Halt am Armaturenbrett, als Sallys kleiner Fiat sich so scharf in die Kurve legte, dass die Karosserie fast über den Asphalt schrammte.

»Schuld sind diese französischen Straßen.« Sally lachte. »Man kommt sich vor wie auf der Carrera-Bahn.«

»Wenn du vielleicht etwas langsamer …«

»Hey, bist du nicht der Rock'n'Roll Star? *Live fast, die young?*« Sally stieg auf die Bremse, und das Auto kam mit quietschenden Reifen vor einem Huhn zum Stehen, das flügelschlagend aus einem offenen Hoftor auf die Straße rannte.

»Pop!«, schrie Martha.

»Hab ich doch!«

»Nein, ich sagte Pop, nicht Stopp! *East of Eden* war mehr Pop als Rock'n'Roll – Post Punk Synthie Pop, um genau zu sein.«

»*It's all rock'n'roll to me*«, sang Sally, der Motor jaulte, der Gang rastete knirschend ein, der Wagen machte einen Satz nach vorn und schoss los.

Martha klammerte sich an ihrem Sitz fest und schaute auf

die Sonnenblumenfelder und kleinen Gehöfte, die beängstigend schnell am Fenster vorbeiflogen.

»Und du hältst es nicht für möglich, dass dieser Ben doch dein Sohn Owen sein könnte?« Sally musste zurückschalten, die Steigung und die Serpentinen machten dem kleinen Wagen zu schaffen. Martha atmete auf.

»Wie kommst du auf die Idee?«

»Nun, er schreibt, dass er dich kennenlernen möchte. Vielleicht ist er schon da, hatte aber nicht den Mut, sich zu erkennen zu geben.«

»Du liest zu viele Romane, Sally! Erstens ist Ben Schotte, und zweitens kann ich mir beim besten Willen nicht vorstellen, dass Owen so viele Tattoos und Piercings hat. Meinen Ex-Mann hätte sonst der Schlag getroffen.«

»Okay, aber wann gedenkst du, dich endlich bei Owen zu melden? Diese Karte liegt seit einer Ewigkeit bei dir herum.«

»Ich kann mich einfach nicht ...« Martha suchte nach Worten für die Angst, die sie jedes Mal überfiel, wenn sie mit dem Gedanken spielte, ihren Sohn anzurufen. »Ich entspreche womöglich nicht seinen Erwartungen«, sagte sie leise. »Erst recht nicht, wenn ich das Haus verliere. Wer will schon eine verarmte, obdachlose Drogensüchtige als Mutter.«

Sally streckte die Hand aus, um Marthas Arm zu streicheln. Prompt geriet der Wagen ins Schlingern, denn es nahte die nächste scharfe Kehre.

»Lass die Hände am Lenkrad!«, schrie Martha.

»Schon gut, reg dich nicht auf. Du bist schlimmer als Pierre.«

»Vielleicht ist es besser, wenn ich gar nicht hinschaue!«

Martha schloss die Augen und versetzte sich in Gedanken zurück in die sonnendurchflutete Küche ihres Hauses in Kensington. Owen hampelte fröhlich krähend auf ihrem Schoß herum. Als er geboren wurde, hatte Andrew gleich ein Kindermädchen für ihn engagieren wollen. Aber Martha war dagegen gewesen. Sie konnte es kaum ertragen, mehr als ein paar Minuten von ihm getrennt zu sein.

»Ex-Süchtige«, sagte Sally.

Martha öffnete die Augen einen schmalen Spalt. »Egal.«

»Wann hast du Owen das letzte Mal gesehen?«

»Als er drei war.«

Sie drifteten gerade stark nach rechts in Richtung Straßengraben.

»Bitte achte auf die Straße.« Martha kniff die Augen wieder fest zu.

»*Excusez, madame.*« Sally lenkte den Wagen zurück in die Mitte der schmalen Landstraße. »Es muss furchtbar für dich gewesen sein, dass man dir dein Kind weggenommen hat.«

»Andrews Anwälte zerrten alle möglichen kleinen und großen Sünden aus meiner Zeit mit der Band ans Licht. Aus ein bisschen Koks zwischendurch machten sie eine ausgewachsene Drogensucht. Und als sie mich des Missbrauchs von Schmerzmitteln beschuldigten, vergaßen sie zu erwähnen, dass ich nach dem Unfall welche nehmen *musste*.« Martha wurde gegen die Beifahrertür gedrückt, als Sally in sportlichem Tempo die nächste Kurve nahm.

»Du hast noch nie von deinem Mann erzählt«, sagte Sally. Der Motor begann zu stottern, als es hinter der Kurve steil bergauf ging. »Ups, falscher Gang.« Sie schaltete zurück, und mit einem Ruck ging es weiter.

Martha öffnete erneut kurz die Augen und sah Sallys forschenden Blick auf sich ruhen.

»Augen auf die Straße!«

»Schon gut, schon gut.«

Martha seufzte. Sie legte den Kopf zur Seite und sah durch

das Seitenfenster einen Hirsch über einen umgepflügten Acker traben. Er hielt den Kopf erhoben und trug stolz sein imposantes Geweih zur Schau.

»Andrew habe ich ein Jahr nachdem sich die Band aufgelöst hatte kennengelernt.«

»Warum hat sich die Band eigentlich getrennt?«

»Das habe ich dir doch schon tausendmal erzählt.«

»Dann erzählst du's eben noch mal.«

»Cat war neidisch, weil *Moondancing* so ein Erfolg war, und sie konnte nicht ertragen, dass Lucas mich den Song singen ließ und nicht sie.«

»Aber du hattest den Song geschrieben.«

»Das war noch etwas, das sie nicht ertragen konnte. Aber es war und blieb das einzige Mal, dass Lucas mich offiziell als Co-Autorin eines Songs anerkannte.«

»Wie viele hast du in Wirklichkeit geschrieben?«

»Meistens fing es damit an, dass ich auf dem Klavier eine Melodie entwickelt und ein paar Zeilen Text dazu geschrieben habe, aber dann übernahmen Cat und Lucas und veränderten so viel daran, dass sie schließlich behaupten konnten, der Song wäre allein ihr Werk.«

»Und die Tantiemen einsackten.«

»Das weißt du alles.«

»Wissen tu ich's.« Der Wagen wurde langsamer. »Ich begreife nur nicht, warum deine Freunde dich so mies behandelt haben.«

Martha seufzte wieder. »Damals war mir das nicht so wichtig. Ich war nicht an Geld interessiert.«

»Du warst an Lucas interessiert.«

»Ich war total in ihn verknallt, aber er liebte Cat, und …«

»Und du hast geglaubt, dass er sich eines Tages in dich verlieben wird, wenn du brav weiter Songs schreibst und dich nie beschwerst.«

153

»Die Situation war kompliziert. Cat war meine beste Freundin. Das glaubte ich jedenfalls.«

Diesmal war es Sally, die einen Seufzer ausstieß. »Stell dir vor, wie es wäre, wenn du die Tantiemen für all diese Songs bekommen würdest.«

»Dann würde ich auf keinen Fall mein Haus an irgendwelche fremden Leute vermieten, so viel steht fest.«

»Aber ihr seid zu guter Letzt doch noch zusammengekommen, du und Lucas?«

Martha schnaubte sarkastisch. »Ich war nur die Lückenbüßerin und zu blind, um es zu merken.«

»Nachdem Cat ihn für den Mann, der fast James Bond geworden wäre, verlassen hatte.« Während der Wagen wieder schneller wurde, trug Sally mit Singsangstimme die Kurzfassung der traurigen Geschichte vom Untergang von *East of Eden* vor. »Und du hast *Moondancing* geschrieben, einen Song über Lucas und deine Gefühle für ihn, und dann hat Cat den Mann, der fast James Bond geworden wäre, sausen lassen und Lucas dazu gebracht, zu ihr zurückzukehren. Aber Lucas hat trotzdem dich den Song singen lassen, und Cat war wütend, und der Song wurde ein Riesenhit, und dann, als du bei den Brit Awards den ersten Preis für die beste Single entgegengenommen hast, hat sie versucht, dich vom Mikro wegzuschubsen, und dann …«

»Den Teil überspringen wir bitte.«

»Dann ist Cat mit einem amerikanischen Musikproduzenten, den sie bei der After-Awards-Party kennengelernt hatte, in die USA geflogen, und Lucas ist ihr gefolgt und wegen eines tätlichen Angriffs auf diesen Produzenten in einem kalifornischen Gefängnis gelandet, und die Band hat sich getrennt.«

»Du weißt das besser als ich.«

»Cat heiratete den amerikanischen Produzenten und

machte in den USA Karriere. Lucas kam zurück und wollte mit keinem aus der Band mehr etwas zu tun haben.« Sally hatte inzwischen fast auf Höchstgeschwindigkeit beschleunigt.

»Und dann bin ich Andrew begegnet.«

»Wo?«

»In einer Kunstgalerie. Unsere Blicke trafen sich über der toten Kuh von Damien Hirst.«

»Äußerst romantisch.« Sally schielte aus den Augenwinkeln zu Martha hinüber.«

»Sieh auf die Straße!«

Sally grinste. »Wie war er denn so?«

»Andrew? Er war groß und gutaussehend. Witzig, *very british*. Er amüsierte sich über den Vorfall bei den Brit Awards. Er hätte was übrig für Frauen mit Temperament, sagte er.«

»Da hast du's. Du hast nichts getan, wofür du dich schämen müsstest.«

»Sein Anwalt war anderer Meinung, als er den Vorfall vier Jahre später vor Gericht gegen mich verwendete. Ich wäre Cat gegenüber *gewalttätig* geworden. Wie oft muss ich es noch wiederholen – es war ein Unfall! Wenn sie nicht diese mörderischen Stilettos angehabt hätte, wäre überhaupt nichts passiert!«

»Tut mir leid.« Der Wagen geriet auf den Seitenstreifen, Sally drosselte das Tempo und lenkte ihn zurück auf die Straße. »Erzähl mir von Andrew.«

»Seine Familie mischt im Bankgeschäft mit und in der Politik. Sein Urgroßvater war Außenminister.«

»Tory?«

Martha nickte.

»Ts, ts, ts.«

»Ich weiß. Aber als wir uns kennenlernten, outete Andrew sich als großer Fan von Neil Kinnock.«

»Neil wer?«

»Das war vor deiner Zeit, Sally. Neil Kinnock war in den Achtzigern Chef der Labour Party. Er hatte einen Cameoauftritt in einem unserer Videos. Er war auch aus Wales, deshalb war er bereit, uns den Gefallen zu tun. Wie auch immer, Andrew erzählte mir, er hätte bei der Wahl 1987 für Neil Kinnock gestimmt, aber wie sich herausstellte, war seine Begeisterung für den Sozialismus nur eine Phase, eine kleine Revolte gegen die Familientradition. Er wollte Dokumentarfilmer sein – düstere urbane Geschichten über Menschen am Rande der Gesellschaft und über Straßengangs. Er hatte keine Ahnung! Woher auch, er war nicht mit einem silbernen, sondern mit einem goldenen Löffel im Mund auf die Welt gekommen. Sechs Wochen nach unserer ersten Begegnung nahm er mich mit in das Landhaus seiner Familie in Norfolk. Landhaus? Das war ein Schloss mit Wassergraben und einer kilometerlangen Auffahrt. Wir schliefen in einem *Turmgemach*. Beschrieben hatte er es als bescheidenes Häuschen etwas außerhalb von Norwich! Heute ist mir klar, dass auch ich nur Teil seiner spätpubertären Rebellion gegen die Familie war – nicht die perfekte englische Rose, die seine Eltern sich für ihn vorgestellt hatten.«

»Aber geheiratet hat er dich?«

»Oh ja, es gab eine Riesenhochzeit. Wir entschwebten in einem Heißluftballon in unsere Flitterwochen. Ich fühlte mich buchstäblich wie im siebten Himmel. Andrew konnte sehr charmant sein, und nach Lucas sehnte mein verwundetes Herz sich nach Aufmerksamkeit und Liebe. Von Andrew bekam ich beides.«

»Wie im Märchen.«

»Mmmm.« Martha verzog das Gesicht. »Nach der Rückkehr aus den Flitterwochen dauerte es nicht lange und Andrew verkündete, er wolle die Dokumentarfilmerei aufgeben und ins Familiengeschäft einsteigen. Als dann Owen unterwegs war, wusste ich schon, dass wir nichts gemeinsam hatten. Wir hatten ein Haus in Kensington gekauft, quasi um die Ecke vom Stadthaus seiner Eltern. Dauernd war seine Mutter bei uns und hatte etwas zu kritisieren, und für seinen Vater war ich mehr oder weniger Luft. Andrew ging, wenn überhaupt, nur widerwillig mit in die Ausstellungen oder Filme, die mir gefielen, und auch unser Musikgeschmack war grundverschieden. Er konnte es nicht ausstehen, wenn Menschen mich auf der Straße erkannten – man könne ja überhaupt nirgends mehr hingehen, ohne ständig belästigt zu werden. Andererseits war er ständig mit seinen neuen Freunden aus der City unterwegs, Fasanenjagd am Wochenende, Golf, Tennis, endlose Cricket-Matches. Politisch machte er eine komplette Kehrtwendung, und wir stritten plötzlich über Kürzungen von Sozialleistungen, den Ausverkauf von Sozialwohnungen und das Gesundheitssystem – kein Gedanke mehr an die Menschen, über die er früher Filme gemacht hatte.«

»Das klingt nach einem Arschloch allererster Güte.«

»Nach Darstellung seines Scheidungsanwalts war ich irrational, unvernünftig und aggressiv, mit extremen politischen Ansichten.«

»Es scheint, sein Anwalt war auch ein Arschloch allererster Güte.«

»Ich flüchtete, sooft es ging, mit Owen nach Wales, zu meiner Mutter. Andrew hasste das auch. Gelegentlich kam meine Mutter nach London und wohnte eine Weile bei uns, aber das passte ihm auch nicht. Und seine Eltern behandelten sie sehr von oben herab.«

»Und womit hast du dir die Zeit vertrieben?«

»Andrew hatte mir die Aufgabe zugedacht, das Haus einzurichten. Es hat mir Spaß gemacht – die Möbel aussuchen,

Tapeten und Vorhänge kaufen, auf dem Portobello Market nach hübschen Kleinigkeiten stöbern, aber Andrew gefiel mein Stil nicht. Während ich nach meinem Unfall im Krankenhaus lag, engagierte er einen Innenarchitekten, und bei meiner Rückkehr war das ganze Haus ein Trauerspiel in Grau-Beige. Man kam sich vor wie im Innern eines verdammten Champignons.«

Martha dachte an den kühlen Frühlingstag zurück, an dem sie nach Wochen in der Klinik und der Reha wieder nach Hause gekommen war. Wie sie dagestanden und die neuen Tapeten und Vorhänge und Möbel angestarrt hatte, diese fein abgestufte Studie in Monochromie. Sogar Owen steckte von Kopf bis Fuß in Beige. Sie hatte das Gefühl gehabt, als wäre aus ihrem Leben alle Farbe herausgesaugt worden.

»Aber wie hat er es geschafft, dich all die Jahre von deinem Sohn fernzuhalten?«

Martha senkte den Blick und betrachtete ihre Hände, mit denen sie sich so fest am Rand des Sitzes festklammerte, dass die Knöchel weiß hervortraten. Mit einer bewussten Willensanstrengung entspannte sie sich und legte die Hände locker verschränkt in den Schoß.

»Andrew versprach mir eine großzügige Besuchsregelung. Die Scheidung war schmutzig, aber danach benahm er sich wirklich anständig. Er übernahm sogar die Anzahlung für *Les Cerises*. Ich war ihm so dankbar. Er meinte, es wäre für Owen doch großartig, in den Ferien nach Frankreich zu fahren, ein anderes Land kennenzulernen, eine andere Sprache, eine andere Kultur …«

»Was ist daraus geworden?«

»Nichts. Immer gab es eine Ausrede: eine Erkältung, Änderungen bei den Urlaubsterminen, ein Trauerfall in der Familie. Ich schickte Owen Briefe, zum Geburtstag ein Päckchen, Karten mit Genesungswünschen, wenn er wieder einmal einen Schnupfen hatte oder die Windpocken, und zu Weihnachten ein besonders großes Geschenk. Ich war beständig auf der Suche nach Dingen, von denen ich annahm, sie könnten ihm Freude machen. Andrew schrieb und bedankte sich in Owens Namen, aber von Owen selbst kam nie eine Zeile, kein Anruf. Ich bat Andrew um Fotos von unserem Sohn, aber er hat nie welche geschickt, nicht ein einziges.«

»Bastard«, murmelte Sally.

»Ich war die ersten Jahre sehr darauf bedacht, das Haus in Ordnung zu halten, für den Fall des Falles. Ich schmiedete Pläne für gemeinsame Unternehmungen, sammelte Flyer für Bootstouren, Ausflüge zu den Höhlenmalereien, Campen am See. Ich kaufte einen Picknickkorb für die Ausflüge, die wir eines Tages machen würden.«

Sally schaltete krachend einen Gang höher. »Ich weiß nicht, wie du das ausgehalten hast.«

Martha dachte an die kleinen weißen Pillen und das schöne Gefühl, das sie mit sich brachten: ein wohlig-warmes Bad, in das man eintauchen konnte, um der Wirklichkeit zu entfliehen. Genau dieses Gefühl hätte sie jetzt gern gehabt.

»Wenigstens hat Owen endlich Kontakt zu dir aufgenommen.« Sallys Stimme schreckte Martha aus ihren Gedanken auf.

»Ausgerechnet jetzt, wo alles den Bach runtergeht«, brummte sie.

»Himmel noch mal!« Sally bog schwungvoll in die Einfahrt von *Les Cerises* ein, der vordere Kotflügel des kleinen Fiats verfehlte nur um Haaresbreite den rechten Torpfeiler. »Nichts geht den Bach runter. Gleich nachdem du die Karte bekommen hattest, bist du in die Klinik gegangen. Jetzt nimmst du keine Tabletten mehr und tust etwas, damit du dein Zuhause behalten kannst. Vertrau mir, alles wird gut.«

Der Fiat ruckelte die Einfahrt hinunter.

159

»Warte, bis *Dordogne Dreams* von den Hornissen erfährt«, presste Martha zwischen zusammengebissenen Zähnen hervor. Die harte Federung des kleinen Wagens gab die Stöße des steinigen Untergrunds ungemildert an die Insassen weiter, und jedes Mal durchzuckte ein stechender Schmerz ihr schlimmes Bein. »Ich bekomme kein Geld … Und keine neuen Gäste … Die Bank wird mir das Haus wegnehmen, und ich muss …« Marthas Stimme wurde immer leiser und verlor sich in der Vision einer Zukunft jenseits des Erträglichen.

Der Fiat rutschte den letzten Meter über den Schotterbelag, bevor er mit einem Ruck auf dem freien Platz neben Joshs Porsche zum Stehen kam, glücklicherweise ohne an dem teuren Stück irgendwelche Blessuren zu verursachen. Sally zog die Handbremse an, sah Martha an und zwinkerte verschwörerisch. »Dann musst du eben auf Plan B zurückgreifen.«

»Plan B?«

»Das Bordell.« Sally kicherte. »Wie der beste Ehemann von allen gesagt hat: *Madame Martha – das 'at was.*«

Martha öffnete kopfschüttelnd die Tür und stieg aus. »Nach der Scheidung habe ich mir geschworen, dass es in meinem Leben keine Männer mehr geben wird!«

»Auch nicht, wenn sie dir Geld anbieten?«

»Auch dann nicht.«

»Viel Geld?«

»Ganz egal, ob viel oder wenig.« Martha schlug die Autotür zu. »Kein Mann in meinem Bett! Nicht für Geld! Nicht zum Vergnügen! Nie mehr!«

»Ist angekommen.« Sally beugte sich immer noch lachend aus dem Seitenfenster. »Dann also die Kasse im Intermaché.«

16

Über dem Anwesen lag eine fast gespenstische Stille. Kein Kreischen und Geplantsche vom Pool her, kein Stimmengewirr, Musikgedudel oder Geschirrklappern auf der Terrasse, nur das rhythmische Zirpen der Zikaden.

»Meine Güte, was für eine Hitze!« Sally stieg aus und deutete mit dem Kinn auf das halboffene Verdeck des silbernen Porsches. »Ist das der letzte Schrei im automobilen Luxussegment oder Ärger mit der Technik?«

Martha antwortete nicht, sie ließ den Blick durch den verwaisten Garten wandern. »Sie sind vermutlich alle im Haus.«

Sally fächelte sich mit der Hand Kühlung zu. »Das überrascht mich nicht. Heute ist der bis jetzt heißeste Tag des Jahres.«

»Hallo!«

Martha drehte sich nach der Stimme um. Alice und Simon saßen am hinteren Ende des langen Mosaiktischs auf der Terrasse, fast unsichtbar im Schatten des Weinlaubs. Simon hob grüßend sein Glas.

»Kommen Sie rüber, und setzen Sie sich zu uns.« Er stand auf. »Ich hole Gläser.«

»Für mich nur ein halbes«, rief Sally und stieg hinter Martha die Treppe zur Terrasse hinauf.

»Definitiv ein halbes für Sally«, sagte Martha. »Sie ist nüchtern schon eine Gefahr im Straßenverkehr.«

Als sie die Terrasse betraten, hob Alice den Kopf und sah sie an. Martha bemerkte ein zerknülltes Taschentuch in ihrer Hand.

»Wie geht es Noah?«, fragte sie verzagt.

»Noah geht es großartig.« Martha nahm ein Kindersöckchen von einem Stuhl und setzte sich.

Ein silberner Kerzenhalter aus dem Wohnzimmer stand in einem Teich aus geschmolzenem Wachs in der Tischmitte. Auf dem Tisch standen noch die Reste des Frühstücks: ein Stapel dreckiger Teller, eine offene Packung zuckerfreies Müsli und ein Häufchen Croissantkrümel. Ans Abräumen hatte niemand mehr gedacht, nachdem am Morgen Noahs erster Schmerzensschrei aus dem Garten erklungen war.

»Wirklich?« Es klang zweifelnd.

»Wirklich.« Martha entdeckte ein krakelig in den Holzrand des Tischs geritztes *N*. »Na bitte. Keine Ursache für Gewissensbisse. Dieses Kind ist ein verdammter Teufelsbraten!« Als ihr bewusst wurde, was sie gesagt hatte, schlug sie erschrocken die Hand vor den Mund.

Simon kam mit einer Schachtel Macarons und zwei Weingläsern aus dem Haus. »Keine Sorge, wir haben viel schlimmere Bezeichnungen für ihn«, meinte er beruhigend.

Alice seufzte. »Mir hätte klar sein müssen, dass man ihn nicht aus den Augen lassen darf.«

»In erster Linie wäre es wohl die Aufgabe des Vaters gewesen, seinen missratenen Sprössling zu beaufsichtigen – meine Meinung«, sagte Sally. Martha stieß ihr einen warnenden Ellenbogen in die Rippen, aber Alice schien den Einwurf gar nicht gehört zu haben.

»Und Noah ist wirklich wieder ganz in Ordnung?«, fragte sie noch einmal.

»Als ich ihn das letzte Mal gesehen habe, kletterte er gerade auf dem Denkmal auf dem Marktplatz herum und rief: ›Seht her, ich bin Spiderman!‹, während Josh und Paula ihn anflehten, herunterzukommen und ins Auto zu steigen.«

Martha erzählte von Noahs rasanter Genesung und seinem schlechten Benehmen in der Arztpraxis, dann berichtete Simon von anderen Unfällen, die Noah in den zurückliegenden Jahren im gemeinsamen Urlaub gehabt oder verursacht hatte.

Erst als Simon geendet hatte, fielen Martha Ranjit und Lindy wieder ein, und sie erkundigte sich nach den beiden.

»Sie sind im Haus, mit den Kindern. Ranjit bemüht sich, Lindy davon zu überzeugen, dass man sich unbesorgt wieder ins Freie wagen kann.«

»Und wo ist Ben?«

»Ich habe ihn nicht mehr gesehen, seit das mit Noah passiert ist«, antwortete Alice.

»Sein Motorrad ist weg«, fügte Simon hinzu. Er nahm sein inzwischen sechstes Macaron aus der Schachtel und begutachtete es mit Kennerblick von allen Seiten. »Ich hoffe, er kommt wieder. Denn ich würde mich gerne mal mit ihm unterhalten. Er fährt nämlich die gleiche Kawasaki wie ich damals.« Simon blickte versonnen in die Ferne und vergaß das Macaron für einen Moment. »Wie ich das vermisse, den Wind in den Haaren, die Lederkluft …«

»Haben Sie kein Motorrad mehr?«, fragte Sally.

»Paula meinte, es käme nicht in Frage, dass ihr Ehemann *und* ihr Vater jedes Wochenende auf der A 40 den Hals riskieren.«

»Paulas Vater fährt Motorrad?« Martha konnte ihr Erstaunen nicht verbergen.

»Eine Harley.«

»Das ist die typische Maschine der Hells Angels«, sagte Sally. »Ist er Mitglied in einem Chapter?«

Martha hätte fast laut gelacht. Das konnte nur jemand fragen, der Paula nicht kannte. Diese Frau hatte nie und nimmer einen Hells Angel zum Vater. Ausgeschlossen!

Simon nickte. »Das war er, aber er ist ausgetreten, als ihm klar wurde, dass die meisten seiner Rocker-Kollegen für den Brexit gestimmt hatten.«

»Paulas Vater war ein Hells Angel?« Martha glaubte, sich verhört zu haben.

Simon nickte wieder.

»Der Vater von Ihrer Frau Paula?«, fragte Martha noch einmal, um sicherzugehen, dass nicht von irgendeiner anderen Paula die Rede war.

»Ja, von meiner Frau Paula.« Simons Interesse galt wieder dem Macaron. Er teilte es behutsam und inspizierte die Füllung. »Ich liebe französische Backwaren, auch wenn sie mit deinen nicht mithalten können.« Er schaute Alice an. »Wie sieht's aus? Hast du noch weitere Köstlichkeiten in petto?«

»Ich habe an einen ganz besonderen Kuchen gedacht.« Alice knetete ihr Taschentuch zu einem noch kleineren Ball zusammen. »Eine Pavlova, Joshs absoluter Favorit, zum Trost für diesen verunglückten Tag.«

»Daddy?«, ertönte es zweistimmig. Die Zwillinge tauchten neben ihrem Vater auf. Sie sahen aus wie Miniaturausgaben ihrer Mutter. Simon wischte die Finger an seinem T-Shirt ab und schob die Gebäckschachtel von sich weg.

»Was gibt's, ihr beiden?«

»Wir haben einen Mann gesehen«, sagte die eine.

»Am Fenster«, sagte die andere.

»Vom Wohnzimmer«, sagten beide im Chor.

Martha wurde hellhörig. »Was für einen Mann?«

»Einen Mann mit ohne Haare.«

»Mit einem bösen Gesicht.«

Simon lachte. »Die Mädchen haben eine blühende Fantasie. Sie denken sich dauernd irgendwelche Geschichten aus, die sie mir dann erzählen.«

»Wir haben wirklich einen Mann gesehen.« Reuben war hinter den Mädchen erschienen. »Er hat gesagt, dass wir leise sein sollen.«

»Er hat mit euch gesprochen?«, fragte Martha.

»Er hat so gemacht.« Reuben legte den Zeigefinger an die Lippen.

Martha musste an die zwei Männer denken, die sie am Morgen bei den Kirschbäumen gesehen hatte. »Wann war das? Gerade eben?«

Die drei Kinder nickten.

»Ich bin sicher, da war nichts«, sagte Simon. »Auch zu Hause kommen sie mit dem größten Unsinn: *Daddy, im Garten steht ein Nilpferdbaby,* oder: *Daddy, es schneit,* im Juni, wohlgemerkt, oder: *Mama kommt gleich und bringt einen riesigen Schokoladenkuchen mit.* Kinder eben.«

»Aber wir haben uns das nicht ausgedacht, Daddy.« Die Zwillinge zerrten an Simons Arm. »Komm mit, dann zeigen wir's dir.«

Simon verdrehte die Augen. »Okay, okay, aber zieht nicht so an mir.« Er lächelte entschuldigend in die Runde. »Ich beuge mich der Gewalt und besichtige den Tatort, sonst lassen uns die kleinen Quälgeister den ganzen Abend keine Ruhe mehr.« Er stand auf und wurde von den drei Kindern durch die Tür in die Küche geschoben.

»Könnte es Ben gewesen sein?«, fragte Sally.

»Ihn hätten die Kinder erkannt«, widersprach Martha sofort.

Alice sprang ihr bei. »Und die Beschreibung passt auch nicht zu ihm.«

»Ben hat sehr viel Haare«, sagte Martha.

»Und er hat kein böses Gesicht«, fügte Alice hinzu.

Sally hob entschuldigend beide Hände. »Schon gut. War nur so eine Idee.«

»Ich glaube auch, dass die Kinder sich das nur ausgedacht haben«, meine Alice. »Gestern haben sie bei den Kirschbäumen angeblich einen Geist gesehen. Eine wunderschöne Frau mit langen blonden Haaren.«

Unwillkürlich wanderte Marthas Blick zu den Bäumen unterhalb der Kapelle. Geister, Hornissen, gewalttätige Männer – der bisher so romantische Hain wirkte auf einmal bedrohlich, sehr geheimnisvoll und still in der flirrenden Hitze.

Alice stand auf und fing an, den Tisch abzuräumen. Martha blickte hinüber zur Einfahrt. Dass Ben einfach so verschwunden war, konnte sie sich nicht vorstellen, zumal sein Zelt noch da war und sein Rucksack ebenfalls. Es sah nicht aus, als ob er sich für immer davongemacht hätte.

Sally erhob sich von ihrem Stuhl. »Ich komme morgen noch mal wieder, um diesen Ben mal unter die Lupe zu nehmen. Jetzt muss ich zurück. Denn Pierre braucht Hilfe. Heute Abend wird das Halbfinale übertragen, und wir haben volles Haus.« Sie verabschiedete sich und ging hinunter zum Parkplatz.

Simon trat aus der Küchentür. »Wir ich's mir gedacht habe – alles ein Produkt überaktiver kindlicher Einbildungskraft. Es muss an den Büchern liegen, die Paula ihnen zu lesen gibt. Aber, Martha, ich hätte da noch eine sehr wichtige Frage.«

»Ja?«

»Was steht für heute Abend auf der Speisekarte?« Er rieb sich grinsend den Bauch. »Das Risotto gestern hat übrigens ganz ausgezeichnet geschmeckt.«

Marthas Blick wanderte wieder zur Einfahrt, doch kein Motorengeräusch verkündete das Nahen des erhofften Retters.

Simon sah sie immer noch erwartungsvoll an.

Martha versuchte krampfhaft, sich ins Gedächtnis zu rufen, was Ben am Morgen zu ihr gesagt hatte. Er hätte Zutaten besorgt für ... »*Bœuf Bourguingon.*«

Simons Lächeln wurde breiter. »Mein Leibgericht.«

17

Als Martha am Abend aus der Kapelle trat, war der Himmel rosa und purpurn gestreift. In den mit Topflappen bewehrten Händen hielt sie den größten Bratentopf, der in der Küche zu finden gewesen war.

Sie betrachtete die Fleischstücke in der sämigen dunkelbraunen Soße und empfand dasselbe Hochgefühl wie bei der Fertigstellung eines Bildes, das sie für gelungen hielt. Was machte es schon, dass in der Küche hinter ihr völliges Chaos herrschte: Töpfe, Schüsseln, Pfannen, Messer, Schneidebretter standen und lagen und stapelten sich zwischen Zwiebelschalen, Knoblauchknollen, den blutigen Plastiktüten aus der Metzgerei und leeren Rotweinflaschen. Sie sprach ein stummes Dankgebet für das bis dato unbenutzte Kochbuch, das ihre Mutter ihr vor dreißig Jahren geschenkt hatte. Die jungen Kartöffelchen und eine Schüssel mit dicken Bohnen standen bereits oben auf der Terrasse, genau wie ein grüner Salat und ein Korb mit aufgeschnittenem Baguette. Alice ging mit vorsichtigen Schritten vor ihr her, in ihren Händen hielt sie die Platte mit der Nachspeise, die versprochene Pavlova. Rubinrote Fruchtsoße schlängelte sich an den Seiten des von Kirschen gekrönten Baiser-

168

Sahne-Bergs herab wie Lava an einem schneeummantelten Vulkankegel.

Die letzten Stunden waren unglaublich anstrengend gewesen. Sie und Alice hatten sich die kleine Küche geteilt. In der einen Hälfte rührte, mixte und quirlte, schichtete und dekorierte Alice, in der anderen schnitt und hackte, briet und schmorte Martha und goss Rotwein und noch mehr Rotwein in den simmernden Sud, in dem das Fleisch garte. Alice gewöhnte sich an Marthas Flüche, wenn das Fett spritzte oder der Knoblauch nicht aus der Schale wollte.

Während sie arbeiteten, erzählte Alice Martha von ihrer Kindheit in Brighton, von ihren exzentrischen Eltern und von den Irrwegen ihres Herzens in der Vergangenheit. Martha musste sich eingestehen, dass Josh im Vergleich zu Bodo, Gideon und Chip eine echte Verbesserung darstellte.

Zwischendurch ging Martha immer wieder hinaus und hielt Ausschau nach Ben.

»Glauben Sie, dass ihm etwas zugestoßen ist?«, fragte Alice.

»Ich hoffe nicht.«

»Vielleicht macht er sich Vorwürfe wegen Noah und traut sich deshalb nicht her.« Alice zog das Kirschkompott von der Herdplatte und schaute sich nach Martha um. »Das wäre schrecklich, weil es doch eigentlich meine Schuld war.«

Martha legte den Rührlöffel hin. »Es war weder seine noch Ihre Schuld. Wenn sich jemand Vorwürfe machen muss, dann ich.«

»Trotzdem fühle ich mich schrecklich deswegen. Wenn ich mir vorstelle, was vielleicht passiert wäre, wenn Sie nicht eingegriffen hätten ...«

»Alle haben gesehen, dass der Junge einen schweren allergischen Schock hatte. Es hätte nicht lange gedauert, bis auch einer von den anderen reagiert hätte.«

»Aber Sie waren großartig, so gelassen, so souverän.«

Martha hob die Augenbrauen. Noch nie hatte jemand sie als gelassen und souverän bezeichnet.

Trockenes Laub knisterte unter Marthas Füßen, eine kleine braune Eidechse huschte über den Weg und verschwand in den Ritzen eines niedrigen Mäuerchens. Martha hörte ein Motorengeräusch und blieb stehen – Bens Motorrad vielleicht? Nein, es war der Volvo, der langsam zum Parkplatz hinunterrollte. Auch Alice war stehen geblieben, und die beiden Frauen schauten zu, wie Paula den Wagen in die Lücke zwischen dem Range Rover und Joshs Porsche manövrierte.

Die Zwillinge und Reuben hatten sich seit Stunden in der Nähe der Einfahrt herumgetrieben und auf die Rückkehr ihres Rädelsführers gewartet. Kaum stand der Wagen, rissen die Kinder die Beifahrertür auf. Noah schoss heraus wie ein Pfeil, und die vier Kinder hüpften heulend und johlend im Kreis herum wie Indianer beim Kriegstanz.

Die beiden Erwachsenen im Auto wirkten weit weniger energiegeladen. Josh machte einen leicht benommenen Eindruck.

»Noah, bitte nicht so übermütig«, rief er kraftlos. »Der Arzt hat gesagt, dass du noch ein paar Tage aufpassen solltest.«

»Uuuaaah!«, schrie Noah. »Los, gehen wir auf Bärenjagd!« Die Viererbande stürmte zum Haus hinauf.

Paula stieg aus und lehnte sich gegen die offene Autotür. Sie gähnte. »Ich glaube, diese Adrenalinspritze hat ihn noch zusätzlich aufgeputscht.«

Josh hatte Alice entdeckt und ging zu ihr. »Hallo, Liebling.« Er beugte sich über die Pavlova, um ihr einen Kuss zu geben, dabei kam sein hellblaues Hemd in Kontakt mit Sahne und Kirschkompott.

»Es tut mir so leid …«, begann Alice, aber Josh schüttelte den Kopf.

»Mach dir keine Gedanken. Du hast Noah gesehen. Er ist ganz der alte.«

»Da fällt mir ein Stein vom Herzen, aber …« Sie deutete mit einem Kopfnicken auf sein Hemd.

»Oh nein, das Hemd ist ganz neu!« Er rieb an dem Fleck, was die Sache noch schlimmer machte.

»Wo ist eigentlich Elodie?«, fragte Alice. Josh schaute sich um. Anscheinend hatte er ganz vergessen, dass Elodie ebenfalls im Auto gesessen hatte.

»Ich bin hier«, antwortete eine Stimme von der Rückbank des Autos. Dann schob sich Elodie langsam nach draußen, immer noch in ihrem zu kleinen Schlafanzug mit den aufgedruckten Einhörnern. Ihre Füße steckten in riesigen Gummistiefeln, die sie abzuschütteln versuchte.

»Die behältst du gefälligst an«, bellte Paula. »Wenigstens für den Weg zum Haus. Wenn du auf eine Hornisse trittst, geht der ganze Zirkus von vorne los.«

Elodie setzte eine trotzige Miene auf. »Ich sehe albern aus in den Dingern.«

»Diese *Dinger* sind meine neuen *Le Chameaus* und haben ein Vermögen gekostet! Sei froh, dass du sie hattest. Du konntest ja wohl kaum barfuß ins Krankenhaus gehen.«

Elodie stapfte mürrisch an Alice, Martha und ihrem auf sein Hemd konzentrierten Vater vorbei, ohne sie eines Blickes zu würdigen. Die zu großen Stiefel ließen sie noch schmächtiger aussehen, als sie ohnehin war. Sie wirkte sehr jung, wie ein Kind, nicht wie ein Teenager.

»Jedenfalls kommt ihr genau richtig.« Alice lächelte Josh und Paula an. »Das Abendessen ist fertig. Martha hat ein

171

großartiges Gulasch gekocht, und ich habe eine Pavlova gemacht, extra für dich, Josh.«

»Lieb von dir, Goldschatz, aber ich brauche erst einmal eine Dusche, und ich muss diesen verdammten Fleck loswerden. Salz soll doch gegen Flecken helfen, oder?« Er sah Alice ratsuchend an, dann Martha.

Martha zuckte die Schultern. »Mit so was kenne ich mich leider nicht aus.« Sie wandte sich an Alice. »Kommen Sie, wir sollten Ihr Tortenkunstwerk in Sicherheit bringen, bevor jemand es ganz ruiniert.«

Paula schloss den Volvo demonstrativ ab. »Man kann hier nicht vorsichtig genug sein«, sagte sie. »Als ich heute zu meiner Morgenrunde starten wollte, habe ich oben an der Einfahrt einen Kerl herumlungern sehen.«

»Können Sie beschreiben, wie er …« Martha sparte sich den Rest, weil Paula schon vor ihnen her zum Haus marschierte, auch von hinten machte sie mit ihren langen Beinen und der gut sitzenden Capri-Hose eine perfekte Figur. Josh folgte ihr, sichtbar genervt wegen des Missgeschicks mit seinem Hemd.

»Sie essen doch mit uns, Martha?«, fragte Alice im Weitergehen. »Simon und Ranjit haben mich beauftragt, Sie einzuladen, und ein Nein wird nicht akzeptiert. Es ist das Mindeste, nach allem, was Sie für Noah getan haben.«

»Eigentlich wollte ich darauf warten, dass Ben zurückkommt.«

»Wir lassen ihm etwas übrig. Sagen Sie bitte Ja.«

Marthas Herz begann schneller zu schlagen. Sie wusste nicht, ob es an der kleinen Steigung des Weges lag oder an der leichten Panik, die sich in ihr breitmachte. Seit einer gefühlten Ewigkeit hatte sie nicht mehr an einer Dinnerparty teilgenommen oder überhaupt an einem gesellschaftlichen Ereignis. Selbst während der Woche in der Klinik in Lyon hatte sie ihre Mahlzeiten nicht mit den anderen Patienten im Speisesaal eingenommen, sondern allein auf ihrem Zimmer.

Kurz nachdem sie in *Les Cerises* eingezogen war, hatte sie eine Einladung des Bürgermeisters zum alljährlichen Sommerfest erhalten. Sie hatte die doppelte Dosis Tabletten eingenommen und still an einem der langen Schragentische auf dem Marktplatz gesessen, in Gänseschmalz gegarte Kartoffelscheiben – *Pommes Sarladaises* – und am Spieß gebratenes Spanferkel gegessen. Zwischen den alten Häusern hingen Girlanden aus bunten Papierblumen, und Kinder, die in der Bauerntracht der Gegend gekleidet waren, tobten auf den kopfsteingepflasterten Straßen herum.

Anfangs hatte sie sich wohlgefühlt, doch nach und nach wurde sie sich der verstohlenen Blicke und des Getuschels hinter vorgehaltener Hand bewusst: ... *la chanteuse du groupe pop anglais ... pop star ... Moondancing ... accident ... l'abuse de drogues.*

Sie hatte sich unter einem Vorwand verabschiedet und war nie wieder hingegangen, trotz der goldgeränderten Einladungen, die jedes Jahr in ihrem Briefkasten lagen.

Ab und an nahm Martha sich Auszeiten von ihrem Eremitendasein. Gelegentlich aß sie mit Sally und Pierre zu Mittag, und viele Jahre war ihre Mutter ein regelmäßiger Gast auf *Les Cerises* gewesen. Zu Weihnachten kam sie immer. Martha machte Feuer in dem großen Kamin im Wohnzimmer, sie packten Geschenke aus und gegessen wurde mit dem Teller auf dem Schoß vor dem Fernseher bei *Ist das Leben nicht schön* oder *Das Wunder der 34sten Straße*. Beim Abwaschen später am Abend hörten sie alte Motown-Platten auf dem kleinen tragbaren Plattenspieler und tanzten, die Geschirrtücher über dem Kopf schwenkend, in der Küche herum.

Genau wie früher, sagte ihre Mutter dann.

Aber Marthas Mutter wurde mit den Jahren gebrechlicher und konnte nicht mehr reisen. Irgendwann war Jean-Paul der einzige Besucher an Heiligabend, und seine Mitbringsel – kleine Schachteln mit weißen Pillen – waren weder als Geschenk verpackt, noch waren sie umsonst.

»Um ehrlich zu sein, ich bin ziemlich geschafft«, sagte sie auf der Terrassentreppe zu Alice. »Ich glaube, ich gehe heute früh zu Bett.« Sie stellte den heißen Eisentopf auf ein Rechaud neben den Korb mit dem Brot.

»Gute Idee.« Paula steuerte zielstrebig auf die Küchentür zu. »Das mache ich auch. Ich will morgen früh raus und meine zehn Meilen laufen, bevor es zu heiß wird.«

»Wartet nicht auf mich.« Josh verschwand hinter ihr im Haus. »Ich habe auf der Rückfahrt einen Burger gegessen und kriege fürs Erste keinen Bissen mehr runter.«

Martha nahm der enttäuschten Alice die Pavlova aus den Händen, bevor sie vom Teller rutschen konnte.

»Da sind Sie ja, Martha.« Ranjit kam aus dem Haus. »Simon und ich haben beschlossen, dass Ihnen der Ehrenplatz am Kopf der Tafel gebührt.«

Nach einem letzten Blick in Alice' trauriges Gesicht ließ sie sich von Ranjit zu ihrem Stuhl führen. Simon legte ein Samtkissen auf die Sitzfläche. »Damit Sie's schön bequem haben. – *Ups*!« Rasch drehte er das Kissen um. »Da hat wohl jemand seine kleinen Schokoladenfinger dran abgewischt.«

»Hieß es nicht, die Kinder dürfen keine Schokolade?« Martha konnte sich die kleine Spitze nicht verkneifen, aber Simon hatte ihr nicht zugehört, seine Aufmerksamkeit war vom Anblick der Pavlova gefesselt. »Dem Himmel sei Dank, dass Paula heute früh schlafen gehen will.«

18

Das Abendessen verlief ziemlich chaotisch. Als alle sich gesetzt hatten, wurde es am Tisch ziemlich eng. Ranjit und
Simon hatten so weit nach oben rücken müssen, dass Martha
zwischen ihnen eingeklemmt war und auf ihrem »Ehrenplatz«
nur ein Minimum an Ellenbogenfreiheit besaß. Ranjit benutzte beim Essen nur die Gabel, weil er eine Hand brauchte,
um Tilly auf dem Schoß festzuhalten. Lindy saß neben ihm
und fütterte die Kleine aus einem Gläschen mit Babynahrung
aus biologischem Anbau. Zwischendurch aß sie selbst hastig
ein paar Happen von ihrem Teller, und immer wieder schaute
sie ängstlich nach oben.

»Was ist das da?«, fragte sie schrill.

»Nur eine Motte«, antwortete Ranjit beruhigend.

Fledermäuse huschten vor der Terrasse hin und her.

»Da sind doch wieder Hornissen!«

»Du brauchst keine Angst mehr zu haben«, sagte Simon.
»Die Hornissen sind erledigt. Ich habe mit eigenen Augen
gesehen, wie der Mann das Nest eingesprüht und dann in
einem verschlossenen Eimer abtransportiert hat.«

Das war sein einziger Beitrag zum Tischgespräch, er war
zu sehr mit Essen beschäftigt, um sich zu unterhalten. Sein

Arm neben Martha bewegte sich wie ein Kolben auf und ab und schaufelte methodisch Fleisch, Kartoffeln, Gemüse in den Mund. Um ihm nicht ins Gehege zu kommen, sah Martha sich gezwungen, die Ellenbogen ganz eng am Körper zu halten, was auf die Dauer sehr unbequem war. »Das ist so was von gut«, stöhnte er ab und zu zwischen zwei Mundvoll, und zu ihrer eigenen Überraschung musste Martha ihm recht geben. Das Fleisch war zart, die Rotweinsoße perfekt abgeschmeckt.

Im Gegensatz zu Paula, die wie angekündigt nicht wieder auf der Terrasse erschienen war, hatte Josh seinen Entschluss geändert. Er saß in einem frischen Hemd und sandfarbenen Bermudas neben Alice, nach einer Dusche sichtbar erholt, fast verjüngt, und der Burger schien seinen Appetit nicht geschmälert zu haben, denn er war schon bei der zweiten Portion. Wie Ranjit benutzte er beim Essen nur eine Hand, die andere blieb unter dem Tisch verborgen.

Wahrscheinlich tätschelt er Alice das Knie, dachte Martha und schrak zusammen, als er sie ansprach.

»Wo ist denn Ihr schottisches Mädchen für alles heute Abend?«

»Unterwegs.«

»Ein heißes Date mit einer hübschen Mademoiselle aus dem Dorf?« Er lud sich Kartoffeln auf den Teller. »In so einem kleinen Ort können die Mädels es sich nicht leisten, besonders wählerisch zu sein.« Eine der kleinen Kartoffeln kullerte vom Löffel auf seinen Schoß. »O mein Gott, ich fass' es nicht!« Er sprang auf und rubbelte an dem Butterfleck im Schritt seiner Hose.

Ranjit lachte. »Alter, nicht vor den Kindern!«

Simon schien fürs Erste satt zu sein, jedenfalls hatte er den Teller weggeschoben und betätigte sich als Mundschenk, indem er um den Tisch herumging und die Gläser auffüllte.

»Ich finde, jetzt ist der Zeitpunkt gekommen, etwas gepflegte Konversation zu betreiben.« Er wandte sich an Martha. »Verraten Sie uns, wie es gekommen ist, dass Sie *Le Couvent des Cerises* gekauft und Ihren Wohnsitz nach Frankreich verlegt haben?«

Martha erstarrte, die volle Gabel blieb auf halbem Weg zum Mund stehen.

»Haben Sie das Anwesen online entdeckt, oder war es ein glücklicher Urlaubsfund wie unser kleines Apartment in Chamonix?«, wollte Ranjit wissen.

Martha atmete auf. Sie waren nur an der Geschichte des Immobilienkaufs interessiert. Es blieb ihr erspart, von der Band zu erzählen, von dem Unfall oder ihrer Scheidung oder davon, dass als Kind Frankreich immer ihr Märchenland gewesen war. Ein sicherer, ein glücklicher Ort, an dem einem nichts Böses zustoßen konnte. Die Heimat ihres Vaters, den sie nie kennengelernt hatte.

»Es war ein Inserat im Immobilienteil der *Sunday Times*«, antwortete sie, aber ihre Worte gingen in dem Radau unter, den die Kinder am anderen Ende des Tischs veranstalteten.

Noah präsidierte an der anderen Kopfseite auf dem goldenen Barhocker, den er vom ersten Tag an mit Beschlag belegt hatte. Martha wunderte sich, dass man ihn nicht mit einer kleinen Krone und einem Hermelinmantel ausgestattet hatte.

Was die Tischmanieren der Sprösslinge anging, reichten die elterlichen Erziehungsmaßnahmen von halbherzig bis zu nicht existent. Ranjit ermahnte Reuben monoton, die Ellenbogen vom Tisch zu nehmen und nicht mit vollem Mund zu sprechen, während Simon sich den Zwillingen gegenüber auf vage Anregungen beschränkte, zum Beispiel: *Vielleicht müsst ihr nicht jedes Mal so kreischen, wenn Noah etwas Lustiges sagt.* Josh schien seine Vaterpflichten gänzlich vergessen

177

zu haben, nur einmal mischte er sich in die Unterhaltung der Kinder ein, um einen Witz über einen furzenden Hund zum Besten zu geben, der von den Zwillingen mit einem prustenden Lachen quittiert wurde und Noah, den unangefochtenen Meister der Lippenfürze, veranlasste, die entsprechende Geräuschkulisse nachzuliefern. Was das Essen anging, beschränkten die Kinder sich auf Brot und Kartoffeln, sosehr Lindy Reuben auch anflehte, wenigstens *eine Bohne zu probieren.*

Elodie saß bei den vier jüngeren Kindern, aber etwas abseits vom Tisch, und balancierte ihren Teller auf dem Schoß. Sie hatte den Einhorn-Schlafanzug gegen Jeans und T-Shirt getauscht, wie üblich in Schwarz. Das Motto des Tages war: *Augen zu und durch.*

Marthas Gewissen regte sich, als ihr einfiel – zu spät –, dass Elodie Veganerin war. Ob Ben etwas Besonderes für das Mädchen geplant hatte? Auf ihrem Teller lagen jedenfalls nur ein paar Salatblätter und eine Scheibe Baguette. Sie hatte das weiche Innere aus einer Scheibe Brot herausgepult und knetete es zwischen den Fingern zu einer Kugel.

Als Noah dies sah, fing er an, ebenfalls Teigkugeln zu fabrizieren, die er zu Reuben hinüberrollte. Die Zwillinge machten es nach, woraufhin Reuben eine noch größere Kugel rollte und mit dem Löffel gezielt in Noahs Richtung katapultierte. Daraus entwickelte sich unter vierstimmigem Johlen und Juchzen ein Brot-Bombardement, dem die Erwachsenen ungerührt seinen Lauf ließen. Sie diskutierten weiter angeregt über die Häuserpreise in Wimbledon und wollten von Martha wissen, was *Les Cerises* wohl in etwa wert war.

Sie rutschte unbehaglich auf ihrem Sitzkissen hin und her. Darüber hatte sie nie nachgedacht, sie wusste nur, was sie der Bank schuldete, und das war – viel.

»Vielleicht sollten wir in Erwägung ziehen, hier in der Gegend etwas zu kaufen.« Ranjit musste die Stimme erheben, um sich über den Lärm hinweg verständlich zu machen. »Ich könnte von zu Hause arbeiten und alle paar Wochen rüberfliegen und in der Firma nach dem Rechten schauen. Was meinst du, Lindy?«

»Ich hoffe, das war ein Scherz«, antwortete seine Frau steif.

»Tor!«, brüllte Noah. »Genau zwischen die Augen, Reuben!«

Tilly fing an zu weinen. Lindy nahm sie auf den Arm und wiegte sie hin und her, aber die Kleine ließ sich nicht beruhigen.

Martha dachte sehnsüchtig an Flucht und eine Zigarette.

»Um Himmels willen, geht's ein bisschen leiser?« Paula stand in einem adretten weißen Pyjama in der Küchentür, die Arme vor der Brust verschränkt. »Wer soll bei dem Krach schlafen?«

»Sorry, Liebling«, sagte Simon.

»Sorry, Paula«, sagte Ranjit.

»Sorry«, echote Josh.

»Setz dich hin und iss was.« Lindy zeigte großzügig auf die Schüsseln und den Topf, als hätte sie das alles zubereitet.

»Keinen Hunger.« Ihr energisches Kopfschütteln versetzte ihren akkurat geschnittenen Bob in lebhafte Schwingungen.

Die Kinder gaben nach ihrem Auftritt vielleicht zehn Sekunden Ruhe, dann folgte der nächste lautstarke Ausbruch allgemeiner Heiterkeit, weil Noah Anstalten machte, sich eine Bohne ins Nasenloch zu schieben.

»Meine Güte!« Paula ließ sich resigniert auf einen Stuhl fallen.

»Trink ein Glas Schampus.« Ranjit schob ihr ein Glas hin.

Paula griff danach, leerte es in einem Zug und hielt es Ranjit erneut hin.

Martha fiel auf, dass die Gäste die Champagnerflöten

179

aus der Cocktailbar benutzten. Sie machte eine gedankliche Notiz, den nächsten Urlaubern zu sagen, sie sollten für ihre Gelage die einfachen Gläser aus der Küche nehmen.

Wenn es denn überhaupt weitere Urlauber geben würde.

Auch sie leerte ihr Glas. Simon beugte sich über den Tisch und schenkte nach. »Sie haben es ja nicht weit bis nach Hause«, meinte er augenzwinkernd.

Martha lächelte gezwungen. Sie war fest entschlossen, aus Höflichkeit noch etwas auszuharren, um sich dann bei passender Gelegenheit unauffällig zu empfehlen. Inzwischen war es Nacht geworden, und der samtschwarze Himmel war übersät mit Sternen. Sie überlegte, ob Josh recht gehabt haben könnte. Hatte Ben vielleicht ein Rendezvous?

»Wir bekommen Besuch.« Josh zeigte mit ausgestrecktem Arm zum Tor.

Alice hob sofort den Kopf.

Martha drehte sich auf ihrem Stuhl um und sah Scheinwerferlicht zwischen die Torpfeiler schwenken. Sie dachte zuerst, Ben käme zurück, aber dann erkannte sie, dass das Gefährt zwei Schweinwerfer hatte. Es war also kein Motorrad, sondern ein Auto.

Die Gespräche verstummten. Die grellen Lichter wirkten in der Dunkelheit wie eine Mauer, hinter der man weder Farbe noch Beschaffenheit des Fahrzeugs erkennen konnte, jedenfalls war es höher als ein normaler Pkw und brauchte beim Parken mehr Platz. Als es neben Joshs Porsche hielt, ragte das Heck in den Weg hinein, und Martha registrierte verärgert, dass es mit zwei Rädern auf der Wiese stand.

Der Motor wurde abgestellt, das Standlicht ging an, und jetzt konnte man erkennen, dass es ein VW-Campingbus war, ein Oldtimer, mit geteilter Frontscheibe und Weißwandreifen.

Nach ein paar Sekunden stiegen zwei Frauen aus. Beide

waren groß. Die eine hatte eine gewaltige Mähne langer blonder Korkenzieherlocken mit einem breiten, leuchtend roten Tuch zurückgebunden. Ein langer geblümter Tellerrock und eine schulterfreie Bluse vervollständigten den angestrebten Hippie-Look. Die zweite Frau war älter und mehr als nur etwas füllig, aber wegen ihrer Größe trotzdem eine stattliche Erscheinung. Sie hatte einen Teint wie Milchschokolade und violett gefärbte Braids, kunstvoll auf dem Kopf zu einem Gebilde gewunden, das aussah wie ein kegelförmiger Flechtkorb. Über einer weiten weißen Hose trug sie ein langes Gewand aus mehreren Lagen grüner, gelber und türkiser Seide. Als sie sich in Bewegung setzte und den Fußweg hinaufschritt, umwehten sie die leuchtend bunten Seidenfahnen wie die Schwingen eines Paradiesvogels.

»Hallo, ihr Lieben!« Die beiden waren oben an der Treppe angekommen, und die blonde Frau schwenkte grüßend den Arm. »Schön, euch mal wiederzusehen.«

Alle Augen waren auf die beiden Frauen gerichtet. Niemand sagte ein Wort. Josh stand auf und stieß dabei sein Glas um. Der Inhalt breitete sich schäumend auf dem Tisch aus, während das Glas über die Kante rollte und auf den Bodenfliesen zerschellte. Es klirrte laut in der Stille, aber keiner schaute hin, die Blicke aller hingen gebannt an den Neuankömmlingen.

»Heiliger Strohsack!« Ranjit fand als Erster die Sprache wieder. Er holte tief Luft und stieß sie mit einem leisen Pfeifen wieder aus.

»Das kann ja heiter werden«, brummte Simon vor sich hin.

Paula und Lindy wechselten verständnisinnige Blicke, während Alice fragend von Josh zu den beiden Frauen schaute und dann Martha ansah. Martha deutete ein Schulterzucken an und blickte ihrerseits in Richtung Elodie. Das Mädchen hatte den Kopf gesenkt, sodass die langen Haare ihr Gesicht vollständig verdeckten. Die Salatblätter rutschten eins nach dem anderen von dem schräg gehaltenen Teller auf den Boden.

Noah hatte die Ankunft des Campers genutzt, um unbemerkt in die Küche zu schlüpfen. Jetzt tauchte er wieder auf, eine Hand tief in einer riesengroßen Chipstüte.

»Mummy!« Er stieß einen Freudenschrei aus, Chips flogen durch die Luft, als er die Tüte fallen ließ und auf die blonde Frau zustürmte. Sie fing ihn auf, hob ihn hoch und drückte ihn an sich.

»Mein Herzblatt!« Sie stellte ihn wieder auf die Füße, nahm sein Gesicht in beide Hände und küsste ihn abwechselnd auf beide Wangen, wieder und wieder. »Mein armer, armer Schatz, was du alles aushalten musstest!«

»Ich wurde von Monsterwespen angegriffen.« Noah machte sich von seiner Mutter los und zeigte mit den Händen, wie groß die Hornissen gewesen waren, mindestens einen halben Meter. »Fast wäre ich gestorben. Ungefähr so.« Noah verdrehte die Augen, bis nur noch das Weiße zu sehen war, und ließ sich unter theatralischem Röcheln rücklings in die Arme seiner Mutter sinken. »Ich bin tot.«

»Ach, wie schade!« Die farbige Frau stemmte die Hände in die ausladenden Hüften. »Noah ist von uns gegangen, dabei hatten wir ihm doch ein Geschenk mitgebracht. Was fangen wir jetzt damit an?«

»Ein Geschenk?« Noah erwachte schlagartig wieder zum Leben. »Wo?«

Die Frau ließ ein tiefes, kehliges Lachen hören. »Wenn du mich ordentlich begrüßt, gehe ich zum Auto und hole es.«

»Na klar, Mrs Clementine.« Noah warf sich gegen die vielfarbigen Umhüllungen der Frau, schaute zu ihr auf und grinste.

Sie fuhr ihm durchs Haar. »Du musst mich nicht Mrs Clementine nennen. Wie oft soll ich dir noch sagen, dass ich Flora heiße.«

»Okay, Mrs Clementine. Kann ich jetzt mein Geschenk haben?« Noah hüpfte von einem Fuß auf den anderen.

Die drei anderen Kinder hatten sich schüchtern genähert und sahen Flora mit großen Augen an. Sie schoben sich gegenseitig nach vorn und suchten Deckung hinter dem Vordermann, sobald die Gefahr bestand, gesehen oder gar angesprochen zu werden.

»Das ist Mrs Clementine. Mrs Clementine aus *Mrs Clementines magische Handtasche*«, flüsterte ein Zwilling dem anderen zu.

Flora lachte wieder ihr gutturales Lachen.

Reuben konnte schließlich nicht mehr an sich halten. »Wo haben Sie Ihre Handtasche?«, platzte er heraus.

Flora lächelte. »Im Urlaub lasse ich sie zu Hause.«

»Sie käme nie damit durch den Zoll, bei den ganzen magischen Dingen, die da drin sind«, erklärte die blonde Frau.

Floras Lächeln wurde breiter. »Mrs Clementine bin ich nur fürs Fernsehen, im wirklichen Leben bin ich einfach Flora.«

»Auch wenn ich sie manchmal Mrs Clementine nenne.« Die blonde Frau hakte sich bei Flora unter. »Wenn sie mal wieder jemanden verzaubert hat.« Beide lächelten sich an.

Der Moment ging vorüber, und die Blonde nahm die Kinder in Augenschein. »Was ist denn mit euch passiert? Ihr seid ja sagenhaft gewachsen!« Sie ließ Flora los, beugte sich herab, um den Zwillingen einen Kuss zu geben, und strich Reuben übers Haar. »Seit letztem Jahr in Cornwall seid ihr alle mindestens einen Kopf größer geworden.«

Josh stand immer noch wie angewurzelt da, sein Mund ging auf und zu wie bei einem Fisch.

»Carla!«, brachte er schließlich heraus. »Was machst du hier?«

Die blonde Frau lächelte ihn an. »Mir gefällt der Bart.«

Josh betastete sein Kinn, als wäre er überrascht, dort Haarwuchs vorzufinden. Sein Blick wanderte über die Gesichter der am Tisch Sitzenden, dann ging er auf die blonde Frau zu. »Ich kann's nicht glauben«, flüsterte er überlaut.

»Josh. Wie schön, dich endlich kennenzulernen.« Flora streckte ihm lächelnd die Hand hin. Josh musterte sie kurz von oben bis unten, dann wandte er sich wieder Carla zu.

»Wie kannst du es wagen, dich hier blicken zu lassen mit dieser, dieser …« Er suchte nach dem passenden Wort. »… dieser *Person*!«

»Als Paula mir heute Vormittag geschrieben hat, musste ich einfach kommen.«

Joshs Kopf flog herum. »Paula?«

»Ich fand, Carla sollte Bescheid wissen.«

»Wir waren für ein paar Tage in der Bretagne. Als wir das von Noah hörten, haben wir zusammengepackt und sind zu dem Krankenhaus in Bergerac gefahren. Dort hat man uns gesagt, dass er bereits entlassen ist. Aber als ich sagte, dass ich Noahs Mutter bin, hat man mir eure Adresse gegeben.« Carla bückte sich, um Noah noch einmal an sich zu drücken. »Ich musste mich doch mit eigenen Augen überzeugen, dass es meinem kleinen Herzblatt wieder gut geht.«

Josh hörte auf, über seinen Bart zu streichen, und fuhr sich stattdessen mit den Fingern durch die Haare. Als er die Hände wieder sinken ließ, standen zwei zerraufte Büschel links und rechts von seinem Kopf ab. »Wieso Bretagne? Was habt ihr da gemacht?«

»Camping.« Carla richtete sich auf. »In unserem alten T2.« Sie hakte sich wieder bei Flora ein. »Wir hatten eine wunderschöne Zeit am Meer. Ich schreibe einen Artikel für den *Tele-*

graph. ›Campen wie Gott in Frankreich – Brest, alles andere als *Finis Terrae*‹. Es war die perfekte Location, nicht zu weit weg von euch, für den Fall, dass etwas passiert. Und es ist ja auch etwas passiert.«

»Man kann mir nicht zutrauen, auf unsere Kinder aufzupassen. Willst du das damit sagen?«

Carla lachte silberhell. »Nun ja, es ist seit unserer Trennung das erste Mal, dass du angeboten hast, ein paar Tage mit ihnen zu verbringen.«

Joshs Gesicht färbte sich dunkelorange, mit den kleinen Haarbüscheln an den Kopfseiten sah er aus wie ein konsterniertes Galloway-Rind.

»Ich habe sie mit zum Drachensteigen genommen.«

»Wie Mr Banks aus *Mary Poppins*.« Carla wandte sich lachend an Flora. »Nach einer halben Stunde fiel Noah vom Baum, und ich saß den Rest des Tages mit ihm in der Notaufnahme, um die Platzwunde an seinem Kopf nähen zu lassen, während Josh im Pub um die Ecke auf den Schreck ein paar Bier gezischt hat.«

Josh fuhr hoch wie von der Tarantel gestochen. »Ich habe Elodie eine Limonade bestellt, um sie aufzumuntern, und nur zur Gesellschaft ein Bier getrunken.«

»Elodie hat mir erzählt, es waren drei.« Zum ersten Mal nahm Carla Notiz von ihrer Tochter. Sie winkte ihr zu: »Hallo, mein Schatz.«

Elodie reagierte nicht.

»Und als ich sie zum Ostershopping mitgenommen habe?« Josh startete einen weiteren Versuch.

»Du hast Noah im Kaufhaus allein Aufzug fahren lassen, und natürlich ist er stecken geblieben, und die Feuerwehr musste kommen, um ihn zu befreien.«

»Woher weißt du das?«

»Elodie hat es mir erzählt.«

Unten auf dem Parkplatz ging im Camper das Licht an. Die seitliche Tür wurde geöffnet.

»Ah, Zac! Endlich aufgewacht?«, rief Carla dem halbwüchsigen Jungen zu, der aus dem Auto stieg.

Der Junge, Zac, reckte sich träge, gähnte und sah sich um. Bekleidet war er nur mit Bermudas und weißen Sneakers. Wie Flora hatte er eine Haut wie Milchschokolade und eine interessante Frisur: An den Seiten waren seine Haare kurz geschoren, und es war ein geometrisches Muster einrasiert, oben auf dem Kopf wippte ein Mopp aus Miniatur-Dreadlocks.

Wieder reckte er sich, die Bermuda rutschte ein Stück nach unten, und der rundherum mit *Calvin Klein* bedruckte Bund seiner Unterhose kam zum Vorschein.

Flora rauschte die Treppe hinunter Richtung Parkplatz. »Zac! Du kannst hier nicht halb nackt herumlaufen, wir sind nicht mehr am Strand.« Sie verschwand im Camper und tauchte mit einem T-Shirt in der Hand wieder auf. »Hier, zieh das an, und dann kommst du mit und sagst Hallo.«

»Zu wem?«

Flora schob ihn vor sich her den Weg hinauf. »Zu allen.«

Zac streifte im Gehen lässig das T-Shirt über, Flora zog es von hinten über den Hosenbund herunter. »Mein Gott, versuch wenigstens, halbwegs anständig auszusehen.«

»Klaro, Zac ist ein braver Junge.« Grinsend stieg er die Treppe zur Terrasse hinauf und ließ oben den Blick über die am Tisch versammelte Gesellschaft wandern. Dabei trug er eine Selbstsicherheit zur Schau, die ahnen ließ, dass er trotz seiner vielleicht vierzehn Jahre schon längst trocken hinter den Ohren war. Bei Elodie verharrte sein Blick sekundenlang. Ihr Gesicht war immer noch hinter dem Haarvorhang verborgen.

Floras strahlendes Lächeln schloss alle Anwesenden ein.

»Leute, das ist Zac, mein Neffe. Carla und ich haben ihn für ein paar Wochen in Obhut, weil seine Mutter überfordert ist von seinen …« Sie sah sich um und schien in der lauen Nachtluft nach Worten zu suchen. »… unternehmerischen Abenteuern zu Hause! Und wir haben auch schon ein paar Abenteuer miteinander erlebt, nicht wahr, Zac?«

»Jep«, erwiderte Zac und streckte sich so, dass zwischen T-Shirt und Hosenbund eine Handbreit Bauch den Blicken preisgegeben wurde. »Voll crazy.«

»Red' vernünftig, Zac.« Flora zerrte am Bund seiner Bermudas. »Und zieh die Hose hoch. Du bist hier nicht in Packham.«

»Nicht fummeln, Tantchen.« Zac schlug die Hand seiner Tante weg. »*Hashtag Me Too, you know?*« Sein Blick kehrte zu Elodie zurück, die sich nicht bewegt hatte. Aber ihr Interesse war offensichtlich geweckt, denn sie schielte durch einen Spalt im Haarvorhang zu ihm hin.

Paula erhob sich. »Wunderbar, dich endlich einmal wiederzusehen.« Sie schloss Carla in die Arme.

Lindy folgte ihrem Beispiel. Mit dem Baby auf dem Arm begrüßte sie Carla mit Luftküssen links und rechts.

»Was für ein süßes Püppchen!« Carla kitzelte Tilly unter dem Kinn, und die Kleine quietschte entzückt. »Ich freue mich so für dich, Lindy. Es war bestimmt eine schwere Zeit nach …«

Ranjit ließ sie nicht weitersprechen. »Hier! Ganz stilecht Champagner zur Begrüßung.« Er drückte ihr ein Glas in die Hand und einen Kuss auf die Wange.

Simon reichte Flora ein Glas und schüttelte ihr enthusiastisch die Hand. »Hocherfreut, Ihre Bekanntschaft zu machen. Meine Mädels haben Ihre Sendung geliebt, als sie noch kleiner waren. Ich konnte sie vor dem Fernseher parken und hatte die Chance …« Er hüstelte. »Ich hatte die Chance, ein kleines Nickerchen zu machen. Das soll nicht heißen, dass mich Ihre Sendung nicht interessiert hätte.«

Flora zwinkerte ihm zu. »Ich freue mich, dass ich helfen konnte.«

»Kommt her und setzt euch.« Ranjit machte eine einladende Armbewegung in Richtung Tisch. »Greift zu, wenn ihr Hunger habt. Es ist genug da.«

»Oh, das sieht lecker aus.« Carla ließ sich von Noah zu dem Stuhl neben seinem goldenen Barhocker lotsen und setzte sich hin. Er kletterte auf ihren Schoß.

»Ich bin am Verhungern. Es war eine lange Fahrt.« Flora ließ sich neben Carla nieder.

»Cool.« Zac bückte sich nach der Chipstüte auf dem Boden. »*Smoky Barbecue*, meine Lieblingssorte.«

»Meins!«, schrie Noah gellend und streckte fordernd beide Hände nach der Tüte aus.

»Cool bleiben, Mini-Zilla!« Zac hielt ihm die Tüte hin, Noah riss sie an sich. »Hat man dir keine Manieren beigebracht?«

»Zachary«, mahnte Flora, »sei nicht unhöflich.«

»Ich hole Teller.« Simon steuerte auf die Küchentür zu.

»Sie bleiben nicht hier.« Josh hielt ihn mit einer Handbewegung zurück, während er Carla mit einem wahren Basiliskenblick fixierte. »Stimmt doch?«

Noah versuchte, seiner Mutter ein paar Chips in den Mund zu schieben, aber sie wich ihm lachend aus. »Ich kann meinen Jungen doch jetzt nicht allein lassen.« Noah gab seinen Versuch, Carla zu füttern, nicht auf. Sie machte »*Happ*!« und biss in die Chips, die er ihr hinhielt. Krümel spritzten. Noah grinste zufrieden und stopfte sich weitere Chips in den eigenen Mund.

»Aber du siehst doch, dass ihm nichts fehlt.« Josh zeigte auf seinen Sohn. »Ich habe alles richtig gemacht. Ihn zu einem Arzt gebracht und dann ins Krankenhaus, damit er dort gründlich untersucht wird. Alles bestens, es geht ihm gut.«

»Ich bin wieder tot.« Noah spielte noch einmal den Sterbenden, sank schlaff in die Arme seiner Mutter, ließ die Zunge seitlich aus dem Mund hängen und verdrehte die Augen. Halb zerkaute Chips, mit Speichel vermischt, liefen über sein Kinn.

»Dann muss ich wohl mal testen, ob noch Lebenszeichen vorhanden sind.« Carla kitzelte ihren Sohn am Bauch. Er richtete sich kichernd auf, schlang seine Arme um Carlas Hals und sah sie bittend an: »Nicht weggehen, Mummy, bleib hier.«

Carla schaute Josh mit einem ernsten Blick an. »Ich kann unmöglich meinen kleinen Jungen hier allein lassen. Angenommen, er hat einen Rückfall?«

Josh raufte sich erneut die Haare und sank auf den Stuhl neben Alice. »Das hier muss ein Albtraum sein.«

Carla beachtete ihn nicht weiter, sondern wandte sich dem Rest der Tischrunde zu. »Es freut mich so, dass ihr endlich Flora kennenlernt.« Alle beobachteten, wie sie zärtlich Floras Nacken streichelte. Lindy flüsterte Paula etwas ins Ohr, und Paula nickte langsam und lächelte.

Martha schob ihren Stuhl zurück. Sie hoffte, dass es ihr möglich sein würde, sich unauffällig vom Schauplatz der drohenden Tragödie zu entfernen, aber das Rücken des Stuhls und die Bewegung erregten Aufmerksamkeit.

Ranjit sprang auf und legte ihr die Hand auf die Schulter. »Ich möchte euch beiden unsere Gastgeberin vorstellen: Mrs ..., ich meine, Miss Martha Morgan.« Martha sank auf den Stuhl zurück. Sie spürte förmlich die Blicke der beiden Frauen, die sie mit plötzlich erwachtem Interesse musterten.

»Martha Morgan.« Flora wiederholte den Namen gedehnt. »*Die* Martha Morgan?«

Carla löste Noahs Arme von ihrem Hals und beugte sich über den Tisch. »Was für ein Zufall: Wir haben erst heute, auf der Fahrt hierher, von Ihnen gesprochen«, sagte sie lebhaft. »Als wir diesen Song – wie heißt er noch – im Radio gehört haben.«

Martha versteinerte.

»Was für einen Song?« Ranjits Miene verriet, dass er nicht wusste, wovon die beiden redeten.

»Du weißt schon, diesen großen Hit von *East of Eden*. Flora, sing mal den Anfang, dann fällt mir der Titel vielleicht wieder ein.«

Flora trug mit einem volltönenden Alt die ersten Zeilen von *Moondancing* vor: »*I touch your face and watch your eyes, see myself reflected in the stars.*«

Simon hob die Hand. »Das kenne ich. Meine Mutter hat den Song geliebt.«

Carla nickte. »Ja, der ist wirklich alt.«

So alt nun auch nicht, wollte Martha einwenden, aber sie brachte kein Wort heraus.

Dafür redete Carla weiter. »Flora, du hast uns doch erzählt, was aus *East of Eden* geworden ist.«

Diesmal nickte Flora. »Wir haben versucht, uns an die Namen der Bandmitglieder zu erinnern. Hat ziemlich lange gedauert.«

»Mann, das war vielleicht Schnarch!« Zac schaufelte Gulasch und Kartoffeln auf seinen Teller und gähnte übertrieben.

»Zac!«, wies ihn seine Tante zurecht. »Vor den Kindern bitte nicht diese Redeweise.«

Zac schaute sie gekränkt an. »Was habe ich denn Schlimmes gesagt?«

»Der Drummer hieß jedenfalls Sledge«, sagte Carla.

»Ja, und dann gab es natürlich Lucas Oates.« Flora fächelte sich mit der Hand Luft zu. »Er war hinreißend.«

»Ich hätte nicht gedacht, dass er dein Typ wäre«, murmelte Josh.

»Und da waren noch zwei Mädchen.«

»Schon eher was für dich.« Wieder ein Kommentar von Josh.

»Find dich damit ab, Josh«, zischte Carla.

Flora hatte die Bemerkungen entweder nicht mitbekommen oder überhörte sie geflissentlich. »Die Blonde mit der Stachelfrisur hieß Cat.«

»Die kennt jeder«, sagte Carla. »Sie ist heute noch gut im Geschäft.«

»Aber der Name von der Dunkelhaarigen wollte mir zuerst nicht einfallen.« Flora schüttelte den Kopf, dann strahlte sie Martha an. »Sie hatte so einen aufgeföhnten Pony und hieß: Martha Morgan. Ja, so hat sie geheißen, und da sitzt sie leibhaftig vor uns. Ausgerechnet in Frankreich finden wir sie, in ihrem eigenen Garten Eden.« Floras ausgebreitete Arme umfassten die Terrasse, das Haus, die Umgebung.

»Du hast gesagt, sie wäre ein Junkie«, warf Zac ein.

»Da war schon von einer anderen Band die Rede.«

Martha wollte flüchten, aber es war, als ob sie an ihrem Stuhl festgewachsen wäre.

»*East of Eden*.« Ranjit starrte sie an, als sähe er sie zum ersten Mal. »Von denen habe ich gehört, aber an die Songs kann ich mich nicht mehr erinnern.«

»Die 80er-Jahre, lange vor deiner Zeit, Ranj.« Simon entkorkte mit einem *Plopp* die nächste Flasche.

»Tja, ich hingegen bin alt genug, um bei Schuldiscos zu Ihren Songs getanzt zu haben.« Flora lachte und stimmte »*Get over to my love house*«, *East of Edens* ersten Nummer-eins-Hit, an. Dazu vollführte sie im Sitzen einen kleinen Schultertanz.

Martha verspürte ein unbändiges Verlangen nach Nikotin und ballte die Hände auf ihrem Schoß zu Fäusten. Vor so einem Szenario hatte sie sich immer gefürchtet.

Carla lachte. »Das ist ja so toll. Ich werde das auf jeden Fall in den Artikel einbauen. Oder ich gebe dem Artikel überhaupt einen ganz neuen Dreh. Wie wär's mit *Glamping im Land der Gallier – Sternenklare Nächte und Romantik*.«

Im Boden versinken. Sich in Luft auflösen. Martha dachte an den Spruch auf Elodies T-Shirt: *Augen zu und durch*. Etwas anderes blieb ihr wohl nicht übrig.

»Ihr werdet hier nicht campen!«, brauste Josh auf.

»Ach nein? Und wo sollen wir dann hin?«

»Es gibt hundert Campingplätze in der Umgebung.« Josh funkelte Carla an.

Carla hob ihm ihr Glas entgegen. »Das ist mein drittes – danke, Simon, dass du mich so gut versorgst.« Sie warf Simon eine Kusshand zu. »Ich darf nicht mehr fahren. Und Flora kann nicht fahren, sie hat keinen Führerschein.«

Zac zeigte auf und schnippte mit den Fingern. »Ich fahre.«

»Sei nicht albern«, sagte Flora. »Du bist nicht mal siebzehn.«

»Dann fahre ich euch.« Josh stand auf.

Alice legte ihm die Hand auf den Arm. »Du hast auch schon einiges getrunken«, sagte sie halblaut.

Carla schien sie erst jetzt zu bemerken, sie winkte ihr flüchtig zu. »Hallo, du musst Joshs neue Freundin sein. Er hat mir erzählt, dass er jemand kennengelernt hätte, der bedeutend jünger ist als ich.« Sie lächelte, und als sie weitersprach, klang es fast so, als würde sie flirten. »Aber er hat mir nicht verraten, dass du so hübsch bist. Du hast wundervolles Haar.«

»Starr sie nicht so an!« Josh setzte sich wieder hin und legte Alice beschützend den Arm um die Schultern.

Noah schaute zu seiner Mutter auf. »Darf ich bei dir im Camper schlafen?«

»Aber ja, mein Schatz, natürlich.«

»Nein«, fuhr Josh dazwischen. »Kommt nicht in Frage. Er schläft nicht bei dir und deiner …« Er geriet ins Stottern. »Deiner …«

»Bleib cool, Mann«, sagte Zac. »Ist nicht so, als wäre dauernd Ladyaction angesagt.«

Josh ließ den Kopf in die Hände fallen und stöhnte.

»Ich habe mein Geschenk noch nicht gekriegt«, maulte Noah.

»Du bekommst es, sobald du im Bett liegst«, antwortete seine Mutter. »Wenn du dich jetzt beeilst mit Waschen und Zähneputzen und Schlafanzuganziehen, gehen wir zusammen nach unten und schauen, was wir für dich haben.«

»Vielleicht sollten wir erst Martha fragen, ob es ihr recht ist«, gab Flora zu bedenken. »Vielleicht möchte sie nicht, dass man ihren Garten als Campingplatz benutzt.«

»Da hinten campiert doch auch schon einer.« Carla zeigte zur Wiese neben der Kapelle. Lichtschein drang durch die Wände von Bens Zelt. In dem ganzen Trubel um Carlas und Floras Ankunft hatte niemand seine Rückkehr bemerkt.

»Ihr könnt bleiben, wenn ihr wollt.« Martha fand endlich die Kraft aufzustehen.

»Fantastisch!« Carla griff nach der Flasche, um sich noch einmal einzuschenken.

Ja, fantastisch, dachte Martha und machte sich humpelnd auf den Weg zur Treppe, aber Flora streckte die Hand aus, als ob sie sie aufhalten wollte. »Was mich interessieren würde – singen Sie noch?«

Martha blieb stehen. Sie schaute in das liebenswürdig lächelnde Gesicht und die funkelnden Augen und musste an ihren letzten Auftritt denken. Die Bühne im *The Scarla Club*, der Soloauftritt, den Big Bryn für sie arrangiert hatte, nach der Scheidung. Ein Neuanfang sollte es sein. Diese Kritiken hatte Marthas Mutter nicht ausgeschnitten: *Blamage – Moondancing – Martha vergisst ihren Text. Zum Fremdschämen – ehemaliger EoE-Star wankt im Drogenrausch über die Bühne.*

»Nein«, antwortete sie kurzangebunden. »Nicht mehr.«

Und ging.

Mittwoch

19

Der alte Saab erwachte stotternd zum Leben, als Martha den Zündschlüssel drehte. Die Morgensonne blendete sie, und sie setzte die Sonnenbrille auf. Heute war Markttag im Ort. Sie hatte zwar wenig Lust, sich ins Menschengetümmel zu stürzen, aber sie brauchte doch einige Dinge. Lebensmittel und Zigaretten zum Beispiel. Aber auch Arnika, Paracetamol und antiseptische Salbe.

Der Saab rumpelte die Einfahrt hinauf. Martha dachte an den großen Bluterguss um Bens Auge und die Platzwunde an der Unterlippe, die aussah, als müsste sie genäht werden.

Er sei mit dem Motorrad gestürzt, hatte er gesagt. Beim Licht der Campingleuchte war es schwierig gewesen, das genaue Ausmaß seiner Verletzungen zu erkennen.

Auf dem Rückweg zur Kapelle letzte Nacht hatte sie ihn vor seinem Zelt im Gras sitzen gesehen, regungslos, die Arme um die angezogenen Knie geschlungen, den Oberkörper darübergebeugt. Seine Haltung hatte sie an ein verwundetes Tier erinnert, das sich vor Schmerzen ganz in sich selbst zurückgezogen hatte. Als sie auf ihn zuging, wandte er leicht den Kopf: ein Auge halb zugeschwollen, in den Mundwinkeln geronnenes Blut.

In einem ersten Impuls wollte sie ihm mitleidig über den Rücken streicheln, aber dann fürchtete sie, er könnte sie zurückweisen oder die Geste missverstehen. Er lehnte ihr Angebot ab, ihm einen heißen Tee zu bringen oder etwas zu essen, deshalb blieb ihr zu guter Letzt nichts anderes übrig, als weiterzugehen und ihn da sitzen zu lassen.

Aber sie konnte nicht schlafen. Sie wusch das Geschirr ab, das sich vom Nachmittag noch in der Küche türmte, und putzte und räumte auf, bis es nichts mehr zu putzen und aufzuräumen gab. Bei jedem Blick aus der Tür sah sie Ben in unveränderter Haltung vor dem erleuchteten Zelt sitzen. Gegen zwei Uhr wickelte Martha sich in ihren warmen Schal und ging noch einmal das kurze Stück über die Wiese, um ihm zu sagen, er solle sich hinlegen und schlafen. Er schien sie nicht zu beachten, doch als Martha eine halbe Stunde später noch einmal hinausschaute, war die Lampe aus und das Zelt dunkel.

Bei Tagesanbruch hielt es Martha nicht mehr im Bett, sie stand auf. Die Luft in der Kapelle war stickig, der Morgen schon drückend warm. Sie ging nach draußen und schaute zu dem kleinen Zelt hinüber, das sie an eine Behausung aus einer anderen Epoche der Menschheit erinnerte, getarnt von hohem Gras und Klatschmohn, die es bereits zu überwuchern drohten.

Durch den frühmorgendlichen Dunstschleier schimmerten in der Ferne die Häuser der Ortschaft, und die in Reihen stehenden Sonnenblumen begannen schon, ihr Gesicht der aufgehenden Sonne entgegenzuheben.

Beim Schnarren eines Reißverschlusses kehrte Marthas Blick zum Zelt zurück. Ben kroch heraus, langsam, wie ein Schmetterling, der seinen Kokon verlässt. Die vorsichtigen

Bewegungen verrieten ihr, dass er mehr Verletzungen davongetragen hatte als nur die im Gesicht. Er hatte noch das T-Shirt vom Tag vorher an. Es war mit dunklen Flecken übersät, Blut wahrscheinlich. Mit wackligen Beinen stand er auf. Er bemerkte nicht, dass sie ihn beobachtete, und Martha ging hinein, um Kaffee zu kochen.

Als sie wieder herauskam, saß Ben auf der Steinbank. Er hatte ein frisches Shirt an, aber sein Gesicht war blutverkrustet, blau und verschwollen, wie man jetzt bei Tageslicht deutlich erkennen konnte. Martha schob ihm den Kaffeebecher hin. Er griff danach, hob ihn langsam an den Mund und nahm einen vorsichtigen Schluck. Dann stellte er den Becher hin und fragte nach einer Zigarette.

»Ich dachte, du rauchst nicht mehr.«

Ein schmerzvolles Schulterzucken. Martha schob ihm das Päckchen hin.

»Ich fahre später ins Dorf und kaufe mir selber welche«, sagte er undeutlich und fummelte eine Zigarette aus der Packung.

»So siehst du aus.« Martha hielt das Feuerzeug an die Zigarette, die gefährlich lose zwischen seinen geschwollenen Lippen hing. »Du bleibst schön hier, ich fahre in die Stadt und hole was für deine Schrammen.«

Sie zündete sich ebenfalls eine Zigarette an, und beide rauchten schweigend.

Anschließend holte Martha eine Schüssel mit lauwarmem Wasser und ein Tuch. Sie stellte die Schüssel vor ihn hin und legte das Tuch daneben – die stumme Aufforderung, sich das Blut aus dem Gesicht zu waschen. Er rührte sich nicht.

Nach kurzem Warten tauchte sie einen Zipfel des Tuchs ins Wasser und wischte behutsam die Blutkrusten von seiner Wange. Sein Blick zuckte kurz zu ihr hin, dann schaute er wieder gebannt nach vorn, zu den Kirschbäumen, als rechnete er damit, dass jemand oder etwas dort auftauchen würde. Martha wertete sein Schweigen als Erlaubnis weiterzumachen und tupfte vorsichtig über den Riss in seiner Augenbraue. Ben knurrte leise, doch er hielt still. Sie schob ihm das Haar aus der Stirn und reinigte vorsichtig das andere Auge, das bis auf einen schmalen Spalt zugeschwollen war.

»Das sieht nicht gut aus«, meinte sie. »Das sollte sich ein Arzt ansehen. Und die Platzwunde an der Lippe ist tief, die muss genäht …«

»Nein«, sagte Ben schroff. »Kein Arzt.«

»Okay, kein Arzt.« Martha betastete mit der freien Hand seine Schulter. Er zuckte zusammen. »Tut das weh?«

»Nur eine Prellung.«

»Ist das Motorrad schwer beschädigt?«

Ben breitete die Hände aus.

Martha tunkte das Tuch ins Wasser und wrang es aus. Das Plätschern hallte laut durch den stillen Morgen.

»Du hättest deinen Helm tragen sollen.«

Sie widmete sich dem Riss an Bens Unterlippe, die zu einem blauschwarzen, glänzenden Wulst angeschwollen war. Die harten Blutkrusten ließen sich nicht ganz entfernen. Als sie diesmal das Tuch in die Schüssel tauchte, färbte das Wasser sich rosa.

»Die Hornissen«, sagte Ben plötzlich, als wäre es ihm gerade wieder eingefallen.

»Sind weg.«

»Tut mir leid, ich war im Begriff, das Nest zu entfernen.«

»Warum warst du auf einmal verschwunden?«

»Es gab …« Ben verstummte, als müsste er kurz überlegen. »Mir ist was dazwischengekommen, und …«

»Hey, Mann, Beef gehabt?« Londoner Straßenslang unterbrach Bens Versuch einer Erklärung.

Zac stand vor ihnen, die Hände in den Taschen seiner knielangen Shorts vergraben. Sein schmaler Oberkörper war nackt, und seine Schultern bewegten sich zu einem nur für ihn hörbaren Beat.

»Wo kommt der denn her?« Ben wandte den Kopf und schaute Martha mit seinem unversehrten Auge an.

»Daher.« Zac deutete mit dem Daumen über die Schulter auf den Camper.

Ben musterte den Oldtimer. »Deiner?«

»Nope, gehört dem *love interest* von meinem Tantchen. So, wo hattest du deinen Fight?«

»Kein Fight, ich hab mich mit meinem Bike hingelegt«, antwortete Ben. Er musste sich anstrengen, deutlich zu sprechen, und es bereitete ihm sichtlich Schmerzen.

»Oh. Na klar.« Zac hob die Schultern und ließ sie wieder fallen. Er wandte sich an Martha. »Und? Was geht hier ab? Wo ist die Action? Gibt's ein Gym?«

»Wir haben einen Pool«, antwortete Martha. »Du kannst ihn gern benutzen.«

»So einen kleinen hab ich gesehen. Nur Wasser. Keine Rutschen.« Er schaute sie erwartungsvoll an, als wartete er darauf zu erfahren, wo der größere und interessantere Pool zu finden wäre.

»Genau«, sagte Martha. »Nur Wasser. Keine Rutsche.«

»Krass.« Er sah sie unverwandt an. »Und abends? Party? Habt ihr einen DJ?«

»Du bist hier nicht bei Eurocamp.« Ben nahm das feuchte Tuch und drückte es an seine Lippe.

»Easy, Mann, ich dachte nur …« Zac zögerte. »Ich bin selbst so was wie ein DJ«, sagte er dann und knipste ein Lächeln von professioneller Strahlkraft an. »Sie waren auch mal im Musikgeschäft, korrekt? Was war Ihre Szene? Old School, East Coast, West Coast, Gangsta, Bounce? Ich mache Grime, aber sagen Sie mir einfach, was sie hören wollen. Ich habe Lautsprecher dabei und ein Handy. Ich kann jederzeit ein kleines Set spielen. Zum Freundschaftspreis.«

»Zac, was fällt dir ein, diese netten Leute zu belästigen!« Flora entstieg dem Camper, eingehüllt in einen knöchellangen fuchsiafarbenen Kaftan. Die violetten Braids waren am Hinterkopf gebündelt. »Ich entschuldige mich für meinen Neffen«, rief sie Martha zu. »Ich hoffe, er benimmt sich.«

»Nur eine geschäftliche Besprechung«, rief Zac zurück.

Sofort kam Flora herbeigeeilt, das weite Gewand blähte sich hinter ihr zu einem riesigen Kissen. »Ich kenne deine Art von Geschäften, Zachary! Und die Art von Schwierigkeiten, in die sie dich gebracht haben.«

Zac warf die Hände in die Luft. »Menno, warum glaubt mir bloß keiner? Ich hänge nicht mehr mit dieser Gang ab.«

Flora verschränkte die Arme unter den Brüsten. »Besser wär's. Besonders für den Seelenfrieden deiner Mutter.«

»Nur zur Information«, warf Martha hastig ein. »Wir haben hier kein Netz.«

»Oh Mann!« Wieder flogen Zacs Arme in die Luft. »Wo hast du mich hingebracht, Tante Flo?« Er starrte auf sein Handy, als könnte er Kraft seines Willens ein Empfangssignal herbeizaubern.

»Internet gibt es auch nicht«, fügte Martha hinzu. »Kaum zu glauben, ich weiß.«

Zacs Kinnlade klappte hinunter, er steckte das Handy in die Tasche und wandte sich an Flora. »Zeit, dass wir auschecken. Hier ist ja noch voll digitale Steinzeit.«

»Vernünftig reden, Zachary!«

»Das *ist* vernünftig, Tantchen. Bleib aktuell!«

Flora rollte mit den Augen. »Was soll man machen?«, klagte sie. »Er war so ein süßer kleiner Junge.«

»Bin ich immer noch.« Zac grinste verschmitzt und schlang

die Arme um Flora. »Ich werde immer dein Lieblingsneffe sein, stimmt's?«

Flora erwiderte lachend die Umarmung. »Du bist mein *einziger* Neffe, Zachary.«

»Ich sollte an die Arbeit gehen«, sagte Ben plötzlich. »Die Schlaglöcher in der Einfahrt auffüllen.«

»In deinem Zustand solltest du dich besser hinlegen.« Martha musterte ihn besorgt.

»Ich bin okay.« Ben stemmte sich hoch und machte ein paar Schritte. »Ich hole die Schubkarre und gehe ...« Er taumelte.

»Achtung, Baum fällt!«, rief Zac. Er und Flora stützten Ben, als ihm die Beine wegsackten, und brachten ihn zur Bank zurück. Sie setzten ihn darauf, und Flora drückte seinen Kopf nach unten in Richtung Knie.

»Mir ist nur ein bisschen schwindelig, weiter nichts.« Ben wehrte Floras Hand ab, richtete den Oberkörper auf und lehnte den Kopf an die Hauswand. Er schloss die Augen.

»Du solltest dich langmachen, Bro«, sagte Zac.

Ben nickte schwach. »Du könntest recht haben. Ich geh ins Zelt und leg mich ein paar Minuten hin.«

»In deinem Zelt wirst du gekocht wie ein Hummer.« Martha befühlte seine Stirn. »Du glühst ja jetzt schon.« Sie winkte Flora und Zac. »Helft mir, ihn ins Haus zu bringen.«

Mit vereinten Kräften gelang es ihnen, Ben in die Kapelle zu führen und in Marthas Bett zu legen, wo er kurz darauf in einen ohnmachtsähnlichen Schlaf fiel.

Auf der Fahrt die Serpentinen hinunter hielt Martha Ausschau nach Bremsspuren oder anderen Hinweisen auf einen Motorradunfall. Sie sah nichts.

Wie immer am Markttag war die kleine Stadt voller Menschen. Touristen drängten sich auf den Bürgersteigen, in der Mehrzahl Briten in zerknautschter Freizeitkleidung und mit Sonnenbrand. Die wenigen Französinnen in schicken Hemdkleidern aus kühlem Leinen und Franzosen in leger geschnittenen weißen Hemden und Designerjeans stachen darunter hervor.

Martha mied den großen Parkplatz am Ortseingang. Sie lenkte den Saab geschickt durch schmale, kopfsteingepflasterte Gassen und parkte in einer Wohnstraße im Schatten eines Zitronenbaums. Hier war es ruhig. Sie stieg aus, nahm den Einkaufskorb vom Rücksitz und ging in die Richtung, aus der von Ferne der Trubel des Markttags zu hören war. Zwischen den Häusern hing Wäsche an der Leine, Geranienkaskaden ergossen sich aus schmiedeeisernen Blumenkästen. An einem der Häuser erinnerte eine Bronzetafel an das Schicksal von sechs Angehörigen der Résistance, die im Zweiten Weltkrieg an dieser Stelle exekutiert worden waren. Martha schauderte beim Anblick der noch sichtbaren Kugellöcher im Verputz der Mauer. Abgefallene dunkelrote Blütenblätter lagen wie Blutstropfen auf den Pflastersteinen. Martha dachte an Bens Verletzungen. Auf den Tourneen der Band war es oft genug zu Schlägereien gekommen. Sie wusste, welche Spuren eine geballte Faust im Gesicht eines Menschen hinterließ.

20

Der Zylinder. Er fiel Martha als Erstes auf. Als sie bei ihrer Rückkehr aus dem Ort zwischen den Torpfeilern hindurch in die Einfahrt von *Les Cerises* einbog, hätte sie ihn fast überrollt. Der silberne Schal, der als Hutband gedient hatte, war weg, und der ehemals schwarz schimmernde Plüsch war in grauem Straßenstaub paniert. Eine kleine Gestalt, ein Kind, schoss aus dem Bambusdickicht und düste vor ihr her die Einfahrt hinunter, nackt bis auf ein Paar Engelsflügel und eine Sonnenbrille mit apricotfarben getönten Gläsern. Noah! Der Schopf goldener Locken war unverkennbar. Ein paar Augenblicke später sprang Reuben mit flatterndem Samtcape aus einem Busch, auf dem Kopf eine grellrosa Nylonperücke. Allem Anschein nach machten die Jungen Jagd auf die Zwillinge am unteren Ende der Einfahrt. Die beiden Mädchen hatten sich mumiengleich in seidene Tücher gewickelt und nur die Beine frei gelassen, damit sie laufen konnten. Alle vier quietschten und kreischten aus Leibeskräften. Martha bremste und kämpfte sich langsam aus dem Auto. »Was macht ihr da? Woher habt ihr diese Sachen?«

Aber die Kinder waren schon weg. Sie rannten den Fußweg

zum Haus hinauf. Martha folgte ihnen so schnell, wie ihr Bein es zuließ.

Beim Pool blieb sie wie vom Blitz getroffen stehen. Sie traute ihren Augen nicht und nahm die Sonnenbrille ab, um besser sehen zu können. Die türkise Wasserfläche war von einer Schicht bunter Objekte bedeckt, die vor sich hin dümpelten. Es dauerte ein paar Sekunden, bis sie begriff, worum es sich handelte: Es waren *Hüte*. Strohhüte, Kreissägen, Bowler-Hüte, Schläger- und Baseballkappen, Stetsons und Fedoras, eine ganze Armada von Kopfbedeckungen, und mittendrin ein hohes, turbanähnliches Gebilde aus scharlachrotem Tüll, das sie auf dem Cover von *East of Edens* »Techno Purple«-Album getragen hatte. In Martha flammte Zorn auf. Sie setzte ihren Marsch zur Terrasse fort, vorbei an einem langen, über den Grill drapierten Satinhandschuh und einer Perlenkette, die an einem Rosenbusch hing. Eine zerbrochene strassbesetzte Haarspange lag auf der untersten Stufe der Terrassentreppe.

Carla saß an dem Tisch unter den Weinranken. Sie trug eine große, dunkel gerahmte Lesebrille und den fuchsiafarbenen Kaftan, den Flora am Morgen angehabt hatte, und blickte geistesabwesend von ihrem Laptop auf.

»Oh, hi. Ich habe Sie gar nicht kommen hören. Aber da Sie gerade hier sind – haben Sie je geglamped?«

»Meine Sachen!« Martha ignorierte die Frage. »Sie sind auf dem ganzen Grundstück verstreut. Die Kinder haben sie an. Meine Hüte schwimmen im Pool.«

Carla nahm die Brille ab und blinzelte Martha kurzsichtig an. »Wie bitte?«

»Meine Kleider, meine Outfits, meine …« Martha schnappte nach Luft. »Sie fliegen hier überall herum.« Sie zeigte auf ein Abendkleid aus Goldlamé auf den Terrakottafliesen und einen einzelnen Stilettopumps, von frevelnden Händen in einen Kübel mit Rosmarin gerammt.

204

In diesem Moment kamen die Kinder aus dem Haus gestürmt. Auf Reubens Nase saß jetzt eine Ray-Ban-Sonnenbrille, und Noah hatte einen silbernen Stetson auf dem Kopf. Carla schaute ihnen lächelnd nach, als sie die Treppe hinunterjagten. »Ich freue mich immer, wenn ich Noah so unbeschwert mit seinen Freunden spielen sehe.«

»Sie tragen meine Sachen!«

»Ich bin überzeugt, sie hängen alles wieder zurück in den Schrank mit dem Partyzeug, wenn sie vom Verkleiden genug haben.«

»Das ist kein *Partyzeug*!« Martha hob das Abendkleid auf und schüttelte es aus. Trockenes Laub haftete an dem von Metallfäden durchwirkten Stoff, an einem Ärmel klebte eine zermatschte Weintraube. »Das sind meine Bühnenoutfits. Wo haben sie die her?«

Carla zuckte die Schultern. »Sie laufen schon den ganzen Vormittag damit herum. Sie werden sie irgendwo gefunden haben.«

»Aber ich hatte die Sachen weggeschlossen.«

Carla setzte die Brille wieder auf und richtete den Blick wieder auf ihren Laptop. »Ich frage die anderen, wenn sie zurückkommen. Sie sind zum Markt gefahren.« Ihre Finger schwebten über der Tastatur. »Ich habe angeboten, hierzubleiben und auf die Kleinen aufzupassen. Man kann nicht in Ruhe durch die Geschäfte bummeln, wenn einem die Kinder am Rockzipfel hängen. Wer weiß, was sie für Unsinn anstellen, wenn man gerade nicht hinschaut.«

Tatsächlich hatte Martha ihre anderen Gäste vorhin auf dem Markt gesehen. Sie hatte schnell die Richtung gewechselt, um Ranjit und Lindy nicht in die Arme zu laufen, die sich durch das Angebot am Käsestand probierten. Gleich darauf

205

hatte sie Josh verdrossen bei einem Bier vor dem *Chez Pierre* sitzen sehen, während Alice ein Haus weiter einen Ständer mit Second-Hand-Kleidern durchstöberte. Sally war herausgekommen, um Josh ein neues Bier zu bringen, und hatte Martha zugewinkt, aber Martha hatte so getan, als würde sie sie nicht sehen, und hatte sich in das grünliche Halbdunkel des Blumenladens gerettet.

Als sie an Hortensien und verschiedenfarbigen Gladiolen vorbei durch das Schaufenster hinausspähte, entdeckte sie Elodie und Zac. Elodie interessierte sich scheinbar brennend für einen Stand, an dem es Kopfbedeckungen aller Art zu kaufen gab, während Zac ein paar Schritte entfernt von einer Auslage mit Messern für jeden Zweck und Geldbeutel fasziniert zu sein schien. Er hatte ein großes Jagdmesser in der Hand, das er prüfend hin und her drehte. Dabei schielte er allerdings die ganze Zeit verstohlen zu Elodie hinüber. Ein paar Minuten später kam Flora über die Straße gesegelt und zog ihren Neffen von den Messern weg, fast gleichzeitig standen wie aus dem Boden gewachsen Simon und Paula neben Elodie. Paula probierte einen kleinen Strohhut auf, mit dem sie aussah wie einer der Reitesel für Touristen, und Simon schien gerade die Baskenmütze für sich entdeckt zu haben.

Später, in der Warteschlange in der Apotheke, hörte Martha, wie sich hinter ihr andere Kunden auf Englisch unterhielten.

»Also hat *sie ihn* verlassen?«

»Sieht ganz danach aus.«

»Und für eine Frau.«

»Ich hatte nie die leiseste Ahnung, dass sie …«

»Lesbisch ist?«

»Simon! Nicht so laut!«

»Lesbisch sein ist doch nichts, wofür man sich schämen müsste, Paula. Man kann doch offen darüber reden.«

Martha blickte sich verstohlen um und sah, dass Paula und Simon und Lindy und Ranjit hinter ihr in der Schlange standen. Die beiden Männer trugen Baskenmützen, und Paula hatte das Eselhütchen auf. Lindy hatte wie immer Tilly auf der Hüfte sitzen, achtete aber nicht auf die Bemühungen ihres Töchterchens, nach den Sonnenbrillen auf einem hohen Drehständer zu greifen.

Die beiden Paare waren so in ihr Gespräch vertieft, dass sie Martha nicht bemerkten.

»Ich weiß, dass es nichts Schlimmes ist, ich wäre nur nie auf die Idee gekommen, dass Carla …«

»Ich nehme an, sie ist eher genderfluid.«

»Was um Himmels willen ist *genderfluid*?«

»Hört sich an wie etwas, das Josh bei seinem klemmenden Verdeck helfen könnte.«

»Wenn man sich vorstellt, dass Mrs Clementine auch eine von denen ist.«

»Ich wusste, diese magische Handtasche hatte noch eine andere Bedeutung.«

»Wer hätte das gedacht – im *Kinderfernsehen*!«

»Nichts Neues. Gab's schon vor ein paar Jahren bei *Blue Peter*.«

Martha hörte ein Klappern, dann ein lautes Krachen, als das Drehgestell mit Sonnenbrillen schwankte und gegen ein Regal mit Lavendelseife und Handcreme kippte.

Alle Kunden wandten den Kopf, und eine Verkäuferin kam herbeigeeilt, um zu helfen. Tilly begann zu schreien, und Martha, die ihre Arnikasalbe und eine Tube Savlon bereits bezahlt hatte, schlüpfte aus der Apotheke, ohne dass einer ihrer Feriengäste auf sie aufmerksam geworden wäre.

❖

»Ich muss meinen Artikel pünktlich fertigstellen, sonst würde ich Ihnen beim Aufräumen helfen.« Carla lächelte und wandte sich wieder dem Bildschirm ihres Laptops zu.

Martha zog den Pumps aus dem Blumenkübel. »Machen Sie sich keine Umstände«, murmelte sie und ging nach drinnen, wo das geschäftige Klack-Klack von Carlas Tastatur nur noch leise zu hören war.

In der Küche sah es aus, als hätten die Vandalen darin gehaust. Eine Kekspackung war mit dem Brotmesser aufgesägt worden, und der Fußboden war von Krümeln übersät. An der Kühlschranktür klebte Erdbeermarmelade, und aus einem umgefallenen Orangensaftkarton tropfte es gelb auf eine weiße Spitzenbluse, die zusammengeknüllt auf einem Stuhl lag. Anscheinend war sie benutzt worden, um etwas Klebriges aufzuwischen. Martha erinnerte sich, dass sie diese Bluse beim ersten Auftritt der Band bei *Top of the Pops* getragen hatte. So viele Jahre hatte ihre Mutter das edle Stück gehütet, und nun war es hin.

Im Wohnzimmer sah es nicht besser aus. Essensreste und noch weitere von Marthas Outfits lagen herum. Ihr alter Schminkkoffer stand auf der Cocktailbar. Jemand hatte mit korallenrotem Lippenstift ein Smiley auf die verspiegelte Front der Bar gemalt und NOAH daruntergeschrieben. Elvis war mit Tüchern und Perlenketten behangen, und ein Strohhut saß schräg auf seinem Kopf. Seiner ansonsten recht grimmigen Erscheinung verlieh dies eine unerwartet komische Note.

Martha nahm dem Bären den Hut ab und stieg müde die Treppe hinauf. Unterwegs hob sie von den Stufen Kleidungsstücke und Schmuck auf. Auf dem Podest in der ersten Etage blieb sie stehen. Vom Dielenboden schaute sie ein Foto von Lucas an. Er hatte die Arme vor der Brust verschränkt und blickte nonchalant in die Kamera. Mit den fingerlosen Handschuhen und der Lederjacke mit hochgeschlagenem Kragen und bis zu den Ellenbogen hochgeschobenen Ärmeln erinnerte er ein bisschen an Billy Idol. Martha hob das Foto auf, und über die Jahrzehnte hinweg trafen sich ihre Blicke. Sein dichtes, glänzendes Haar fiel ihm seitlich in die Stirn, und in dem langen schwarzen Pony blitzte eine rote Strähne auf. Trotz Lidstrich und Lipgloss verströmte er einen machohaften Sex-Appeal; zusammen mit den jungenhaft verschmitzten Grübchen war das schlicht unwiderstehlich! In den letzten Jahren vor seinem Tod hatte Lucas keine Ähnlichkeit mehr mit dem jungen Beau auf diesem Foto gehabt. Sie hatte ihn im Internet gesehen, ein seltener Schnappschuss, der ihn beim Aussteigen aus einem Auto in der Harley Street zeigte: Er hatte keine Haare mehr, keine Grübchen, dafür aber Tränensäcke unter den Augen und einen ungesunden Teint, der von zu viel Wein und Whisky kündete. Und dennoch hatte sie ein Aufflackern der alten Gefühle gespürt.

Ein Rascheln ließ sie aufblicken. Es kam aus dem Halbdunkel am Kopf der Holzstiege zum Dachgeschoss. Ihr stockte der Atem. Eine Kaskade aus Magazinen, einzelnen Blättern, Schallplatten und Fotos ergoss sich die Stufen hinunter. Zornig bahnte sie sich einen Weg durch die Flut nach oben. Die Tür des Dielenschranks, in dem Ben und sie die Artefakte einer ruhmreichen Vergangenheit verstaut hatten, stand weit offen. Was Marthas Mutter über Jahre hinweg sorgsam zusammengetragen und aufbewahrt hatte, lag in wüstem Durcheinander überall verstreut, wie von einem Sturmwind durcheinandergewirbelt. Martha ballte die Hände unwillkürlich zu Fäusten. Als sie sie wieder öffnete, stellte sie fest, dass sie dabei Lucas' Foto zerknüllt und so schon vor der Zeit Falten in das junge Gesicht geprägt hatte.

»O mein Gott!« Elodie stand neben ihr. Sie hatte eine schwarze Bandana um den Kopf gebunden, sodass man ausnahmsweise ihre Augen sehen konnte.

»Ich habe dir gesagt, du sollst von meinen Sachen wegbleiben«, fuhr Martha das junge Mädchen an.

Elodie schien das nicht zu stören, sie ging in die Hocke, um eine Fotografie aufzuheben. »Sie sind sehr hübsch gewesen.«

»Fass das nicht an!«

Elodie ließ das Foto zu Boden fallen.

»Du hast gewusst, was da drin ist.« Martha zeigte auf den offenen Schrank. »Du warst dabei, als ich meine Sachen eingeräumt habe.«

Elodie schaute sie aus großen Augen an.

Marthas Stimme wurde lauter. »Konntest du deine Neugier nicht bezähmen? Hast du mal hineingeschaut und dann vergessen, die Tür wieder abzuschließen?«

»Nein.« Elodies Stimme zitterte.

»Und als du weg warst, haben sich Noah und die anderen darüber hergemacht?«

»Sie haben mir doch verboten …«

»Wie soll ich es bloß schaffen, das alles wieder einzusammeln und zu ordnen? Meine Outfits, den Schmuck, die vielen Hüte …«

»Was ist denn hier passiert?« Alice war die Treppe heraufgekommen und betrachtete fassungslos das Tohuwabohu.

Martha hob eine in einer Papphülle steckende Single auf. Als sie die Platte herausgleiten ließ, war sie zerbrochen.

»Ich weiß immer noch nicht, was hier passiert ist.« Alice schaute sie fragend an.

»Ich weiß es umso besser.« Martha zeigte auf Elodie.

Elodie schüttelte den Kopf. »Ich war das nicht.«

Martha zögerte plötzlich, denn ihr fiel ein, dass der

Schlüssel zu dem Schrank normalerweise sicher verwahrt in der Wäschekommode in der Kapelle lag.

»Das ganze Zeug ist mir doch völlig egal.« Auch Elodies Stimme wurde immer lauter. »Warum sollte ich mir den alten Kram anschauen wollen?«

»Elodie, du musst dir das nicht zu Herzen nehmen.« Alice wollte dem Mädchen beschwichtigend die Hand auf den Arm legen. »Geh doch nach unten zu den anderen, während ich Martha beim Aufräumen helfe.«

Elodie riss ihren Arm weg und funkelte Alice zornbebend an. »Du kannst mir nicht sagen, was ich tun soll!« Sie schrie fast. »Mein Vater will eigentlich gar nicht mit dir zusammen sein. Er liebt meine Mutter. Er wartet nur darauf, dass sie aufhört, lesbisch zu sein, und wieder zu ihm zurückkommt!«

»Ich weiß, dass die Situation für dich schwierig ist«, sagte Alice ruhig.

»Schwierig!« Elodie trat gegen einen Ordner mit Zeitungsausschnitten, der durch die Luft flog und bei der Landung aufgeklappt auf dem Rücken zu liegen kam. Oben eingeheftet war ein Cover von *Smash Hits*, auf dem die Band wie eine Horde übermütiger Piraten an im Studio aufgespannten Wanten turnte.

»Was fällt dir ein!« Martha war außer sich.

Elodie schenkte ihr keine Beachtung, sie starrte Alice an, während ihr Tränen übers Gesicht liefen. »Du hast keine Ahnung, wie das für mich in der Schule ist. Alle sagen, meine Mutter vögelt Mrs Clementine. Und jetzt vögelt mein Vater eine, die sich anzieht wie ein kleines Mädchen!« Damit wirbelte sie herum und stapfte die Treppe hinunter, rutschte auf ein paar Fotografien aus und landete mit einem lauten Plumps auf dem Zwischenpodest.

»Hast du dir was getan?«, rief Alice übers Geländer.

»Fick dich!«, tönte es von unten herauf. Man hörte wü-

211

tendes Getrappel auf der Treppe ins Erdgeschoss, dann flog scheppernd die Sprossentür zum Garten ins Schloss.

Alice stieß einen lang gezogenen Seufzer aus, kniete sich hin und fing an, die verstreuten Magazine einzusammeln. Sie hob eine Ausgabe der *Jackie* auf und betrachtete das Cover: Martha und Cat mit viel Lipgloss und Kussmund. »Es tut mir so leid wegen Ihrer Sachen.«

Marthas Bein pochte. Sie sank neben Alice an der Wand hinunter zu Boden.

Alice blätterte das Magazin durch: Foto-Lovestorys mit dem Dialog in Sprechblasen, Mädchen mit Dauerwelle und Norwegerpulli, Models hüpften im Volantröckchen über die Seiten, und es gab ein Quiz mit der Überschrift: »Wie sexy ist der Junge von nebenan?«

»War das Leben damals einfacher?«

»Jedenfalls kam es mir einfacher vor«, antwortete Martha. »Ich musste nichts weiter tun, als mir die Haare nach hinten zu kämmen und zu singen, wenn die Lichter angingen.«

»Hört sich gut an.«

»Wahrscheinlich habe ich deshalb den ganzen Kram aus dem Haus meiner Mutter hergebracht, nachdem sie ins Heim gezogen war. Als Erinnerung an die guten Zeiten, bevor alles …« Sie sprach nicht weiter, Alice schaute sie abwartend an. »Na ja, bevor die Lichter ausgingen.« Sie zuckte die Schultern.

»Soll ich runtergehen und nach Ben suchen? Bestimmt hilft er uns, hier Ordnung zu machen.«

»Ben!« Martha kämpfte sich auf die Füße. »Ich muss nachsehen, wie es ihm geht.«

»Warum?«

»Weil er in meinem Bett liegt und schläft. Hoffentlich.«
Alice riss die Augen auf.

»Nein! Nicht das, was Sie denken.« Martha spürte, wie ihr

vor Verlegenheit das Blut in die Wangen stieg. »Er hatte einen Unfall mit dem Motorrad. Ich wollte nicht, dass er in seinem Zelt schläft, draußen sind fast vierzig Grad.«

»Ist er verletzt?«

»Platzwunden und blaue Flecken. Aber ich will trotzdem lieber nach ihm sehen.«

»Von gestern Abend stehen noch Reste im Kühlschrank. Soll ich Ihnen etwas für ihn mitgeben?«

Martha nahm ihr das Magazin aus den Händen und legte es in einen Karton. »Kommen Sie lieber mit. Wenn er Sie sieht, geht es ihm bestimmt gleich besser.«

»Glauben Sie w…«

»Liebling?«, rief eine Stimme von unten herauf. »Wo steckst du schon wieder?«

»Das ist Josh.« Alice erhob sich seufzend. »Carlas Erscheinen hier hat ihn ziemlich aus dem Gleichgewicht gebracht.«

Martha musste grinsen. »Das kann ich mir vorstellen.«

Alice bemühte sich, ein Lachen zu unterdrücken, aber ihre Mundwinkel zuckten verräterisch. »Eigentlich tut er mir leid. Dass sie ihn für eine Frau verlassen hat, empfindet er offensichtlich als eine Art Angriff auf seine Männlichkeit.«

»Wäre ihm lieber, sie hätte ihn gegen einen anderen Mann getauscht?«

»Er glaubt, dass die anderen insgeheim über ihn lachen.« Alice senkte die Stimme zu einem Flüstern. »Er glaubt, sie sagen, dass es seine Schuld ist, dass Carla eine Lesbe geworden ist.«

Martha biss sich auf die Innenseite der Wange, um nicht loszuprusten.

»Alice!« Es klang ungeduldig.

»Ich gehe lieber.« Alice bahnte sich einen Weg zur Treppe. »Aber ich komme wieder, sobald ich kann.«

Allein mit dem Chaos, nahm Martha sich die Zeit, den Schrank zu inspizieren. Die Tür war nicht mit einem Schlüssel geöffnet worden. Jemand hatte sich mit einem Brecheisen oder Ähnlichem daran zu schaffen gemacht. Martha strich über den gesplitterten Türrahmen. Jemand mit sehr viel mehr Körperkraft, als eine schmächtige Dreizehn- oder Vierzehnjährige aufbringen konnte, hatte das Schloss aufgebrochen.

21

Martha hielt sich am Geländer fest, als sie die Treppe hin-
unterhinkte. Auf jeder Stufe fiel ihr ein neuer Verdächtiger
ein. Paula oder Lindy, Ranjit, Josh, Simon …? Aber welchen
halbwegs plausiblen Grund konnten sie haben, einen alten
Schrank aufzubrechen, um an ihre verstaubten Memorabilien
heranzukommen? Alice? Auf keinen Fall.

Ben? In seinem Zustand? Nein.

Sie trat aus der Küchentür auf die Terrasse hinaus. Beim
Anblick der um den Mosaiktisch versammelten Gruppe blieb
sie stehen. Ranjit säbelte Scheiben von einem riesigen Brotlaib
herunter und Simon schälte das Pergamentpapier von einem
großen Tortenbrie. Beide hatten ihre Baskenmützen auf und
sangen hingebungsvoll im Chor mit Édith Piaf: *Quand il me
prend dans ses bras* … Ihre Stimme kam knisternd und kna-
ckend von dem tragbaren Plattenspieler, der ziemlich wacklig
auf der gemauerten Balustrade stand.

Lindy hatte wie üblich das Baby auf der Hüfte und arrangierte Salamischeiben kreisförmig auf einem Teller. Ranjit gab
der Kleinen ein Stück Brot in die Hand, sie steckte es in den
Mund und lutschte begeistert daran herum. Eingespeichelte
Bröckchen rieselten auf die Schulter ihrer Mutter.

Paula stand am Kopf des Tisches und verteilte Melonenstücke an die Kinder, während Flora Limonade in Gläser goss, andächtig beäugt von Reuben und den Zwillingen, die anscheinend immer noch nicht fassen konnten, dass sich ein echter Fernsehstar in ihrer Mitte aufhielt. Noah hockte wieder auf seinem goldenen Thron, bekleidet nur mit einer Hose und dem glitzernden Stetson. Zac kippelte auf den Hinterbeinen seines Stuhles und wurde von Flora ermahnt: »Setz dich anständig hin!«

»Gechillt bleiben, Tantchen.« Während er sprach, hatte er den Blick auf Elodie gerichtet. Ihre Augen waren rot und verquollen. Martha tat es leid, dass sie das junge Mädchen verdächtigt hatte, und dies auch noch zu Unrecht.

»Martha!« Ranjit kam auf sie zu, in der einen Hand hielt er ein Brotmesser, die andere streckte er ihr zu Begrüßung entgegen. »Kommen Sie, und essen Sie mit uns. Auf dem Markt gab es eine ganz großartige Auswahl an Spezialitäten, und am Schallplattenstand haben wir diese alte Scheibe gefunden. Ich hoffe, es macht Ihnen nichts aus, dass wir den Plattenspieler nach draußen geholt haben.« Er schwieg und lauschte einen Moment andächtig. »Die Piaf. Unvergleichlich, diese Stimme, diese Intensität, finden Sie nicht auch?«

Simon kam zu ihnen herüber. »Schauen Sie, wir trocknen die Hüte.« Er zeigte auf die Wiese. »Im Schuppen habe ich diese Bambusstäbe gefunden. Ich hoffe, es ist okay, dass wir sie genommen haben.«

Marthas Blick folgte dem ausgestreckten Arm. Da hingen ihre Hüte auf den Bambusstangen, die man in die Wiese gerammt hatte. Es sah aus, als käme eine Horde ausgemergelter Gestalten auf das Haus zumarschiert.

Marthas Blick wanderte wieder zum Tisch zurück. Josh und Alice waren nicht zu sehen. Noah betrachtete das Stück Melone auf seinem Teller und machte würgende Geräusch.

»Du musst das nicht essen, wenn du nicht willst, mein Schatz«, flötete Carla über den Tisch hinweg.

Martha schaute die blonde Frau an, die ein tief ausgeschnittenes Sommerkleid trug. In ihrem Dekolletee steckte die blaue Rose, die Flora am Abend zuvor im Haar getragen hatte.

Martha verspürte einen Stich. Sie erinnerte sich an all die Zeitungsartikel während des Sorgerechtsprozesses, an all die Lügen der Journaille und die verdrehten Fakten. Jeden Tag war eine neue Horrorgeschichte über sie erschienen.

»Ich entschuldige mich für das, was die Kinder angestellt haben«, fuhr Ranjit fort. »Sie wussten nicht, dass die Kleider und Hüte Ihnen gehören.«

»Wir haben alles wieder eingesammelt und ins Wohnzimmer gebracht«, fügte Lindy hinzu. »Der Schmuck steht in einem Korb auf dem Küchentisch. Und den Lippenstift an der Bar haben wir auch abgewischt.«

Carla hatte sich aus der Schüssel mit Oliven bedient und spuckte einen Kern in die hohle Hand. »Wenn man den Schrank ordentlich abgeschlossen hätte, wären sie gar nicht erst an die Sachen herangekommen.«

Diese Frau! In Martha begann es zu brodeln. »Der Schrank *war* abgeschlossen. Jemand hat ihn aufgebrochen.«

Carla sah sie mit großen Augen an. »Sie glauben, ich war das!«

»Ich weiß, wie ihr Reporter tickt. Wenn ihr eine Story wittert, schreckt ihr vor nichts zurück.«

»Jetzt machen Sie aber mal halblang!«, protestierte Carla.

»Martha, bitte.« Ranjit hob begütigend die Hände. »Ziehen Sie keine voreiligen Schlüsse.«

»Carla ist keine Skandalreporterin«, mischte Paula sich ein. »Sie hat schon Preise gewonnen, für investigativen Journalismus.«

»Gallisches Glamping, yeah«, sagte Zac.

Elodie grinste spöttisch.

Carla erhob sich. »Glauben Sie wirklich, dass ich in Ihren alten Klamotten nach einer Geschichte suchen muss?«

»Irgendjemand hat es getan!«

»Warum?« Carla breitete die Hände aus. »Warum sollte ich das tun? Niemand interessiert sich für eine Story über einen abgehalfterten Popstar aus den Achtzigern, der irgendwo in der französischen Pampa lebt. Eine Frau in mittleren Jahren, kein Geld, kein Liebesleben, keine Kinder, keine Karriere: Für Sie interessiert sich heute kein Mensch mehr.« Je mehr Carla in Rage geriet, desto heftiger flogen ihre Korkenzieherlocken hin und her. »Gestern konnten wir uns nicht mal mehr an Ihren Namen erinnern.«

Martha stieg die Zornesröte ins Gesicht, aber vor Empörung blieben ihr die Worte im Halse stecken.

»Vielleicht sollten wir abreisen«, sagte Flora in das drückende Schweigen hinein. »Wir hatten ohnehin vor, nach dem Mittagessen aufzubrechen.«

»Nein, Mummy, geh nicht weg!« Noah rutschte von seinem Thron herunter und warf die Arme um Carlas Taille.

»Da sehen Sie, was Sie angerichtet haben!« Carla starrte Martha vorwurfsvoll an. »Nicht nur, dass Sie mir unterstellen, ich wäre eine sensationsgeile Yellow-Press-Reporterin, nun haben Sie auch noch meinen kleinen Jungen zum Weinen gebracht.«

Martha wollte dieser Frau, diesen Leuten den Rücken kehren, aber Carlas gemeine Worte wirkten wie ein lähmendes Gift. Sie konnte sich nicht von der Stelle rühren.

»Carla? Eine sensationsgeile Yellow-Press-Reporterin? Nie im Leben!« Josh kam aus dem Garten herauf, er säuberte sich die ölverschmierten Hände mit einem silbrig schimmernden Seidenschal.

»Ich glaube, der gehört Martha.« Flora deutete mit dem Kinn auf den Schal.

Josh machte ein verdutztes Gesicht. »Der hat an einem Busch gehangen. Ich habe das Verdeck repariert und wollte mein Hemd nicht dreckig machen. Es ist von Prada.«

»*Es ist von Prada*«, äffte Carla ihn nach. »Und was soll der sarkastische Ton, Josh? Hast du an meiner journalistischen Arbeit etwas auszusetzen?«

»›Zehn gute Gründe, deinen Kerl zu schassen.‹ In der *Cosmopolitan* vom letzten Monat. Jemand im Büro war so nett, mir den Artikel auf den Schreibtisch zu legen. Ich zitiere: Erstens, Sie müssen sich nie mehr Abend für Abend das Gejammer über seinen Job anhören. Wann habe ich je über meinen Job gejammert? Zweitens, Sie müssen nie mehr seine stinkenden Socken vom Wohnzimmerteppich aufheben. Wann habe ich jemals meine Socken herumliegen lassen? Drittens, …«

»Warum glaubst du, dass es bei allem und jedem immer nur um dich geht, Josh?«, fiel ihm Carla ins Wort.

Josh machte den Mund auf und klappte ihn wieder zu.

Ranjit hielt ihm ein Bier hin. »Erfolg gehabt mit dem Auto?«

Josh stieß triumphierend die geballte Faust in die Luft. »Geschafft! Das Dach ist zu!«

»Guter Mann«, sagten Ranjit und Simon wie aus einem Mund.

»Ich wollte Alice zu einer kleinen Spritztour abholen …« Josh blickte sich suchend um. »Habt ihr sie gesehen? Sie hat mir bei der Reparatur geholfen.«

»Josh …« Carla streichelte den Kopf ihres Sohnes, der sich an sie klammerte. »Lass uns versuchen, freundschaftlich miteinander umzugehen. Der Kinder wegen.«

»Gute Idee.« Josh setzte die Bierflasche an und nahm

einen großen Schluck. »Schließlich haben die Kinder für uns Priorität.« Er nickte und schien überaus zufrieden mit seinen weisen Worten.

»Dann kann ich mich darauf verlassen, dass sie den Rest der Woche bei dir gut aufgehoben sind?« Carla kraulte Noah unter dem Kinn, als wäre er ein Kätzchen.

»Versprochen. Ich werde sie dir wohlbehalten zurück-bringen.«

»Mummy, bitte bleib hier«, bettelte Noah.

»Komm her, kleiner Mann. Wir werden eine Menge Spaß zusammen haben.« Josh griff nach dem Arm des Jungen, der sich noch fester an seine Mutter klammerte. »Du kannst mit uns spazieren fahren. Mit offenem Verdeck. Das ist cool.«

Cool. Martha beobachtete, wie Elodie zu Zac gewandt das Wort stumm mit den Lippen formte und eine Grimasse zog.

»Ich will nicht mit dem blöden Auto fahren!« Noah stampfte mit dem Fuß auf. »Mummy, kann ich nicht mit dir kommen?«

»Das geht leider nicht, mein Schatz.« Carla seufzte. »Mach es mir doch bitte nicht so schwer.«

Josh unternahm einen erneuten Versuch, Noah von seiner Mutter wegzuziehen. »Deine Mummy hat eine Entscheidung getroffen.« Er zeigte auf Flora. »Und jetzt begreift sie langsam, dass ihre Entscheidung auch Konsequenzen hat.«

»Du bist so ein Arsch!«, fauchte Carla. »Flora, Zac, kommt. Wir fahren!«

»He, ich habe keine Lust, jetzt schon den Abflug zu ma-chen.« Zac hatte wieder angefangen, auf den Hinterbeinen des Stuhls herumzuwippen. Martha wollte ihm gerade sagen, dass er sich gefälligst richtig hinsetzen und ihren Stuhl nicht kaputt machen solle.

Plötzlich fing das Baby an zu husten und hörte nicht wieder auf.

»O mein Gott, Tilly!« Lindy hielt das Baby mit beiden Händen vor sich in die Höhe. »Sie kriegt keine Luft!«

»Das Brot. Sie hat sich verschluckt.« Ranjit versuchte, Tilly den Finger in den Mund zu schieben, um das Brot herauszuholen.

»Du hättest ihr nichts davon geben dürfen!« Lindy legte sich die Kleine über die Schulter und klopfte ihr auf den Rücken.

»Was sollen wir tun?« Paula rang verzweifelt die Hände. »Ich weiß nur, wie man bei einem Erwachsenen vorgehen muss.«

Tilly röchelte, ihr Gesichtchen färbte sich blaurot.

»Sie mit dem Kopf nach unten halten?«, schlug Josh vor.

»Den Braxton Hicks anwenden?« Das kam von Carla.

Simon warf ihr einen skeptischen Blick zu. »Den Heimlich-Griff, meinst du wohl.«

»Um Himmels willen, tu doch einer was!« Lindys Stimme klang schrill vor Panik.

Ohne bewusst einen Entschluss gefasst zu haben, rannte Martha um den Tisch herum und riss Lindy das Kind aus den Armen.

Lindy schrie auf. »Nein! Nein! Was tun Sie da?«

Martha setzte sich auf einen Stuhl, legte die Kleine bäuchlings auf ihren Schoß und versetzte ihr einen kräftigen Klaps auf den Rücken. Ein Klumpen zerkautes Brot schoss aus dem Mund des Babys.

»Oh, mein armes Häschen!« Lindy griff nach ihrem Kind, um es an sich zu drücken und zu trösten. Bei dem schnellen Schwenk von Marthas Schoß in die mütterlichen Arme begann die Kleine zu würgen und erbrach einen Schwall Mageninhalt, der sich im freien Flug fächerförmig ausbreitete. Josh und Carla, die am nächsten standen, waren die Leidtragenden.

»Mein Kleid!«

»Mein Hemd!«

Beide starrten entsetzt an sich herunter. Noah, den die säuerlich riechende Milchdusche verfehlt hatte, schaute verdattert von einem Elternteil zum anderen. »Krass!«

Je vois la vie en rose, sang Édith Piaf.

»Mein armer kleiner Schatz!« Lindy drückte ihr Töchterchen an die Brust und wiegte es hin und her.

»Und was ist mit meinem Hemd?«

Elodie begann zu kichern und steckte Zac an. Je mehr Josh und Carla sich aufregten, desto lauter wurde das Gekicher, bis beide nicht mehr an sich halten konnten und in lautes Lachen ausbrachen.

»Zachary, man amüsiert sich nicht über das Missgeschick anderer. Schadenfreude ist etwas sehr Hässliches!« Flora versuchte, mit einer Serviette vorsichtig die dicken Tropfen geronnener Milch von Carlas Kleid abzuwischen.

Aber Zac und Elodie konnten nicht aufhören zu lachen, und nach und nach fielen erst Noah, dann die Zwillinge, dann Reuben und Ranjit und schließlich auch Simon in das Gelächter ein. Zu guter Letzt zuckten selbst Paulas und Lindys Mundwinkel, und ihre Mimik verriet, dass sie tapfer gegen einen Lachanfall ankämpften. Sogar in Floras Gesicht arbeitete es, während sie an der Rose in Carlas Dekolletee herumtupfte, dann begannen ihre Schultern zu wackeln, ihre Brüste wogten und aus ihrer Kehle perlten ganze Koloraturen ungehemmter Heiterkeit. Carla schaute sie konsterniert an, bis sie schließlich auch nicht mehr an sich halten konnte und mitlachte.

Josh rieb verbissen mit Marthas Schal über die Flecken auf seinem Hemd. »Das ist nicht komisch!«

Ranjit hatte sich ebenfalls eine Serviette genommen und versuchte, ihm zu helfen. »Tut mir leid, Alter …«, setzte er an, aber beim Anblick von Joshs indignierter Miene war sein mühsam wiederhergestellter Ernst dahin, und er wandte sich prustend ab.

»O Gott!« Carla hielt sich an Flora fest und krümmte sich vor Lachen, Tränen liefen über ihr Gesicht. »Ich mach' mir gleich in die Hose!«

»Das ist wieder mal typisch Carla! Dinge, die anderen wichtig sind, trittst du mit Füßen!«

»Es ist nur ein Hemd!«, ächzte Carla.

»Ich rede von unserer Ehe.«

Das Lachen schwoll weiter an. Sogar Tilly hatte den Schreck vergessen und lachte mit ihrem zahnlosen Mündchen. An der Unterlippe schaukelte ein Speichelfaden.

Martha lachte nicht mit. Sie zerrte Josh den Schal aus den Händen und humpelte die Treppe hinunter in den Garten. Sie hatte immer noch Carlas Worte im Ohr. Sie war ein Nichts, ein Niemand, sie war es nicht einmal wert, dass man sich bedankte, weil sie dem Kind das Leben gerettet hatte.

Das Lachen folgte ihr den Weg hinunter. Es kam ihr vor, als lachte man über sie. Sie lachten sie aus, wie damals das Publikum im Scarla. Sie drehte den Schal zwischen den Händen, Carlas Worte gingen ihr nicht aus dem Kopf.

Als sie am Pool vorbeikam, überkam sie das Verlangen, ihre Kleider abzustreifen, das ganze formlose schwarze Zeug, und sich einfach in dem kühlen Wasser treiben zu lassen. Was spielte es für eine Rolle, was die Gäste dachten. Schließlich war sie nach Carlas Urteil doch nur ein Niemand, eine Frau ohne Leben, abgehalftert und vergessen. Würde es überhaupt irgendjemand bemerken, wenn sie nackt im Pool schwamm?

Aber sie ging weiter und wich dabei den ausladenden Zweigen des Feigenbaums aus, die über den Weg wuchsen. Zu ihren Füßen glänzte etwas im Gras. Sie vermutete, dass es eins ihrer Schmuckstücke war, das man übersehen hatte, und bückte sich, um es aufzuheben. Aber es war nur ein Stück zerknittertes goldenes Schokoladenpapier. Als sie es glatt strich, entfalteten sich das Bild eines kleinen Elefanten und darunter der Name eines Süßwarenherstellers. Ein lilafarbenes Papier lugte unter einem abgefallenen Feigenblatt hervor: Vollmilch-Haselnuss, die größte Tafel, die es im Intermarché zu kaufen gab. Martha schob das Laub ein wenig zur Seite und stieß auf etliche Kügelchen aus zusammengerollter Silberfolie. Sie richtete sich auf. Hatte Paula hier womöglich ein heimliches Schokoladendepot? Bestanden ihre täglichen fünf Meilen in Wahrheit daraus, dass sie um die Ecke trabte, sich mit Süßigkeiten vollstopfte, zurückkam und die Beweise versteckte? Marthas Laune besserte sich um einige Grade. Sie sammelte die Papierchen ein und ging hinüber zur Kapelle.

Schon an der Tür hörte sie den Kessel auf der Herdplatte tanzen, was er immer tat, kurz bevor das Wasser zu kochen begann, und richtig, in dem Moment, als sie über die Schwelle trat, begann er zu pfeifen. Martha warf das Papier in den Mülleimer, den Schal hinterher und nahm den Kessel vom Herd.

Nebenan im Schlafzimmer hörte sie die Stimme einer Frau. Martha steckte den Kopf durch die Tür. Ben hatte sich aufgesetzt und lehnte mit dem Rücken am Kopfteil des Bettes. Alice saß auf der Bettkante, und Pippa lag ausgestreckt zwischen ihnen. Ben kraulte die Kaninchendame hinter den Löffeln, Alice streichelte ihren Bauch. Das Tierchen räkelte sich vor Wonne.

»Sie genießt die Aufmerksamkeit.« Alice lachte.

Bens Grinsen sah wegen der aufgeplatzten Lippe noch schiefer aus als sonst.

Beide hoben die Köpfe, als sie merkten, dass Martha in der Tür stand.

Alice strich sich verlegen die Haare aus dem Gesicht. »Ich dachte, ich schaue kurz nach, wie es Ben geht.«

»Und? Wie ist das Befinden des Patienten?«

»Tut mir leid, dass ich immer noch dein Bett beanspruche. Ich habe geschlafen wie ein Stein und bin erst aufgewacht, als Alice hereinkam.«

»Ich habe mich erschrocken, so furchtbar sieht er aus«, sagte Alice. »Das muss ein schlimmer Unfall gewesen sein.«

»Es geht mir schon viel besser.« Ben setzte sich demonstrativ aufrecht hin.

»Du brauchst auf jeden Fall Ruhe«, sagte Alice energisch.

»Der Meinung bin ich auch.« Martha trat ans Bett und schüttelte die Kissen auf. »Nichts übereilen.«

»Mir geht's gut.«

Alice legte die Hand auf die Bettdecke über seiner Brust. »Du hast einen Motorradunfall gehabt. Du musst deinem Körper Zeit geben zu heilen.«

»Aber …«

»Kein Aber«, fiel ihm Martha ins Wort. »Leg dich einfach wieder hin.«

Ben gehorchte.

»Brav. Dann gieße ich jetzt den Kaffee auf.«

»Das kann ich übernehmen.« Alice stand auf und ging in die Küche.

Martha öffnete das Fenster und zog als Schutz vor der grellen Mittagssonne die dünnen Musselinvorhänge zu. Dann drehte sie sich wieder zu Ben um und musterte ihn. Der Anblick war nicht mehr ganz so dramatisch, auch wenn sein Gesicht langsam bunter wurde, weil die Blutergüsse sich grün und gelb zu färben begannen. Die Schwellung rings um das Auge war zurückgegangen.

»Ich komme mir ein bisschen doof vor. Hier im Bett zu liegen und mich bedienen zu lassen.«

Aus der Küche hörte man das Klappern von Geschirr und das Quietschen der Kühlschranktür, die geöffnet und geschlossen wurde. Martha setzte sich auf die Bettkante.

»Bist du wirklich mit dem Motorrad verunglückt?«, fragte sie mit gesenkter Stimme.

Schweigen. Ben schaute sie an. »Ich habe die Kurve vor der Einfahrt unterschätzt«, antwortete er schließlich.

»Hier kommt der Kaffee.« Alice trug ein voll beladenes Tablett vor sich her. »Dazu gibt es den Rest von den Plätzchen, die ich vorgestern gebacken habe.«

Während Alice die Kaffeebecher verteilte, wanderte Marthas Blick zum Fenster. Ein Windstoß blähte die Gardinen und wehte Owens Ansichtskarte vom Nachttisch. Martha hob sie auf. Sie fragte sich, ob Ben oder Alice sie gelesen hatten.

»Ich habe Ben vorhin erzählt, was mit deinen Sachen passiert ist.« Alice nahm ein Plätzchen vom Teller und tunkte es in ihren Becher. »Du hattest doch Elodie in Verdacht, oder?«

»Es war nicht Elodie«, sagte Martha. »Nachdem du gegangen warst, habe ich festgestellt, dass jemand die Tür aufgebrochen hat – mit einer Brechstange oder etwas Ähnlichem.«

Alice starrte sie an, das aufgeweichte Ende des Plätzchens bog sich langsam nach unten. »Wer macht denn so was?«

Martha seufzte. »Ich habe Carla beschuldigt. Ich dachte, sie hätte vielleicht eine Story gewittert.«

»Traust du ihr das wirklich zu?«

»Ich weiß nicht. Aber sie hat natürlich recht mit dem, was sie mir eben an den Kopf geworfen hat: Niemand interessiert sich für einen abgehalfterten Popstar aus den Achtzigern.«

»Ach herrjeh! Was für eine Hexe!« Das Ende des Biskuits fiel mit einem *Platsch!* in den Kaffee.

Martha stellte fest, dass Carlas Worte viel von ihrer verletzenden Wirkung verloren hatten, nachdem sie sie wiederholt hatte. Auch das letzte Gift verflüchtigte sich, als Alice plötzlich kicherte.

»Sie ist diejenige, die abgehalftert ist! Von Josh weiß ich, dass der *Guardian* sie als politische Korrespondentin gefeuert

hat, wegen einer erfundenen Story über Jeremy Corbyns Socken.«

»Socken?«

Alice zuckte die Schultern. »An die Einzelheiten kann ich
mich nicht erinnern, irgendwas mit langjährigen Unterstüt-
zern der Kampagne für nukleare Abrüstung und mit Ausbeu-
tung. Egal, das Ganze war erfunden.«

»Aha, deshalb jetzt freiberufliche Artikel über Glamping«,
sagte Martha.

»Sag ihr, sie soll sich vom Acker machen. Keiner hat sie
gebeten herzukommen.«

Ben legte sich zurück und schloss die Augen.

»Ist dir nicht gut?«, erkundigte sich Martha besorgt.

»Ich schone nur meine Augen ein bisschen.«

»Vielleicht solltest du die Sache mit dem Schrank der Polizei melden, Martha.« Alice schlürfte ihren Kaffee. »Haben
die Kinder nicht behauptet, sie hätten gestern einen fremden
Mann am Fenster gesehen?«

Bens Lider hoben sich. »Wen haben sie gesehen?«

»Oh, ich glaube, die Kinder haben das nur erfunden«, antwortete Martha. »Simon hat gesagt, dass sie sich ständig Geschichten ausdenken.«

Ben schloss die Augen wieder, und Martha nahm ihm den
halb leeren Kaffeebecher aus der Hand. »Du solltest noch
eine Runde schlafen.«

In der Ferne läuteten die Kirchenglocken. Im Garten rief
jemand nach Alice.

»Das ist Josh.« Sie stand auf. »Das Dach des Porsche funktioniert wieder, und ich habe versprochen, eine Spritztour mit
ihm zu machen.«

Ben lächelte mit geschlossenen Augen. »Dann hat er es
endlich hingekriegt?«

»Na ja, ich habe vorgeschlagen, dass es an einer Sicherung liegen könnte.« Alice grinste verschmitzt. »Und ich hatte recht.«

»*Alice*!« Josh kam näher.

»Du könntest so tun, als ob du ihn nicht gehört hast.« Martha schaute sie an.

»Dabei hätte ich kein gutes Gefühl. Bestimmt sind wir nicht lange weg. Vorhin auf dem Markt hat jemand gesagt, dass es bald ein Gewitter gibt.«

Martha seufzte. »So ist das hier immer. Das Quecksilber steigt bis zum Anschlag, und dann gibt es Blitz und Donner.«

Vor dem Fenster waren Schritte zu hören. »Alice? Bist du da drin?«

»Bis später dann.« Alice winkte und ging hinaus.

»Da bist du ja!« Durch das offene Fenster war gut zu verstehen, was draußen gesprochen wurde.

»Ich habe ein bisschen mit Martha geschwatzt und …«

»Du kannst dir nicht vorstellen, was mit meinem Prada-Hemd passiert ist«, fiel Josh ihr ins Wort.

Die Stimmen der beiden entfernten sich. Martha schüttelte den Kopf. »Gott allein weiß, was sie an ihm findet.«

Ben sagte nichts dazu, er schien eingeschlafen zu sein. Martha betrachtete ihn einen Moment lang. Sein Gesicht sah sehr jung aus, trotz der Blutergüsse und der geschwollenen Lippe. Sie betrachtete Owens Ansichtskarte in ihrer Hand und atmete einmal tief durch. Dann schob sie sie in die Nachttischschublade und verließ auf Zehenspitzen das Zimmer.

22

Martha trat aus dem Halbdunkel der Kapelle in den gleißenden Frühnachmittagssonnenschein. Aus der Richtung des Pools kam der inzwischen alltäglich gewordene Lärm übermütig tobender Wasserratten.

»Whenever I'm with him, something inside …«

Die Frau, die sang, hatte eine Stimme, die an golden fließenden Honig erinnerte. Martha bog um die Ecke und sah Flora neben dem Camper, umgeben von Tüten, Bettwäsche, Kleidung und Lebensmitteln.

»Ich will noch schnell aufräumen, bevor wir losfahren.« Sie lächelte gut gelaunt. »Sie glauben nicht, wie schnell man da drin die Übersicht verliert.« Flora nickte mit dem Kopf in Richtung Camper, die violetten Braids schlenkerten um ihre Schultern. »Drei Personen und so wenig Platz.«

»Das kann ich mir vorstellen. Ich wollte mit Carla sprechen. Ist sie da?«

»Carla ist im Pool, mit Noah. Es tut mir leid, was Sie vorhin zu Ihnen gesagt hat.«

»Ich hätte sie nicht verdächtigen sollen, den Schrank aufgebrochen zu haben.« Martha wollte sich umdrehen und gehen, aber Flora redete weiter.

»Dass Sie so reagiert haben, ist verständlich. Es ging um Dinge, die sehr wertvoll für Sie sind.«

Martha nickte unwillkürlich. Ja, das waren sie, es waren ihre Schätze. Alte Kleider, Tinneff, Tand, aber für sie kostbar. Völlig unerwartet kamen ihr die Tränen, sie blinzelte sie weg. »Ich muss meine Einkäufe aus dem Wagen holen.«

»Und ich muss weiter aufräumen.« Flora hob eine Tüte auf und fing wieder an zu singen: »*It's like a heatwave, burning in my heart …*«

Martha beeilte sich wegzukommen, weil ihr schon wieder die Tränen in die Augen stiegen. Sie sah ihre Mutter in der Küche des kleinen Reihenhauses. Sie stand am Spülbecken, hatte die Hände im Seifenwasser, und aus dem Radio ertönte dieses Lied. Ihre Mutter schwenkte die Hüften im Takt und sang lauthals mit: »Komm schon, *cariad*, wir zwei zusammen!«

Martha hatte mitgesungen und ihre Mutter hatte gelacht und im Sonnenlicht, das durch das Küchenfenster schien, schillerten die Blasen im Seifenschaum in allen Regenbogenfarben. »Du könntest es weit bringen mit dieser Stimme.«

Martha atmete kurz durch, bevor sie den Saab aufschloss. In ihrem Haus waren zu viele Leute und in ihrem Kopf zu viele Erinnerungen.

Als sie den Einkaufskorb vom Rücksitz nahm, sah sie durch das Heckfenster Zac am Rand des Kirschengartens stehen und ein paar Schritte von ihm entfernt Elodie, an einen Baumstamm gelehnt. Beide taten so, als wären sie sich der Gegenwart des anderen nicht bewusst, bis Zac eine Kirsche abpflückte und nach Elodie warf.

Elodie sammelte herabgefallene Früchte vom Boden auf und warf eine zurück. Zac ergriff die Flucht, Elodie nahm die Verfolgung auf und bombardierte ihn dabei mit den aufgehobenen Kirschen.

Martha schlug die Autotür zu. Flora war im Camper verschwunden, aber Martha hörte sie singen: »*You know that big wheel keeps on turning ...*«

Martha machte sich mit ihrem Korb auf den Rückweg zur Kapelle.

Bens Motorrad stand am Rand des Parkplatzes und glänzte in der Sonne. Martha ging einmal darum herum und unterzog es einer gründlichen Inspektion. Kein einziger Kratzer im Lack, nirgends eine Delle, nichts verbogen.

Ein Motorengeräusch veranlasste Martha, sich umzudrehen. Sallys kleiner Fiat hoppelte die Einfahrt herunter und kam auf dem freien Platz neben dem Motorrad zum Stehen. Sally sah sie aus dem offenen Seitenfenster an. »Was war denn vorhin los mit dir? Ich habe dich auf dem Marktplatz gesehen. Warum bist du nicht rübergekommen?«

»Ich war in Eile.«

Sally zwängte sich aus dem Auto. »Halten dich deine Feriengäste auf Trab?«

»Schlimmer als das, sie stellen mein Leben total auf den Kopf.«

Sally lachte.

»Das ist nicht komisch. Ich komme allmählich zu der Einsicht, dass ihr recht gehabt habt mit eurer Warnung. Sie richten überall Verwüstung an; du solltest nur mal den Speicher sehen. Am liebsten würde ich sie alle zum Teufel jagen.«

»Warum tust du's nicht?« Sally ließ sich nicht so leicht die gute Laune verderben. »Sag ihnen, sie sollen verduften und anderen Leuten auf die Nerven gehen.« Sie hielt Martha einen schmalen weißen Briefumschlag hin. Im Umschlagfenster stand in akkurat gedruckten Buchstaben Marthas Name. Vorder- wie Rückseite trugen in Rot den Stempelaufdruck *Dringend* und *Vertraulich*. »Hat der Postbote heute Vormittag abgegeben.«

Martha musste den Brief nicht aufmachen, um zu wissen, von wem er kam. Es war das vierte Schreiben von der Bank in ebenso vielen Wochen. Dieses hier sah allerdings noch dringender aus als die vorherigen.

»Das«, sie tippte auf den Umschlag, »ist der Grund, weshalb ich ihnen nicht sagen kann, dass sie verschwinden sollen.« Sie faltete den Umschlag in der Mitte und steckt ihn in die Hosentasche. Einen Moment sahen sich die beiden Frauen schweigend an, dann sagte Sally: »Na gut. Dann zeig mir mal die Verwüstung. Bestimmt ist es nur halb so schlimm, wie es aussieht.«

23

»Heiliger Strohsack!« Sally bückte sich, um einen Spitzen-
handschuh aufzuheben. »Für mich sieht das nach einem Einbruch aus.«

»Ich kann gar nicht beurteilen, ob irgendwas fehlt.«
Martha nahm Sally den Handschuh ab und hielt vergeblich
Ausschau nach seinem Gegenstück.

»Ich wünschte, ich könnte hierbleiben und dir helfen,
aber heute Nachmittag ist das Endspiel, da werden in der Bar
alle Hände gebraucht. Wahrscheinlich komme ich ohnehin zu
spät, und das Spiel hat schon angefangen.«

»Fahr ruhig. Ich räume hier auf und nutze die Gelegenheit, um zu überlegen, was ich von den Sachen wirklich behalten will. Wahrscheinlich ist ein großer Teil davon reif für
die Tonne.«

»Hast du eigentlich eine Vermutung, wer das gewesen sein
könnte?« Sally ließ noch einmal kopfschüttelnd den Blick
über Kleider, Illustrierte, fliegende Blätter, Fotoalben und
Modeschmuck wandern, die in wüstem Durcheinander den
Boden bedeckten.

»Nicht so richtig. Bisher habe ich schon ein junges Mädchen und eine lesbische Journalistin beschuldigt.«

»Eine lesbische Journalistin? Wie passt die denn ins Bild?«

Martha seufzte. »Frag nicht.« Sie hob einen pinkfarbenen Pelzmantel auf.

»Ist dein schottischer Alleskönner wieder aufgetaucht?«

»Ben? Ja, irgendwann heute Nacht.«

»Pierre sagt, er hätte ihn gestern im Dorf gesehen, wo er sich mit dem ›zwielichtigen Individuum‹ unterhalten hat.«

Martha hängte den Mantel auf einen Kleiderbügel, und der elektrisch aufgeladene Kunstpelz versetzte ihr einen leichten Schlag.

»Er meint, sie hätten gestritten.«

»Hallo, Leute.« Carla kam die Stiege herauf. Sie hatte sich umgezogen und trug wieder Bluse und Rock im Hippie-Look. »Die Hitze ist kaum noch auszuhalten.« Sie strich sich die verschwitzten blonden Locken aus der Stirn. »Ich glaube, gerade eben hat es gedonnert.«

»Vielleicht der landesweite Jubel über ein Tor für Frankreich. *Allez les bleus!*« Sally lachte. »Dann fahre ich jetzt lieber. Ich falle in Ungnade, wenn *mon cher mari* allein dem Sturm auf die Bar standhalten muss.« Sally versprach, am nächsten Tag wiederzukommen, und stieg die Speichertreppe hinunter.

Carla schaute nachdenklich auf das Durcheinander und den eingeschlagenen Kleiderschrank. »Jetzt verstehe ich, warum Sie so ausgerastet sind.«

Martha dachte an den Briefumschlag in ihrer Tasche und atmete tief ein. »Ich entschuldige mich dafür, dass ich Sie verdächtigt habe.«

»Machen Sie sich deswegen keinen Kopf. Ich kann verstehen, dass Sie mich als Journalistin verdächtigt haben, aber ich hoffe, dass ich niemals so tief sinken werde.«

»Ich hätte keine voreiligen Schlüsse ziehen dürfen.« Martha machte sich daran, Kleidungsstücke zusammenzufalten. Sie rechnete damit, dass sich Carla nun ihrerseits für ihre verletzenden Worte entschuldigen würde, aber das tat sie nicht.

Stattdessen sagte sie: »Ich verzeihe Ihnen.« Carla drehte eine Haarsträhne um den Zeigefinger und sah ein bisschen verlegen aus. »Wie auch immer, Flora und ich machen uns jetzt auf den Weg. Ich wollte nur Auf Wiedersehen sagen und mich dafür bedanken, dass Sie uns Obdach gewährt haben.« Sie warf einen Blick aus dem kleinen Dachfenster. »Oh, das ist schön. Noah spielt Boule mit Reuben.« Sie machte das Fenster auf und setzte sich auf den breiten Sims. »Es ist für mich immer eine große Freude, ihn so glücklich zu sehen. Manchmal fühle ich mich …«, sie presste die Hand auf die Brust, »… als hätte ich das Leben meiner Kinder ruiniert.«

Martha wandte sich ab. Sie strich einen mit Rosen bedruckten Rock glatt, den sie im Video von *I don't need you anymore* angehabt hatte.

Das war ein furchtbarer Song gewesen, entstanden nach einem Riesenkrach zwischen Cat und Lucas. Stinksauer, wie Cat war, hatte sie sich einen von Martha als Liebeslied gedachten Song vorgenommen und einen anderen Text hingerotzt:

You'll never get me in your bed,
you'll never make me toast your bread …

Martha hatte den Song nie gemocht, aber Lucas hatte ihr ursprüngliches Klavierthema mit einem guten elektronischen Beat unterlegt, und *You'll never* schaffte es bis auf Platz fünfzehn in den Charts.

»Ich habe sie enttäuscht, ihnen ihr Zuhause genommen.« Martha kehrte in die Gegenwart zurück und stellte fest, dass Carla die ganze Zeit weitergeredet hatte. »Das Vertrauen in ihre Bezugspersonen ist erschüttert, ihr ganzes Leben ist aus dem Lot, und alles durch mich.« Martha faltete den Rock und legte ihn in einen Karton.

»Josh war im Grunde kein schlechter Ehemann, das kann man ihm wirklich nicht vorwerfen«, fuhr Carla fort. »Wir haben geredet, wir haben gelacht, gut, *ich* habe gelacht, über ihn meistens. Der Sex war okay, und es gab schöne Abende vor dem Fernseher, mit einer Flasche Rioja und einem skandinavischen Krimi. Nur, zwischen uns hat es nie geknistert, kein Kribbeln, keine Schmetterlinge, nicht mal ein guter altmodischer Ehekrach.«

Martha fing an, Fotos vom Boden aufzusammeln.

Carla seufzte. »Als ich Flora traf, fühlte es sich an wie ein Feuerwerk! Ich weiß, es klingt abgedroschen, aber genauso war es. Eine kolossale Explosion, Böller und Raketen.«

Martha wünschte sich, Carla würde den Mund halten und verschwinden.

»Ich habe nie im Entferntesten daran gedacht, dass ich mich zu Frauen hingezogen fühlen könnte, sexuell, meine ich. Ich sehe mich immer noch nicht als …«, Carla malte Anführungszeichen in die Luft, »… lesbisch. Zufällig war die Person, in die ich mich verliebt habe, weiblichen Geschlechts. Können Sie das verstehen?«

Martha erinnerte sich an Cats siebzehnten Geburtstag. Sie hatten sich im *Sailor's Arms* nach der Sperrstunde mit Pernod & Black betrunken und waren anschließend bis ans Ende der Landzunge gewandert, wo sie saßen und zuschauten, wie das erste Licht des neuen Tages das Meer rosa färbte. *Küss mich*, hatte Cat gesagt. Und sie hatten sich geküsst, und es war nett gewesen, wie Zuckerwatte essen auf dem Jahrmarkt. Cat hatte ganz kurz eine von Marthas Brüsten berührt, dann wurde es hell, und sie waren nach Hause gegangen.

»Flora ist so ein außergewöhnlicher Mensch.« Carla lehnte

sich mit geschlossenen Augen an die Fensterlaibung. Martha schaute sie an. Irgendetwas an Carla erinnerte sie an Cat. »Vom ersten Augenblick an wusste ich, dass ich mit ihr zusammen sein wollte. Sie ist so witzig und liebenswürdig und stark und so wunderschön.« Sie lächelte verträumt. »Wahrscheinlich habe ich geglaubt, unsere Liebe wäre so groß und wundervoll, dass sie alle glücklich macht, auch die Kinder.« Carla schlug die Augen auf. »Aber manchmal ist es schwer.« Ein Aufschrei im Garten. »Auweia, wie es aussieht, hat Noah seine Boulekugel nach Reuben geworfen. Da kommt Ranjit, um zu schlichten. Guter alter Ranjit, harmoniesüchtig wie eh und je.« Ein noch lauterer Schrei, in tieferer Stimmlage. »Autsch! Noah hat eine Kugel nach Ranjit geworfen.« Wieder stieß Carla einen tragischen Seufzer aus. »Ich weiß, ich sollte strenger mit Noah sein, aber ich bin einfach zu …« Sie suchte nach dem passenden Wort.

Egoistisch, wäre Marthas Wahl gewesen, aber sie sprach es nicht aus.

»Caaarla!« Floras lang gezogener Ruf am Fuß der Treppe erlöste Martha.

Carla rutschte vom Fenstersims. »Apropos.« Ihr Ton klang geschäftsmäßig. »Was ich heute Mittag zu Ihnen gesagt habe …«

Martha schaute sie an. Die Entschuldigung, endlich.

Carla senkte vertraulich die Stimme. »Dass sich niemand für eine Popgröße aus den Achtzigern interessieren würde …«

Martha nickte knapp.

»Ich habe nachgedacht, es könnte doch ein Interesse bestehen.« Carla deutete mit beiden Händen eine Schlagzeile an. »›Martha Morgan: Wo lebt sie heute?‹ ›Martha von *East of Eden* hat ihren eigenen Garten Eden in Frankreich gefunden.‹ Sie geben mir ein Exklusivinterview. Die Daily Mail würde darauf anspringen, garantiert.«

Martha spürte ein Prickeln, als würde sie von tausend Stecknadeln gestochen. »Ich möchte eigentlich nicht …«

»Ach, hier bist du.« Flora erklomm die Stiege, die hölzernen Stufen knarrten unter ihrem Gewicht. Sie hatte ihre Braids wieder kegelförmig um den Kopf gewunden und eine lange, mit Paradiesvögeln bestickte Seidenstola um die Schultern gelegt. »Wir sollten los. Es ist mir gelungen, Zac zu überreden, in den Camper zu steigen. Erst beschwert er sich, dass wir ihn nach Nixlosistan verschleppen, wie er es nennt, und jetzt will er nicht wieder weg.«

Carla hakte sich bei Flora ein. »Ich habe Martha gerade angeboten, ein Interview mit ihr zu machen.« Sie strahlte Flora an, dann Martha. »So haben Flora und ich uns übrigens kennengelernt. Ich habe eine Artikelreihe über die Stars des Kinderfernsehens geschrieben.«

»Martha möchte vielleicht nicht ins Licht der Öffentlichkeit gezerrt werden«, gab Flora zu bedenken, und Martha lächelte sie dankbar an.

»Sei nicht albern. Jeder freut sich über eine Erwähnung in der Presse.« Carla gab Flora einen Kuss auf die Wange, dann wandte sie sich wieder Martha zu. »Sie müssen sich nicht gleich entscheiden. Ich kann Ihnen die Fragen mailen, aber erst mache ich noch eine kleine Background-Recherche: wo Sie herkommen, Ihre Zeit mit der Band, was passiert ist, nachdem die Band sich getrennt hatte, wie es kommt, dass Sie heute in Frankreich leben.«

Die Fotos, die sie mühsam aufgesammelt hatte, glitten Martha aus den Händen.

In diesem Moment kam Elodie die Stiege hinaufgestapft. Sie ging an den drei Frauen vorbei, ohne sie zu beachten, verschwand in ihrem Zimmer und knallte die Tür hinter sich zu. Die alten Dielenbretter erbebten.

»Elodie!«, rief Carla ihr nach. »Willst du nicht Auf Wiedersehen sagen?« Sie machte sich von Flora los und klopfte an die Tür des Giebelzimmers. »Elo, Süße, lässt du mich rein?«

»Nein!«

Carla ließ enttäuscht die Schultern hängen. »Meine Tochter hasst mich.«

Flora schloss sie in die Arme und drückte sie an sich. »Aber nein, sie hasst dich nicht. Sie ist ein Teenager. In dem Alter interessiert man sich ausschließlich für die eigenen Probleme.« Sie wischte Carla mit der Seidenstola die Tränen ab. »Nächste Woche kommt sie nach Hause, und dann ist alles wieder gut. Du wirst sehen.«

Carla nickte.

»Gut, dann sollten wir jetzt los. Wir müssen einen Campingplatz finden, bevor es dunkel wird.«

»Martha, denken Sie über das Interview nach.« Carla klang wieder fröhlicher. »Ich melde mich.« Sie ging hinter Flora die Stiege hinunter und winkte noch einmal, bevor sie verschwand.

Martha stand eine geraume Weile wie angewurzelt an demselben Fleck. Sie hörte, wie der Camper startete, dann das Knirschen der Räder auf den Steinen in der Einfahrt, das verstummte, als der Wagen hinter dem Tor auf die Landstraße abbog. In der Ferne grollte Donner wie das Intro zu einem Song.

24

Elodies Tür blieb den ganzen Nachmittag fest geschlossen. Ab und zu hörte Martha ein leises Schluchzen oder Schniefen. Davon abgesehen war das Haus totenstill – kein Laut, weder von den Kindern noch von den Erwachsenen, nur das Rascheln des Weinlaubs unter dem offenen Fenster. Martha nahm an, dass ihre Gäste auf der Veranda dösten oder in das Innere des Hauses geflüchtet waren, dessen dicke Steinmauern die Hitze abhielten. Selbst Noah schien es zu heiß zu sein, um draußen herumzulaufen und Unsinn anzustellen.

Martha überlegte, ob sie mal nach Elodie sehen sollte. Ihre Hand schwebte unschlüssig über der Türklinke, als im Zimmer Musik zu wummern begann. Sie zog die Hand zurück.

Was das Aufräumen anging, war sie so gut wie fertig. Ein paar Kleinigkeiten lagen noch herum, beschädigter Schmuck, Musikkassetten, ein Parfumflakon, der Inhalt vor Alter dunkelbraun geworden. Nichts, was das Aufbewahren lohnte. Weg damit. Martha hob einen einzelnen Strassohring auf, wenigstens die Hälfte der Glassteinchen fehlte. Sie warf ihn wieder auf den Boden, und er schlitterte unter den Schrank. Gerade als sie auch den anderen Kleinkram mit dem Fuß

240

unter den Schrank befördern wollte, fuhr ein Windstoß vom Fenster raschelnd in die Seiten eines Notizbuchs, das ihr bisher nicht aufgefallen war.

Sie machte das Fenster zu und hob das Büchlein auf. Es hatte einen roten Kartoneinband, und die Seiten waren aus dünnem, billigem Papier. Sie blätterte es mit dem Daumen einmal schnell durch. Auf den ersten Blick sah es aus, als ob nichts darin stand. Aber als sie von hinten noch einmal zurückblätterte, entdeckte sie auf einer Seite irgendwelche Schnörkel und Striche. Sie zog die Brille aus der Hosentasche und setzte sie auf. Die Schnörkel und Striche wurden zu Notenlinien und Noten. Da standen auch Worte, flüchtig hingekritzelt, kaum zu entziffern. Sie hielt die Seite ins Licht und las: *The Child in my Eyes*. Ein Songtitel?

Darunter folgten weitere Zeilen in einer nahezu unleserlichen Handschrift. Martha kniff die Augen zusammen und hielt das Notizbuch auf Armeslänge von sich weg.

As you drew breath I made my wish
As you held my hand I gave my kiss …

Martha flüsterte die Worte vor sich hin, anfangs stockend, dann immer flüssiger. Bei dem Gekrakel handelte es sich unzweifelhaft um ihre eigene Handschrift, wenn auch in einer früheren, extrem schludrigen Version.

The seeds we planted in the garden never got to grow
But they blossom in my heart
Roots deeper than you know.

At night I wander and silently cry
The air holds a whisper
The wind holds my sigh.

Martha begann zu summen, die Noten verbanden sich zu einer Melodie.

I wonder if you walk under darkening skies,
I look for your star,
child in my eyes.

Sie musste die Verfasserin sein, es war definitiv ihre Schrift, auch wenn sie sich absolut nicht daran erinnern konnte. Auf den nächsten Seiten hatte sie weitere Akkorde, Tonfolgen und Textzeilen notiert. Sie musste sich hinsetzen. Es waren wunderschöne Melodien, ergreifende Verse, von ihr und doch nicht von ihr. Sie nahm die Brille ab und rieb sich die Augen. Welche Martha hatte das geschrieben und in welchem Zustand, um Himmels willen?

Im Treppenhaus war es inzwischen ziemlich dunkel geworden. Martha hatte das Angelusläuten bisher noch nicht gehört, deshalb konnte es noch nicht nach sechs Uhr sein. Sie stand auf, legte das Notizbuch auf das oberste Regal im Schrank, schob es so weit nach hinten, wie sie reichen konnte, und drückte die Tür zu. Innerlich fluchte sie auf den unbekannten Übeltäter, der schuld daran war, dass der Schrank nicht mehr abzuschließen war. Es donnerte, und sie schaute durch die kleinen Scheiben des Sprossenfensters nach draußen. Düstere Wolkentürme schoben sich von der gegenüberliegenden Talseite heran und verdeckten die Sonne.

Eine Bewegung im Garten erregte ihre Aufmerksamkeit. Jemand stand auf der Wiese. Er hatte einem Motorradhelm auf und trug trotz der gewittrigen Schwüle volle Bikermontur. Erst dachte sie, es wäre Ben, aber der Fremde war größer. Gerade zog er die Motorradjacke aus; zum Vorschein kamen breite Schultern und sehnige, muskulöse Arme. Er drehte sich zum Haus um und musterte die Fassade. Martha musste angesichts des behelmten Kopfs mit dem geschlossenen Visier an ein außerirdisches Insektenwesen denken. Sie dachte an die Eindringlinge, die sie bei den Kirschbäumen gesehen hatte, und war froh, Ranjit und Simon in Rufweite zu wissen. Sie machte das Fenster auf. »Hallo?«

Der Mann schob das Visier hoch und schaute zu ihr hoch. Martha konnte zwei Augen sehen und Fältchen in den Augenwinkeln, aus denen sie schloss, dass der Mann lächelte.

Martha beugte sich aus dem Fenster, sicherheitshalber hielt sie sich mit beiden Händen am Fensterrahmen fest. »Kann ich Ihnen helfen?«

Ein Blitz zuckte über den Himmel, gefolgt von einem ohrenbetäubenden Donnerschlag. Der Mann hob die Hände, nahm den Helm ab, und Martha sah endlich auch sein Gesicht. Klar geschnittene Züge, die wettergegerbte Bräune eines Menschen, der viel Zeit im Freien verbringt, ein kurzer Stoppelbart, dichtes, zerzaustes Haar, grau an den Schläfen, eine Nase, die aussah, als wäre sie schon einmal gebrochen gewesen, und ein markantes Kinn. Erste, große Regentropfen fielen.

»Ich suche meine Tochter«, rief der Mann zu ihr hinauf und wischte sich den Regen aus den Augen. Er hatte einen irischen Akzent.

»Wie heißt Ihre Tochter?«

»Orla. Orla Rose.«

Martha schüttelte den Kopf.

Plötzlich wurde die Glastür im Erdgeschoss aufgestoßen, und Paula stürmte in den Garten. Der böige Wind wirbelte ihre Haare durcheinander, und im Nu war die perfekte Frisur ruiniert.

»Dad, um Himmels willen! Was machst du denn hier?«

»Na, das ist ja ein schöner Empfang für deinen alten Vater, Orla.«

»Paula, mein Name ist Paula, Dad. Schon seit sehr vielen Jahren.«

»Kann sein, aber das ist nicht, was deine Mutter …«

Paula ließ ihn nicht ausreden. »Warum bist du hier? Du solltest doch in London sein, die Bauarbeiten beaufsichtigen.«

»Ich weiß, ich weiß, aber ich habe Neuigkeiten, und du warst telefonisch nicht zu erreichen und Simon auch nicht. Deshalb dachte ich, ich schmeiße die alte Mühle an und komme auf einen Sprung vorbei.«

»Ein ziemlich großer Sprung von Wimbledon in die Dordogne.«

»Was denn? Es war eine sehr schöne Tour.«

Paula stemmte die Hände in die Hüften. »Und der Umbau? Was ist damit?«

»Die Handwerker leisten tadellose Arbeit, und mit dem neuen Aga sieht die Küche nun genauso aus wie die in deinen Hochglanzmagazinen.«

»Grandpa, Grandpa!« Zwei kleine Gestalten schossen aus der Tür und flogen in die ausgebreiteten Arme des Mannes. Er ging in die Hocke, um sie liebevoll an sich zu drücken. »Meine zwei Hübschen! Gefällt es euch denn in eurem Urlaub?«

»Wir haben uns verkleidet, mit komischen Hüten und so.«

»Noah wollte uns fangen. Er hatte nichts an!«

Paulas Vater lachte. »Das klingt ja nach einer Menge Spaß.«

»Wie geht es Bonnie?«, wollte eins der Mädchen wissen.

»Hast du sie mitgebracht?« Das andere versuchte, in die Brusttasche seines Jeanshemds zu schauen.

Der Mann drückte die Zwillinge fester an sich. »Also, ich habe leider schlechte Nachrichten, was Bonnie angeht.«

Es donnerte wieder, und eins der Mädchen schrie auf.

»Rein ins Haus!«, rief Paula durch den Regen, der sich schlagartig zur Sintflut steigerte. »Schnell!«

Martha schloss die Fenster, als der nächste Blitz die kleine Gruppe beleuchtete, die über die Wiese zum Haus lief. Der dem Blitz folgende Donner ließ die Scheiben klirren. Im Raum herrschte ein gespenstisches Halbdunkel, und Martha knipste das Licht an. Regen peitschte gegen das Fenster.

Es blitzte wieder, und ein Donnerschlag ließ das Haus erbeben. Die Lampe ging flackernd aus und wieder an.

Im Erdgeschoss ertönte ein zweistimmiges Wehgeschrei. Martha beugte sich über die Geländerbrüstung und hörte Simons Stimme.

»Ich weiß, ihr werdet sie vermissen, aber wenigstens musste sie nicht leiden.«

»Sie ist friedlich im Schlaf gestorben«, sagte Paulas Vater tröstend.

»Und die Beerdigung?«, schluchzte eins der Mädchen. »Hast du sie schon begraben?«

»Nein, ich wollte warten, bis ihr alle wieder zu Hause seid.«

»Und wo ist Bonnie jetzt?«

»In der Gefriertruhe. In einer Frischhaltebox neben dem Karton mit dem Karamelleis.«

»Dad!«

»Ach, Orla, reg dich ab! Bis ihr wieder da seid, habe ich das Eis gegessen.«

»Ich rege mich nicht wegen der Eiscreme auf. Ich rege mich auf, weil du Bonnie in die Gefriertruhe gelegt hast.«

»Aber da ist sie am besten aufgehoben.«

»Sie ist eine Wüstenrennmaus!«

»War eine Wüstenrennmaus«, berichtigte Simon und löste neues Wehklagen aus.

Martha trat von der Brüstung zurück. Der Wind pfiff jaulend durch die Fensterritzen, es klang ganz ähnlich wie das Lamento unten im Wohnzimmer.

Blitz und Donner folgten mehrmals rasch aufeinander, das Gewitter stand genau über *Les Cerises*.

Die Tür von Elodies Zimmer wurde aufgerissen, und das Mädchen erschien kreidebleich auf der Schwelle.

Martha hob beruhigend die Hände. »Keine Angst. Es ist nur ein Gewitter.«

»Ich hasse Gewitter.« Elodie zitterte am ganzen Leib. Der Regen auf dem Dach hörte sich an, als würde jemand Kieselsteine vom Himmel herunterwerfen. Der nächste Donner war noch lauter als seine Vorgänger. Elodie hielt sich die Ohren zu. Erneut flackerte die Lampe, ging aus, an, aus. Elodie rannte, ohne die Hände von den Ohren zu nehmen, auf Martha zu, die sie auffing und in die Arme schloss. Nachdem sie jahrzehntelang niemand mehr im Arm gehabt hatte, war es ein merkwürdiges Gefühl.

Wieder blitzte es, und wieder krachte Donner. Martha tätschelte Elodies Rücken. »Es ist bald vorbei.«

»Martha!« Der Ruf kam vom Fuß der Treppe. Ein paar Sekunden darauf stand Ben oben. Sein zerschlagenes Gesicht war gerötet, Wasser lief aus seinen Haaren. »Land unter in der Kapelle!«, rief er und schnappte nach Luft. »Die Kapelle steht unter Wasser!«

25

Martha zündete die Kerzen auf dem großen Kandelaber an, den sie aus dem Wohnzimmer geholt hatte. Die gelben Flammen ließen Gesichter rings um den Küchentisch blass und krank aussehen.

Alle blickten müde und ernst drein. Sogar die Kinder schienen erschöpft zu sein. Die Zwillinge und Reuben lümmelten sich auf dem Sofa wie ausgepowerte junge Hunde. Ihr Appetit schien jedoch nicht gelitten zu haben: Die beiden Mädchen waren gerade dabei, je eine Riesentüte Chips zu vernichten, und Reuben futterte sich durch eine Partypackung Salzbrezeln. Die Erwachsenen bemerkten es nicht oder es war ihnen für den Moment egal. Noah saß neben seiner Schwester am Tisch, den Kopf an ihrer Schulter, sie hatte Pippa auf dem Schoß. Alice saß neben beiden auf einem Barhocker und streichelte geistesabwesend Pippas Ohren. Pippa machte ein schnüffelndes Geräusch.

Sofort liefen bei den Zwillingen wieder die Tränen. »Sie hört sich an wie Bonnie.«

Auf der anderen Seite des Tisches saßen Paula und Lindy nebeneinander, Lindy hatte Tilly auf dem Arm, die fest schlief. Hin und wieder schnappte Martha eine Bemerkung aus der halblaut geführten Unterhaltung der beiden Frauen auf.

»Was für ein Albtraum.«

»Wären wir doch einfach zu Hause geblieben.«

Josh saß neben ihnen und starrte teilnahmslos vor sich hin, als stünde er unter Schock, während Ranjit und Simon die nächsten Weinflaschen entkorkten.

»Sie übernachten selbstverständlich hier im Haus«, sagte Ranjit zu Martha, die sich neben Alice setzte. »Und Max, du musst ebenfalls bleiben.«

»Sieht tatsächlich so aus, als könnte ich fürs Erste nicht weiter.« Max goss sich zufrieden seufzend noch ein Glas Wein ein. »Es hat keinen Zweck, das Bike ausgraben zu wollen, solange es in Strömen gießt.«

Marthas Mut sank bei dem Wort *ausgraben*. Sie dachte an das Ausmaß der Verwüstung am unteren Ende der Einfahrt, und ihr wurde flau.

Josh vergrub den Kopf in den Händen und stöhnte. »Ich kann's nicht glauben! Er ist hin! Totalschaden!«

»Selber schuld. Du hättest das Dach schließen sollen«, ätzte Paula.

»Ich hatte mich kurz aufs Ohr gelegt. Von dem Unwetter habe ich nichts mitgekriegt.«

»Der Donner war laut genug, um Tote aufzuwecken.« Simon schaute von Alice zu Josh und zwinkerte bedeutungsvoll. »Du musst *sehr* müde gewesen sein. Oder hast du gar nicht geschlafen?«

Alice stellte ihr Glas so fest auf den Tisch, dass Wein herausschwappte und auf dem Tisch eine kleine Pfütze bildete, in der sich das Kerzenlicht spiegelte.

»Es war Carla. Sie hat mir meine ganze Energie ausgesaugt, wie ein Vampir«, murmelte Josh. »Als sie endlich weg war, bin ich regelrecht ins Koma gefallen.«

»Bis wir an die Tür gehämmert haben, um dir mitzuteilen, dass sich dein scharfer Flitzer in einen Kipplaster verwandelt hat.« Ranjit versuchte, ein Grinsen zu verbergen. »Vielleicht kann er sich für eine Nebenrolle in *Transformers* bewerben.«

Simon kicherte.

»Das ist nicht lustig!« Josh stöhnte.

»Alle Autos haben was abgekriegt«, sagte Paula scharf. »Auf dem Dach von unserem Wagen liegt ein Baum.«

»Ast«, stellte Simon richtig.

Lindy wiegte ihr selig schlummerndes Töchterchen auf dem Schoß hin und her. »Stellt euch vor, die Kinder hätten in der Einfahrt gespielt.«

»Keinem ist was passiert.« Ranjit legte seiner Frau die Hand auf den Arm. »Alle waren im Haus, weil es draußen so heiß war, und dann hat es auch schon angefangen zu regnen.«

»Aber angenommen, sie wären …« Lindys Stimme brach.

Martha nahm einen großen Schluck Wein. Sie hatte denselben Gedanken gehabt. Die Regenflut musste mit großer Gewalt die Einfahrt hinuntergeschossen sein, hatte Lehm und Erdreich vor sich hergeschoben sowie Steine und Schotter mitgerissen, die dafür bestimmt gewesen waren, die Schlaglöcher aufzufüllen. Die nebeneinander aufgereihten Autos auf dem Parkplatz waren unter der Lawine begraben worden. Nur der vage Umriss von Bens Motorrad war unter der dicken Schlammschicht auszumachen. Die Maschine von Max hatte es weniger schlimm getroffen. Sie lag auf der Seite, nur ein Ausläufer der schlammigen Flut war über sie hinweggeschwappt, und ein abgeknickter Seitenspiegel schien der einzige ernst zu nehmende Schaden zu sein. Marthas Auto war wunderbarerweise gänzlich verschont geblieben, was Paula bereits mehrmals betont hatte:

»Sie müssen gewusst haben, dass es riskant ist, woanders zu parken.«

»Es war reiner Zufall«, hatte Martha sich müde verteidigt. »So einen Erdrutsch hat es noch nie gegeben.«

Die Autos waren Martha zuerst ins Auge gefallen, als sie im Regen, bei Blitz und Donner vom Haus zum Parkplatz hinunterhasteten. Elodie war unmittelbar vor ihr, Ben schon ein großes Stück voraus. Nach seinem Tempo zu urteilen, führte Alice allein in der Kapelle den Kampf gegen das eindringende Wasser, und er hatte es eilig, ihr zu helfen.

»Oje, Dads schöner Porsche!«, rief Elodie. »Er ist voller Schlamm und Steine. Und bei Ranjit und Lindy ist die Windschutzscheibe kaputt! Ach Gott, auf dem Dach von dem Volvo liegt ein Baum!«

Martha stand starr da und betrachtete die Verwüstung. Was konnte sie tun? Nichts. Ob die Versicherung, die *Dordogne Dreams* für sie abgeschlossen hatte, auch für diesen Schaden aufkommen würde?

Sie lief stolpernd weiter, hoffte, Ben hätte übertrieben, als er »Land unter« gemeldet hatte. Doch das hatte er nicht.

Das Wasser stand knöcheltief in den Räumen der Kapelle. Sofort machten Martha und Elodie sich an die Arbeit. Elodie half Alice mit den Teppichen und Körben, sie stellten die Stühle auf den Küchentisch und fischten Schuhe heraus, die verwaist zwischen den Möbeln herumschwammen. Martha und Ben hatten sich die größten Behälter in Reichweite gegriffen und schöpften, so schnell sie konnten.

Derweil saß Pippa erstaunlich gelassen auf dem Bett, wie eine Prinzessin auf ihrer Insel, und beobachtete interessiert das hektische Treiben um sie herum.

Nach einer halben Stunde richtete Martha sich auf

und drückte ihren schmerzenden Rücken durch. »Das ist zwecklos. Wir können nicht so schnell schöpfen, wie das Wasser nachläuft.«

Ben schüttete seinen vollen Eimer aus dem Fenster. »Sieht aus, als hätten deine Feriengäste gemerkt, dass es Probleme gibt«, meinte er.

Martha schaute aus der Tür. Ranjit, Simon und Paula standen zusammengedrängt unter einem großen Regenschirm auf der Einfassung einer Blumenrabatte über der Sintflut. Sie sprachen miteinander und schüttelten die Köpfe. Simon zog die Schuhe aus und sprang von der Mauer. Er watete zu den Autos hinüber und bemühte sich, die Steine und Zweige wegzuräumen, die sich um den Volvo herum auftürmten. Als sich abzeichnete, dass seine Anstrengungen sinnlos waren, versuchte er, wenigstens den Ast vom Dach zu schieben. Er musste sich recken, geriet ins Schwanken und fiel klatschend rücklings in die schlammige Brühe. Ranjit drückte Paula den Schirm in die Hand und eilte seinem Freund zu Hilfe. Beide standen nass und verdreckt in den Fluten und lachten, als wäre dies der größte Spaß aller Zeiten. Mit einer Miene, die nichts als Verachtung ausdrückte, drehte Paula sich um und stapfte mit dem Regenschirm zum Haus zurück.

Ranjit entdeckte Martha und rief ihr durch das Prasseln des Regens zu: »Alles in Ordnung bei Ihnen?«

»Alles okay«, rief sie zurück, obwohl ein Blinder sehen konnte, dass es das nicht war.

»Kommen Sie mit nach oben und trinken Sie was mit uns.« Simon machte eine entsprechende Handbewegung, für den Fall, dass Martha ihn nicht verstehen konnte.

»Kein schlechter Vorschlag.« Alice war hinter Martha getreten und schaute ihr über die Schulter. »Was wir hier machen, ist Sisyphusarbeit. Wir müssen warten, bis es aufhört zu regnen. Ein Glas Wein würde dir guttun – und mir auch.«

»Warum sagst du denn nichts?« Martha schaute sich zu ihr um. »Ich habe Wein hier.«

Alice zeigte auf die gelbbraune Brühe, die um ihre Schuhe schwappte. »Willst du wirklich hier die Nacht verbringen?«

»Ihr könnt ruhig gehen«, meldete Ben sich von drinnen. »Ich bleibe hier und mache weiter.«

Martha betrachtete sein in allen Farben schillerndes Gesicht. »Du solltest dich schonen und nicht Schwerstarbeit leisten.«

»Ich bin fit.«

»Von wegen. Du gehörst ins Bett.«

Ben lachte. »So spricht eine besorgte Mutter.«

»Ich bin sicher, wenn deine Mutter hier wäre, würde sie genau dasselbe sagen.«

Ben senkte den Kopf. »Vielleicht«, murmelte er fast unhörbar, dann bückte er sich und fing wieder an zu schöpfen.

»Ben hat recht.« Alice nahm Martha sanft am Arm. »Man muss wissen, wann man geschlagen ist.«

»Und Pippa?«, wandte Martha ein. »Ich kann sie nicht hierlassen.«

Aber Elodie war schon ins Schlafzimmer gewatet und kam mit dem Kaninchen auf dem Arm zurück.

»Paula und Lindy werden nicht erfreut sein«, sagte Martha.

»Wen interessiert das schon?«, antwortete Elodie überraschend patzig.

Martha zog die Augenbrauen hoch. Dann nickte sie. »Was soll's, die Chancen, dass ich eine gute Bewertung bekomme, sind inzwischen ohnehin genauso hoch wie die, dass ich die Tour de France gewinne.«

»Ich glaube, der Regen lässt nach.« Alice schaute prüfend zum Himmel. »Beeilen wir uns.«

Leider sollte sie sich irren. Auf halbem Weg zum Haus öffnete der Himmel seine Schleusen noch ein Stück weiter, und innerhalb eines Sekundenbruchteils waren alle drei nass bis auf die Haut.

Drinnen am Tisch hatten alle das Gefühl, schon seit Stunden untätig herumzusitzen. Der Himmel war immer noch bleigrau, und das Geräusch des Regens wie das Riff eines noch nicht geschriebenen Songs.

»Sollten wir nicht vielleicht etwas feste Nahrung zu uns nehmen?« Paula warf einen bedeutungsvollen Blick auf ihren Mann, der gerade die vierte Flasche Wein entkorkte.

»Kein Strom und zu nass zum Grillen«, lautete die Antwort.

Paula runzelte die Stirn. »Sei nicht albern.«

Simon füllte die Gläser. »Wie wär's mit etwas Gebäck? Das ist auch feste Nahrung.«

»Au ja!«, riefen die Kinder einstimmig vom Sofa her.

Paula stand auf und warf einen Blick in den dunklen Kühlschrank. »Gebäck brauchen wir nicht. Ich sehe hier noch Radicchio und drei Möhren.«

»Bäääh«, lautete der Kommentar vom Sofa. Paula bemerkte jetzt die großen Chipstüten in den Händen der Zwillinge und konfiszierte sie umgehend.

»Orla«, sagte Max. »Hab Erbarmen. Die beiden sind in Trauer.«

Paula verdrehte die Augen. »Die beiden haben sich kaum um Bonnie gekümmert. Das arme Vieh ist wahrscheinlich an Vernachlässigung gestorben.«

»Nicht in meiner Obhut!«, entgegnete Max. »Ich habe sie nach Strich und Faden verwöhnt.«

Simon hatte inzwischen den Kopf in den Kühlschrank gesteckt. »Wo sind eigentlich die Würstchen abgeblieben, die wir auf dem Markt gekauft haben?«

Lindy rümpfte die Nase. »Die sind bestimmt nicht mehr gut. Der Kühlschrank ist schon viel zu lange aus.«

Ranjit streichelte den Arm seiner Frau. »Schatz, ich bin sicher, dass sie in so kurzer Zeit nicht verderben können.«

»Hatten Sie nicht versprochen, uns zu verpflegen, Martha?« Paula setzte sich wieder hin.

Martha glaubte, sich verhört zu haben. Erwarteten diese Leute, trotz Stromausfall ein Zwei-Gänge-Menü serviert zu bekommen?

Simon machte den Kühlschrank zu. »Wir haben jede Menge Brot und Käse. Genug für alle.«

»Aber das gab's schon zu Mittag«, murrte Paula.

»Für mich klingt das gut.« Max nahm eine Mandel aus der Schüssel, klemmte sie zwischen Daumen und Zeigefinger, schnippte sie in die Luft und fing sie mit dem geöffneten Mund auf. Martha erinnerte sich, dass Lucas im Tourbus früher oft dasselbe mit Erdnüssen gemacht hatte. Sie fragte sich, wie alt Max sein mochte. Nicht viel älter als sie selbst wahrscheinlich. Was es wohl für ein Gefühl war, Enkelkinder zu haben?

Max wiederholte den Mandeltrick. Noah beobachtete ihn mit großen Augen, dann versuchte er, das Kunststück nachzumachen. Die Mandel verfehlte seinen Mund und traf Elodie an der Nase.

»Um Himmels willen, Dad!«, rief Paula aufgebracht. »Du gibst den Kindern schon wieder ein schlechtes Beispiel!«

Max fing Marthas Blick auf und grinste.

»Ich hole Teller.« Martha stand auf.

»Nein«, protestierte Ranjit. »Sie bleiben sitzen, Martha. Und auch für die anderen Damen gilt: Genießt euren Wein, wir Männer bedienen euch.«

Max stand händereibend auf. »Ihr werdet staunen, was sich aus ein paar Möhren, Radicchioblättern und Käse zaubern lässt, zumal von einem begnadeten Künstler wie mir.«

Paula seufzte. »Du bist kein Künstler, Dad. Du bist Steinmetz.«

»Aber ein ausgezeichneter Steinmetz«, sagte Simon, »ein begnadeter geradezu.«

»Vielen Dank, Simon.« Max wandte sich an Martha. »Er ist mein liebster Schwiegersohn, müssen Sie wissen.«

»Er ist dein einziger Schwiegersohn«, sagte Paula spitz. »Aber ihr steckt dauernd die Köpfe zusammen, das stimmt. Tatsächlich habe ich den Eindruck, du vernachlässigst deswegen sogar deinen Beruf. Gott weiß, was ihr ausheckt.«

Max tippte sich mit dem Zeigefinger gegen die Nase. »Wichtige Geschäfte.«

»Topsecret«, bestätigte Simon.

Paula trank einen großen Schluck aus ihrem frisch gefüllten Glas. »Gott sei Dank habe ich einen Job, der die Rechnungen bezahlt.«

Max griff in die Hosentasche und förderte ein Schweizer Armeemesser zutage. »Bringt mir den Käse und ich mache mich ans Werk.«

Während Max sich um die Käseplatte kümmerte, schnitten Ranjit und Simon das Brot. Josh hatte man die Aufgabe zugewiesen, eine frische Packung Salzbrezeln zu öffnen, aber nach dem schweren Schicksalsschlag, den er respektive sein Porsche erlitten hatte, schien ihm selbst das zu schwer zu sein.

Martha schaute gedankenverloren aus der offenen Küchentür. Der Regen plätscherte auf den gefliesten Terrassenboden, troff aus den übervollen Blumenkästen und floss als kleiner Wasserfall die Treppe hinunter in den Garten.

Es regnet Katzen und Hunde. Das hatte Marthas Mutter immer gesagt, und sie fragte sich bis heute, wieso man ausgerechnet Tiere für den Vergleich gewählt hatte.

»Da wären wir.« Max stellte seine Käseplatte triumphierend in die Tischmitte. Er hatte die Mohrrüben in Spiralen geschnitten und zu orangefarbenen Rosen gedreht, ihre purpurfarbenen Blätter bestanden aus Radicchio. Die verschiedenen Käsesorten zogen sich wellenartig angeordnet und nach Farben sortiert über das Holzbrett, vom rahmweißen Camembert bis zum kräftig gelben Emmentaler. Den Rahmen bildeten kleine Stückchen blau gesprenkelter Roquefort, den Max ringsherum verkrümelt hatte. Auf den Käsewellen schwammen die Gemüserosen wie auf einem verwunschenen Teich.

Die Kinder versammelten sich um den Tisch, um das Käsekunstwerk zu bestaunen.

»Ich will eine Rose«, verkündeten die Zwillinge im Chor.

»Ich auch«, rief Reuben.

»Die große ist meine.« Noah leckte den Zeigefinger ab und steckte ihn in die Mitte einer Möhrenspirale.

»Warum kann bei dir niemals etwas einfach ganz normal sein, Dad?« Paula schüttelte missbilligend den Kopf.

Plötzlich war draußen ein spitzer Aufschrei zu hören. Alle Köpfe drehten sich zur Terrassentür. Hinter der im Dunkeln liegenden Terrasse sah man den irrlichternden Strahl einer Taschenlampe, und es waren Stimmen zu hören, die näher kamen.

»Hier ist es furchtbar glitschig, ich wäre fast ausgerutscht!«

»Wartet auf mich!«

»Mein Rock ist ruiniert!«

»Passt auf, wo ihr hintretet. Unter dem Matsch sieht man die Schlaglöcher nicht.«

»Kein Stress, Tantchen. Glastonbury ist schlimmer.«

»Woher willst du das denn wissen, Zac?«

»Von YouTube, Tantchen, von YouTube.«

In der Küche spitzte Noah die Ohren und Elodie strich

sich das Haar aus dem Gesicht. Josh starrte auf die Tür, aus seinem Blick sprach das nackte Grauen.

»Quer über die Rabatten, das ist eine Abkürzung.«

»Nicht auf den Lavendel treten!«

Der Lichtstrahl geisterte über die Terrasse, die Stimmen waren ganz nah.

»Gott, ich brauche ein Glas Wein!«

In der dunklen Türöffnung standen drei Gestalten.

»Mummy!«, jauchzte Noah und lief in die Arme seiner Mutter, ließ sie aber sofort wieder los. »Du bist ganz nass!«

»Wir sind alle nass«, lachte Flora. Ihre Frisur befand sich im letzten Stadium der Auflösung, die purpurnen Braids ringelten sich auf ihren Schultern wie die Schlangen eines Medusenhaupts. In der einen Hand trug sie eine prallvolle Reisetasche, in der anderen einen Einkaufskorb aus Plastik. Zac war mit Plastiktüten beladen und schleifte einen Rollkoffer hinter sich her, der auf dem schweren Geläuf seine Räder eingebüßt hatte und dementsprechend demoliert aussah. Carla hatte als Einzige kein Gepäck, sie brauchte beide Hände, um den Saum ihres langen roten Rocks hochzuhalten. Alle drei trieften, als seien sie in voller Montur schwimmen gewesen.

Carla schüttelte beim Hereinkommen ihre Haare wie ein Hund, die Tropfen spritzten auf die Käseplatte.

»Lieber Himmel, das waren die schrecklichsten Stunden meines Lebens. Ich habe Todesängste ausgestanden!« Ihre Stimme bebte.

Flora stellte erleichtert ihre Taschen ab. »Ja, das war wirklich ein ziemliches Abenteuer.«

»Meine Schuhe sind total im Arsch!« Zac betrachtete kummervoll seine einst schneeweißen Sneaker.

»Zac! Hatten wir nicht über deine Ausdrucksweise gesprochen?«

»Bleib cool, Tantchen. Das ist der Stress.«

»Zac hat recht.« Carla ließ die Schultern hängen. »Ihr könnt euch nicht vorstellen, was wir durchgemacht haben. Es war die Hölle.«

»Dann setzt euch erst mal. Nach einem Glas Wein und etwas zu essen sieht die Welt gleich wieder anders aus.« Ranjit war aufgestanden und rückte zusätzliche Stühle an den Tisch. »Und ihr werdet wohl auch hier übernachten müssen.«

Josh raufte sich die Haare und stöhnte wieder.

Donnerstag

26

»Na dann, herzlichen Glückwunsch zum Geburtstag, Martha Morgan. Augen zu und durch, es hilft ja nichts.«

Martha sagte es laut vor sich hin, während sie auf die Terrasse hinaustrat. Sie setzte Pippa auf den Boden, hob den vom Wind umgewehten goldenen Barhocker auf und stellte ihn wieder auf die Füße. Die kleine, gepolsterte Rückenlehne war abgebrochen, und er wackelte, weil auch ein Bein etwas abbekommen hatte. Martha ließ sich trotzdem vorsichtig auf dem Hocker nieder und zündete ihre Morgenzigarette an. Sie stieß den Rauch aus und schaute sich an, welche Schäden das zweite Unwetter innerhalb weniger Tage angerichtet hatte. Die Pergola war Gott sei Dank unbeschädigt, und es war auch kein Fensterladen abgerissen, aber die Tonscherben auf dem Boden stammten nicht alle von dem von der Mauer gefallenen Blumentopf, sondern auch von Dachziegeln, die der Wind losgerissen hatte.

Martha ließ den Blick durch den Garten schweifen. Das Wasser im Pool war unter einer Decke aus Dreck und Laub verborgen, das der Wind wie ein riesiger Besen herangefegt hatte. Eine umgedrehte Sonnenliege schaukelte in der Mitte wie ein Boot in einem von Unrat verstopften Kanal.

259

Am Ende der Einfahrt ragten Stöcke und Steine aus dem Schlammwall. Die Verwüstungen bildeten einen geradezu absurden Kontrast zu der Schönheit des stillen blauen Morgens.

Die Kirchenglocken begannen zu läuten. Das Dorf auf der gegenüberliegenden Talseite leuchtete frisch gewaschen in der Morgensonne, die Dächer der Häuser glänzten. Die gesamte Natur wirkte neu belebt, die Olivenbäume und Weinstöcke waren grüner, die Farben von Klatschmohn und Sonnenblumen satter. Die lebenspralle Buntheit ringsum ließ die schlammige Tristesse von *Les Cerises* umso schlimmer erscheinen.

Martha mochte sich nicht vorstellen, wie es in der Kapelle aussah.

In ihrer Hosentasche knisterte der Brief von der Bank und erinnerte sie daran, dass dies alles schon bald nicht mehr ihre Sorge sein würde. Sie zog ein letztes Mal an der Zigarette, ließ sie auf die Fliesen fallen und trat sie mit der Schuhspitze aus. Die Chancen, von den Gästen eine gute Bewertung zu erhalten, tendierten inzwischen gegen null. Ergo gab es auch kein Geld von *Dordogne Dreams*. So stand es in einem Passus im Kleingedruckten. Dass man ihr nochmals Feriengäste vermittelte, war nicht anzunehmen. Man würde sie vielmehr kommentarlos aus dem Angebot streichen und womöglich noch auf Schadenersatz verklagen. Als Nächstes kündigte die Bank die Hypothek, sie verlor ihr Zuhause und Owen … Martha schloss die Augen. Wie sollte sie so jemals ihrem Sohn gegenübertreten können?

»Herzlichen Glückwunsch zum Geburtstag«, sagte eine Stimme hinter ihr.

Martha zuckte zusammen, sie hatte gedacht, dass alle anderen noch schliefen. Als sie sich umschaute, sah sie Max in der Küchentür stehen, die er so groß und breitschultrig, wie er war, fast ganz ausfüllte. In seinen von Wind und Wetter gegerbten Händen hielt er einen dampfenden Becher Kaffee. Martha rutschte auf ihrem Barhocker zentimeterweise nach vorn, Vorbereitungen zur Flucht, denn das Letzte, was sie jetzt wollte, war Konversation machen zu müssen.

»Möchten Sie auch so was?« Max hob fragend seinen Becher.

Martha schüttelte den Kopf, obwohl sie ihre Seele für einen heißen, starken Kaffee verkauft hätte.

»Ich kann mir vorstellen, dass es momentan nicht nach einem gelungenen Geburtstag aussieht.« Max setzte sich auf die gemauerte Terrasseneinfassung und streckte die langen Beine aus. Pippa, die an dem herabgefallenen Weinlaub geschnuppert hatte, hoppelte zu ihm hin. Er bückte sich, um das Kaninchen zu streicheln, und schaute dabei zu Martha auf, die inzwischen vom Barhocker heruntergerutscht war.

»Bestimmt wundern Sie sich, woher ich weiß, dass Sie Geburtstag haben.« Der weiche irische Akzent ließ Max' tiefe Stimme noch wärmer klingen. »Ich habe in der Küche gehört, wie Sie sich selbst zum Geburtstag gratuliert haben.«

»Ich dachte, außer mir wäre noch keiner wach«, sagte Martha verlegen.

»Die anderen schlafen auch noch, und es tut mir leid, das sagen zu müssen, aber eine der Damen schnarcht, als wolle sie einen ganzen Wald zersägen.«

Martha musste wider Willen lächeln. Damit konnte nur Carla gemeint sein. Sie setzte sich wieder hin und zündete sich die nächste Zigarette an. »Es war eine lange Nacht.«

Alle hatten lieber weitergetrunken, als sich Gedanken darüber zu machen, wer wo schlafen sollte. Martha war sich nicht im Klaren darüber, welche Rolle sie in dieser Ausnahmesituation spielen sollte: Sollte sie sich als Hausherrin betrachten oder als Gast? Hatte sie die Pflicht, die Unterbringung der zusätzlichen Gäste zu organisieren, oder war es die Aufgabe der anderen, für sie und Max einen Schlafplatz zu finden? Für Carla, Flora und Zac war sie zumindest auf keinen Fall verantwortlich, oder doch? Als kurz nach Mitternacht das Gewitter endlich vorbei war, war Martha schließlich mit einer Kerze in den ersten Stock hinaufgestiegen, wo sie in einem großen begehbaren Kleiderschrank zusätzliches Bettzeug aufbewahrte.

Als sie mit den Armen voller Decken und Kissen wieder nach unten kam, hatten sich unten alle erhoben und sagten sich Gute Nacht. Diejenigen, die ein Bett hatten, verschwanden unter Gemurmel von Schlaftgutundbismorgen in ihre Zimmer, während die anderen hoffnungsvoll die Sofas in der Küche beäugten.

Auch Ben war aufgetaucht, durchnässt und erschöpft.

»Wo bist du gewesen?«, fragte Martha.

Ben antwortete nicht, sondern musterte stattdessen das dicke Bündel Bettzeug, hinter dem sie fast verschwand. »Soll ich dir das abnehmen?«

»Also, wo bringen wir euch alle unter?« Ranjit stand als letzter der müden Krieger schwankend am Fuß der Treppe, guten Willens, aber deutlich ohne logistischen Überblick.

»Frauen im Wohnzimmer, Männer in der Küche«, kommandierte Martha und verteilte die Decken und Kissen, die Ben ihr abgenommen hatte, bis alle versorgt waren. Oben fiel die Schlafzimmertür hinter Ranjit ins Schloss, auch er war sicher im Hafen gelandet.

❖

Die wenigen Stunden bis zum Morgen waren eine Tortur. Im Wohnzimmer standen zwei Sofas, und wie nicht anders zu erwarten war, hatte Carla sofort das größte für sich beansprucht. Flora bestand darauf, dass Martha das andere nahm, sie selbst wollte auf dem Zebrafell nächtigen.

»Ich kann überall schlafen«, behauptete sie und warf eine dünne Decke über ihre ausladenden Kurven. »Und wenn ich schlafe, schlafe ich, egal, was passiert.«

Martha beneidete sie um diese Gabe, während sie selbst sich bemühte, auf dem Sofa eine bequeme Lage zu finden, wachgehalten von ihrem schmerzenden Bein und Carlas Schnarchen. Pippa stand in einem Karton neben Marthas Sofa. Lindy und Paula hatten darauf bestanden, dass das »Tier« nicht frei im Haus herumlaufen dürfe, denn das sei *unhygienisch*.

Erzürnt darüber, eingesperrt zu sein, veranstaltete Pippa fast so viel Lärm wie Carla, kratzte und scharrte in dem Karton und trommelte mit den Hinterläufen gegen die Wand.

Durch die Verbindungstür hörte Martha die tiefen Atemzüge von Max, Ben und Zac. Ben rief im Schlaf etwas, aber die Worte waren nicht zu verstehen.

»Hey, Mann, mach den Deckel zu«, beschwerte Zac sich schlaftrunken.

Kurz vor Tagesanbruch kam der Strom wieder, und *Findet Nemo* erwachte plärrend zum Leben. Martha fuhr hoch und sah sich mit einem orange-weiß gestreiften Fisch konfrontiert, der aus dem Fernseher heraus mit ihr redete. Sie suchte nach der Fernbedienung, stieß sich die Zehen am Couchtisch und warf ein volles Wasserglas um, bevor es ihr endlich gelang, das Gerät auszuschalten. Als sie sich wieder hinlegte, knurrte Carla etwas von *die ganze verdammte Nacht kein Auge zugetan*, drehte sich auf den Rücken und startete ein neues Schnarchkonzert.

❖

Früher am Abend war es der Tischrunde nicht erspart geblieben, sich anzuhören, was Carla alles auf sich genommen hatte, um nach *Le Couvent des Cerises* zurückzukehren.

»Ich musste mich doch vergewissern, dass meine Küken bei diesem schrecklichen Unwetter in Sicherheit sind. Ich hätte nicht einfach weiterfahren können, ohne zu wissen, wie es ihnen geht.«

»Der Camper hatte einen Platten«, erklärte Flora. »Und wir konnten den Reifen nicht wechseln, weil wir keinen Wagenheber hatten.«

»Es war ein Zeichen, dass wir umkehren *müssen*.« Carla streichelte Noahs Locken. Er saß auf ihrem Schoß und lutschte am Daumen. »Ich konnte meine Kinder bei diesem Gewitter nicht allein lassen.«

»Warum haben wir dann erst drei Stunden im Auto gehockt und auf die Kavallerie gewartet?«, fragte Zac, der neben Elodie auf dem Sofa saß. »Du hast gesagt, ich gehe auf keinen Fall zurück in diese Bruchbude und lasse mir von einem Idioten wie meinem ...«

»Zachary!« Flora warf ihrem Neffen einen strengen Blick zu.

»Als das Gewitter losbrach, wusste ich, dass ich zurückmuss, egal, wie.« Carla stärkte sich mit einem großen Schluck aus ihrem Weinglas. »Wir sind kilometerweit gelaufen ...«

»Einen, wenn's hoch kommt.« Zac grinste. »Wir waren erst halb den Berg runter.«

»... schutzlos dem Wüten der Elemente ausgeliefert, jeden Augenblick in Gefahr, vom Blitz erschlagen zu werden.«

»Du wolltest im Camper warten, bis das Gewitter vorbei ist«, warf Zac ein.

Carla hörte nicht zu, sie richtete sich an Noah. »Es war fast wie das Feuerwerk in der Bonfire Night im Clapham Common, nur viel, viel lauter.«

Noah nahm den Daumen aus dem Mund und schaute seine Mutter an. »Das war hier auch.«

Carla ignorierte ihn und redete weiter. »Die Nacht brach herein, während wir uns bergauf kämpften. Wir hatten nur das Licht von Zacs Handy, und der Akku war fast leer. Wir mussten jeden Moment damit rechnen, in pechschwarzer Dunkelheit zu stehen, und wer weiß, was dann passiert wäre. Nach fast einer Stunde ...«

»Ungefähr fünfzehn Minuten«, flüsterte Zac Elodie gut hörbar zu. Sie hielt sich die Hand vor den Mund und kicherte.

»... erreichten wir eine steile Kurve und sahen, dass der ganze Hang abgerutscht war. Riesige Felsbrocken lagen auf der Straße. Wir mussten darüber hinwegklettern. Es war sehr anstrengend.«

»Das stimmt ausnahmsweise mal«, sagte Zac.

»Es bestand die Gefahr, dass der Hang weiter abrutscht.« Carla erschauerte theatralisch. »Dann habe ich mir den Fuß zwischen zwei Steinen eingeklemmt. Ich sagte zu Flora und Zac, sie sollten ohne mich weitergehen. Bringt euch in Sicherheit, habe ich gesagt.«

Zac öffnete den Mund zu einem seiner Kommentare.

»Zachary!« Flora schüttelte mahnend den Kopf.

»Schließlich gelang es mir wie durch ein Wunder, meinen Fuß zu befreien und weiterzugehen, trotz der Schmerzen.« Carla schob Noah von ihrem Schoß herunter, streifte die Sandale ab und begann, ihren Fuß zu untersuchen. »Ich glaube, er ist geschwollen. Hier.« Sie schwang den dreckigen Fuß erstaunlich behände auf den Tisch. »Da, seht ihr?« Sie zeigte auf den großen Zeh. »Er könnte gebrochen sein.«

Zac stieß einen lang gezogenen Seufzer aus. Was immer er gern gesagt hätte, der Blick seiner Tante sorgte dafür, dass er es für sich behielt.

265

»Ich könnte einen Artikel darüber schreiben.« Carla wackelte mit dem Zeh, der sich offenbar ohne Probleme bewegen ließ. »*Urlaub in der Dordogne – ein Traum wird zum Albtraum.*«

»Dazu könnten wir alle etwas beitragen«, murmelte Paula.

Carla blickte auf. »Wieso? Habt ihr auch Stress gehabt?«

Martha und Max saßen auf der Terrasse und schwiegen. Das Konzert der Zikaden hatte eingesetzt, und die Sonnenstrahlen, die durch das Spalier fielen, malten ein Muster auf die Hinterlassenschaften des Unwetters auf dem Fliesenboden. Martha rauchte ihre Zigarette, Max kraulte Pippa.

Martha versuchte, sich einen Aktionsplan für die Aufräumarbeiten zurechtzulegen, aber ihre Gedanken sprangen immer wieder von Terrasse fegen zu sich vom Kirchturm stürzen.

Auf der Wiese neben der Kapelle sah sie eine Person auf dem Boden hocken, die eine große blaue Plane im Gras ausbreitete.

Sie schaute sich zu Max um. »War Ben noch in der Küche, als Sie aufgestanden sind?«

»Der junge Mann aus Schottland?«

Martha nickte.

»Ich habe nicht darauf geachtet.« Max stand auf. »Ich schau mal nach.«

»So wichtig ist es nicht.«

Aber Max war schon unterwegs. Sie sah, wie er vor der Küchentür leicht den Kopf einzog. Sie konnte sehen, woher Paula ihre Größe hatte, sein liebenswürdiges Wesen hatte Max seiner Tochter allerdings nicht vererbt.

Die Person unter den Kirschbäumen war aufgestanden, hob eine Hand und winkte. Martha erkannte Ben und wollte zurückwinken, bemerkte aber, dass er nicht ihr zuwinkte, sondern jemandem im Garten unterhalb der Terrasse. Alice kam in Sicht. Sie lief mit fliegenden Haaren den Fußweg hinunter, wich Pfützen aus und sprang über abgebrochene Zweige hinweg.

Max kam zurück. »Er ist nicht in der Küche.«

»Ich weiß.« Martha deutete auf den Kirschgarten, wo Alice und Ben gemeinsam die blaue Zeltplane aufhoben, das Wasser ablaufen ließen und sie dann zum Trocknen über den unteren Zweigen eines Baums ausbreiteten.

»Ich dachte, Sie wären jetzt bereit für das hier.« Max reichte Martha einen Becher Kaffee.

Sie nahm den Becher mit beiden Händen und spürte, wie die wohltuende Wärme sich in ihrem Körper ausbreitete. »Tut mir leid wegen Ihres Motorrads«, sagte sie.

»Ach was, einmal gründlich abspritzen und ein bisschen Panzerband, und dann läuft sie wieder wie eine Eins.«

»Sie?«

»Ich nenne sie Fionnula.«

»Fionnula«, wiederholte Martha. »Ein ungewöhnlicher Name.«

»Der Name meiner Frau.«

»Und sie hat nichts dagegen, dass Sie Ihr Motorrad nach ihr benannt haben?«

Max zuckte die Schultern. »Sie ist seit dreißig Jahren tot.«

Martha nahm einen Schluck Kaffee und suchte krampfhaft nach einer passenden Erwiderung.

»Sie hat Sie geliebt«, sagte Max.

Martha schaute ihn erstaunt an.

»Und Ihre Band.« Als Martha schwieg, fügte er hinzu: »Sie sind doch Martha Morgan von *East of Eden*, oder nicht?«

Martha trank noch einen Schluck, um nicht antworten zu müssen.

»Aber ganz sicher. Ich erinnere mich an euren Auftritt in Top of the Pops. Wir haben damals noch in einer Einzimmer-

267

wohnung in Dublin gelebt, Orla war noch ein Baby. Fionnula zeigte auf den Fernseher und sagte: *Ich will so eine Frisur haben wie die da.* Sie gab ihrer Frisörin in Ballynun ein Foto aus einer Illustrierten, aber die ist an dem Pony gescheitert. Später sagte sie oft im Scherz, sie wäre nur wegen der Frisöre nach England gezogen. Aber in Kilburn haben sie's auch nicht hingekriegt.« Max lächelte. »Nach der Chemo hat sie dann eine Perücke gefunden, die genau den richtigen Schwung hatte – sie war begeistert.«

Martha senkte den Blick auf den Becher in ihren Händen. Eine kleine Fliege war in den Kaffee gefallen und zappelte verzweifelt darin herum.

»Die Frisur, die Sie jetzt haben, hätte ihr auch gefallen.« Max deutet mit einem Kopfnicken auf Marthas Haare. »Wie nennt man das in der Sprache der Coiffeure? Einen Wuschelkopf?«

»Gerupftes Huhn, wäre meine Vermutung.«

Max lachte. »Das gefällt mir.« Er strich über sein eigenes zerzaustes Haar. »Ich glaube, auf meinem Kopf sieht es auch so aus. Meine Tochter liegt mir ständig in den Ohren, dass ich mir endlich eine ›anständige‹ Frisur zulegen soll.«

»Sie müssen noch sehr jung gewesen sein, als Paula auf die Welt kam, Orla, meine ich«, sagte Martha.

»Machen Sie sich nicht verrückt wegen des Namens. Sie hat immer mit ihrer irischen Herkunft gehadert. Schon als kleines Mädchen war es ihr sehnlichster Wunsch, Engländerin zu sein und zum Kreis der Mädchen aus besserem Hause zu gehören.« Er seufzte. »War es nicht schon schlimm genug, das Kind mit der toten Mutter zu sein und einen Bauarbeiter als Vater zu haben? Warum musste sie auch noch diesen komischen irischen Vornamen haben?«

»In der Schule war ich die ohne Vater, die mit der Mutter ohne Geld. Dafür hieß ich so, wie sonst zu der Zeit und in unserer Gegend niemand hieß.«

»Dann müssten Sie ja Verständnis für meine arme Orla haben.«

Martha fischte die Fliege mit der Fingerspitze aus dem Kaffeebecher und setzte sie behutsam zum Trocknen auf das Mäuerchen. So hatte sie Zeit, ihre zuckende Lippe wieder unter Kontrolle zu bringen.

»Ich war als Vater ein absoluter Versager«, erzählte Max weiter. »Erst recht in der Mutterrolle – ich konnte weder Zöpfe flechten noch Fischstäbchen braten. Und natürlich war, nachdem die Miete bezahlt war, kein Geld mehr übrig, jedenfalls nicht genug für die schicken Klamotten, die Orla sich wünschte, oder für das Pony oder den Skiurlaub.« Er verstummte, das Lächeln in seinen Augen erlosch. »Ich habe nie jemanden gekannt, der so eisern entschlossen war, diesen beengten Verhältnissen zu entfliehen und in die Sphären finanzieller Unabhängigkeit und gesellschaftlicher Anerkennung aufzusteigen, wie Orla. Sie konnte es nicht erwarten, von zu Hause wegzukommen, um ihren Weg zu machen.« Wieder seufzte er. »Ich war nicht in der Lage, ihr ein schönes Haus zu bieten oder teure Urlaube, aber ich habe mich immer bemüht, für sie da zu sein, wenn sie mich brauchte.« Er schaute Martha an. »Und ist das nicht wichtiger als alles andere? Da zu sein, wenn man gebraucht wird?«

Radau im Haus und Getrampel auf der Treppe verkündete, dass die Kinder erwacht waren. Gleich darauf stürmten Noah, Reuben und die Zwillinge in Badesachen aus der Tür.

»Grandpa, wir gehen schwimmen! Komm mit!« Die Zwillinge umklammerten die langen Beine ihres Großvaters. Er bückte sich, um sie zu drücken. »Ich fürchte, mit dem Schwimmen wird es nichts. Der Pool sieht aus wie eine Schüssel von dem Eintopf, den meine Großmutter früher immer gekocht hat.«

Die Kinder zogen einen Flunsch.

»Wir wollen aber schwimmen«, jammerten die Zwillinge im Chor.

Max richtete sich auf. »Wenn ihr alle mithelft, können wir mit dem großen Kescher das Laub herausholen. Das macht Spaß, wie Angeln am See.«

»Angeln ist langweilig.« Noah gähnte demonstrativ.

Max drückte den Finger an die Lippen und machte ein nachdenkliches Gesicht, dann fing er an, die Taschen seiner Jeans abzuklopfen, als suchte er etwas. Schließlich zog er eine Rolle Fruchtdrops heraus. »Wer am Schluss den größten Haufen Laub gesammelt hat, der bekommt einen Preis.«

Die Mienen erhellten sich, und unter freudigem Geschrei wurde er von den Kindern die Stufen zum Pool hinunterge-schoben und -gezerrt.

Martha blieb allein zurück.

Ist da zu sein, wenn man gebraucht wird, nicht wichtiger als alles andere? Max' Worte hallten in ihr nach.

Es war so schmerzlich lange her, seit sie die Möglichkeit gehabt hatte, für ihr Kind da zu sein.

27

Ist da zu sein, wenn man gebraucht wird, nicht wichtiger als alles andere? Eine Stunde später gingen Martha diese Worte immer noch durch den Kopf.

»Wir sind wieder da!«

Ranjits Stimme erklang aus der Küche. Martha hatte aus Angst vor dem, was sie dort erwartete, die Rückkehr in die Kapelle vor sich hergeschoben und den Vormittag damit zugebracht, im Dachgeschoss aufzuräumen und ihre Sachen zu sortieren. Jetzt stand sie im Wohnzimmer und legte das Bettzeug der vergangenen Nacht zusammen.

»Wir haben uns die Schäden an den Autos angesehen.« Simon hörte sich erstaunlich vergnügt an. Martha näherte sich auf Zehenspitzen der einen Spaltbreit offen stehenden Küchentür. Es interessierte sie brennend, wie hoch die Schadenersatzansprüche sein würden. Durch den Türspalt sah sie Lindy am Spülbecken stehen.

»Was willst du zuerst hören, Liebling? Die guten Nachrichten oder die guten?« Ranjit legte die Arme um seine Frau, aber sie schüttelte ihn ab.

»Fang mit dem Schlimmsten an«, sagte sie.

»Das kann er nicht, weil es nichts wirklich Schlimmes

gibt, nur kleinere Schäden«, verkündete Simon munter. Er nahm eine Kekspackung aus dem Küchenschrank und riss sie auf. »Der Rover hat einen Stein gegen die Windschutzscheibe gekriegt und wir haben eine Delle im Dach. Und ein paar Schrammen hier und da.«

»Wir sind mit einem blauen Auge davongekommen. Aber der arme Josh kann seinen Porsche abschreiben, fürchte ich.« Ranjit lehnte sich gegen den Küchenschrank, nahm den Keks, den Simon ihm hinhielt, und biss hinein. Krümel rieselten auf den Boden.

»Pass doch auf!« Paula teilte mit einem gereizten Schnitt eine Banane in zwei Hälften. »Ich habe gerade erst den ganzen Matsch aufgewischt, der gestern Nacht hereingetragen wurde.«

»Sorry, Paula«, sagte Ranjit kauend.

»Es ist also alles nicht so schlimm, wie es anfangs ausgesehen hat.« Simon gab seiner Frau einen Kuss auf die Wange. »Zumindest was die Autos angeht.«

»Aber jemand muss sich um den Papierkram für die Versicherung kümmern, und das Dach muss natürlich ausgebeult werden.« Paula gab Simon eine halbe Banane und nahm ihm gleichzeitig die Kekspackung aus der anderen Hand. »Was ist mit Dads Bike?« Sie stellte die Kekse an das andere Ende des Tisches.

»Das Motorrad von deinem Vater scheint ganz in Ordnung zu sein.« Simon sprach undeutlich, er hatte den Mund voll Banane. »Aber vorläufig fährt keiner von uns irgendwohin. Wenn man Carla glauben kann, ist der halbe Berg heruntergekommen. Das wegzuräumen dauert seine Zeit.«

»Ich kann immer noch nicht fassen, dass er hier ist.« Paula halbierte eine Nektarine. »Ich hätte wissen müssen, dass er nicht der Richtige ist, um die Bauarbeiten zu beaufsichtigen. Wir hätten uns einen richtigen Bauleiter nehmen sollen.«

»Ich habe den Eindruck, dass die Arbeiter ganz gut ohne deinen Vater zurechtkommen. Und es war ein schöner Zug von ihm, extra herzukommen, um den Kindern zu sagen, dass Bonnie uns verlassen hat.«

»Wie ich bereits gesagt habe, Bonnie war nur eine Wüstenrennmaus! Mein Vater musste nicht sechshundert Kilometer weit fahren, um uns die Todesnachricht zu überbringen.«

»Aus dem Hahn kommt braunes Wasser«, meldete sich Lindy von der Spüle her. Tilly hing in einer kompliziert aussehenden Trageschlinge vor ihrer Brust und fing an zu quäken, als ihre Mutter sich vorbeugte, um den Hahn probeweise auf- und zuzudrehen. »Wir müssen das Wasser aus der Flasche nehmen, um Tillys Frühstücksgeschirr abzuwaschen.«

Ranjit tätschelte seiner Frau aufmunternd den Rücken. »Ich weiß von Martha, dass der Brunnen bei Regen manchmal verschlammt. Wahrscheinlich ist das auch diesmal der Fall.«

Lindy erschauderte. »Du hast mir nicht gesagt, dass das Wasser hier aus einem Brunnen kommt.«

»Keine Sorge.« Ranjit griff an ihr vorbei und drehte den Hahn wieder auf. »Wenn wir es eine Zeitlang laufen lassen, wird es wieder klar. Mit dem gekauften Wasser müssen wir haushalten. Wer weiß, wann wir wieder in den Ort kommen, um Nachschub zu besorgen.«

Die Leitungsrohre husteten und spuckten, als Ranjit den Hahn voll aufdrehte. »Und? Sieht es schon besser aus?«

Lindy gab keine Antwort. Sie füllte den Wasserkocher, schaltete ihn ein und blieb davor stehen, während Tillys Quäken sich zu forderndem Gebrüll steigerte. Ihre Mutter reagierte nicht, sie starrte wie hypnotisiert auf den Wasserkocher. Ihre Schultern zuckten kaum merklich.

»Lindy, nicht weinen, bitte.« Ranjit legte wieder die Arme um seine Frau, und diesmal wehrte sie sich nicht dagegen.

Paula schnalzte ärgerlich mit der Zunge. »Simon? Isst du schon wieder einen Keks?«

»Nur einen zerbrochenen.« Simon schob seiner Frau die Kekspackung hin.

»Sobald wir diesen grässlichen Ort verlassen haben, fängst du wieder mit deiner Diät an.«

»Ich kann es kaum erwarten, wieder nach Hause zu kommen«, sagte Lindy mit erstickter Stimme.

»Nur noch zwei Mal schlafen.« Ranjit drückte seiner Frau einen Kuss aufs Haar. »Dann ist es überstanden.«

»Wenn bis dahin die Straßen geräumt sind.«

Im Wohnzimmer begann Marthas Bein wehzutun. In dem Versuch, es zu entlasten, stützte sie sich mit der Hand gegen den Türrahmen. Dabei verlor sie das Gleichgewicht, die Tür flog auf, und sie fand sich fast auf den Knien liegend in der Küche wieder.

Ihre vier Gäste starrten sie an, sogar Tilly hörte auf zu schreien.

»Beachten Sie mich gar nicht.« Martha stand auf und strich sich verlegen lächelnd ihr Shirt und die Hose glatt.

»Ach du meine Güte.« Ranjits Miene verriet tiefe Betroffenheit. »Ich hoffe, Sie haben nicht gehört, was wir geredet haben. Wir möchten keinesfalls, dass Sie uns für undankbar halten.« Er schaute zu Lindy und Paula. Keine der beiden Frauen sagte etwas.

»Wir haben uns bei Ihnen sehr wohlgefühlt.« Simon bemühte sich, die Situation zu entschärfen. »Es war ...« Der Blick seiner Frau ließ ihn verstummen.

»Ist schon in Ordnung.« Martha ging an den vieren vorbei zur Tür. »Sie haben ja recht: Nur noch zwei Mal schlafen, dann können Sie diesen grässlichen Ort verlassen.«

Sie trat auf die Terrasse hinaus. Als sie die Tür hinter sich zuzog, hörte sie Paula sagen: »Also wirklich!«

Und Ranjit erklärte: »Jetzt fühle ich mich richtig elend.«

Draußen zirpten die Zikaden im Fortissimo, trotzdem hörte Martha, als sie den Weg zur Kapelle einschlug, auch Stimmen von Menschen. Genauer gesagt handelte es sich um Gesang. Er kam aus Richtung des Swimmingpools und wurde mit jedem Schritt, den Martha machte, lauter und deutlicher. Sie erkannte Melodie und Text. *Love Rollercoaster*, 1982 fünf Wochen hintereinander auf Platz drei in den Charts.

Bei dem Feigenbaum auf der Wiese blieb Martha stehen und lugte durch die Zweige. Von ihrem Platz aus konnte sie die eine Hälfte des Pools überblicken. Blätter und Bougainvillea-Blüten schaukelten in kleinen Inseln auf der türkisen Wasserfläche, am Rand standen Max und Flora und schöpften mit Kescher und Eimer das Treibgut aus dem Wasser, das die Kinder mit Bambusstäben zu ihnen hin lotsten. Alle sangen mit Inbrunst den Refrain des alten *East of Eden*-Heulers, aber dann zerfaserte der Chor, weil die Leadstimmen den Text vergessen hatten.

Flora lachte. »Das erinnert mich an die Discos meiner Schulzeit.«

Max begann noch einmal mit der ersten Strophe: »*Come on! Hop on board the shiver ride!*«

Martha zuckte zusammen. Schon damals hatte sie gehasst, was Lucas und Cat aus ihren ursprünglichen Lyrics gemacht hatten.

»*You're going to feel the slip and slide.*« Flora sang die zweite Zeile mit Verve und ließ die Hüften rotieren.

Die Zwillinge, Reuben und Noah wiederholten den Text und ahmten auch den Hüftschwung nach.

»*Buckle up, you're in for a treat*«, sangen Max und Flora gemeinsam. »*You've not known love till you feel the heat!*«

Sie wiegten sich im Gleichtakt hin und her.

»*Feel the rollercoaster ...*« Sie malten mit den Händen die Wellen einer Berg- und Talbahn in die Luft, und die Kinder nahmen die Bewegung auf. »*... this ride's your dream.*« Große und kleine Hände schwangen im Rhythmus auf und ab. »*Feel the rollercoaster, it's gonna make you scream.*« Die Kinder wiederholten die letzten beiden Zeilen und brachen dann in ein trommelfellzerfetzendes vierstimmiges Geschrei aus. Das war nicht Teil der Originalversion gewesen.

Martha beobachtete, wie Max und Flora eine zweite Strophe improvisierten und auch den Bump 'n Grind, den sie und Cat beim Refrain immer am Mikrofon vollführt hatten. Flora trug eine lange bestickte Tunika über einer weiten Hose aus Seide und große goldene Kreolen. An ihren Füßen glitzerten silberne Sandalen. In dieser Aufmachung hätte sie ohne Weiteres vom Fleck weg auf die Bühne steigen können. Offenbar hatte sie bei der Auswahl der Dinge, die sich aus dem Camper zu retten lohnten, ihre Prioritäten gesetzt. Max hatte ein T-Shirt mit dem Konterfei von Che Guevara an. *Che's the man*, stand darunter.

Die Showeinlage am Pool strebte in voller Fahrt dem Höhepunkt zu, dem ekstatischen Schrei. Keiner bemerkte Martha hinter ihrem Baum.

»Erinnerst du dich auch an diesen Song?« Flora summte ein paar Takte einer Melodie.

Martha schnürte es die Kehle zu.

Aus dem Summen wurden leise gesungene Worte: »*... and then I'm Moondancing again.*«

»Ah, der Moonsong.« Max lächelte. »Das ist ein ganz besonderes Lied.«

»Ich erinnere mich an Martha im Video. Sie sah umwerfend aus.«

»Man erkennt sie heute kaum wieder.«

»Sie kommt einem vor wie eine Nonne, eingehüllt in diese langen schwarzen Gewänder.«

Martha hatte genug gehört, sie wandte sich zum Gehen. Die Bewegung ließ das Laub rascheln.

»Da ist jemand!« Eine der Zwillinge zeigte mit dem Finger in Marthas Richtung.

»Der böse Mann!«, schrie die andere.

Sofort schauten Max und Flora zu dem Baum hin, und Martha blieb nichts anderes übrig, als aus ihrer Deckung zu kommen.

»Du liebe Güte, Martha!«, rief Flora erschrocken. »Sie dürfen nicht glauben …«

Max schüttelte den Kopf. »Sie dürfen nicht glauben, dass …«

Martha schenkte ihnen keine Beachtung. Sie ging weiter, so schnell es ihr mit ihrem Bein möglich war, und konzentrierte sich auf das Zirpen der Zikaden, um die müden Entschuldigungen nicht hören zu müssen, die alles noch schlimmer machten.

Auf dem Parkplatz war Josh damit beschäftigt, seinen Porsche von Schlamm und Geröll zu befreien. Carla lehnte an der Kühlerhaube und schaute zu. Martha zögerte, aber sie musste vorbei. Denn umkehren und zurück zum Pool oder ins Haus, das konnte sie nicht.

Sie gab sich einen Ruck und setzte ihren Weg fort. Auf der Höhe des Parkplatzes angelangt, hörte sie Carla.

»Ich meine ja nur. Du hättest das Geld in eine Therapie investieren sollen, statt in diesen albernen Flitzer. Du würdest besser an deinen Problemen arbeiten, statt dir einen Bart wachsen zu lassen und durchs Nachtleben zu ziehen, um junge Frauen aufzureißen. Mehr Klischee geht ja wohl nicht.«

Martha atmete auf. Wenigstens ging es bei diesem Gespräch nicht um sie.

Carla nahm mit spitzen Fingern ein Steinchen von der Kühlerhaube und warf es auf den Haufen neben dem Auto.

»Du bist es, die Probleme hat«, murmelte Josh.

»Glaubst du wirklich?«

»Jedenfalls stehe ich nicht plötzlich auf Frauen.«

»Du stehst nicht auf Frauen?«

Josh wurde rot bis über beide Ohren. »Selbstverständlich stehe ich auf Frauen. Hundertprozentig stehe ich auf Frauen!«

Carla erwiderte nichts, sie schien von der Aussicht gefesselt zu sein. Das Mittagsläuten hallte über das Tal.

»Glaubst du, das machen sie für die Touristen?«, meinte sie nachdenklich. »Oder gehen die Leute in dieser Gegend wirklich noch zur Kirche?«

Josh hob einen größeren Felsbrocken vom Fahrersitz und warf ihn zu den anderen.

»Egal. Was mich interessiert …« Carla wandte sich wieder an Josh. »Warum bin ich hier, um dir zu helfen? Wo ist deine kleine Freundin?«

Josh ließ sich einen Augenblick Zeit mit der Antwort. »Das weiß ich nicht genau.«

»Ich habe sie vorhin gesehen. Sie hat diesem jungen Mann aus Schottland mit seinem Motorrad geholfen.« Sie deutete mit dem Kopf auf die Kawasaki, die blitzblank neben den Autos stand. »Wie sie diesen großen, dicken Auspuff mit ihren zarten Händen poliert hat, geradezu liebevoll.«

Josh schleuderte den nächsten Stein mit solcher Wucht auf den Haufen, dass er zerbrach.

Martha ging rasch weiter. Hier wurde heute entschieden zu viel geredet, ihr Bedarf war gedeckt.

❖

Bei der Kapelle angekommen, sah sie sich mit ihren eigenen Problemen konfrontiert: einem Berg von Möbeln. Fleißige Hände hatten die gesamte Einrichtung, bis auf das Bett, nach draußen geschafft und anschließend Teppiche, Bettzeug und Kleidungsstücke zum Trocknen über den Stapel gelegt. Von dem Anblick abgelenkt, hätte sie fast Elodie übersehen, die an der Hausecke lehnte und von einer Blüte der dort kletternden lila Bougainvillea die Blätter abzupfte. Pippa saß neben ihren Füßen und knabberte an den heruntergefallenen Blättern. Martha fragte sich, wie viel von dem Wortwechsel ihrer Eltern das Mädchen gehört hatte.

»Kommst du mit?« Martha zeigte zur Haustür. »Ich bin gespannt, wie es drinnen aussieht.«

Elodie warf eine Handvoll Blütenblätter in die Luft, die wie Konfetti auf ihren Kopf herabschwebten, und folgte Martha ins Haus. Pippa hoppelte hinterdrein.

Drinnen war Zac damit beschäftigt, die Küche auszufegen.

»Fast fertig, Mrs M.«, verkündete er fröhlich.

»Du musst das nicht tun.« Martha hätte nie geglaubt, dass dieser Junge so fleißig sein könnte.

»*That's entertainment*, Mrs M. Gibt hier ja sonst nicht viel.« Er schwang den Besen mit forschem Elan hin und her über den Boden und ließ in bester Fred-Astaire-Manier ein paar Tanzschritte mit seinem hölzernen Partner folgen. »Als Alice gefragt hat, ob jemand helfen könnte, dachte ich, ein bisschen Workout könnte nicht schaden.« Er wirbelte den Besen herum und versuchte, ihn mit dem Ende des Stiels auf dem Finger zu balancieren, doch er fiel klappernd auf den Boden. »Hoppla!«

»Alice?«, fragte Martha.

Zac deutet mit dem Daumen nach nebenan. »Sie ist da drin, wo es richtig krass aussieht.« Er verzog das Gesicht und schielte zu Elodie. Ein paar lila Blütenblätter waren in ihrem Haar hängen geblieben und bildeten einen hübschen Kontrast zu den verblassten türkisfarbenen Strähnen. Sie bemerkte den Blick, griff in ihr Haar und schüttelte den Kopf. Die Blätter segelten zu Boden.

»He, pass auf.« Zac hob den Besen auf. »Du ruinierst meine Arbeit.«

»Hier steckst du, Zachary. Ich wusste, dass du wieder irgendwo Unfug treibst.« Flora stand im Türrahmen.

»Keep cool, Tantchen. Ich helfe der Dame.« Zac deutete auf Martha, dann begann er wieder hingebungsvoll zu fegen.

Flora spitzte zweifelnd die Lippen, dann wandte sie sich an Martha. »Eigentlich bin ich gekommen, um Ihnen zu sagen, dass das, was Sie vielleicht vorhin mitangehört haben ...«

»Zac war eine großartige Hilfe«, fiel Martha ihr ins Wort. Sie nahm Pippa auf den Arm, damit sie bei Zacs schwungvoller Besenführung nicht zu Schaden kam. »Er hat meine Küche wieder bewohnbar gemacht.«

Elodie schien sich wieder in sich selbst zurückgezogen zu haben. Sie stand da, still und stumm, und schaute zu Boden. Zac begann rings um ihre Füße zu fegen, bis sie den Blick hob und ihn ansah.

»Lass das arme Mädchen in Ruhe«, schimpfte Flora.

»Es gefällt ihr.«

»Nein, tut es nicht. Habe ich recht, Kleines?«

Elodie schnitt Zac eine Grimasse. Zac machte mit dem Besen kurze kleine Wischbewegungen zu ihren Zehen hin.

»Schluss mit den Clownerien.« Flora nahm ihm den Besen ab und lehnte ihn an die Wand.

Zac zwinkerte Elodie zu. Elodie lächelte verstohlen.

»Ich glaube, ich habe das meiste von dem Wasser und dem Schlamm aufwischen können. Den Rest muss jetzt die Sonne trocknen.« Alice kam mit Mopp und Putzeimer aus dem Schlafzimmer. Sie trug eine rosa Schürze über einem bunt geblümten Sommerkleid, und Martha fragte sich, welche jungen Frauen heute mit einer Schürze im Gepäck in Urlaub fuhren. »Es war nur halb so schlimm, wie es aussah.«

»Ich weiß nicht, was ich sagen soll«, sagte sie. »Es ist so nett von Ihnen, dass Sie mir helfen!«

»Nicht der Rede wert. Schließlich haben Sie mir auch geholfen.«

»Aber ich habe doch gar nichts getan.«

»O doch!« Alice stellte Mopp und Eimer weg, ging zu Martha hin und schloss sie in die Arme. »Sie haben mir den Aufenthalt hier erträglich gemacht.«

Martha konnte fühlen, wie sie vor Verlegenheit rot wurde. Sie spähte über Alice' Schulter hinweg ins Schlafzimmer.

»Ist Ben da drin?«

»Nein.« Alice entließ Martha aus ihrer Umarmung und schickte sich an, die Putzutensilien ins Bad zu tragen. »Er ist ins Dorf gegangen. Er wollte etwas Wichtiges erledigen.«

»Aber die Straße ist doch noch nicht geräumt!«

»Er hat gesagt, er nimmt den Weg über die Felder.«

Martha seufzte. Sie hätte ihn bitten können, Zigaretten mitzubringen.

»Diese Bilder gefallen mir sehr.« Flora stand bewundernd vor Marthas auf einem Wandbord aufgereihten Werken im DIN-A4-Format. »Wer hat sie gemalt?«

»Martha«, antwortete Elodie prompt. »Sie ist wirklich gut.«

Zac studierte die Bilder mit schief gelegtem Kopf und der Miene des Kunstsachverständigen. »Echt geiler Scheiß, Mrs M.«

»Damit will er sagen, dass sie großartig sind«, übersetzte Flora. »Die Apfelsinen auf diesem Bild sehen so echt aus, dass ich Hunger bekomme.«

»Gut so.« Alice nahm die Schürze ab. »Weil ich nämlich jetzt Plätzchen backen werde, um die allgemeine Laune ein bisschen zu heben.«

»Cool.« Zac hob den Daumen.

»Die Schoko-Nuss-Plätzchen, die du mitgebracht hattest, waren sehr lecker«, sagte Elodie. Alice machte große Augen.

»Aber ich dachte, du …« Sie biss sich auf die Zunge. »Fein, ich freue mich, dass sie dir geschmeckt haben.«

Martha schaute sich in der leeren Küche um. »Hier drin zu backen dürfte etwas schwierig werden.«

»Keine Sorge.« Alice lachte. »Ich benutze die Küche oben im Haus und lasse Ihnen hier Ihre Ruhe. Vielleicht magst du mir helfen, Elodie?«

Elodie zuckte lustlos die Schultern, schien mit sich zurate zu gehen und nickte dann.

»Ich kann auch helfen«, meldete sich Zac.

»Weißt du überhaupt, wie man einen Herd anschaltet?« Flora verschränkte die Arme und schaute ihren Neffen streng an.

»Ich bin ein Ninja in der Küche, Tantchen.« Zac untermalte seine Behauptung mit ein paar Handkantenschlägen in die Luft. »Gordon Ramsey ist gegen mich ein besserer Boulettenwender bei McD's.«

Flora verdrehte resigniert die Augen.

»Dann bist du engagiert«, sagte Alice. »Aber erst mache ich dir eine heiße Schokolade – als Belohnung für die Arbeit, die du hier geleistet hast. Ich habe auf dem Markt ein ganz besonders edles Kakaopulver entdeckt.«

»Oh! Mit Marshmallows?«, fragte Zac. »Sprühsahne? Cadbury Flake?«

»Damit kann ich leider nicht dienen.«

Die drei gingen nach draußen und schlugen den Weg zum Haus ein. Man hörte Elodie kichern. »Stellt euch vor, Paula wüsste, dass Süßigkeiten im Haus sind.«

»Um Himmels willen«, rief Alice.

»Aber ich habe die Kleinen heute früh mit einer Tüte

M&Ms gesehen.« Die Stimmen entfernten sich in Richtung des Hauses, und aus der weiteren Unterhaltung wurde ein unverständliches Gemurmel, das schließlich verklang. In der Kapelle war es still bis auf das monotone Singen der Zikaden und vereinzeltes Vogelgezwitscher.

Flora stand noch an der Tür. Sie sah aus, als hätte sie etwas auf dem Herzen.

»Bitte.« Martha seufzte. »Nicht noch mehr Entschuldigungen.«

»Okay.« Flora lächelte. Nach einer kurzen Pause sagte sie: »Hoffentlich haben Sie letzte Nacht schlafen können. Ich weiß, dass Carla manchmal schnarcht wie ein kleines Schweinchen.«

Martha widerstand der Versuchung zu erwidern, dass es mehr nach einem Rhinozeros mit Stirnhöhlenkatarrh klang. »Es war auszuhalten«, log sie, »auch wenn ich froh bin, heute Nacht wieder hier schlafen zu können.«

»Ich komme nachher noch einmal vorbei, wenn hoffentlich alles wieder trocken ist, und helfe Ihnen, die Möbel ins Haus zu tragen.« Als Martha protestieren wollte, setzte Flora ein strahlendes Lächeln auf und sagte: »Ich tue es gern. Bis die Straßen wieder frei sind, vergehen bestimmt noch einige Stunden, also kann ich mich bis dahin ebenso gut nützlich machen. Außerdem hat Alice recht, Sie waren eine sehr freundliche und geduldige Gastgeberin.«

Mit einem Wink ihrer beringten Finger rauschte Flora davon. Martha stand allein in der leeren, feucht und muffig riechenden Kapelle. Sie öffnete das Fenster im Schlafzimmer, damit die Räume schneller trockneten, dann ging sie nach draußen und setzte sich auf die Bank und nahm Pippa auf den Schoß.

Eine sehr freundliche und geduldige Gastgeberin.

Sie hob das Gesicht der wärmenden Sonne entgegen und schloss die Augen. *Eine sehr freundliche und ge…*

»Sie Ärmste!«

Martha schrak hoch. Ein Schatten fiel über sie – Carla stand zwischen ihr und der Sonne.

»Wie bitte?« Martha versuchte, sich zu sammeln.

»Sie Ärmste«, wiederholte Carla. »Sie tun mir aufrichtig leid. Erst die Hornissen, dann der Einbruch in Ihren Schrank und jetzt auch noch diese Verwüstung ...« Sie schwenkte den Arm und umfasste mit der Bewegung die Mondlandschaft von Einfahrt und Parkplatz und Marthas im Freien aufgestapelte Habseligkeiten. »Sie wünschen sich vermutlich, dass Sie nie auf die Idee gekommen wären, Ihr Haus an Feriengäste zu vermieten. Es stört Sie doch nicht, wenn ich mich einen Moment zu Ihnen setze, oder?« Carla wartete die Antwort nicht ab, sondern ließ sich unaufgefordert auf der Bank nieder. Pippa sprang von Marthas Schoß und suchte das Weite.

»Ich habe nur eine Frage an Sie. Keine Angst, diesmal geht es nicht um Ihr Privatleben. Ich wollte Sie lediglich um einen kleinen Gefallen bitten, weil ich mich so über meinen Exmann geärgert habe. Oder sollte ich lieber Irgendwann-Exmann sagen, weil sich diese Scheidung leider ewig hinzieht? Es regt mich auf, wenn er dauernd über seine Probleme redet, blablabla, immer geht es nur um ihn, um seine Probleme, seine Befindlichkeiten. Egozentrisch wäre noch untertrieben. Er ist einfach so empathielos und so ein Jammerlappen. *Jammerlappen* ist genau die richtige Bezeichnung für ihn, so werde ich ihn nennen, wenn ich ihn das nächste Mal treffe, *du erbärmlicher Jammerlappen* werde ich sagen.«

»Was wollten Sie mich denn fragen?«, unterbrach Martha den Redeschwall.

Carla schaute sie an, als hätte sie vergessen, weswegen sie eigentlich gekommen war. »Ach ja.« Sie schenkte Martha einen Unschuldsblick aus großen blauen Augen. »Ich wollte Sie um eine Zigarette bitten.«

Martha seufzte. »Ich habe selber nur noch zwei.«

Carla sah sie unverwandt an. »Aber ich brauche doch nur eine. Eigentlich rauche ich gar nicht. Ich bin kein Raucher, nicht wirklich. Aber wenn ich mich aufrege oder gestresst bin oder richtig, *richtig* sauer, so wie jetzt, dann … Wenn ich mir anhören muss, wie Josh immer nur rumjammert, und sehe, wie miserabel er als Vater ist. Ich meine, so benimmt sich doch kein erwachsener Mann. Er macht sich mehr Sorgen um dieses blöde Auto als um den armen Noah. Er scheint gar nicht zu bemerken, wie still und verschlossen unser Sohn geworden ist.«

Martha kapitulierte. Sie zog die Zigaretten aus der Tasche und bot Carla die vorletzte an, damit sie endlich aufhörte zu reden und hoffentlich loszog, um sich ein anderes Opfer zu suchen.

Carla zauberte ein pinkfarbenes Feuerzeug hervor, zündete ihre Zigarette an und steckte es wieder ein. Martha musste ihr eigenes Feuerzeug bemühen.

»Wenn man Kinder hat, macht man sich immer Sorgen, oder?« Carla stieß eine Rauchwolke aus. Martha schwieg. Carla legte die Stirn in grüblerische Falten. »Flora hat gesagt, dass Sie einen Sohn hätten. Wurde er nicht von einem Emu oder Flamingo angefallen oder so?«

Es war eine Gans!, wollte Martha widersprechen. *Kein Emu, kein Flamingo, eine dumme Gans, genau wie du eine bist!* Aber eine Gans war schlimm genug. Wie hatte sie zulassen können, dass ihr Kind mitten im Hyde Park von einer Gans gebissen wurde?

Die Fotos waren in sämtlichen Zeitungen gewesen. Verschwommene Aufnahmen von Martha und Owen, die zeigten, wie sie zusammen Gänse fütterten, wie eine davon Owens Hand attackierte und ihn in die Finger biss, während Martha geistesabwesend in eine andere Richtung schaute.

Zugedröhnte Martha lässt kleinen Sohn von wild gewordenem Federvieh attackieren.

Ex-Sängerin unfähig, ihr Kind zu beschützen.

Horrorgans frisst Marthas Baby.

Auch diese Zeitungsberichte hatte Marthas Mutter nicht ausgeschnitten und aufgehoben.

»Sehen Sie Ihren Sohn oft?«, fragte Carla. Als Martha nicht antwortete, seufzte sie mitfühlend. »Das muss hart sein.«

Martha schluckte gegen die plötzlich aufsteigende Übelkeit an. Es wäre nicht nötig gewesen, sie zu fragen, man hätte die ganze unschöne Geschichte auch sehr leicht im Internet recherchieren können. Angenommen, Carla wollte einen Artikel über unfähige Mütter schreiben und Martha als Beispiel nehmen. Angenommen, dieser Artikel fiel Owen in die Hände?

Carla stand auf und ließ den glimmenden Zigarettenstummel auf die Erde fallen. »Vielen Dank, jetzt geht es mir wieder besser.«

»Bitte schreiben Sie nichts über mich.« Martha hasste den flehenden Ton in ihrer Stimme. »Oder über meinen Sohn.«

»Du liebe Güte, Martha! Sie halten mich anscheinend für einen von diesen storygeilen Sensationsreportern der Boulevardpresse.« Sie lächelte. »Wissen Sie, ich habe in Wirklichkeit ein sehr gutes Herz. Ich will nur helfen.«

Sie winkte und ging. Martha schaute ihr nach und sah, wie sie die letzte Blüte von dem Rosenstrauch neben der Einfahrt pflückte, die einzige, die der Sturm nicht abgerissen hatte.

Ausgerechnet jetzt hatte sie keine Zigaretten mehr. Martha warf sicherheitshalber noch mal einen Blick in das leere Päckchen, nur für den Fall. Aber es war keine mehr drin. Hoffentlich kam Ben bald zurück, dann konnte sie von ihm eine schnorren. Sie schaute über die Felder, vielleicht war er ja schon auf dem Rückweg. Aber es war nichts zu sehen.

Sein Zelt und der Schlafsack hingen zum Trocknen an den

Ästen eines Kirschbaums. Am Stamm lehnte sein Rucksack. War darin womöglich noch die Packung, die sie gestern für ihn gekauft hatte?

Martha hielt noch einmal nach ihm Ausschau, aber von ihm war weit und breit nichts zu sehen. Im Pool quietschten und kreischten die Kinder, und Max und Flora trällerten sich durch die Hits der Achtziger. Oben im Haus schrie Tilly.

Martha stand auf und schlenderte durch das hohe Gras hinüber zu dem Objekt ihrer Begierde.

Der Rucksack fühlte sich feucht an. Martha tastete die äußeren Taschen nach dem vertrauten rechteckigen Päckchen ab. Aber wegen des dicken Materials und der Unzahl von Schnallen und Straps war es schwer, etwas zu erfühlen. Sie schob die Hand in eine Seitentasche und fühlte den weichen Umschlag eines Taschenbuchs. Neugierig zog sie das Buch so weit heraus, dass sie den Titel lesen konnte: *The Rough Guide to France*. Sie schob es zurück. Die Tasche auf der anderen Seite enthielt einen Reisepass sowie eine abgegriffene Fotografie mit vielen Knicken.

Martha studierte das Foto: Eine junge Frau mit einem runden, hübschen Gesicht und langem, vom Wind zerzaustem Haar lachte in die Kamera. Ihre Augen waren zusammengekniffen, als würde sie von der Sonne geblendet. Sie hatte die Arme um zwei Kinder gelegt, einen dunkelhaarigen, verschmitzt grinsenden Jungen, vier oder fünf Jahre alt, und einen Hosenmatz mit einem dicken Schopf hellblonder Haare. Beide hielten ein großes Softeis vor sich, rosafarbene Soße tropfte an der Waffeltüte herab auf die Kinderhände. Die Dreiergruppe stand vor einem Hintergrund aus diesigem Himmel und einem in der Ferne sichtbaren Streifen Sand und Meer. Martha stellte sich den Vater hinter der Kamera vor, wie er *Cheese* rief, gut gelaunt und entspannt, stolz auf seine beiden Söhne und voller Liebe für seine Frau.

Martha steckte das Foto wieder zurück und ließ die Schließe einschnappen. Ihr Verlangen nach einer Zigarette wurde stärker. Sie wollte nicht so weit gehen, den Rucksack selbst zu durchwühlen, aber da war noch die pralle Tasche vorne. Sie strich mit der Hand über die Wölbung und glaubte, ein eckiges Behältnis fühlen zu können.

Als sie hinter sich einen Schrei hörte, zuckte sie zusammen und schaute sich schuldbewusst um, aber kein Mensch war zu sehen. Das laute Platschen, das folgte, sagte ihr, dass er von den Kindern gekommen war, die im Pool wahrscheinlich wieder Jagd auf den weißen Hai machten.

Sie beeilte sich, den Reißverschluss aufzuziehen. Sofort quoll eine lange Kunststoffperlenkette heraus, danach eine riesige Brosche mit falschen Saphiren und ein mit Strasssteinen besetztes Kollier. Tinnef, vollkommen wertlos, aber wie die alten Bühnenoutfits und Alben aus Sentimentalität über Jahre hinweg in der kleinen Dachkammer gehortet und gehütet. Ben hatte ihr erst vor wenigen Tagen geholfen, alles in den großen Dielenschrank zu räumen. Marthas Schultern versteiften sich, als sie in der Tasche grub und noch mehr Perlen und Armreife zwischen den Fingern spürte. Ein schmaler Gürtel aus Metallschuppen glitt ins Gras. Die Schließe war ein Schlangenkopf mit rubinroten Augen, die Martha anfunkelten und für ihre Naivität und Gutgläubigkeit zu verhöhnen schienen. Das Häufchen Modeschmuck glitzerte und schimmerte im Sonnenschein, Glas und Plastik und Talmi.

Hatte Ben sich wirklich eingebildet, das wäre eine lohnende Beute? Sie versuchte, ihn sich vorzustellen, wie er das Schloss aufbrach, den Schrank durchwühlte, den Inhalt herausriss und zerfledderte. Sie hatte seine Verletzungen versorgt, ihn in ihrem Bett schlafen lassen, war in den Ort gefahren, um Medikamente für ihn zu kaufen. Und er sollte sie derart gemein hintergehen und ihr Vertrauen mit Füßen treten? Nein, das passte einfach nicht zu ihm.

Martha ließ den Schuppengürtel durch die Hände gleiten und rollte ihn zusammen. Es konnte ja auch ganz anders gewesen sein. Wenn Ben nun den Schmuck im Garten eingesammelt hatte, wo all die Hüte, die Schals und Schuhe von den Kindern liegen gelassen, verloren, vergessen worden waren, um ihn ihr bei Gelegenheit zurückzugeben? Beschämt, dass sie so schnell bereit gewesen war, das Schlechteste von ihm zu glauben, fing sie an, die Schmuckstücke, die sie herausgenommen hatte, wieder in die Vortasche zu stopfen. Als sie den zusammengerollten Gürtel in eine Lücke an der Seite schieben wollte, stieß sie gegen das rechteckige Behältnis, das sie überhaupt dazu veranlasst hatte, die Tasche zu öffnen. Sie griff danach, fühlte Samt, nicht das Zellophan der erhofften Zigarettenpackung. Trotzdem zog sie den Fund heraus, und ihr stockte für einen Moment der Atem. Eine kleine rote Schatulle mit winzigen Scharnieren und auf dem Deckel der Name des Juweliers in Gold. Als Kind hatte sie die Buchstaben mit dem Finger nachgezeichnet: *Pomodora, Paris.*

Nicht anfassen, pflegte ihre Mutter zu sagen, wenn sie sie dabei ertappt hatte, aber dann nahm sie Martha auf den Schoß, ließ den Deckel aufspringen und zeigte ihr das mit Satin ausgekleidete Innere und das Samtkissen mit der kreisförmigen Vertiefung, in der das Armband lag. Manchmal erlaubte sie Martha, das Armband herauszunehmen und die silbernen Anhänger zu betrachten. Bis heute konnte sie sie auswendig aufzählen: das Kätzchen, der Pudel, das Segelschiff, der Zigeunerwagen, in dem eine Wahrsagerin mit ihrer Kugel saß, der Papagei und das Glöckchen, das klingelte, wenn man es vorsichtig schüttelte. Und nicht nur das Glöckchen, das ganze Armband klingelte wunderschön, wenn sie es – große Ausnahme! – um ihr Handgelenk legen durfte.

Ein Geschenk von deinem Vater, sagte ihre Mutter. Sie bewahrte die Schatulle mit dem Armband neben ihrem Bett auf. Martha konnte sich nicht erinnern, je gesehen zu haben, dass sie es trug. Nach dem Tod ihrer Mutter hatte Martha das Armband mit nach Frankreich genommen, und seither lag es in einer Schublade ihres Nachttischs, erst oben im Haus und nun in der Kapelle.

Aber ganz offensichtlich befand sich die kleine rote Schatulle nicht mehr in ihrer Nachttischschublade, sie steckte in Bens Rucksack, und es war schwer bis unmöglich, dafür eine harmlose Erklärung zu finden.

28

Martha stand auf und steckte die Schatulle ein. *Wie konntest du so dumm sein, Martha Morgan?*

Sie musste mit Ben sprechen, sofort. Er war ins Dorf gegangen. Wenn sie sich beeilte, konnte sie ihn mit etwas Glück dort abfangen und zur Rede stellen. Sie wollte ihn lieber an einem öffentlichen Ort mit den Vorwürfen konfrontieren, für den Fall, dass er aggressiv wurde, auch wenn sie sich das bei Ben nur schwer vorstellen konnte.

Sie ging zur Kapelle zurück und versteckte die Schatulle hinter einem der Bilder auf dem Wandbord, bevor sie ihre Geldbörse aus dem Einkaufskorb nahm.

Nach der Unterhaltung mit Ben würde sie Zigaretten kaufen, nie hatte sie eine Dosis Nikotin nötiger gebraucht als jetzt. Anschließend würde sie vielleicht einen kleinen Schwarzen bei Sally trinken. Sally würde sicher darauf drängen, dass sie Anzeige erstattete, aber das kam nicht in Frage. Das brachte mehr Ärger als Nutzen. Nur eins stand fest: Sobald die Straße wieder frei war, würde Ben sein Motorrad und seine Siebensachen nehmen und verschwinden müssen.

So ein … ein … Zuerst hatte die Enttäuschung ihr einen Stich ins Herz versetzt, aber jetzt keimte Zorn in ihr auf. Sie hatte Ben aufgenommen, hatte ihm Arbeit gegeben, ihn bezahlt, ihm *vertraut*. Und er hatte Freundschaft geheuchelt, der Mistkerl.

Martha zwängte sich durch die Lücke in der Hecke auf die Heuwiese ihres Nachbarn. Ihr T-Shirt verfing sich dabei an den Zweigen. Als sie sich losriss, wurde ihr bewusst, dass sie noch dieselben Sachen trug wie am Tag zuvor. Das Shirt roch nach Schweiß, und am Rocksaum klebte getrockneter Matsch. Kurz dachte sie daran umzukehren und erst einmal zu duschen und frische Sachen anzuziehen, aber der Zorn auf Ben und der Wunsch nach einer Aussprache trieben sie an.

Nach der steil abfallenden Wiese ging es über ein kürzlich abgeerntetes Maisfeld. Wegen der tiefen Furchen, die der Feldhäcksler in der Erde hinterlassen hatte, kam sie nur langsam voran. Für ein paar Meter brauchte sie eine Ewigkeit, und ihr Bein schmerzte bei jedem stolpernden Schritt.

Endlich hatte sie den Acker hinter sich gebracht, und vor ihr lag ein lichtes Wäldchen. Es ging immer weiter steil bergab, aber der Waldboden war eben und gab federnd nach, das Gehen fiel ihr hier leichter. Dafür blieb sie einmal mit dem Fuß an der Wurzel einer alten Eiche hängen, und ein stechender Schmerz durchzuckte ihr Bein. Sie konnte sich gerade noch an dem Stamm abstützen, sonst wäre sie gefallen. Während sie darauf wartete, dass der Schmerz nachließ, warf sie einen Blick zurück. Umkehren oder weitergehen? *Les Cerises* war schon erstaunlich weit entfernt. Sie schaute nach vorn. Vor ihr lag noch ein gutes Stück Weg hinunter ins Tal, und anschließend folgte noch der steile Anstieg bis zu den ersten Häusern. Was vom Sitzplatz vor der Kapelle ausgesehen hatte wie ein etwas längerer Spaziergang, schien in einen Gewaltmarsch auszuarten.

Schweiß lief über ihren Rücken, sie suchte in den Taschen nach ihren Zigaretten, dann fiel es ihr wieder ein.

Carla van Anderen, die Königin der Schnorrer.

Vom Kirchturm schlug es drei. Durch die Bäume sah sie die Sonnenblumenfelder leuchten. Rechts davon entdeckte sie das rote Dach der Baracke, in der Jean-Paul hauste. Seine alte Hütte war nur halb so weit entfernt wie das Dorf. Wenn sie quer über die Wiese ging, konnte sie in wenigen Minuten da sein. Vielleicht erklärte er sich bereit, sie ins Dorf zu fahren, wenn sie ihn bezahlte. Vielleicht konnte sie bei ihm auch Zigaretten kaufen. Oder ... *Nein!* Nicht einmal daran denken. Aber heute war ihr Geburtstag oder nicht? Durfte sie sich da nicht ausnahmsweise etwas gönnen, besonders nach den deprimierenden letzten Monaten, die vor allem aus Mahnschreiben von der Bank, harter Arbeit im und ums Haus und den ewigen Sonderwünschen der Gäste bestanden hatten? Und jetzt auch noch der Ärger mit Ben und die Schmerzen im Bein, die kaum auszuhalten waren: Da könnte eine einzige kleine weiße Pille oder zwei doch nicht schaden, oder? Sie würden ihr auch helfen, nachts endlich mal wieder durchzuschlafen.

Was würde Sally sagen?

Aber musste Sally alles wissen? Musste sie sich vor Sally rechtfertigen?

Sie tat ein paar Schritte in Richtung Baracke, dann blieb sie stehen.

»NEIN!«, rief sie laut und dachte an das Mantra, das sie in der Klinik gelernt hatte.

Ich bin stark. Ich habe die Kontrolle.

Tief atmen, ein, aus, ein, aus.

Ich bin stark. Ich habe die Kontrolle.

Martha ging weiter.

Ich habe die Kontrolle.

Sie ging schneller.

Ich bin stark ...

Jean-Pauls Baracke kam näher.

Ich habe die Kontrolle …

Scheiß auf das Mantra! Scheiß auf die Klinik!

Sie öffnete das Gatter am Ende der Wiese und folgte dem Trampelpfad zur Rückseite von Jean-Pauls hässlicher Behausung aus unverputzten Betonsteinen. Der rückwärtige Teil des Gebäudes war mit einer alten Plane abgedeckt, daneben stand ein verrosteter Betonmischer, fast völlig von Unkraut überwuchert.

Als sie um die Hausecke bog, hörte sie ein Auto starten, dann sah sie einen kleinen kupferfarbenen Kombi vom Hof rollen, auf die Landstraße einbiegen und in Richtung Dorf davonfahren. Er sah genauso aus wie der Wagen, den Martha Anfang der Woche oben an ihrer Einfahrt gesehen hatte. Sie fragte sich kurz, wer das sein mochte, aber als sie an Jean-Pauls morschem Gartenzaun angelangt war, war das Auto schon wieder vergessen und alles andere auch: Ben, die Bank, das Haus, die Feriengäste, sogar Owen. Alles, woran sie denken konnte, waren die kleinen weißen Pillen und die Aussicht auf ein erlösendes Versinken in watteweichem Vergessen.

Jean-Paul öffnete, nackt bis auf gestreifte Boxershorts. So lässig, wie er im Türrahmen lehnte, erinnerte er Martha an ein Reptil. Ein träges Grinsen breitete sich auf seinem hageren Gesicht aus.

»Madame Morgan, was für eine nette Überraschung.« Er sprach gedehnt, und sein Englisch hatte einen starken französischen Akzent.

Martha bemerkte einen Bluterguss an seinem linken Auge, ein taufrisches Veilchen. Früher hätte sie ihn danach gefragt, heute wollte sie das Geschäftliche so schnell wie möglich hinter sich bringen.

»Ich möchte eine Tablette kaufen«, sagte sie. »Oder zwei.«

Jean-Paul musterte Martha von oben bis unten, sein Blick blieb einen Moment an ihrem schmutzigen Rock und dem Riss in ihrem T-Shirt hängen.

»Wie geht es Ihnen denn so? Und Ihren …« Er tat so, als müsste er nach dem passenden Begriff suchen. »… Besuchern?«

Martha erstarrte. »Meine *Besucher* gehen Sie wohl kaum etwas an.«

»Oh, es interessiert mich nur. Ihr großes Haus voller fremder Menschen, das muss merkwürdig sein, *non?*«

»Wie gesagt, es geht Sie nichts an.«

Jean-Paul zog eine Augenbraue hoch. »*Mon dieu*, wir sind doch alte Freunde.« Er machte ein Gesicht, als wäre er zutiefst betrübt. »Ich vermisse Ihre Anrufe: ›Jean-Paul, bitte, du musst kommen! Ich brauche dich!‹«

Martha zuckte zusammen bei dieser demütigenden Parodie. Sie hatte vergessen, wie sehr sie ihn verabscheute. Aus dem Innern des Hauses wehte ihr der Geruch von abgestandenem Kaffee und Marihuana entgegen.

»Jean-Paul«, rief eine Frauenstimme aus dem Dunkel hinter der Tür. »Wo bleibst du?«

Jean-Paul antwortete ihr mit einem Schwall Französisch, Martha verstand kein Wort. Sie öffnete ihre Geldbörse. »Was bekommen Sie für zwei Tabletten? Ein Vermögen, wie ich Sie kenne.«

Jean-Paul spielte den Gekränkten. »Dann kennen Sie mich nicht! Immer habe ich einen korrekten Preis gemacht für Madame Morgan, aber weil wir uns so lange nicht gesehen haben, bekommen Sie heute einen echten Freundschaftspreis, allerdings für eine Hunderterpackung.«

Martha schüttelte den Kopf. »Ich möchte nur zwei. Sagen Sie mir, was Sie bekommen. Ich muss zurück zu meinen Gästen.«

Sie schaute in ihr Portemonnaie, damit er die nackte Verzweiflung in ihren Augen nicht sah. Jean-Paul rief etwas über die Schulter, dann wandte er sich wieder Martha zu. »Ben hat mir erzählt, dass Sie für die Gäste kochen müssen.«

Martha blickte erschrocken hoch. *Ben?*

Neben Jean-Paul tauchte eine junge Frau auf, eigentlich noch ein Teenager. Sie war sehr blass und hatte langes, blondes Haar, das ihr in wirren Strähnen über die Schulter fiel. Ihre Augen waren dick mit Kajal umrandet, und sie trug ein weißes Musselinkleid, das ihr viel zu groß war. Der Ausschnitt rutschte rechts über die Schulter, die Ärmel waren mehrfach umgeschlagen, sonst hätten sie bis zu den Knien hinuntergereicht. Martha musste an das Gespenst denken, das die Kinder im Kirschgarten gesehen haben wollten. Das Mädchen hielt in einer Hand eine brennende Zigarette, in der anderen einen Blisterstreifen mit Tabletten.

Jean-Paul nahm ihr den Streifen ab und drückte zwei Tabletten in seine Handfläche. »Sechzig Euro.«

Martha presste die Lippen zusammen und kramte in ihrem Portemonnaie nach dem Geld. Sie hätte gerne gewusst, wieso Jean-Paul und Ben sich kannten, und versuchte trotzdem, die Erklärung zu ignorieren, die sie regelrecht ansprang.

»Lassen Sie sich Zeit«, sagte Jean-Paul. »Ich bin nicht so ungeduldig wie Ben.« Martha blickte auf. Er berührte mit den Fingerspitzen den Bluterguss an seinem Auge.

Martha senkte rasch wieder den Kopf und durchsuchte aller Fächer ihres Portemonnaies nach Geld.

»Was steht heute Abend für Ihre Gäste auf der Speisekarte, frage ich mich?«

Martha hatte am Vortag hundert Euro aus dem Automaten gezogen, aber jetzt steckte nur noch ein Zehner im Scheinfach.

»Ich habe Tomaten, wenn Sie interessiert sind.« Jean-

Paul deutete mit dem Kopf auf ein heruntergekommenes Gewächshaus. Für einen Drogendealer besaß er einen bemerkenswerten grünen Daumen. In der Vergangenheit hatte Martha außer Schmerztabletten auch Bohnen und Zucchini und Kürbisse von ihm bezogen. »Oder möchten Sie Ihren Gästen vielleicht mit etwas Gras eine Freude machen? Dreißig Euro, beste Qualität. Sehr mild und angenehm.«

Martha schenkte ihm keine Beachtung. Sie durchwühlte weiter hektisch ihr Portemonnaie und spürte Panik in sich aufsteigen. Das Geld war weg, bis auf diesen einen armseligen Schein. Sie sah Jean-Paul an. »Ich habe nur zehn.«

Er lachte und gab seiner Freundin die Tabletten zurück. »In der Preislage gibt es bei mir nichts.«

Marthas Blick irrte zu dem Mädchen. »Würdest du mir eine von deinen Zigaretten verkaufen?«

Das Mädchen hatte ihr eine ganze Packung verkauft, aus einer Stange ohne Steuerbanderole. Jean-Paul war damit nicht einverstanden gewesen. Zwischen ihm und dem Mädchen hatte sich ein auf Französisch geführtes, zunehmend gereizt klingendes Wortgefecht entsponnen, bis er nach einem letzten verachtungsvollen Blick auf Martha im Haus verschwunden war.

Das Mädchen hatte kurz gelächelt, und Martha hatte Mitleid in den schwarz umrandeten blauen Augen gesehen, bevor sie die Tür geschlossen hatte.

Martha hinkte auf dem Feldweg zum Gatter zurück. Sie fühlte sich besudelt. Der Geruch aus Jean-Pauls Baracke hatte sich in ihrer Nase festgesetzt, sein Blick höhnischer Verachtung sich in ihre Seele gebrannt. Zu dem Gefühl der Erniedrigung kam der Schock der Erkenntnis, dass Ben offensichtlich Geld aus ihrem Portemonnaie gestohlen hatte. Und er kannte Jean-Paul. Da musste man nur eins und eins zusammenzählen. Ben war ein Junkie, immer auf der Suche nach Mitteln und Wegen, um seine Sucht zu finanzieren. Er war ein Dieb, ein Kleinkrimineller.

Sie spürte, dass ihre Augen sich mit Tränen füllten. Fast blind schloss sie das Gatter hinter sich und machte sich auf den Heimweg. Bergauf war der Marsch noch anstrengender als bergab, aber Martha blieb nicht stehen. Sie wollte nur noch nach Hause und sich verkriechen, zum Teufel mit Ben und allem anderen.

Sie wischte die Tränen weg, riss das Zigarettenpäckchen auf, zündete eine an und inhalierte tief. Sie ging weiter bergauf, inhalierte tief und hoffte, dass das Nikotin helfen würde, den körperlichen und seelischen Schmerz zu betäuben. Tränen liefen über ihr Gesicht und in ihren Mund, Salz vermischte sich mit Zigarettengeschmack.

Mechanisch setzte sie einen Fuß vor den anderen. Was würde sie darum geben, in ihrem pfauenfarben gestrichenen Schlafzimmer in dem großen Schlittenbett zu liegen, die Decke über den Kopf gezogen, weit weg von der Welt und ihren Ansprüchen und Enttäuschungen.

Diesem Wunschbild lief sie nun entgegen, auch wenn sie wusste, dass es eine Fata Morgana war. In ihrem Haus wohnten Fremde. Sie schliefen in ihrem Bett, lärmten und feierten. Die Ruhe und Abgeschiedenheit, die sie so dringend brauchte, waren dort nicht mehr zu finden.

Sie blieb kurz stehen, trat die eine Zigarette aus und zündete sich die nächste an. Vor ihr lag das Maisfeld, dahinter die Heuwiese, dann war sie fast schon zu Hause. Sie schaute zurück. Der Feldweg schlängelte sich wie ein Bindfaden durch die Wiese, Jean-Pauls rotes Dach war ein verwaschener Fleck im Grün. Kleine schwarze Punkte tanzten vor ihren Augen, Staub oder winzige Mücken. Sie wedelte sie weg, aber es wurden immer mehr, der Hang schien auf sie niederzustürzen, eine Riesenhand drückte ihren Kopf ins Gras, Dunkelheit brauste heran wie eine schwarze Flut ...

Martha schlug die Augen auf und stellte fest, dass sie mit dem Gesicht nach unten auf der Erde lag. Sie wollte sich aufrichten, aber sofort wurde ihr schwindelig, deshalb drehte sie sich langsam auf den Rücken und blieb mit geschlossenen Augen liegen.

Als das Schwindelgefühl abgeklungen war, öffnete sie versuchsweise ein Auge und schaute zum Himmel. Ein Bussard kreiste mit ausgebreiteten Flügeln über ihr im Blau. Martha schloss das Auge wieder und versuchte, sich auszumalen, wie es wäre, über der Landschaft zu schweben. Schwerelos, ohne Schmerzen schraubte sie sich höher, immer höher hinauf. War ein Tupfer, ein Punkt, unsichtbar.

»Alles in Ordnung mit Ihnen?«

Martha riss die Augen auf und sah dicht über sich das Gesicht eines Mannes. Seine Hand lag auf ihrer Schulter.

Sie setzte sich mit einem Ruck auf. »Nehmen Sie die Hand weg! Fassen Sie mich nicht an!«

»Schon gut, Martha, schon gut. Ich habe mir nur Sorgen gemacht, weiter nichts.«

Martha schaute blinzelnd zu ihm auf. Der Mann hatte die Sonne im Rücken, sie sah ihn nur als Silhouette, aber die breitschultrige Gestalt und der irische Akzent ...

»Max?«

»Ja.« Er machte einen Schritt zur Seite, jetzt konnte sie sein Gesicht erkennen. »Tut mir leid, dass ich Sie erschreckt habe, es war nicht meine Absicht.«

»Dafür ist es Ihnen gut gelungen.«

»Ich wollte einen Spaziergang machen und offen gestanden etwas Ruhe haben, vor Noah hauptsächlich. Der Junge ist verdammt anstrengend. Er gibt nicht einen Moment Ruhe, ständig heckt er etwas Neues aus. Er hat Orlas neuen Hut zum Boot umfunktioniert, Ihr Kaninchen hineingesetzt und es auf dem Pool schwimmen lassen.«

Martha schnappte nach Luft. »Geht es ihr gut?«

»Sie hat sich geärgert, weil der Hut nass geworden ist, aber inzwischen dürfte sie sich beruhigt haben. Bei diesem Wetter ist er im Nu wieder trocken.«

»Ich meinte Pippa.«

»Ach so, das Kaninchen! Alles bestens. Ich hab's gerettet und in Ihr kleines Haus gebracht. Von dort bin ich zu meinem Spaziergang aufgebrochen. Ich wollte mich ein bisschen in der Gegend umsehen. Und als ich Sie da auf dem Boden liegen sah, bin ich einfach losgerannt. Ich hätte mich vorher besser bemerkbar machen sollen. Ich wollte Ihnen keine Angst machen.«

»Ist schon okay.« Martha streckte ihr schmerzendes Bein aus. »Ich habe eben nur einen gehörigen Schreck bekommen.«

Max lachte. »Wie ich, als ich Sie da liegen sah. Ich dachte …« Er sprach nicht weiter.

»Sie dachten, ich wäre tot?«

»Nein! Oder – nun ja, das wäre das Schlimmste von den Schreckensszenarien gewesen, die mir durch den Kopf schossen.«

»Herzinfarkt? Schlaganfall? Gehirnerschütterung? Schlangenbiss?«

Max nickte. »Ja, die Klassiker. Bis auf den Schlangenbiss.« Er zwinkerte ihr zu und lächelte. »Natürlich bestand auch die Möglichkeit, dass Sie sich ins Gras gelegt hatten, um in der Sonne ein kleines Nickerchen zu machen.«

»Einigen wir uns auf das Nickerchen.«

»Apropos, gibt es hier eigentlich Schlangen?«

Martha sah hinüber zu Jean-Pauls Baracke. »Ein paar.«

»Eigentlich wollte ich fragen, ob ich mich zu Ihnen setzen darf, aber unter den Umständen bleibe ich lieber stehen.«

Martha beschirmte die Augen mit der Hand und blickte zu ihm auf. »Ein großer, starker Mann wie Sie und so ein Weichei?«

»Oh, ich bin ein ausgemachter Feigling, wenn es um Schlangen geht. In Irland gibt es keine. Es war mein größter Vorbehalt gegen den Umzug nach England – Kreuzotter, Ringelnatter, Schlingnatter, ich habe mich informiert.« Er schauderte. »Brrr.«

Irgendwo weit weg bellte ein Hund.

»Hören Sie die Wölfe? Die sind schlimmer als Schlangen.«

Sie lächelte, als weitere Hunde in das Gebell einstimmten und das Tal von dem Gebell widerhallte. »Sie jagen in großen Rudeln. Die Dörfler errichten Zäune, um sich vor ihnen zu schützen.«

Max hob die Augenbrauen. »Ich sehe bei der Kirche einen Mann oben auf einer Leiter stehen. Er ist der Wachtposten, nehme ich an?«

»Sie haben's erfasst.«

»Ich wäre nie hergekommen, wenn ich geahnt hätte, dass es in der Dordogne so gefährlich ist.« Max lachte. Nach kurzem Schweigen zeigte er auf die Kirche. »Was ist wirklich da drüben im Gange?«

»Vorbereitungen für das Feuerwerk morgen Abend. Es findet jedes Jahr zu Beginn des Blumenfestes statt. Der Mann auf der Leiter installiert wahrscheinlich die Sonnenräder am Kirchturm. Es ist ein spektakulärer Anblick, wenn sie alle gleichzeitig abbrennen, Funkenkaskaden, die wie ein Wasserfall am Turm hinabrauschen.«

»Das wird den Zwillingen gefallen.«

Martha bekam einen Schreck. Sie hatte vergessen, ihre

Gäste auf das alljährlich stattfindende Fest *Les Floralies* hinzuweisen. Von *Les Cerises* aus war es gut zu sehen, und es war jedes Mal ein großartiges Erlebnis: das Pfeifen und Heulen der in den Nachthimmel schießenden Raketen, das ganze Dorf eine Eruption glitzernder Farben. Martha hatte sich angewöhnt, von der Terrasse aus zuzuschauen, dieses Jahr würde sie sich mit der Aussicht von ihrem Sitzplatz vor der Kapelle begnügen müssen. Die Terrasse war den Gästen vorbehalten, es war ihr letzter Abend.

»Ich glaube, ich riskiere die Schlangen.« Max setzte sich neben Martha ins Gras. Er zog die langen Beine an, verschränkte die Arme auf den Knien und betrachtete eine Weile schweigend die sonnenbeschienene Landschaft. Schließlich wandte er den Kopf und sah Martha an. »Es tut mir leid wegen vorhin. Ich weiß nicht, wie viel Sie gehört haben, aber ich wollte nicht sagen, dass …«

Das Dröhnen PS-starker Dieselmotoren übertönte seine Worte. Martha schaute zur Straße. Vom Dorf her rollten zwei Bagger an, Männer in Sicherheitswesten hingen an den Seiten, und es sah aus, als wären sie zur Verteidigung des Abendlandes entsandt und nicht zur Beseitigung eines Erdrutsches.

Der Motorenlärm entfernte sich, und Martha hörte Max wieder, der gerade sagte: »… bedaure ich das aufrichtig. Glauben Sie mir.«

Martha betrachtete seine sonnengebräunten, erstaunlich feingliedrigen Hände. »Ist schon in Ordnung.«

»Ich dachte nur … Sie sehen aus, als hätte Sie gerade etwas sehr aufgeregt.«

Martha rieb sich über das Gesicht. Wahrscheinlich waren ihre Augen vom Weinen gerötet. »Allergie«, antwortete sie rasch.

Max nickte verständnisvoll. »Meine Frau hatte Heuschnupfen. Die Nase lief, die Augen tränten, und sie verbrauchte

Unmengen von Papiertaschentüchern.« Er lachte. »Schnief-
näschen habe ich sie immer genannt. Sie fand das gar nicht
lustig.«

Auch Martha musste lachen.

Max pflückte einen Grashalm ab und drehte ihn zwischen
den Fingern. Er lachte nicht mehr. »Es ist eigenartig. Ich erinnere mich ganz deutlich an diese zusammengeknüllten
Taschentuchbällchen, aber nicht an ihr Gesicht. Manchmal
bilde ich mir ein, ihr Lachen zu hören oder ihre Hand auf
meiner zu spüren, und für einen Sekundenbruchteil sehe
ich sie, aber dann löst sie sich auf, und ihr Gesicht ist verschwunden, wie ein Spuk.«

Martha dachte an Owens glucksendes Lachen, das Gewicht seines kleinen, warmen Körpers in ihren Armen, sein
Händchen, das ihren Zeigefinger umklammerte. Sie konnte es
hören, konnte es spüren, auch nach all der langen Zeit noch.

»Gibt es jemanden in Ihrem Leben?« Max schaute sie an.
»Einen charmanten Franzosen oder einen anderen Musiker?«

Martha schüttelte den Kopf. »Uns Bräuten Christi ist es
nicht gestattet, mit Männern Umgang zu pflegen, wie Sie vermutlich wissen.«

»Also doch. Ich wusste, Sie nehmen mir das übel.« Max
fuhr sich mit den Fingern durchs Haar. »Ich habe nicht gemeint, dass Sie mir irgendwie nonnenhaft vorkommen – nicht
dass an Nonnen irgendetwas auszusetzen wäre. Abgesehen
von diesen langen schwarzen Gewändern …«

Martha strich demonstrativ über ihren langen schwarzen
Rock.

Auf Max' Gesicht spiegelte sich Zerknirschung. »Mit
beiden Füßen ins Fettnäpfchen getreten. Schon wieder. Es
war nur ein Vergleich, weil Sie offensichtlich immer von Kopf
bis Fuß schwarz gekleidet sind.«

»Wie eine Nonne.«

Max schlug sich mit der Hand vor die Stirn. »Mein Gott, ich bin ein Idiot.«

Martha erhob sich aus dem Gras und seufzte. »Wir sind alle manchmal Idioten. Manche mehr als andere.«

»Sie meinen mich?«

»Nein, mich selbst.«

»Und warum sagen Sie das von sich?«

»Ach, nicht so wichtig.« Martha drehte sich um und schaute hinauf zum Kloster. *O weh, noch so weit und so steil …*

»Ist es Ihnen recht, wenn wir zusammen gehen?«

»Meinetwegen. Es ist fast Zeit für die Vesper, und die Mutter Oberin wird sehr ungehalten, wenn man sich verspätet.«

Martha marschierte los, Max' Stimme folgte ihr. »Es war wirklich nicht so gemeint!«

Er hatte sie schnell eingeholt, aber dann passte er seinen Schritt dem ihren an.

Auf der Straße hörte man an- und abschwellendes Motorengebrumm und das Rumpeln von Steinen und Geröll, was vermuten ließ, dass die Räumarbeiten in vollem Gange waren.

»Sie wissen es vermutlich noch nicht, aber das ganze Haus ist in Aufregung«, erzählte Max, während sie über das Maisfeld stapften. »Lindy vermisst ihren Brillantring.« Martha spürte, wie ihre Knie weich wurden. Sie musste den Impuls unterdrücken, haltsuchend nach seinem Arm zu greifen. »Sie haben das ganze Haus auf den Kopf gestellt, aber er ist nicht wieder aufgetaucht.« *Bitte, nicht auch das noch, nicht auch das noch!* »Sie hat ihn beim Geschirrspülen abgenommen und ist sich ganz sicher, dass sie ihn auf das Ablaufbrett gelegt hat. Aber er ist weg. Als ich ging, war Ranjit gerade dabei, den Siphon abzumontieren …«

Er redete weiter, aber Martha hörte nicht zu. Sie hatte nur einen Gedanken im Kopf: Das war Ben. Sie hatte ihn seit dem frühen Morgen nicht mehr beim Haus gesehen, aber das wollte nichts heißen. Er konnte heimlich zurückgekommen sein, bevor er sich auf den Weg ins Dorf gemacht hatte. Sie dachte an das Gepäck und die Handys und die Tablets, die überall im Haus herumlagen. Paulas Sonnenbrille sah nicht aus, als hätte sie sie im Supermarkt gekauft. Wenn der Brillantring wertvoll war, kam Ben womöglich gar nicht wieder, um sein Motorrad oder den Rucksack zu holen.

»… mich gefragt, ob Sie etwas Besonderes geplant haben?«

Martha bemühte sich, wieder in die Unterhaltung einzusteigen. »Äh, für den Siphon?«

»Nein, für Ihren Geburtstag heute. Gibt es eine Party? Erwarten Sie Besuch?«

Martha schüttelte den Kopf. »Ich feiere seit Jahren nicht mehr Geburtstag.« Max war ein paar Schritte voraus, sie betrachtete seinen breiten Rücken und verspürte aus irgendeinem Grund das Bedürfnis, ihm zu erklären, dass es in ihrem Leben schon seit Langem keinen Anlass zum Feiern mehr gab. Aber die letzten Meter bis zur Hecke waren besonders steil, und Marthas Puste reichte gerade zum Gehen, an Reden war nicht zu denken.

29

Max schob sich durch die Lücke in der Begrenzungshecke und Martha folgte ihm. Am Pool herrschte Hochbetrieb, in die Stimmen der Kinder mischten sich auch die von Erwachsenen.

»Josh, hierher, hierher!«

»Mädels gegen Jungs!« Das war Simon.

»Das ist ungerecht!«, rief Elodie. »Mädchen sind nur ich und die Zwillinge, ihr Jungs seid viel mehr!«

»Dann mache ich beim Team Feminin mit. Gender-Wender, aber nur für dieses Spiel«, erklärte Zac.

Der Lärm schwoll an.

»Slam-dunk!«, jubelte Zac. »Eins zu null für die Lalaladiiies!«

»Mädchen schlagen auf!«

»Yo, man! Lass kommen! Volle Power!«

»Dad, bitte«, sagte Elodie genervt.

»Ich fahr grad voll krass ab auf Teen-Speak, Lodie-lo.«

»Hör auf damit, ja? Und nenn mich nicht Lodie-lo!«

»Warum denn nicht? Ist doch echt geil.«

»*Dad!!!*«

Max erreichte die Kapelle ein paar Schritte vor Martha,

306

Anders als sie war er von dem letzten Anstieg kein bisschen außer Atem. Er drehte sich zu ihr um. »Man fühlt sich doch gleich wie neu geboren, wenn man sich ein bisschen die Beine vertreten hat, finden Sie nicht?«

Martha klebte das Shirt am Leib, Schweiß lief ihr über die Stirn, und statt neu geboren fühlte sie sich uralt. Denn zu ihrer Erschöpfung kam der Gedanke an Ben und die Dinge, die er gestohlen hatte.

»Wasser!«, ächzte sie und humpelte zur Tür. Ihre Beine fühlten sich an wie Pudding.

»Warten Sie, ich hole Ihnen ein Glas.« Max zog einen Stuhl aus dem Stapel der Möbelstücke. »Sie setzen sich hin und ruhen sich aus.«

Sie blieb stehen und schüttelte den Kopf. »Nein, ich muss duschen.«

»Ach so! Tja, dann …« Er wandte sich ab. »Dann werde ich mal nachschauen, was da am Pool los ist.« Er hob die Hand zum Gruß und ging.

Martha ging in die Küche, füllte an der Spüle ein Glas mit Leitungswasser und trank es auf einen Zug leer. Dann wartete sie auf die Arbeitsplatte gestützt darauf, dass sie wieder zu Atem kam. Von der feuchten, modrigen Luft in der Kapelle wurde ihr flau im Magen. Sie trank noch ein Glas Wasser. Pippa saß in der Mitte der leeren Küche und beobachtete sie.

Martha stellte das Glas weg und hob das Kaninchen auf. »Entschuldige, ich hätte hierbleiben und dich vor dieser kleinen Bestie beschützen sollen.«

Pippa blickte zu ihr auf. Martha glaubte einen stummen Vorwurf in den großen schwarzen Augen lesen zu können. »Ich weiß, du brauchst es mir nicht zu sagen.« Sie hauchte dem Kaninchen einen Kuss zwischen die Ohren. »Ich habe mich wie ein Idiot benommen.«

Sie nahm eine Mohrrübe aus dem Kühlschrank und gab

sie Pippa. Dann ging sie in ihr winziges Badezimmer. Beim Ausziehen musste sie sich am Waschbecken festhalten, weil ihr immer noch schwindelig war. Sie kickte die verschwitzten Sachen mit dem Fuß in die Ecke und trat in die Duschkabine. Dort lehnte sie sich an die gefliese Wand und ließ das kühle Wasser über ihren Körper strömen, den Schweiß und Staub wegspülen und auch etwas von der Last auf ihrer Seele mitnehmen.

Im Schlafzimmer öffnete sie den Einbauschrank und nahm eine schwarze Leinenhose von einem Stapel vieler schwarzer Leinenhosen. Gewohnheitsmäßig wollte sie nach einem schwarzen T-Shirt greifen, doch zog sie die Hand zurück, griff in das Fach darüber und zog das einzige farbige Shirt heraus, das sie besaß, ein blassblaues, das Sally ihr geschenkt hatte.

Sie streifte es über und betrachtete sich in dem alten Wandspiegel. »Nur noch eine halbe Nonne«, murmelte sie und ging nach draußen.

Martha saß auf der Bank in der Sonne. Sie sah Bens Motorrad, das auf dem Parkplatz stand, sein Zelt und seinen Schlafsack, die drüben am Baum hingen. Ben war allgegenwärtig. Ihr Blick fiel auf den Rucksack mit seinen ausgebeulten Taschen, der sie geradezu zu verspotten schien.

Martha zündete eine Zigarette an. In der Ferne hörte sie die Bagger rumoren. Bald würde die Straße wieder passierbar sein.

Sie dachte über das Abendessen nach. Seufzend stieß sie den Rauch aus. Unter Garantie erwartete man von ihr, als Entschädigung für die am Vorabend umständehalber ausgefallene kulinarische Dienstleistung, dass sie in ihrer feuchten Küche ein besonders exklusives Mahl zubereitete, und das ohne die Hilfe von Ben. Martha beschloss, ins Dorf zu fahren und bei dem Italiener am Markt Pizza für alle zu kaufen. Es schien ihr wenig Zweck zu haben, noch irgendjemanden beeindrucken zu wollen.

Sie dachte wieder an Ben und hasste sich selbst dafür, dass sie sich vor Kurzem noch gewünscht hatte, Owen wäre zu so einem liebenswürdigen und hilfsbereiten jungen Mann herangewachsen, wie Ben einer war. Egal, wie selbstsüchtig und unsympathisch ihr Sohn in den Händen der Frazers geworden sein mochte, sie hoffte, dass er zumindest nicht jemand war, der sich bei arglosen Frauen einschlich, um sich das Geld zu beschaffen, das er zur Finanzierung seiner Drogensucht brauchte.

Wie hatte sie auf ihn hereinfallen können? Mit ihrer Menschenkenntnis war es nicht weit her, das hatte Andrew früher schon an ihr kritisiert. In der Krabbelgruppe hatte sie mit einer anderen jungen Mutter Freundschaft geschlossen, die, wie sich herausstellte, die Geliebte eines gewalttätigen russischen Gangsters war. Und ausgerechnet Andrews Mutter hatte herausgefunden, dass die von Martha gerade eingestellte Putzfrau wegen Diebstahls im Gefängnis gesessen hatte.

Martha schüttelte sich. Sie hoffte, ihr Selbsthass würde verschwinden, aber das tat er nicht, im Gegenteil, er wuchs noch und erstickte jede Hoffnung auf die Möglichkeit einer Zukunft mit ihrem Sohn.

30

Martha beugte sich über das Spülbecken und spritzte sich kaltes Wasser ins Gesicht. Dann nahm sie eines der Geschirrtücher, um sich abzutrocknen, drehte sich um und ließ den Blick durch die ausgeräumte Küche wandern. Der Raum sah so leer und grau aus, wie sie sich fühlte. Allein die Bilder auf dem Wandbord und ein Krug mit Sonnenblumen auf der Fensterbank sorgten für ein wenig Farbe und Aufmunterung.

Martha nahm den Krug mit den Blumen, trug ihn nach draußen, stellte ihn auf den Gartentisch und suchte unter ihren aufgestapelten Sachen nach der Staffelei. Aus der kleinen Kommode, die normalerweise im Schlafzimmer hinter der Tür stand, nahm sie ihr Malzeug und einen fertig bespannten Rahmen. Pippa kam unter einem Rosmarinbusch hervor und streckte sich im Schatten des Tisches aus. Martha drückte Farben auf die Palette und arrangierte die Blumen so, dass die großen braunen Gesichter sie anschauten. Zuletzt holte sie ein Glas mit Wasser, stellte es neben die Staffelei, setzte sich auf den Stuhl, den Max vorhin für sie bereitgestellt hatte, und begann zu malen.

In der Ferne rumpelten immer noch die Bagger, und sie hätte nicht genau sagen können, wie viel Zeit vergangen war, während ihr Pinsel das Motiv der Blumen im Krug mit dickem Farbauftrag auf der Leinwand festhielt.

Dabei dachte sie die ganze Zeit an Ben. Was sollte sie zu ihm sagen, falls er wiederkam? Dass sie den Schmuck gefunden hatte? Würde er den Diebstahl leugnen und auch, dass er Geld aus ihrem Portemonnaie genommen hatte? Würde er leugnen, Lindys Ring gestohlen zu haben?

Die Bagger waren nicht mehr zu hören. Die sanfte Brise trug einen leichten Geruch nach Fäkalien zu ihr herüber. Marthas Blick ging ahnungsvoll zum Deckel der Klärgrube in der Wiese. Wahrscheinlich war sie wieder geflutet worden, aber diesmal gab es keinen Ben, der das Problem in Ordnung bringen würde.

Martha hörte Stimmen, hob den Kopf und sah Carla und Josh lautstark diskutierend die Einfahrt hinaufmarschieren.

»Selbstverständlich weiß ich, wie man einen Reifen wechselt.« Josh klang empört. »Und mit Simons Wagenheber hier ist das eine Kleinigkeit.«

»Letztes Mal hast du eine geschlagene Stunde gebraucht, um rauszukriegen, wie man das Reserverad aus der Halterung bekommt.«

»Und wer sollte es sonst machen? Deine Busenfreundin? Sie kann ja nicht mal Auto fahren!«

»Ich mache es selbst! Komm, ich zeige dir, wie's geht.«

»Warum musst du andere immer so bevormunden?«

»Ich?«

Die Stimmen entfernten sich.

Martha versah die Ränder der Blütenblätter mit roten Akzenten und legte den Pinsel weg.

»Das ist fantastisch«, hörte sie plötzlich eine fröhliche Stimme neben sich. Sie sah hoch und blickte in Floras gut gelauntes Gesicht. »Ich bin gekommen, um Ihnen beim Einräumen zu helfen, wie ich's versprochen habe.« Sie ging zu den Möbeln hinüber und strich mit der Hand über einen Perserteppich. »Wunderschön, und trocken ist er auch.«

»Sie müssen das wirklich nicht tun«, sagte Martha, aber Flora hatte bereits einen Stuhl in der Hand.

»Aber das ist doch eine Selbstverständlichkeit. Sie werden sehen, im Nu steht alles wieder an seinem Platz.« Tatsächlich war sie in ihren glitzernden Sandaletten erstaunlich schnell zwischen drinnen und draußen unterwegs und packte kräftig an, trotz ihrer langen, lackierten Fingernägel.

Wieder verschwand sie in der Kapelle, diesmal mit dem kleinen Nachtschränkchen. Martha begann, ihre Farben und Pinsel wegzuräumen.

Als Flora wieder herauskam, rümpfte sie schnuppernd die Nase. »Hier draußen riecht es merkwürdig.«

»Nur die Kirschen«, beeilte Martha sich zu erklären. »Sie sind überreif und fangen an zu faulen.«

»Alles hat seine Zeit.« Flora schaute hinauf zum Tor, von einem Moment auf den anderen wirkte sie bedrückt.

»Bleiben Sie und Carla noch eine Nacht?«

»Carla möchte noch ein bisschen länger bleiben. Sie will herausfinden, welche Forderungen Josh im Rahmen der Scheidung zu stellen gedenkt. Sie hat Angst, dass er das alleinige Sorgerecht für sich beanspruchen wird.«

Martha schwenkte einen Pinsel durch das Wasserglas.

»Aber Carla ist eine Kämpfernatur.« Flora bückte sich nach einem weiteren Stuhl. »Sie wird ihm nie und nimmer die Kinder überlassen.«

Martha rutschte der Pinsel aus den Fingern, das Glas kippte um, und das trübe Wasser ergoss sich über den Tisch.

»Oh.« Flora musterte sie besorgt. »Ist Ihnen nicht gut?«

Martha antwortete nicht. Sie rieb sich die Augen, in denen schon wieder Tränen brannten. Flora setzte sich auf den

Stuhl, den sie eigentlich ins Haus tragen wollte. »Sagen Sie, Martha, haben Sie je den Drang verspürt, ins Rampenlicht zurückzukehren?«

Martha zuckte zusammen, denn sofort war die Erinnerung an das letzte, blamable Konzert wieder da. Sie stand auf der staubigen Bühne, bemühte sich, nicht zu lallen, nicht zu torkeln, und zermarterte sich panisch das Hirn nach dem tausendmal gesungenen Text. Aber er war weg, einfach weg. »Ich habe mir geschworen, dass ich das nie wieder tue.«

Flora zuckte die Schultern. »Und ich hatte mir geschworen, niemals fürs Kinderfernsehen zu arbeiten. Und was ist passiert? Ich habe fast zehn Jahre lang eine verschrobene Märchentante mit einer magischen Handtasche gespielt. Das war definitiv nicht Teil meiner Karriereplanung. Nach meinem Abschluss an der Schauspielschule habe ich im Bristol Old Vic die Desdemona gespielt, und danach habe ich in einem Mike-Leigh-Film mitgewirkt. Ich war überzeugt, ich wäre auf dem Weg zum Star.«

»Nach den Reaktionen der Kinder zu urteilen, *ist* Mrs Clementine ein Star.«

Flora verschränkte die Hände im Schoß und seufzte. »Die Sendung ist gerade von der BBC abgesetzt worden. Zu betulich, hieß es. Seit letzter Woche bin ich offiziell arbeitslos.«

»Tut mir leid.«

»Ach was. Ich sehe es als Chance, als Sprungbrett.«

»Ein Sprungbrett? Wohin?«

»In einen neuen Lebensabschnitt. Panta rhei – alles fließt.« Flora stand auf und schwenkte die Hüften zu einer unhörbaren Melodie. »Ich habe keine Ahnung, was als Nächstes kommt, aber ich bin bereit, jede Gelegenheit zu ergreifen, die sich mir bietet.« Ihr Hüftwackeln wurde schwungvoller. »Man muss den Hintern hochkriegen, nur sich regen bringt Segen.« Sie lachte über Marthas verdutzten Gesichtsausdruck.

»Brauchen die Damen Hilfe?« Max kam um die Ecke. Er hatte das Che-Guevara-Shirt gegen eins mit Iron Maiden auf der Brust getauscht. Der schwarze Stoff war mit weißem Staub bedeckt.

»Was ist das?«, fragte Flora und zeigte auf Max' Shirt.

Er schaute an sich herab. »Ach, das ist bestimmt nur ein bisschen Kokain.« Er wischte über den Stoff. »Das ganze Haus ist voll davon.«

Marthas Herzschlag stockte.

Max winkte ab. »Nur ein kleiner Scherz.«

»Ich dachte, Sie wären da oben schwer beschäftigt.« Flora zeigte zum Haus hinauf.

»Anscheinend werde ich momentan nicht gebraucht. Man scheint alles im Griff zu haben, obwohl ich behaupten möchte, dass es eigentlich die Kinder sind, die das Kommando haben.«

Martha schaute von einem zum anderen. »Was ist denn los?«

»Badezeit.«

»Teezeit.«

Max und Flora antworteten gleichzeitig wie aus der Pistole geschossen.

»Teezeit.«

»Badezeit.«

Wieder hatten sie es gleichzeitig gesagt. Sie mussten lachen.

Max betrachtete das Bild auf der Staffelei. »Wow. Sie sind begabt. Dagegen nehmen sich meine eigenen Versuche sehr amateurhaft aus.«

»Sie malen?«, fragte Flora.

Max lächelte verlegen. »Malen kann man das nicht nennen, ich kritzele so ein bisschen herum. Übrigens, es riecht hier irgendwie komisch.«

»Was kritzeln Sie denn?«, warf Martha rasch ein, um von dem Problem mit der Klärgrube abzulenken.

»Kleine Cartoons. Ein Hobby, weiter nichts.«

Unter lautem Geschrei kamen die Kinder, angeführt von Noah, hintereinander den Fußweg hinuntergerannt. »Grandpa, Grandpa, du musst kommen und helfen!«, riefen die Zwillinge.

Unten angekommen, bremste Noah in einer Staubwolke kurz vor der Staffelei, Reuben konnte nicht rechtzeitig anhalten und prallte gegen ihn. Dann kollidierten die Zwillinge mit den beiden Jungen, und alle vier fielen gegen die Staffelei, die gefährlich hin und her wackelte. Martha gelang es, ihr Bild zu retten, bevor es auf den Boden fallen konnte. Sie fing es auf und drückte es unwillkürlich an die Brust.

»'tschuldigung«, ertönte es von den Kindern im Chor, nachdem sie sich wieder entknäuelt und aufgerappelt hatten.

»O nein!« Martha hielt das verschmierte Gemälde auf Armeslänge von sich weg und betrachtete es kummervoll.

»Ach du meine Güte!« Flora schlug die Hand vor den Mund.

»Schade«, sagte Max bedauernd. »Gerade wollte ich Ihnen sagen, wie gut diese Farbe Ihnen steht.«

Martha schaute nach unten. Auf dem blassblauen Shirt klebten dicke Kleckse brauner und gelber Acrylfarbe. »*Coc y gath!* Gottverdammter Mist!« Martha sah an sich hinab, um das Ausmaß des Schadens in Augenschein zu nehmen.

»Ziehen Sie sich um, und wir räumen derweil weiter das Haus ein.« Flora schob Martha sanft zur Eingangstür.

»Und diese kleinen Unruhestifter können uns helfen.« Max fixierte die Kinder mit einem strengen Blick, aber die vier starrten mit großen Augen auf Martha und merkten es nicht.

»Nein!« Martha erschrak, sie hatte viel lauter gesprochen, als sie es gewollt hatte. »Lasst einfach alles so, wie es ist. Ich brauche keine Hilfe, ich komme allein ganz gut zurecht!«

31

In der Küche schleuderte Martha das ruinierte Gemälde in die Ecke. Am liebsten hätte sie laut geschrien. Das Bild war hin, ihr T-Shirt war hin, und sie hatte in Gegenwart von Kindern geflucht. Wenigstens eins davon würden sie den Eltern petzen.

Sie drehte den Hahn am Spülbecken auf. Die betagten Wasserleitungen grollten, doch sonst tat sich nichts. Sie drehte den Hahn wieder zu, dann auf, zu und auf, bis unvermittelt nach einem lauten Rülpser ein scharfer Wasserstrahl herausschoss und aus dem Becken bis auf ihr ohnehin schon verschandeltes T-Shirt spritzte. »Verdammter Mist!«

Sie zerrte sich das durchnässte Shirt über den Kopf, drückte es ins Wasser und rubbelte den Stoff zwischen den Händen sauber. Die Farben ihres Gemäldes vermengten sich zu einer ockerfarbenen Brühe.

Das T-Shirt blähte sich im Wasser wie eine Qualle mit Verdauungsproblemen. Sie stach den Zeigefinger hinein. »Herzlichen Glückwunsch zu dem beschissensten Geburtstag aller Zeiten, Martha!«

Das T-Shirt antwortete mit einem indignierten Blubbern.

Martha ging ins Schlafzimmer, um ein frisches Shirt aus

dem Schrank zu holen, sah das Bett und ließ sich hinein-
fallen. Was hatte sie zu versäumen?

Sie döste kurz, dann schlief sie ein. Erinnerungsfetzen verbanden sich zu einem wirren Traumszenario: Sie wanderte
durch ein Sonnenblumenfeld und die Blumen riefen ihren
Namen:

Martha! Martha!

Sie schlug die Augen auf und sah Flora in der Tür stehen.

»Martha? Sind Sie wach?«

Martha wurde mit Schrecken bewusst, dass sie nur ihren
BH anhatte, und sie angelte panisch nach der Bettdecke. »Was
ist?«

»Ich wollte fragen, ob ich Ihnen vielleicht einen Tee
bringen soll?«

»Nein.«

»Kaffee?«

»Nein.«

»Ein Glas Wein?«

Martha zog sich die Decke über den Kopf. »Ich will nur
meine Ruhe.«

Sie hörte das leise Rascheln von Stoff, als Flora hinaus-
ging, und dann das leise Klicken der Tür, die ins Schloss fiel.

Als Martha das nächste Mal die Augen aufschlug, däm-
merte es draußen bereits, und es kam ihr vor, als läge ihr
missglückter Ausflug in den Ort Tage zurück.

Das Abendessen! Sie setzte sich mit einem Ruck auf. Die
Pizzas, die sie hatte holen wollen! Vor ihrem inneren Auge
sah sie die Gäste oben im Haus um den Tisch sitzen, Messer
und Gabel in der Hand, und warten.

»Hallo!« Jemand war in der Küche.

»Abendessen in einer halben Stunde!« Martha schwang
die Beine aus dem Bett und blieb auf dem Rand sitzen, um
ihre Gedanken zu ordnen.

317

»Das ist nett gemeint, aber ich habe schon mit Pierre gegessen, wie immer, bevor wir abends aufmachen.«

Martha hob den Kopf. Sally war hereingekommen und starrte sie ungläubig an.

»Heiliger Strohsack, Martha! Wann hast du dir zuletzt neue Unterwäsche gekauft?«

Martha senkte den Blick auf ihren BH. »1997, glaube ich.« Sie bemerkte einen großen rosafarbenen Briefumschlag in Sallys Hand. »Was ist das?«

Sally kam ins Zimmer, gab Martha den Umschlag und setzte sich neben sie auf die Bettkante. »Wenn du mir nicht versichert hättest, dass du keinen Geburtstag hast, hätte ich gesagt, es ist eine Geburtstagskarte.«

Martha öffnete den Umschlag. Von Sledge, von wem sonst? Seit Jahren kam regelmäßig Post von ihm, eine Karte zum Geburtstag, eine zu Weihnachten, kein persönlicher Text, nur sein Name, der Name seiner aktuellen Angetrauten und die Namen seiner ständig mehr werdenden Sprösslinge.

Diese Karte schmückte ein Foto von Elvis, darüber stand in großen rosa Buchstaben: *A Hunka Hunka Birthday, Love!*

»Ich wusste es!« Sally warf die Arme um Martha und drückte sie begeistert an ihren üppigen Busen. »Herzlichen Glückwunsch zum Geburtstag!«

»Martha? Entschuldigung? Sind Sie da?«

Ranjit stand im Zimmer, bevor Martha sich aus Sallys Umarmung befreien konnte. »Martha, Sie müssen …« Er brach ab und hielt sich die Augen zu. »O mein Gott, Miss Morgan, Verzeihung … Ich wusste nicht … Mir war nicht klar … Meine Güte, ich hätte anklopfen sollen.«

Martha wäre vor Scham am liebsten im Boden versunken, Sally rettete die Situation. Sie ließ Martha los und half ihr, die Decke bis unter die Achseln hochzuziehen.

»Ich weiß, was Sie jetzt denken, aber …«

»Ich denke überhaupt nichts.« Ranjit hielt sich weiterhin die Hand vor die Augen und versuchte, rückwärtsgehend das Zimmer zu verlassen. Dabei verfehlte er die Tür und prallte gegen die Wand.

»… aber sie ist nicht mein Typ.« Sally stopfte die Decke fest. »Jedenfalls nicht mit diesem uralten BH. Sie können wieder hinschauen, die Gefahr ist gebannt.«

Ranjit blinzelte zwischen den Fingern hindurch, dann ließ er die Hand sinken.

»Was wollten Sie mir denn sagen?«, fragte Martha.

»Dass wir Sie oben im Haus brauchen.«

Martha seufzte. »Ich wollte eben losfahren und Pizza holen. Mehr gibt es leider nicht, aber ich verspreche, mich zu beeilen.«

»Es ist nicht wegen des Abendessens.« Ranjit knetete nervös seine Hände. »Ich glaube, Sie kommen am besten erst mal mit hoch.«

»Ist es ein Notfall?«

Er zögerte, dann nickte er entschieden. »Ja, ein Notfall, ein echter Notfall.«

Freitag

32

Martha machte ein Auge auf. Helles Licht bohrte sich wie ein Laserstrahl in ihren Schädel, gleichzeitig machte sich ein quälendes Hämmern in ihren Schläfen bemerkbar. Sie schluckte trocken. Ihr Mund fühlte sich an wie mit Schmirgelpapier ausgerieben, und die Zunge schien auf das Doppelte der normalen Größe angeschwollen zu sein. Nach und nach realisierte sie, dass sie vollständig angezogen war, die weite Hose war hochgerutscht, und das T-Shirt klebte an ihrer Haut. Sie machte das Auge wieder zu und drehte sich zur Seite, durch ihr schlimmes Bein zuckte ein scharfer Schmerz, der sich mit ihrem stechenden Kopfschmerz vermischte.

Ein lautes, schnorchelndes Geräusch ganz in der Nähe zehrte zusätzlich an ihren Nerven. Als Nächstes hörte sie ein Grunzen, gefolgt von einem lang gezogenen Stöhnen. Die Geräusche wiederholten sich in regelmäßigen Abständen, und Marthas erster Gedanke war, dass sich irgendein Tier im Zimmer befand. Sie öffnete beide Augen, aber nur einen Spalt, und kniff sie sofort wieder zusammen. Sie bemühte sich zu begreifen, was sie gesehen hatte. Carlas Gesicht war nur eine Handbreit von ihrem entfernt. Sie riskierte einen zweiten Blick. Wahrhaftig, es war Carla, en profil, Mund weit offen, ein Speichelfaden im Mundwinkel. Und sie hatte eine Kinderschwimmbrille auf! Ein erneuter Schnarcher ließ die Luft zwischen ihnen vibrieren. Martha stöhnte.

»Guten Morgen«, meldete sich eine Stimme vom Fußende.

Martha wagte es, den Kopf zu heben und nach unten zu schauen. Elodie lag quer über dem Bett, halb unter einer geblümten Steppdecke. Auf einen Ellenbogen gestützt, tippte sie auf ihrem Smartphone herum.

»Internet funktioniert wieder.« Sie lächelte Martha an. »Ich poste gerade ein paar Fotos auf Instagram.«

»Nicht so laut.« Die schwache Stimme kam von jemandem auf dem Fußboden neben dem Bett. Martha versuchte, die Augen in diese Richtung zu bewegen, aber ihr Kopf tat zu weh.

»Paula. Sie hat einen Kater«, flüsterte Elodie.

»Da ist sie nicht die Einzige«, hauchte eine weitere Stimme.

Mühsam drehte Martha den Kopf und sah Alice neben sich liegen. Sie hatte den Unterarm über die Augen gelegt, und ihre normalerweise rosigen Wangen waren bleich. »Mir geht es gar nicht gut.«

»Mir auch nicht!« Paula schnellte plötzlich vom Boden hoch und stürzte aus dem Zimmer.

Nach und nach registrierte Martha weitere Einzelheiten ihrer Umgebung. Das Gemälde einer Pappelreihe. Ein Frisiertisch mit kunstvollen Schnitzereien. Schwere, reich bestickte Vorhänge an einem raumhohen Fenster. Sie musterte sie durch die spaltbreit geöffneten Lider und begriff, dass dies nicht die kleine Schlafkammer in der Kapelle war und auch nicht ihr pfauenfarbenes Schlafzimmer im Haus. Aus den Tiefen ihres benebelten Gehirns kam die Information, dass sie sich in dem Zimmer befand, das sie für ihre Mutter eingerichtet hatte: gelb gestrichene Wände, eine Mahagonikommode mit passendem Schrank aus einem Antiquitätenladen in Périgueux, und das riesige Bett, in dem sie lag, hatte sie auf einer Auktion in Brantôme ersteigert. Es war das Zimmer, das sie Josh und Alice zugewiesen hatte. So weit, so klar, aber warum war sie hier? Und warum lag sie im Bett mit zwei anderen Frauen und einem Teenager? Je länger sie darüber nachgrübelte, desto schlimmer wurde das Hämmern in ihrem Kopf. Sie zog die Decke über das Gesicht als Schutz vor der Morgensonne, die durch die offenen Vorhänge ins Zimmer schien, und fragte sich, was sie geritten hatte, die Wände in einer so schreienden Farbe zu streichen.

Aus einem anderen Zimmer ertönte ein lautes Poltern, gefolgt von einem nicht weniger lauten *Merde!*

Martha lugte über den Rand der Decke.

»Ach, das ist nur Pierre«, erklärte Elodie, ohne von ihrem Smartphone aufzusehen. »Er kratzt den Kuchen von der Küchendecke.«

»Kuchen?« Martha hatte Mühe, das Wort zu artikulieren, die Zunge wollte ihr nicht gehorchen. »Pierre?«

»Er und Sally haben in meinem Zimmer übernachtet.« Elodie hörte sich an wie eine Eventmanagerin, der nichts Menschliches mehr fremd ist. »Sie waren viel zu betrunken, um nach Hause zu fahren.«

»Kuchen? Pierre?«, wiederholte Martha und lugte wieder unter der Decke hervor. »Betrunken?«

»Erinnern Sie sich nicht an gestern Abend?« Elodie hob den Blick und grinste koboldhaft. »Es war episch.«

Martha erinnerte sich, mit Sally in der Kapelle gewesen zu sein. Sie erinnerte sich, dass Ranjit gekommen war und etwas von einem Notfall gesagt hatte. Sie hatte sich ein T-Shirt übergeworfen und war ihm zusammen mit Sally zum Haus hinauf gefolgt.

»Ich glaube, ich weiß, was die von mir wollen«, hatte sie halblaut zu Sally gesagt und sich innerlich für das bevorstehende Verhör gewappnet. Man würde sie nach Lindys nicht mehr auffindbarem Brillantring fragen, nach womöglich ebenfalls verschwundenen Laptops, Brieftaschen, Kreditkarten und Gott weiß was noch.

Sie stolperten hinter Ranjit durch die Dunkelheit. Eine flackernde Laterne leuchtete ihnen den Weg über die dunkle Terrasse.

»Bitte nicht noch ein Stromausfall!«, sagte Martha.

Ranjit dirigierte sie durch die Tür in die stockfinstere Küche. Was Martha als Erstes wahrnahm, war der Geruch, ein süßer, köstlicher Duft, der sie daran erinnerte, dass sie den ganzen Tag noch nichts gegessen hatte. Dann hörte sie ein Scharren, plötzlich war der Raum in blendende Helligkeit getaucht, und ein vielstimmiger Chor schmetterte *Happy birthday to you!*, die Kinder mit solcher Inbrunst, dass Martha die Ohren klingelten.

Alice kam und umarmte sie, dann Flora. Die anderen zögerten, bis Simon sich ein Herz fasste und ihr einen Kuss auf die Wange drückte. Ranjit folgte seinem Beispiel und Zac hob ihre schlaffe Hand hoch und gab ihr ein High Five. »Glückwunsch, Mrs M.«

Elodie zog Martha zu einem langen Spruchband an der Wand, das sie mit den Kindern gebastelt hatte. *Happy Birthday Martha* verkündete es in großen, mit buntem Filzstift ausgemalten Druckbuchstaben. An beiden Enden saß ein Filzstiftkaninchen; das linke sah aus wie das Schoßtier von Graf Dracula.

»Das ist von mir!« Noah konnte nicht stillhalten, er hüpfte auf und ab wie ein Gummiball und zeigte auf das Kaninchen mit den Fangzähnen.

Martha blickte in die Runde, in die lächelnden Gesichter

und wurde das Gefühl nicht los, dass sie immer noch träumte. »Woher habt ihr das gewusst?«

»Tja, das habe wohl ich zu verantworten.« Max trat vor. »Ich habe den anderen verraten, dass Sie heute Geburtstag haben, und dann meinte Alice, dass wir Ihnen einen Kuchen backen müssen. Schließlich haben wir einstimmig beschlossen, für Sie eine Geburtstagsparty auszurichten, zum Dank für Ihre Hilfe und Gastfreundlichkeit.«

»Hilfe?«, wiederholte Martha zweifelnd. »Gastfreundlichkeit?«

»Wir haben Ihnen eine Glückwunschkarte gemalt.« Reuben überreichte ihr ein zusammengefaltetes Blatt Papier mit einer kindlichen Interpretation von *Le Couvent des Cerises*. Die Dachziegel waren mit großer Sorgfalt wirklichkeitsgetreu wiedergegeben, schief und krumm und lückenhaft, ein paar sah man sogar auf dem Boden liegen.

»Alle haben unterschrieben«, verkündeten die Zwillinge im Chor.

»Und da ist die Geburtstagstorte.« Ranjit deutete zum Tisch.

Martha drehte sich um und erblickte eine mehrschichtige, windschiefe Schokoladentorte, gespickt mit glasierten Kirschen, die im Lampenschein wie Rubine glänzten.

»Eine Gemeinschaftsproduktion«, erklärte Alice.

Max nickte. »Sogar ich war im Team, dabei habe ich in meinem ganzen Leben noch nie einen Kuchen gebacken.«

»Er hat Mehl verschüttet«, sagte eine der Zwillingsschwestern.

»Überall«, fügte die andere hinzu.

Martha schaute auf sein Shirt – das Rätsel des weißen Pulvers war gelöst.

Max lachte.

»Die Teigplatten sind nicht gleichmäßig aufgegangen.«

Alice musterte das Kunstwerk kritisch. »Deshalb der Schiefe-Turm-von-Pisa-Look.«

»Noah hat dauernd die Ofentür aufgemacht, um zu sehen, ob sie schon gut sind.« Elodie gab ihrem kleinen Bruder einen Schubs. »Er konnte es mal wieder nicht abwarten.«

Marthas Blick fiel auf einen Teller mit Melonen- und Pfirsichspalten neben der Torte – unzweifelhaft Paulas Beitrag.

Plötzlich dröhnte Rapmusik durchs Zimmer, Zac hatte die Anlage aufgedreht. »*Let's party!*«, rief er.

»Stopp!« Ranjit bedeutete ihm, die Musik abzustellen. »Geben wir dem Geburtstagskind Gelegenheit, ein paar Worte zu sagen.«

Martha umklammerte haltsuchend die Tischkante. Sie erwarteten doch wohl nicht von ihr, dass sie eine Rede hielt? Sie schielte zur Tür, aber Sally schien zu ahnen, was sie dachte, und hakte sich bei ihr unter.

»Sag einfach Dankeschön und dass du dich freust«, flüsterte sie. »Sie haben sich viel Mühe gegeben.«

Ranjit reichte Martha ein Glas Wein. Alle Blicke waren auf sie gerichtet. Sie fühlte, wie sie rot wurde, und holte tief Luft.

»Vielen, vielen Dank für diese wunderschöne Überraschung.« Aus dem Augenwinkel sah sie Paula, Lindy und Carla auf dem Sofa sitzen. Alle drei machten nicht den Eindruck, als wäre die Idee zu der Geburtstagsparty von ihnen gekommen. Martha konnte Lindys linke Hand nicht sehen, aber nach ihrer bedrückten Miene zu urteilen, hatte man den Ring noch nicht wiedergefunden.

»Ich … Ich weiß nicht, was ich sagen soll.« Sie umklammerte den Stiel des Weinglases so fest, als könnte er ihr wirklich Halt bieten. Im Zimmer war es still. Sally drückte ermutigend ihren Arm.

»Vielen Dank«, sagte Martha noch einmal, dann trank sie mit einem Schluck das Glas fast leer.

»Ein Hoch auf Martha!« Ranjit hob sein Glas und prostete ihr zu, alle anderen folgten seinem Beispiel.

Ranjit tippte mit dem Fingernagel gegen sein Glas, und als Ruhe eingetreten war, setzte er zu einer eigenen kleinen Rede an.

»Martha Morgan, Sie haben uns in Ihrem wunderschönen Zuhause willkommen geheißen.« Er räusperte sich verlegen. »Leider haben Sie heute Morgen ein paar unschöne Äußerungen hören müssen …« Wieder ein Räuspern. »Deshalb möchten wir Sie wissen lassen …« Er schaute zu den drei Frauen und legte Simon die Hand auf die Schulter. »… dass wir aufrichtig zu schätzen wissen, was Sie für uns getan haben.«

»Aber das war doch selbstverständlich.« Martha fühlte, wie ihr die Röte ins Gesicht stieg. »Deswegen so ein Aufwand – das wäre wirklich nicht nötig gewesen.«

»Oh doch!«, fiel Ranjit ihr ins Wort. »Auf jeden Fall. Sie haben geduldig unsere Extrawünsche ertragen, den Krach und das Chaos. Sie haben mit Ihrem schnellen Handeln zwei Kindern das Leben gerettet und uns nicht im Stich gelassen, als es darum ging, unerwartete Gäste unterzubringen.« Er zeigte auf Josh und dann auf Carla, Flora, Zac und Max. »Sie haben köstliche Mahlzeiten für uns zubereitet, und am allerwichtigsten: Sie sind aus Ihrem eigenen Haus ausgezogen, damit wir darin ein paar unvergessliche Urlaubstage verbringen können.«

Paula murmelte etwas, das Martha nicht verstehen konnte, aber sie sah, dass Max seiner Tochter einen unwilligen Blick zuwarf.

Ranjit hob erneut das Glas. »Martha Morgan, Sie sind ein Star!«

Es folgten Hochrufe von allen, mit ein paar *Woohoos* von Zac und einem gellenden Schrei von Noah.

Sally legte Martha den Arm um die Schultern. »Hörst du das? Du bist ein Star!«

Ranjit schenkte Martha Wein nach. »Eigentlich sollte es der gute Stoff sein«, entschuldigte er sich, »aber wegen der Straßenverhältnisse sind wir nicht mehr rechtzeitig in den Ort gekommen, deshalb müssen wir mit dem vorliebnehmen, was wir haben.«

»Nicht unbedingt«, meldete Sally sich zu Wort. »Ich fahre los und hole Champagner. Wir haben ein paar Kartons von dem Zeug in der Bar, nur leider kommen zu uns nie die Leute, die so was trinken.«

Martha hielt Sally am Arm fest. »Lass mich nicht allein«, zischte sie.

Sally tätschelte ihre Hand. »Du machst das schon. Wein trinken und freundlich lächeln, der Rest kommt von selbst. Wer weiß, vielleicht macht es dir sogar Spaß.«

Martha hielt sich an die Empfehlung. Das zweite Glas wurde nicht ganz so schnell leer wie das erste, doch sofort war jemand mit der Flasche zur Stelle, um nachzufüllen, einmal und dann noch einmal. Auch das Lächeln fiel ihr mit jedem Schluck leichter. Trotzdem war sie froh, als Sally zurückkam. Sie hatte ihren Ehemann mitgebracht und dieser einen Kasten Champagner.

»Ich glaub's nicht«, sagte Martha leise zu Sally. »Wie hast du es geschafft, Pierre zum Mitkommen zu überreden?«

»Wunder gibt es immer wieder. Ich erlebe zum ersten Mal, dass er die Bar vor Mitternacht schließt, und das, obwohl das Fußballspiel noch nicht einmal zu Ende war!«

Pierre stellte den Kasten hin und küsste Martha herzhaft auf beide Wangen. »Deine *anniversaire*, deine Geburtstag ist sehr wichtig für uns, *très important*. Du bist eine gute Freund, besonders für Sally. Du bist immer da gewesen für sie, wenn sie war traurig wegen …« Er senkte die Stimme. »… unsere Problem.«

Martha wusste nicht, was sie darauf antworten sollte. Sie

war sich immer vollkommen nutzlos vorgekommen, wenn sie Sally nach einer Fehlgeburt getröstet hatte. Sie hatte sich geschämt angesichts von Sallys Kummer und Tränen, weil ihr das Glück beschieden gewesen war, ein gesundes Kind zur Welt zu bringen, nur um dann, als es bei der Scheidung um das Sorgerecht ging, viel zu schnell klein beizugeben, statt wie die sprichwörtliche Löwin um ihren Sohn zu kämpfen.

Dann knallten die Korken, und die Gläser wurden unter großem Hallo mit Champagner gefüllt. Ranjit brachte einen weiteren Toast auf Martha aus, und es wurde noch einmal *Happy Birthday* gesungen. Die Torte wurde mit einem brennenden Teelicht gekrönt, und Martha konnte sich vage erinnern, dass sie es ausgeblasen und sich dabei etwas gewünscht hatte. Alle ließen sich die Torte schmecken, dann begann DJ Zac seine Musik zu spielen. Aber alle bis auf Elodie protestierten.

»Das ist doch keine Musik«, sagte Max. Er ging ins Wohnzimmer und kam mit dem alten Plattenspieler in dem roten Lederkoffer und einem Stapel LPs zurück.

»Damit kommen wir der Sache schon näher.« Er steckte den Stecker ein, klappte den Deckel auf und hielt eine Scheibe hoch: »Motown Music. Hiphop für uns Senioren.«

Max setzte die Nadel auf die Platte. Es kratzte und rauschte, dann ertönten die ersten Akkorde von *Dancing in the Street*.

Flora schnippte im Takt mit den Fingern. »*Martha and the Vandellas*«, rief sie. »Ihre Namensvetterin, Martha. Sie sagt, wir sollen tanzen, kommen Sie!«

Sie versuchte, Marthas Hand zu greifen, aber Martha wich ihr aus. Flora zuckte mit den Schultern, groovte hüftschwingend in die Mitte der Küche und schwenkte die Arme über dem Kopf, während Alice und Simon den großen Esstisch zur

Seite schoben, um Platz zu schaffen. Die Kinder umringten Flora, wackelten wie sie mit den Hüften und klatschten in die Hände. Bei *Going to a Go-Go* und *Papa Was A Rolling Stone* konnte auch Max nicht mehr stillstehen, und er gesellte sich zu Flora und den Kindern. Sein Tanzstil brachte Martha zum Lachen: Mit den langen Beinen und staksigen Bewegungen erinnerte er an einen Kranich bei der Balz.

Paula schien ähnlich zu empfinden, jedenfalls hielt sie die Hände vor die Augen und beobachtete ihren Vater kopfschüttelnd zwischen den Fingern hindurch.

Das nächste Lied war *Jimmy Mack*, und die Tänzer gerieten in Fahrt, die Kinder vollführten Luftsprünge, einer höher als der andere.

Martha stand neben Ranjit am Rand der Tanzfläche, nippte an ihrem Glas und überlegte, ob es unhöflich wäre, die Party für eine Zigarettenlänge zu verlassen.

Kurz darauf kam Max herüber, lehnte sich an den Tisch, streckte die langen Beine von sich und presste die Hand an die Brust.

»Zu viel Action für einen alten Mann«, ächzte er.

»Sie sind ein guter Tänzer.« Ranjit hob anerkennend den Daumen.

»Ich bin als Tänzer eine Katastrophe.« Max deutete mit dem Kopf auf seine Tochter, die mit vor der Brust verschränkten Armen und zusammengekniffenen Lippen auf der Sofakante saß.

Ranjit lachte. »O ja, das Papa-ist-peinlich-Syndrom – seit Menschengedenken der Fluch jeder jüngeren Generation.«

»Dem Nachwuchs die Schamröte ins Gesicht zu treiben«, sagte Max zwischen zwei Japsern, »ist das Privileg der Eltern.«

Martha stellte ihr Glas auf den Tisch. Ihr Verlangen nach Nikotin war stärker als ihr Sinn für Höflichkeit.

»Erlauben Sie«, sagte sie und wartete darauf, dass Max

seine langen Beine einzog, um sie vorbeizulassen. Stattdessen sprang er auf und deutete eine Verbeugung an.

»Selbstverständlich. Mit Vergnügen.« Er nahm sie am Arm und dirigierte sie gentlemanlike in die Mitte der improvisierten Tanzfläche.

»Ich will gar nicht tanzen.« Martha versuchte, sich loszumachen, aber Simon hatte die Lautstärke aufgedreht und die Stimmen der Supremes übertönten alles andere.

»Ich wollte nach draußen, um zu rauchen!«, schrie sie, aber Max legte schon los, und es gab kein Entkommen mehr. Sie musste lachen und fügte sich in ihr Schicksal.

»Ich hoffe, es ist nicht zu schnell für Sie?«, fragte er.

»So alt bin ich noch nicht.«

»Das wollte ich auch nicht sagen. Ich bin schließlich derjenige, der mit der Jugend nicht mehr mithalten kann.« Er nickte in Richtung der herumhüpfenden Kinder. »Ich dachte nur an Ihr Bein.«

»Der Champagner beflügelt ungemein.«

»Na, dann legen wir einen Zahn zu!« Max grinste verwegen, und aus den gemäßigten Schritten wurde ein peppiger Jive.

»Erbarmen!«, stieß Martha atemlos hervor. »Das ist wirklich ein bisschen zu schnell.« Aber Max wirbelte sie herum, bis ihr schwindelig wurde und die Gesichter um sie herum verschwammen. Nur Simon konnte sie noch erkennen, der mit den Kindern um die Wette pogte. Als der Song zu Ende war, hörten alle auf zu tanzen, nur Noah machte noch einen Satz und prallte gegen Simon, der umfiel, die übrigen Kinder umstieß und unter ihnen begraben wurde. Aus dem Berg von Leibern hörte man ihn leise *Hilfe* rufen.

Ranjit beugte sich zu ihm hinunter. »Darf ich das als Wunsch nach einem Song der Beatles verstehen?«

Carla eilte herbei, um Noah vom Boden aufzuheben. Er

brach sofort in Tränen aus. »Reuben ist auf meinen Arm gefallen«, schluchzte er. »Das tut soooo weh.«

»Mein armer Schatz.« Carla setzte sich mit ihm auf das Sofa, schaukelte ihn auf ihrem Schoß hin und her und bedeckte seinen ausgestreckten Arm mit Küsschen.

Max half Simon aufzustehen. Martha flüchtete in eine Ecke der Küche und ließ sich nach Luft schnappend auf einen Stuhl fallen. Sie entdeckte ein herrenlos herumstehendes Glas Champagner und trank es in einem Zug aus, während die ersten Akkorde von *You Are the Sunshine of My Life* aus dem Lautsprecher perlten. Simon und Ranjit präsentierten zusammen mit Flora und Max eine Art Ballett, während Sally und Pierre in tangoähnlicher Umklammerung über das Parkett schoben.

Stevie Wonder verklang, und Sally und Pierre warfen sich enthusiastisch in *Needle in a Haystack*. Flora und Max taten es ihnen nach. Während Flora zum Beat die Glieder schüttelte, löste sich ihr akkurater Haarkegel auf, und ihre Braids breiteten sich aus wie die Schwanzfedern eines radschlagenden Pfaus.

»Komm her, Carla«, rief sie. »Komm her, und mach mit.«

Carla schüttelte den Kopf. »Ich muss mich um Noah kümmern.« Sie zeigte auf ihren Sohn, der sich an sie kuschelte. Sie strich über seine Haare, schob ihm die verschwitzten Locken aus dem engelhaften Gesicht. Bei all seinem Ich-kann-kein-Wässerchen-trüben-Gebaren konnte Martha genau sehen, wie er unter den halb gesenkten Lidern zu seinem Vater hinschielte.

Josh und Alice standen nebeneinander am Küchentisch, sie nippte nur an ihrem Champagner, während er sich mehrmals nachschenkte. Martha registrierte, dass sein Blick immer wieder zu Carla wanderte, doch ob darin ein Ausdruck von Zu- oder Abneigung lag, konnte sie nicht sagen. Er legte den

Arm um Alice und zog sie an sich, aber schon in der nächsten Sekunde wurde sie ihm von den Zwillingen entrissen.

»Komm, Alice! Tanzen!«

Dergestalt befreit explodierte Alice förmlich, warf die Arme über den Kopf und wirbelte in Pirouetten zur Mitte der Tanzfläche. Sie, die Zwillinge, Reuben, Max und Flora versuchten abwechselnd, sich mit noch extravaganteren Moves zu übertrumpfen. Da hielt es auch Noah nicht mehr auf dem Schoß seiner Mutter, und er rutschte aus ihren Armen, um bei dem Spaß mitzumachen. Hätte es einen Preis für die wildesten Verrenkungen gegeben, hätte er ihn gewonnen, aber Simon und Ranjit standen ihm kaum nach. Martha verfolgte staunend ihre synchronen Schritte und Twists. Sie hatte nie etwas Ähnliches gesehen.

»Der *Running Man*«, rief Simon ihr zu. »Unser Standard an der Uni.«

»Wenn Sie glauben, das ist cool, schauen Sie sich das hier an.« Ranjit umfasste mit der linken Hand seinen Nacken, mit der rechten das linke Bein und begann, auf der Stelle zu hüpfen. Simon machte es nach. »Die Gießkanne.«

»Josh, komm in die Gänge, Alter.« Simon winkte dem Freund, der immer noch am Tisch lehnte und sich anscheinend in der Rolle des unbeteiligten Zuschauers gefiel. »Weißt du noch? Der *Wop*?«

Josh schüttelte den Kopf und goss den Rest aus der Champagnerflasche in sein Glas.

»Er hat's nicht mehr drauf«, lästerte Carla vom Sofa her.

Josh warf ihr einen finsteren Blick zu, kippte den Inhalt des Glases hinunter und marschierte auf die Tanzfläche. Dort ging nun die Post ab: Alle drei vollführten Kniebeugen, marschierten in der Hocke im Kreis herum und schlenkerten in einer Art Veitstanz unkoordiniert mit Armen und Beinen.

Zac und Elodie war es gelungen, unbemerkt eine Flasche Champagner zu stibitzen. Jetzt standen sie abseits vom Trubel, ließen die Flasche hin- und hergehen, und zwischendurch machte Elodie mit dem Handy Fotos von den außer Rand und Band geratenen alten Leute, über denen sie anschließend kichernd die Köpfe zusammensteckten. Doch bei den ersten Tönen von *The Shoop-Shoop Song* gerieten sie selbst außer Rand und Band und versuchten es mit einer eigenen wilden Choreografie im Stil der 60er-Jahre. Max winkte sie auf die Tanzfläche, und bald waren sie der Mittelpunkt eines Kreises eifriger Nachahmer. Martha ergriff die Gelegenheit, für eine Zigarettenlänge auf die Terrasse zu flüchten.

Die Nacht draußen war warm und still. Durch die geschlossene Tür drang gedämpfte Musik. Davon abgesehen waren nur die Zikaden zu hören. Martha schnupperte prüfend und stellte erleichtert fest, dass der Geruch der Klärgrube nicht bis hierher vorgedrungen war.

Sie zündete sich die lang ersehnte Zigarette an und blickte in den Garten hinaus. Jemand hatte die Lampen im Pool eingeschaltet. Das beleuchtete Wasser sah aus wie ein rechteckiges Stück türkisfarbener Seide, nach dem man nur die Hand ausstrecken musste, um es aufzuheben. »Wie ein Taschentuch«, sagte Martha laut und merkte, dass sie ziemlich betrunken war.

Sie zog an ihrer Zigarette, ihre Füße bewegten sich ohne ihr Zutun im Takt der Musik. So viele Jahre war es her, dass sie zuletzt getanzt hatte. Sie blies einen langen Strom Zigarettenrauch in die Richtung des Pools. Es war in der Nacht ihres Unfalls gewesen, an Heiligabend im Haus ihrer Schwiegereltern. Sie hatte sich mit Owen im Kreis gedreht, er hatte mit weit offenem Mund gelacht, und man konnte im Oberkiefer den weißen Rand des ersten Zähnchens hervorlugen sehen.

Martha lehnte sich an die steinerne Balustrade und hob ihr Gesicht dem Mond entgegen. Er stand als perfekter Kreis am nachtblauen Himmel. Auch damals hatte der Mond geschienen. Er ließ die Eiskristalle glitzern, überzog das gefrorene Pflaster mit einem silbrigen Schimmer. Sie erinnerte sich, wie sie gebannt darauf gestarrt hatte, während die Sanitäter sie auf der Trage festschnallten und zum Rettungswagen rollten.

Plötzlich glaubte sie, durch die Musik und das Zirpen der Zikaden ein Rascheln zu hören. Sie drehte sich zu den dunklen Büschen um, die die Einfahrt säumten. Von dort kamen weitere Geräusche: das Knirschen von Kies, das Kollern eines kleinen Steins, ein scharfer Atemzug.

»Ben?« Martha spähte angestrengt in die Dunkelheit.

Keine Antwort.

»Ben?« Sie ließ den Blick die Einfahrt hinauf- und hinunterwandern. Im Schein der Poolbeleuchtung waren auch die Autos auf dem Parkplatz zu erkennen. Bens Kawasaki stand noch an ihrem Platz. Martha schaute nach oben zum Tor. Wieder raschelte Laub, es folgte ein Knacken, wie von einem brechenden Zweig. »Bist du das?«

»Ich glaube nicht, dass da jemand ist.« Die flüsternde Stimme hinter ihr ließ Martha herumfahren. Ranjit reichte ihr ein randvolles Glas Champagner. »Ich dachte, Sie könnten das hier gebrauchen.«

Martha nahm das Glas, aber ihre Augen wanderten wieder zu den Büschen. Sie war überzeugt, dass dort jemand herumschlich.

»Und ich hätte noch eine kleine Bitte«, sagte Ranjit immer noch flüsternd.

»Welche denn?«

»Könnten Sie vielleicht so eine erübrigen?« Er zeigte auf die Zigarette in Marthas Hand.

Martha zog das Päckchen aus der Tasche und hielt es ihm hin. Er nahm eine Zigarette heraus, nicht ohne vorsichtshalber einen Blick zur Tür zu werfen.

»Lindy würde mir das sehr übel nehmen.« Er zündete die Zigarette an, nahm einen Zug und inhalierte tief. »Sie ist sehr gesundheitsbewusst.«

Martha verkniff sich die Bemerkung, das sei die Untertreibung des Jahres. Stattdessen sagte sie: »Ihre Frau ist bestimmt traurig, weil sie ihren Ring verloren hat.«

Ranjit winkte ab. »Ich sage ihr ständig, dass wir den Verlust der Versicherung melden und ich ihr einen schöneren kaufe, aber sie lässt sich nicht beruhigen.« Er rauchte schweigend, dann sagte er: »Früher war sie ganz anders. Ich habe sie immer damit aufgezogen, dass sie eine hoffnungslose Optimistin sei. Alles halb so wild, war ihr Lieblingsspruch. Doch seit Hatties Tod ist sie wie umgewandelt.«

»Hattie?«

»Wir haben sie nach ihrer Großmutter genannt. Viertausendfünfhundert Gramm Geburtsgewicht. Die Hebamme meinte, sie könne jederzeit in einem Rugby-Team mitspielen.« Ranjit inhalierte und blies den Rauch durch Mund und Nase wieder aus.

Martha schwieg.

Ranjit sprach weiter. »Sie war vier Monate alt. Sie lachte viel und liebte es, wenn ich mit dem Mund auf ihrem Bäuchlein Pupsgeräusche machte.« Ranjit drückte die Zigarette auf der Balustrade aus, orangene Funken sprühten in die Dunkelheit und erloschen. »Es war nur ein leichter Husten, minimal erhöhte Temperatur, nicht der Rede wert. Alles schien in Ordnung zu sein, als Lindy sie am Abend in ihr Bettchen legte.« Ranjit rieb sich die Augen. »Wir hatten nie auch nur von Sepsis gehört.«

Martha hielt Ranjit noch einmal das Zigarettenpäckchen

hin. Er bediente sich. »Man kann sich nicht vorstellen, dass einem ein Kind so schnell wegstirbt. Über Nacht.«

Martha musste den Blick abwenden.

»Und jetzt ist es fast so, als hätte ich auch meine Frau verloren. Wir reden nie über Hattie, aber in Gedanken ist sie immer bei uns. Lindy ist nicht mehr die, die sie mal war. Eine Fremde, die nicht mehr froh sein kann, hat ihren Platz eingenommen. Als Tilly auf die Welt kam, habe ich gehofft, dass es besser wird, dass sie neuen Lebensmut findet, aber … So sehr ich mich bemühe zu helfen, irgendwie kann ich nichts richtig machen.« Er verstummte und schaute in den nächtlichen Garten. »Ich vermisse sie. Ich vermisse meine Frau.«

»Sie müssen ihr Zeit geben«, sagte Martha leise.

Ranjit wandte sich mit einem Seufzer zu ihr um. »Tut mir leid, ich ruiniere Ihre Geburtstagsfeier.« Er steckte die Zigarette unangezündet in die Hemdtasche. »Die hebe ich mir für später auf.« Er legte kurz den Finger an die Lippen. »Psst.«

»Ist schon gut, Ranji.« Lindy stand in dem hellen Rechteck der Terrassentür, Tilly auf der Hüfte.

»Schatz, entschuldige, ich wollte nur …«

Lindy ging auf ihren Mann zu und gab ihm einen Kuss auf den Mund. »Du musst nicht heimlich rauchen. Gönn dir ab und zu eine Zigarette, wenn dir danach ist.«

»Wirklich?« Ranjit fischte die Zigarette aus der Hemdtasche. »Ich hatte ohnehin vor, sie aufzuheben. Für den nächsten schwachen Moment.«

Tilly fand das weiße Stäbchen in Papas Hand äußerst interessant, sie reckte sich in die Höhe und grabschte danach. Ranjit steckte die Zigarette rasch wieder ein, bevor sein Töchterchen sie schnappen und in den Mund stecken konnte. Tilly reagierte mit einem Protestgeschrei und riss an seinen Haaren.

»Autsch!«

Lindy lachte. In ihren Augen lag ein Glanz, der vorher nicht da gewesen war. Martha glaubte, ein wenig von der jüngeren Lindy aufblitzen zu sehen, die Ranjit damals an der Universität kennengelernt hatte.

»Es überrascht mich nicht, dass du ab und zu eine rauchen musst«, sagte Lindy. »Du hast es nicht leicht mit mir.«

Ranjit wollte widersprechen, aber sie schüttelte den Kopf und griff nach seiner Hand. »Ich werde mich bemühen ...« Sie schien nach den richtigen Worten zu suchen. Ihre Miene wurde ernst und sie schaute Ranjit tief in die Augen. »Mehr kann ich nicht versprechen. Ich werde mich bemühen.«

Ranjit küsste ihre Hand. »Ich mich auch. Wir werden uns beide bemühen.« Er streichelte Tillys rosige Wange. Die Kleine unternahm immer noch energische Anstrengungen, an seine Hemdtasche zu gelangen. »Für Tilly und für Reuben und für Hattie.«

Martha wandte sich ab, als die beiden sich küssten. Durch den Chor der Zikaden hörte sie Lindy leise sagen: »Und für uns.«

»Wo bleibt ihr denn, ihr Spaßbremsen!« Simon stand leicht schwankend in der Tür, in jeder Hand ein volles Glas. »Was treibt ihr da draußen? Oha, was vernehmen meine alten Ohren? *Nutbush City Limits*! Tina, ich komme!« Damit war Simon wieder im Haus verschwunden. Ranjit bot Martha den einen Arm, seiner Frau den anderen. »Dann los, meine Damen. Stürzen wir uns ins Vergnügen.«

Im Haus waren Paula und Carla die Einzigen, die nicht tanzten. Josh hampelte vor Alice herum, nicht ohne gelegentlich zu Carla hinüberzuschielen, um zu sehen, ob sie ihn beobachtete. Die Aufmerksamkeit seiner Partnerin wiederum galt der Tür.

Zac und Elodie hatten für ihren Tanzstil in Flora, Max und den Kindern begeisterte Nachahmer gefunden. Pierre und Sally hingegen bewegten sich selbstvergessen in völligem Einklang miteinander, eine tänzerische Manifestation inniger Vertrautheit. Martha stellte sich vor, dass sie in ihrem Lokal übten, dass Pierre, nachdem der letzte Gast gegangen war, seine Frau in die Arme nahm, mit ihr durch das Labyrinth der Tische schwebte und nebenbei die leeren Gläser einsammelte.

Ranjit nahm seiner Frau die kleine Tilly ab und schwenkte sie im Takt der Musik hin und her. Lindy schaute lächelnd zu, ihre Augen strahlten. Drei Menschen in ihrer eigenen kleinen Welt, in der endlich wieder die Sonne schien.

Simon marschierte auf unsicheren Beinen zu Paula hinüber und versuchte, sie vom Sofa hochzuziehen. Sie schüttelte heftig den Kopf und drückte ihr Glas an die Brust.

Simon richtete den leicht glasigen Blick auf Carla, die neben Paula saß. »Und du? *Do you want to boogie?* Du hast doch immer gern so richtig abgetanzt.«

»Ich bin nicht in der Stimmung.« Carla griff nach der Champagnerflasche. »Noch ein Gläschen, Paula?«

Schulterzuckend wandte Simon sich ab und nahm Martha ins Visier. Diesmal zögerte sie nicht. Sie trank den letzten Schluck aus ihrem Glas und erhob sich leicht schwankend. Simon stützte sie mit einem »Hoppala, Geburtstagskind« und geleitete sie auf die Tanzfläche.

Mitten im Song verschwand er plötzlich und kam mit einer Korbtasche wieder, in dem die Schwimmutensilien der Kinder lagen: Badezeug, Schnorchel, Schwimmflügel und -brillen. Er stellte sie in die Mitte der freien Fläche. »Alle mal herkommen«, rief er laut. »Das soll unsere Handtasche sein, zum Drumherumtanzen. Freestyle. Alle Moves erlaubt!«

Martha nutzte die Unterbrechung, um sich wieder aus

dem Geschehen zurückzuziehen. Ihr genügte es, Simon und Josh bei der Austragung eines privaten Tanzwettbewerbs zu beobachten. Beide legten eine ungeahnte Gelenkigkeit an den Tag, und Josh schien völlig vergessen zu haben, dass es ihm vorhin noch darauf angekommen war, Alice oder seine Demnächst-Ex-Frau zu beeindrucken.

Simon schnappte sich Paulas neuen Sonnenhut vom Tisch und drückte ihn auf seine Locken. In dem Bemühen, ihn noch zu übertreffen, griff Josh sich eine Schwimmbrille aus der Korbtasche, setzte sie auf und watschelte im Entengang und mit Kraulbewegungen um die Tasche herum.

»Unterirdisch!« Martha sah, wie Elodie Zac mit stummen Lippenbewegungen mitteilte, was sie von dem Benehmen ihres Vaters hielt. Doch Zac angelte sich gerade den Schnorchel aus der Tasche. Elodie schüttelte lachend den Kopf, doch sie nahm die Schwimmflügel, die Zac ihr hinhielt, und legte sie an. So ausstaffiert, »schwammen« sie hinter Josh her, als befänden sie sich alle drei in einer Unterwasser-Disco.

Der Tonarm wanderte knisternd weiter zum nächsten Song. *It was a teenage wedding and the old folks wishes them well …*

»Macht Platz«, rief Paula aus dem Hintergrund. Sie trank ihr Glas leer, stemmte sich vom Sofa hoch und nahm schlingernd Kurs auf die Tanzfläche. Der Kreis der Tänzer teilte sich, um sie durchzulassen.

Martha rechnete damit, dass sie Simon den Hut vom Kopf reißen würde und die Korbtasche mit den Schwimmsachen an den Platz unter der Garderobe zurückstellte, wo sie hingehörte. Aber stattdessen schleuderte sie die Sandalen von den Füßen und begann, im Rhythmus der Musik zu twisten. Simons Augen leuchteten auf. Er schob sich in den Knien federnd und auf den Fußspitzen hin und her rutschend an sie heran. Dabei verlor er den Sonnenhut, der zu Boden segelte.

339

Sie twisteten ein paar Sekunden gemeinsam, dann packte Paula mit einer Hand sein T-Shirt und zog ihn zu sich heran, bis ihre Nasenspitzen sich fast berührten. Simon kniff die Augen zu und spitzte in Erwartung eines Kusses die Lippen, nur um von seiner Frau plötzlich wieder zurückgestoßen zu werden.

»Ich brauche einen von deinen hawaiianischen Schenkelspreizern«, rief sie.

»Das ist ein Cocktail«, erklärte Simon Martha, während er sich bemühte, das Gleichgewicht zu wahren. »Haben Sie vielleicht Wodka und Rum im Haus?«

»Der Schlüssel zum Barschrank liegt oben auf dem Bilderrahmen.« Martha deutete auf das Gemälde einer jungen Apfelpflückerin, das sie beim Kauf des Hauses übernommen hatte. »Aber die Flaschen sind allesamt uralt.«

»Ich glaube nicht, dass Alkohol schlecht wird.« Simon steuerte leicht schwankend auf die Wohnzimmertür zu, eine Paula mit weichen Knien im Gefolge.

Ein paar Minuten später sah Martha, wie Paula ihre Twistkünste an Elvis erprobte. Mit weit zurückgelehntem Oberkörper ließ sie die vorgeschobenen Hüften kreisen. Elvis zeigte sich ungerührt. Simon stand am Barschrank und klapperte mit den Flaschen.

»Sie amüsiert sich königlich.« Max trat neben Martha. Er nickte in Richtung seiner Tochter, aber bevor er weitersprechen konnte, wurde er von seinen Enkelinnen zurück auf die Tanzfläche gezerrt.

»Mummy, komm auch her!«, rief Noah quengelnd.

»Ach verdammt!« Carla schnellte vom Sofa hoch und tanzte zu Flora hinüber. »Manchmal muss man mit den Wölfen heulen.«

»Das ist mein Mädchen!« Flora klatschte in die Hände.

»Sie ist nicht dein Mädchen, sondern meine Frau!« Josh

drängte sich zwischen die beiden Frauen. Seine Artikulation ließ alkoholbedingt zu wünschen übrig, und mit der Schwimmbrille vor den Augen sah er aus wie ein verstörter Frosch.

»Na, na, ihr zwei, ihr werdet euch doch nicht um mich streiten.« Carla wandte sich tanzend Josh zu und schleuderte provokant die Haare über die Schulter, als sie sich wieder zu Flora umdrehte. Doch diese hatte sich einer spontan gebildeten Polonaise angeschlossen und entschwand soeben nach draußen, zu einer Runde über die Terrasse.

Die Musik verklang, der Tonarm wanderte zur Mitte, es knackte, die Platte drehte sich langsamer und kam zum Stillstand. Zac musterte den Plattenspieler durch seine Taucherbrille. »Die Scheibe ist durch«, sagte er ratlos.

»Dreh sie um.« Simon kam aus dem Wohnzimmer zurück.

»Was soll ich?«

»Sie umdrehen. Mehr Musik auf der anderen Seite.« Simon trug in einer Hand eine Flasche Wodka, in der anderen eine Flasche Rum. »Das ist Vinyl, keine CD. Ihr jungen Leute habt aber auch gar keine Ahnung!«

»Bleib locker!« Zac drehte grinsend die Platte um, zog den Tonarm zurück, bis es knackte und die Platte sich zu drehen begann, und setzte die Nadel auf den Rand. »Vinyl ist top, CDs sind für Opas.«

»Opas?« Auf Simons Miene spiegelte sich ungläubige Empörung. Ranjit lachte und rief ihm etwas zu, aber seine Worte gingen unter im Anfang von Stevie Wonders *Signed, Sealed, Delivered, I'm Yours.*

Die Polonaise schlängelte sich zurück in die Küche, und Martha fand sich, von Flora eingefangen, an der Spitze wieder. Simon drückte ihr einen Kaffeebecher mit einer trüben Flüssigkeit in die Hand.

»Wir haben keine Gläser mehr«, schrie er ihr ins Ohr, »aber ich finde, es schmeckt auch so.«

Sie nahm einen Schluck und schnappte nach Luft, als die hochprozentige Mixtur durch ihre Kehle rann. Plötzlich verspürte sie das Bedürfnis, sich irgendwo hinzusetzen, aber Flora und die Schlange dahinter schoben sie unbarmherzig wieder durch die Tür auf die Terrasse hinaus.

Hilfe, signalisierte sie Max mit stummen Lippenbewegungen, als sie an ihm vorbeidefilierten. Er griff nach ihrer Schulter und befreite sie aus Floras Klammergriff.

»Ich brauche eine Pause«, keuchte sie, aber Gloria Gaynor sang: *At first I was afraid, I was petrified* …, und Max begann, den Text mit dramatischen Gebärden mitzusingen, halb Charlie Chaplin, halb John Cleese. Martha konnte nicht aufhören zu lachen und ließ sich ins Haus ziehen, wo sie weitertanzten.

»Habe ich nicht gesagt, du würdest Spaß haben?«, rief Sally Martha zu, als sie sich im Getümmel begegneten. »Und siehst du, ich hatte recht!«

33

Martha versuchte, sich an weitere Details zu erinnern, aber der restliche Abend blieb verschwommen. Jemand hatte Klavier gespielt, und da war so ein Bild von ihr, wie sie mit einem Zylinderhut auf dem Kopf posierte, aber jedes Mal, wenn sie glaubte, es greifen zu können, löste es sich auf.

»Erfrischungen, die Damen?« Flora erschien mit einem Tablett voller Kaffeebecher, die bei jedem Schritt klirrend aneinanderstießen.

»Zu laut«, flüsterte Alice gepeinigt.

Martha warf einen Blick auf Floras türkisfarbenes Gewand und schloss die Augen. »Zu grell«, hätte sie gern gesagt, aber sie brachte die Energie nicht auf.

Elodie verkroch sich unter der geblümten Bettdecke, als wollte sie von Flora nicht gesehen werden.

Carlas Schnarchkonzert dauerte unverändert an. Ihr Mund stand weit offen, die Schwimmbrille war beschlagen, ihr Haar über dem Gummiband ein verschwitzter Wust.

Flora stellte das Tablett auf dem Nachttisch ab. »Ihr werdet sehen, das weckt die Lebensgeister«, sagte sie, goss aus einer großen Emaillekanne Kaffee in die Becher, gab ordentlich Zucker dazu und einen guten Schuss Milch.

»Schwarz«, hörte Martha sich krächzen, während sie sich mühsam aufsetzte. Ihr Hals war rau, und das Sprechen tat weh.

»Heute brauchst du ihn weiß und süß, glaub mir.« Flora reichte ihr den dampfenden Becher.

Martha flüsterte ein Dankeschön und trank vorsichtig von der heißen, zuckersüßen Flüssigkeit.

»Und du kannst ruhig schon zu Zac gehen«, sagte Flora an den länglichen Hügel am Fußende des Bettes gerichtet. Das Leuchten des Handydisplays, das durch die Steppdecke drang, hatte Elodie verraten. »Er ist immer noch böse auf mich, weil ich ihn gestern Nacht so früh in den Camper geschickt habe.«

Elodie kam unter der Steppdecke hervor, ihre Wangen hatten sich tiefrosa gefärbt. Das Handy an die Brust gedrückt, huschte sie aus dem Zimmer.

»Keine Sorge, Martha. Die Situation, in der ich die beiden in der Kapelle erwischt habe, war viel unschuldiger, als die Kombination von Teenagern und Alkohol vielleicht erwarten lässt. Zac wollte Elodie nur dazu bringen, ein großes Stück Schokoladenkuchen zu essen, und weiß Gott, die Kleine kann ein bisschen Hüftgold vertragen.«

»Warum hast du eigentlich keinen Kater?«, fragte Alice in vorwurfsvollem Ton.

»Ich? Ich kann Champagner eimerweise trinken und bin am nächsten Tag trotzdem frisch und munter. Wenn ich mir allerdings so einen Cocktail aus Simons Giftküche genehmigt hätte, dann läge ich heute auch flach.«

»Oh nein«, stöhnte Alice. »Die Dordogne Detonators.«

Flora nickte. »Und die Cherry Bomb Slings, und nach Marthas Auftritt gab es ja auch noch die Singing Sensation Slides – Wodka mit Crème de Menthe und einem Schuss Bailey's.«

Alice ließ sich zurück aufs Kissen fallen, schnellte dann aber wieder hoch, als ein gurgelndes Röcheln durch das Zimmer hallte.

»Du liebe Güte.« Alice spähte blinzelnd über Martha hinweg zum Bettrand. »Ist das Carla? Warum ist sie hier? Und warum hat sie eine Schwimmbrille auf?«

»Was für ein Auftritt?« Marthas Gehirn hatte eine Weile gebraucht, um das von Flora Gesagte zu verarbeiten und diese Frage zu formulieren.

Sie bekam keine Antwort, weil sich Carla bei einem Schnarcher verschluckte, hustete, hochschnellte und panisch mit beiden Händen durch ihr Gesicht wischte. »Lasst mich! Geht weg! Hilfe!«

»Ruhig, Süße, ganz ruhig, ist schon gut.« Flora nahm ihr so behutsam wie möglich die Schwimmbrille ab, während Carla sie blindlings fuchtelnd abzuwehren versuchte, bis sie zu guter Letzt, von der Brille befreit, keuchend zurücksank. Auf ihrer Stirn standen Schweißperlen und ihr Haar sah noch wüster aus als vorher.

»Ich habe geträumt, dass ein Alien auf mir hockt und mir die Augen aussaugen will. Flo, es war schrecklich.« Sie tastete nach Floras Hand und hielt sie fest. Martha musste lachen und verschluckte sich hustend an ihrem Kaffee. Carla drehte den Kopf zur Seite und musterte sie irritiert. »Was machen Sie hier?« Ihr Blick fiel auf Alice. »Und du? Was hast du in meinem Bett zu suchen?«

»Das ist mein Bett«, antwortete Alice. »Ich habe die ganze Woche mit Josh hier geschlafen.«

»Mit Josh?« Es klang zweifelnd, als hielte Carla diese Behauptung für im höchsten Maße unwahrscheinlich. Dann schaute sie Alice genauer an. »Aber ja, natürlich, du bist seine Freundin. Ich habe dich nicht gleich erkannt, du siehst ziemlich mitgenommen aus.«

»Dito.«

Carla holte tief Luft. »Mir ist auch ein bisschen flau.«

Flora stieß ein lang gezogenes, tief aus dem Bauch kommendes Lachen aus. »Ich glaube, das Wort dafür lautet *Kater*, Süße.«

Carla schloss die Augen. »Ich habe nur zwei Glas Champagner getrunken.«

Flora goss kopfschüttelnd weiter Kaffee ein.

Noah stürmte ins Zimmer. »Daddy liegt draußen auf der Wiese und schläft.« Er hüpfte auf einen zierlichen Art-Deco-Sessel, den Martha in einem Antiquitätenladen in Ribérac gekauft hatte, und von dort aufs Bett. *Plumps*. Martha spürte die Erschütterungen bis in die letzte Haarspitze, und zu allem Übel schwappte auch noch Kaffee auf die neue, blütenweiße Bettwäsche.

»Komm her, Goldschatz!« Carla breitete die Arme aus und Noah warf sich hinein. »Geht es Daddy gut?«

»Ja. Simon ist bei ihm.« Noah schlängelte sich in der Mulde zwischen seiner Mutter und Martha weiter nach unten. »Sie liegen beide da. Opa Max hat gesagt, sie wären voll wie die Strandhaubitzen. Was sind Strandhaubitzen?«

»Dafür bist du noch zu klein. Hat Max das zu dir gesagt? Wirklich?«

»Nein, zu dem Mann aus dem Dorf, der so komisch spricht. Als er auf die Leiter geklettert ist, um den Kuchen von der Decke abzukratzen.«

Kuchen? Decke? »Wie ist der Kuchen an die Decke gekommen?«, fragte Martha.

»Ich war's nicht«, sagte Noah rasch.

Flora drohte ihm mit dem Finger. »Genau genommen stimmt das nicht so ganz, oder?«

»Ich glaube, es war Josh, der angefangen hat, mit Tortenstücken zu jonglieren«, ließ Alice sich matt vernehmen

»Und Simon und Ranjit wollten rausfinden, wer so ein Stück höher werfen kann«, fügte Flora hinzu. »Aber dann sind Noah und Reuben auf die Arbeitsplatte gestiegen und haben Torte an die Decke geworfen.«

»Wir haben eine Weltkarte gemacht«, brüstete sich Noah.

Marthas Gehirn tat sich schwer mit dem Begreifen. »An meiner Küchendecke?«

»Mein kleiner Engel, du bist so kreativ.« Carla drückte Noah an sich. »Genau wie deine Mutter.«

Noah wand sich aus ihren Armen. »Warum bist du ohne was an schwimmen gewesen, Mummy?«

Carla legte die Stirn in Falten, dann lachte sie. »Richtig! Wir waren ja noch Nacktbaden.«

Alice schlug die Hände vors Gesicht.

»Ich habe deinen Busen gesehen.« Noah zeigte auf Alice, dann auf Flora. »Und deinen.«

»Ich dachte, du wärst schon im Bett«, sagte Flora.

»Und ich habe dich gesehen.« Der Blick, mit dem er Martha anschaute, war ernst. »Ich habe dein komisches Bein gesehen.«

Martha wurde schlecht.

Carla lachte. »Ja, ich erinnere mich. Paula und Lindy haben eine Arschbombe gemacht.«

Martha schloss gequält die Augen, während Carla munter weiterschwadronierte. »Es war zum Schreien, als diese Susi aus dem Dorf sich auf die Luftmatratze geworfen hat und die umgekippt ist. Sie hat geglaubt, sie wäre eingeklemmt und müsste ertrinken.«

»Sally«, berichtigte Martha.

»Sally, Susie, egal. Mein Gott, ich habe noch nie so riesige Brüste gesehen. Sind die echt? Ich wollte immer schon mal einen Artikel über Brustvergrößerungen schreiben, die schiefgegangen sind. ›Des Guten zu viel‹ oder so ähnlich.«

»Mummy?« Noah schaute Carla mit seinen großen blauen Augen an.

»Ja, mein Liebling?« Carla wickelte lächelnd eine seiner Locken um den Zeigefinger.

»Ich habe gesehen, wie du Daddy hinter einem Busch geküsst hast.«

Carla ließ die Locke los, sie schnellte zurück wie eine Sprungfeder. »Das hast du geträumt, mein Liebling.«

»Reuben und die Zwillinge waren dabei. Sie haben euch auch gesehen.«

Im Zimmer herrschte betretene Stille. Alice starrte auf die Steppdecke und fuhr mit dem Fingernagel die Nähte in dem Blumenmuster nach. Floras Lächeln erstarb. Sie setzte sich schwer auf die Bettkante. »Ach, Carla«, sagte sie traurig.

Carla rieb sich die vom Tragen der Schwimmbrille rot umrandeten Augen. »Vielleicht waren es doch mehr als zwei Glas Champagner.«

»Da bist du ja, Martha. Wieder unter den Lebenden?« Sally kam herein, sie hatte Tilly auf dem Arm. »Seht mal, wen ich hier habe. Den Armen ihrer Mutter entrissen.« Sie kitzelte Tilly, und die Kleine quietschte vor Wonne. »Ist sie nicht unglaublich süß?«

Carla hob müde die Hand und winkte. »Hi, Susie.«

Sally musterte die Frauen auf dem breiten Doppelbett. »Heiliger Strohsack, was ist denn hier passiert?«

»Nicht das, wonach es aussieht«, sagte Martha.

»Das glaube ich gern. Ihr seht aus, als seid ihr viel zu verkatert, um irgendetwas Unanständiges zu tun. Das sind diese Cocktails schuld.«

»Bitte nicht davon reden.« Alice wurde noch blasser.

Sally schüttelte den Kopf. »Simon hat alles zusammengekippt, was da war. Ich könnte schwören, dass ich ihn mit einer Flasche Hustensaft hantieren gesehen habe.«

Alice schluckte. »Kein Wunder, dass mir so schlecht ist.«

»Du hast ihm geholfen, Alice. Du und der Cocktail-shaker – Tom Cruise hätte einpacken können bei deiner Vorstellung.«

Alice rutschte weiter nach unten und zog sich die Decke über das Gesicht.

»Und warum hat es dich nicht umgehauen?«, fragte Carla.

»Ich hatte nur einen Cherry Bomber Sling. Pierre hat mich daran gehindert, mehr von dem Zeug zu trinken, nachdem ich im Pool eine Panikattacke hatte.«

»Ich hab Hunger«, ließ Noah sich vernehmen.

»Ich auch.« Reuben kroch unter dem Bett hervor, er schob ein iPad vor sich her. Ihm folgten Zwilling Nummer eins und Nummer zwei.

»Wir haben auch Hunger.«

»Wie lange steckt ihr drei schon da unten?«, erkundigte sich Flora.

»Seit Elodie uns gezeigt hat, wie man ins Internet kommt«, antwortete Reuben.

»Wir haben auf YouTube Katzenvideos angeschaut«, sagte Zwilling Nummer eins.

»Und Videos von Hunden, die in ein Menschenklo pinkeln«, sagte Nummer zwei.

»Geht zu Lindy«, sagte Carla. »Wie ich sie kenne, hat sie längst den Frühstückstisch gedeckt.«

»Heute nicht, fürchte ich.« Sally wiegte Tilly auf dem Arm hin und her. »Weil ich nämlich Tillys Mum angeboten habe, mich ein Stündchen um den kleinen Sonnenschein zu kümmern, während sie Tillys Daddy eine schöne Tasse Tee ans Bett bringt.« Sie gab der Kleinen einen Schmatz auf die Backe.

Carla verdrehte die Augen. »Dann muss ich wohl aufstehen und den Kindern Frühstück machen.«

Martha vernahm es mit Erleichterung.

349

»Ich komme mit. Ich glaube, wir haben etwas zu besprechen.« Floras Stimme klang ernst. Zusammen mit Carla und den Kindern verließ sie das Zimmer.

»Ich gehe auch und übergebe die Kleine wieder ihrer Mutter«, sagte Sally. »Dann fahren Pierre und ich nach Hause, damit wir das Café noch rechtzeitig zu Mittag aufmachen können. Es gibt noch einiges für das Fest heute Abend vorzubereiten.«

Martha hob matt die Hand und winkte Sally zum Abschied, dann zog sie Alice die Decke vom Gesicht.

»Alles in Ordnung?«

»Mein Kopf!«, stöhnte Alice, wälzte sich auf den Bauch und vergrub das Gesicht im Kissen.

Martha starrte an die Zimmerdecke und bemühte sich, das Hämmern in ihrem Schädel zu ignorieren. Ihr Blick blieb an einem feuchten Fleck in der Ecke hängen, und sie nahm sich vor, später Ben zu bitten, sich das anzusehen.

Ben.

Eine Erinnerung an Bens Gesicht im dunklen Garten. Eine laute Stimme. Ihre Stimme. *Du bist ein Dieb. Geh und lass dich nie wieder hier blicken!*

Hatte sie das geträumt?

»Ist Ben gestern noch wiedergekommen?«, fragte sie.

Alice rollte sich wieder auf den Rücken und schaute ebenfalls zur Decke. »Ich habe mich komplett lächerlich gemacht.«

Martha drehte den Kopf zur Seite und schaute sie an. Alice war den Tränen nahe.

»Ich habe mich ihm an den Hals geworfen wie ein betrunkenes Flittchen.«

»Was ist denn passiert?«

»Nicht nur die Kinder haben Carla und Josh hinter den Büschen knutschen gesehen. Ich war im Garten, um Luft zu schnappen. Ben kam mir entgegen. Er wollte wissen, wo er dich findet. Ich habe ihm gesagt, dass du drinnen bis. Ich wollte, dass er mit ins Haus kommt, und habe ihn mit Simons Cocktails gelockt.« Alice schüttelte sich. »Wir wollten gerade zum Haus gehen, als es in den Büschen raschelte und Josh und Carla engumschlungen herausgestolpert kamen. Sie haben uns nicht einmal bemerkt. Ben hat mich gefragt, ob ich okay bin, und ich habe gesagt, dass es mir gut geht, und dann habe ich ihn regelrecht angesprungen und ihn geküsst.«

»Wie hat er reagiert?«

»Er hat den Kuss ganz kurz erwidert. Das glaube ich wenigstens. Aber dann hat er mich weggeschoben und gesagt, dass die Dinge kompliziert sind. Schließlich ist er weggegangen, und ich stand da und wäre vor Scham am liebsten im Boden versunken. Er muss gedacht haben, dass der Kuss nur eine Rache war wegen Carla und Josh, aber das stimmt überhaupt nicht. Das mit den beiden war eher eine Erleichterung für mich. Mir ist schon seit Tagen klar, dass das mit Josh vorbei ist. Ich wollte Ben sagen, wie sehr ich ihn mag, aber ich hab's verbockt. Ich hätte ihn nicht so überfallen dürfen. Das Letzte, woran ich mich erinnere, ist, dass er mit seinem Bike weggefahren ist.« Alice drückte die Hände auf die Augen. »Ich komme mir so unglaublich blöd vor!«

»Dann hilft es vielleicht, wenn ich dir etwas über Ben erzähle«, sagte Martha sanft. »Er ist nicht ganz so nett, wie wir geglaubt haben.«

351

34

»Warum gerate ich immer an die Falschen?«, hatte Alice gefragt, genau wie seinerzeit Cat an verkaterten Morgen nach Dorfdiscos und Samstagabendfeten in Abertrulli. Und genau wie damals war Martha nichts Besseres eingefallen, als zu sagen: »Vielleicht muss man mehr als einen Frosch küssen …«

»Meine Frösche haben sich bis jetzt alle in Kröten verwandelt«, hatte Alice geantwortet und sich wieder die Decke über den Kopf gezogen.

Martha humpelte zur Kapelle hinunter. Sie sehnte sich nach der Ruhe ihrer eigenen vier Wände und nach einer Dusche. Die Angelusglocke läutete zum Mittagsgebet.

»Nie wieder Alkohol«, murmelte sie vor sich hin. »Und Tanzen ist ein für alle Mal gestrichen.« Ihre Kopfschmerzen waren so schlimm, dass sie die Schmerzen im Bein kaum spürte, und das wollte etwas heißen.

Als sie am Parkplatz vorbeikam, stellte sie fest, dass Bens Kawasaki verschwunden war. Nur die Harley von Max mit dem abgeknickten Rückspiegel und dem verbogenen vorderen Schutzblech stand noch da. Marthas Blick wanderte zu den Kirschbäumen. Das Zelt war weg und der Rucksack ebenfalls. Alice hatte recht gehabt. Es sah ganz so aus, als hätte Ben sich davongemacht.

Das Häufchen Modeschmuck auf dem Küchentisch funkelte im Sonnenlicht, das durch die weit geöffnete Eingangstür in die Kapelle fiel. Martha entdeckte den Schmuck sofort, als sie die Küche betrat. Sie hob ein Strasskollier auf und ließ es wieder fallen. Das hier waren nicht die Sachen, die sie in Bens Rucksack gefunden hatte. Dieser Schmuck musste anderswo versteckt gewesen sein. Martha erkannte den schlichten Goldreif, den ihre Mutter immer angesteckt hatte, wenn sie den Anschein erwecken wollte, eine achtbare Ehefrau zu sein, und den kleinen Drachen aus Jade, den Cat ihr zu ihrem achtzehnten Geburtstag geschenkt hatte. Lindys Brillantring war nicht dabei. Im Vergleich zu dem Ring waren Marthas Schätze wertlos. Deshalb hatte Ben offensichtlich beschlossen, sie ihr zurückzugeben. Wahrscheinlich kam er sich sogar besonders großherzig vor.

Aber Martha wollte den Schmuck nicht mehr haben. Er war besudelt, entwertet. Sie schob den glitzernden Haufen vom Tisch in ihren Einkaufskorb. Sie würde ihn einem der vielen Antiquitätenläden im Ort verkaufen.

Sie presste die Hand an ihre schmerzende Schläfe und fühlte eine klebrige Masse in ihren Haaren. Schokoladencreme und Kirschmarmelade, wie sie beim Betrachten ihrer Hand feststellte.

Sie ging ins Bad, zog sich aus und stellte die Dusche an. Ihre Kleidungsstücke vom Tag zuvor lagen noch auf dem Boden. Während sie darauf wartete, dass das Wasser warm wurde, raffte sie alle Kleidungsstücke zusammen und warf sie in den Wäschekorb. Irgendwo in dem Bündel raschelte Papier. Sie suchte zwischen den Shirts und Hosen und förderte den Brief von der Bank zutage, den Sally ihr gebracht hatte. Sogar zerknittert, feucht und ungeöffnet verkündete er ihre Niederlage. Selbst wenn ihre Gäste eine positive Bewertung schreiben, Service und Unterbringung über den grünen Klee loben und *Dordogne Dreams* sie dauerhaft ins Programm nehmen würde, würde sie nie genug Geld verdienen, um je aus den roten Zahlen herauszukommen. Sie zerknüllte den Brief zu einem kleinen Ball und warf ihn durch die offen stehende Tür nach draußen. »Raus hier! Ich will meine Ruhe haben!«

»Autsch!« Der empörte Ausruf kam aus der Küche. Es war eine Männerstimme. »Ich bin nur gekommen, um mich zu verabschieden.«

Martha stellte die Dusche ab und stand einen Moment nackt und ratlos in der Mitte des kleinen Badezimmers. Die Stimme gehörte zu Max. Hatte er ihr gestern erzählt, dass er abreisen wollte? Alles, woran sie sich erinnerte, war sein akrobatisches Jitterburg-Solo und dass sie getanzt und gelacht hatten. Hatte er sie wirklich auf den Armen getragen?

Mit einem Schlag war die Erinnerung wieder da. Er hatte sie ins Bett getragen, weil sie zu betrunken gewesen war, um sich auf den Beinen zu halten, und ihr einen heißen Tee gebracht. Sie erinnerte sich auch vage an eine lustige Geschichte von einem Esel, den sein Vater einst bei einer Tombola gewonnen hatte. Sie wickelte sich in ein Handtuch und lugte aus der Tür.

Niemand da. Sie tappte barfuß zur Haustür, trat ins Freie und sah Max in Richtung Parkplatz gehen.

»Hallo!« Seit der Überschwemmung lagen überall kleine Steinchen herum, trotzdem lief sie ein paar Schritte hinter ihm her.

Max blieb stehen, drehte sich um, hob die Hand und winkte. »Keine Sorge, ich lasse Sie jetzt für immer in Ruhe.«

»Ich habe nicht Sie gemeint. Es war … Egal, jedenfalls habe ich nicht Sie gemeint.«

Er hielt lächelnd den zerknüllten Brief hoch. »Sie können gut werfen. Das Geschoss hat mich genau auf die Nase getroffen.« Er warf den Papierball zu ihr zurück. Als sie ihn auffing, verrutschte ihr Handtuch.

Max schaute zur Seite, damit sie sich wieder verhüllen konnte. »Lassen Sie sich nicht durch mich von Ihrem Bad abhalten.«

»Dusche.« Es folgte ein unschlüssiges Schweigen beiderseits, dann fragte Martha: »Wollen Sie wirklich schon abreisen?«

Max wies auf sein Motorrad. Die Packtaschen waren festgeschnallt, der Helm lag auf dem Sitz.

»Ich hatte einen kleinen Disput mit Orla.« Er schaute zu Boden, bohrte die Stiefelspitze in die Erde und kickte ein Steinchen weg. »Sie hat dasselbe zu mir gesagt wie Sie: Dass ich verschwinden und sie in Ruhe lassen soll.«

Martha presste das Handtuch fest an die Brust. »Warum denn das?«

Max seufzte. »Tja, sie hat soeben erfahren, dass sie entlassen wurde.« Er atmete tief ein. »Die Bank hat sie rausgeschmissen. Sie hat den Fall gegen die Wand gefahren. Ich glaube, das Wort *Inkompetenz* ist gefallen. Sie können sich vorstellen, wie Paula reagiert hat, als sie heute Morgen endlich ins Internet konnte und ihre E-Mails gelesen hat.«

»Aber Sie sind doch nicht schuld, dass man ihr gekündigt hat.«

»Nein. Aber ich wusste es. Deshalb bin ich hergekommen.«

»Also nicht nur wegen der toten Rennmaus?«

Max schüttelte den Kopf. »Ich habe die Mail zu Hause auf ihrem Computer gesehen, als ich nachschauen wollte, ob sie die Telefonnummer von hier gespeichert hat. Ich wollte ihr sagen, dass Bonnie gestorben ist. Als ich das Mail-Programm öffnete, sprang mir der Betreff sofort ins Auge: *Benachrichtigung über die Auflösung Ihres Arbeitsverhältnisses.* Ich konnte nicht anders, ich habe auch noch den Rest gelesen.«

»Deshalb haben Sie den weiten Weg auf sich genommen?«

Max nickte wieder. »Ich wollte bei ihr sein. Mir war klar, was für ein Schlag das für sie sein würde. Dass sie hier keinen Mailempfang hatte und völlig ahnungslos war, konnte ich nicht wissen.«

»Aber Sie wollten nicht derjenige sein, von dem sie es erfährt?«

Er zuckte die Schultern. »Sie sollte noch ein paar sorgenfreie Tage haben und ihren Urlaub genießen.«

»Ich weiß nicht, ob sie ihn genossen hat.«

»Doch, doch.« Max lächelte. »Sie hat großen Spaß gehabt. Hat sie nicht gestern Abend mit dem Bären getanzt und ist barfuß bis zum Hals in den Pool gehüpft? Ich hätte nicht gedacht, dass ich das noch mal erlebe.«

»Weiß sie, dass Sie ihr die Nachricht verschwiegen haben?«

»Das ist es ja. Ich habe es ihr gebeichtet, und sie ist hochgegangen wie eine Rakete: Ich hätte es ihr sagen müssen, und was mir einfällt, in ihren E-Mails herumzuschnüffeln, ich hätte ihr ins Gesicht gelogen. Und dann hat sie auch noch mit den alten Geschichten angefangen: Ich hätte ihr keine Schulbrote gemacht und sie gezwungen, an der kostenlosen Schulspeisung teilzunehmen, ich hätte ihr nicht den echten Schulpullover gekauft, den mit dem Logo, sondern die billige Kopie von meinem Kumpel auf dem Flohmarkt und so weiter.«

»Das ist verständlich, sie steht unter Schock. Und sie leidet unter den Nachwehen von gestern Abend.«

»Na ja, mit dem Pullover hat sie vielleicht nicht ganz unrecht …«

»Aber daraus kann sie Ihnen heute doch keinen Vorwurf mehr machen.«

Max breitete die Hände aus. »Wer weiß, was sie deswegen ausstehen musste. Jedenfalls fühle ich mich schrecklich. Sie sagt, dass ich mich dauernd einmische und ständig bei ihnen zu Hause herumhänge, außer natürlich dann, wenn ich dort sein sollte, um den Handwerkern auf die Finger zu schauen.« Er lächelte traurig. »Sie sagt, ich wäre ein schlechter Vater gewesen, und ich hätte einen schlechten Einfluss auf die Zwillinge und auf ihren Mann.« Er schüttelte den Kopf. »Ich habe immer gedacht, dass es das Wichtigste ist, da zu sein. Wie es scheint, war das falsch.«

»Nicht so falsch, wie wegzulaufen und sich in einem Kloster zu verkriechen.«

Max schaute sie erschrocken an. »Ich habe nicht sagen wollen, dass Sie …«

Martha ließ ihn nicht aussprechen. »Womöglich haben Sie gar nicht so unrecht. Vielleicht führe ich hier ein Dasein wie eine Nonne. Und ich habe nicht einmal eine höhere Berufung, abgesehen von dem Götzen Nikotin vielleicht. Sie sind wenigstens da gewesen, um den Pullover zu kaufen, um Ihr Kind zur Schule zu bringen …« Ihre Stimme versagte, sie hatte einen Kloß im Hals und schon wieder kamen ihr die Tränen. Sie atmete tief ein, und die Worte stürzten nur so aus ihr heraus: »Ich hatte nicht einmal den Mumm, auszuharren und um mein Kind zu kämpfen. Ich bin geflohen. Ich habe mich in Selbstmitleid gesuhlt. Ich habe mich mit Drogen betäubt. Habe mir vorgemacht, dass ich nur auf den richtigen Moment warte. Ich habe geglaubt, damit, dass ich Teppiche, Gemälde und Rokokostühle kaufe, baue ich ein Nest für meinen Sohn, wenn er denn endlich zu mir kommt. Als könnte ich damit gutmachen, dass ich *nicht* da war, nicht an seinem ersten Schultag, an den Geburtstagen, an Weihnachten. Ich bin weggelaufen und habe mein Kind zurückgelassen. Ich habe nicht einmal jetzt die Courage, meinen Sohn anzurufen und ihm zu sagen, dass er herkommen soll.«

Sie verstummte, dann flüsterte sie: »Und deshalb frage ich mich oft, welchen Sinn mein Leben eigentlich hat.«

»Martha …«, begann Max, aber sie fiel ihm ins Wort.

»Ich gehe jetzt duschen.«

»Martha«, er schaute sie besorgt an. »Sie dürfen sich nicht mit Selbstvorwürfen quälen. Das führt zu nichts.«

Martha spürte jedes einzelne Steinchen unter den nackten Fußsohlen. Sie verlagerte ihr Gewicht auf das gesunde Bein und wischte sich mit dem Handtuchzipfel über die Augen. »Schon gut.«

»Aber was Sie eben gesagt haben …«

»Vergessen Sie's einfach.«

»Ich würde Ihnen gern noch etwas erzählen.«

»Bitte nicht.«

»Aber Sie würden sich unter Umständen besser fühlen.«

Martha schüttelte den Kopf. »Mir wäre es lieber, wenn Sie jetzt gehen.«

Max seufzte. »Heute ist anscheinend nicht mein Tag. Alle wollen, dass ich verschwinde.«

»Ich habe nicht gesagt, dass Sie verschwinden sollen.« Marthas Stimme brach. »Ich will nur endlich unter die Dusche.«

»Schon gut, dann will ich Sie nicht länger aufhalten.« Max streckte die Hand aus. »Es hat mich gefreut, Sie kennenzulernen.«

Martha zögerte, auf den spitzen Steinen einen Schritt auf ihn zuzumachen, deshalb blieb sie stocksteif stehen und klammerte sich an ihr Badetuch.

Max ließ die Hand sinken, drehte sich um und ging zu seinem Motorrad. Er nahm den Helm vom Sitz und stieg auf.

»Der neue Song ist große Klasse«, rief er, bevor er den Helm aufsetzte.

»Wie?«

Das satte Grollen des gestarteten Motors übertönte ihre Frage.

»Was für ein neuer Song?«, rief Martha lauter, aber es war zu spät, Max hatte gewendet und die Maschine brummte die Einfahrt hinauf. Am Tor hob er noch einmal grüßend die Hand, dann war er fort.

Die spitzen Steine gruben sich tief in Marthas Fußsohlen, während sie dastand und auf das Motorengeräusch lauschte, das allmählich in der Ferne verklang. Nach einigen Minuten kam die Harley noch einmal kurz in Sicht, spielzeugklein auf der kurvenreichen Straße, dann war sie hinter der nächsten Biegung wieder verschwunden.

Glückwunsch, Martha Morgan, gut gemacht! Für wie kalt und undankbar er sie halten musste. Sie wünschte, er würde zurückkommen. Sie wollte sich bei ihm entschuldigen, wollte ihm danken, weil er sich letzte Nacht so um sie gekümmert hatte, und ihm sagen, wie sehr sie seine Gesellschaft genossen hatte. Nach ein paar Minuten drehte sie sich um und stolperte zum Haus zurück. Die Steine unter den Füßen spürte sie kaum.

35

Martha sehnte sich nach einer Zigarette, hatte aber keine Ahnung, wo das teuer bezahlte Päckchen geblieben war. Irgendwo im Chaos der gestrigen Orgie? Im gelben Zimmer? Zwischen den Kissen im Bett? Höchstwahrscheinlich war es ohnehin leer. Sie glaubte sich zu erinnern, dass Simon, Josh und Paula ordentlich bei ihr geschnorrt hatten.

Sie sprang kurz unter die Dusche, zog sich an und ging zum Haus hinauf. Als sie am Pool vorbeikam, sah sie, dass Ranjit im Wasser war und die Kinder beaufsichtigte. Tilly steckte in einem gelben Schwimmring für Babys und wurde von den Großen durch den Pool geschoben. Die Kleine krähte begeistert. Lindy lag auf einer Sonnenliege und lachte über das ausgelassene Treiben.

»Hallo, Martha!«, rief Ranjit ihr zu. »Umwerfende Performance gestern Nacht.«

Martha blieb stehen. Ranjit rief noch etwas, aber bei dem Lärm, den die im Pool tobenden Kinder machten, konnte sie kein Wort verstehen. Sie winkte nur und ging weiter.

Simon hatte anscheinend noch nicht ganz in die Welt der Lebenden zurückgefunden, jedenfalls lag er immer noch lang ausgestreckt auf der Wiese. Neben ihm saß Paula, einen

Teller mit Schokoladentorte auf dem Schoß. »Hörst du mir zu? Die Lage ist ernst. Wir müssen die Mathematiknachhilfe der Mädchen canceln.« Zwischen den einzelnen Sätzen schaufelte sie sich mit einem Holzlöffel Torte in den Mund. »Und die Klarinettenstunden. Und den Kurs *Italiano per Bambini*.« Sie warf den Löffel weg und benutzte stattdessen die Hände. »Und den Anbau können wir vergessen!« Sie begann mit vollem Mund laut zu heulen und versprühte Krümel und Cremefüllung über Simons Bauch.

In der Küche waren Carla und Flora halbherzig mit dem Abwasch von Bergen schmutzigen Geschirrs beschäftigt, das bei den nächtlichen Ausschweifungen angefallen war. Keine von beiden nahm Notiz von Martha, die in dem Tohuwabohu nach ihren Zigaretten suchte.

Carlas Arme steckten bis zu den Ellenbogen in den Schaumbergen im Spülbecken. »Menschen ändern sich«, sagte sie träumerisch.

»Kann man wohl sagen!« Flora pfefferte eine ausgedrückte halbe Zitrone in den überquellenden Mülleimer und ging hinaus.

Elvis im Wohnzimmer war mit Strohhut und einem cremefarbenen Seidenschal dekoriert. Benutzte Gläser bedeckten jede halbwegs ebene Fläche. Die Türen des Barschranks standen offen, der Inhalt war geplündert. Auf der Bar summten Fliegen über umgefallenen Flaschen und einer Pfütze Crème de Menthe.

Sally und Pierre kamen die Treppe herunter. Pierre nahm dem Bären den Strohhut ab. »Den haben wir verpasst.«

»Vergessen«, wurde er von Sally korrigiert. Sie wandte sich an Martha. »Wir haben die Hüte und Schallplatten so ordentlich wie möglich wieder eingeräumt.«

»Hüte? Schallplatten?«

Pierre grinste. »Es ist gewesen ein *grande honneur* zu tragen die Cowboy'ut von die *Roller Coaster Love*-Video.«

»Wirklich?« Vor Marthas Augen erstand das Bild von Pierre in einer goldenen Samtjacke mit dem riesigen rosafarbenen Cowboyhut auf dem Kopf.

»Und es war auch ein große Freude zu 'ören deine Gesang.«

Martha schluckte hart.

»Da hat er recht. Du warst großartig.« Sally streichelte ihr über den Arm.

»Was habe ich denn gesungen?«

»Cherie.« Pierre tippte auf seine Armbanduhr. »Wir müssen fahren. Vergiss nicht die Festival 'eute Abend.« Er nahm Martha bei den Schultern und drückte ihr einen Kuss auf beide Wangen. »*C'était une fête magnifique. On s'est bien amusés.*« Er überreichte ihr den Hut und wandte sich zur Tür.

Sally schickte sich an, ihm zu folgen. »Bis die Tage«, sagte sie. »Kommt ihr ins Dorf, um das Feuerwerk zu sehen?«

»Eher nicht.« Martha setzte Elvis den Hut wieder auf den Kopf und stieg die Treppe hinauf in den ersten Stock.

Im gelben Zimmer lag Alice immer noch in dem riesigen Bett unter der Decke versteckt. Aber sie war nicht allein. Josh lag neben ihr. Er hatte eine Sonnenbrille auf. Sein kostbares Pradahemd zierten etliche Grasflecken.

»Ich hatte wirklich nicht die Absicht, dich zu verletzen, Alice.«

»Hast du nicht.« Es klang dumpf unter der Steppdecke hervor.

»Ich hoffe, du hältst mich nicht für einen von diesen Typen, die Frauen aufreißen und dann sitzen lassen.«

»Nein.«

»Wenn ich geahnt hätte, dass zwischen Carla und mir noch nicht alles aus ist, hätte ich dich nie gebeten mitzukommen.«

Martha räusperte sich. »Tut mir leid, wenn ich störe.«

Josh hob den Kopf und nahm die Sonnenbrille ab. Seine Augen waren blutunterlaufen. »Kann ich behilflich sein?«, fragte er.

Alice kam unter der Decke hervor. »Tut mir leid, dass ich mich vorhin so blöd benommen habe.«

»Aber das ist doch verständlich. Auch ich habe Ben für einen netten jungen Mann gehalten.«

»Ben?« Josh schaute von Alice zu Martha und wieder zu Alice. »Was ist mit diesem Ben?«

»Ich habe ihn geküsst.« Alice lächelte verklärt. »Gestern Nacht. Es war total romantisch.«

Josh richtete sich auf. »Du hast was?« Sein Ton und sein Mienenspiel verrieten große Entrüstung.

Alice schaute ihn unter halb gesenkten Lidern hervor an. »Ich glaube nicht, dass du ein Recht hast, mir Vorhaltungen zu machen.«

Josh schwang die Beine aus dem Bett und stand auf. »Ich fass' es nicht! Ich nehme dich mit in den Urlaub.« Er verschränkte die Arme vor der Brust. »Ich stelle dich meinen Kindern vor und meinen besten Freunden. Ich trage die Kosten für …«

Alice fiel ihm ins Wort. »Mein Ticket für die Fähre habe ich selbst bezahlt, genau wie die erste Übernachtung im Hotel, am nächsten Tag das Mittagessen und die unzähligen Biere und Tassen Kaffee, die du dir genehmigt hast.«

»Ich habe dich in meinem brandneuen Porsche hergefahren.«

»Von brandneu kann wohl kaum noch die Rede sein«, warf Martha ein. Josh überhörte es.

363

»Bleibt zu hoffen, dass es beim Knutschen mit dem Laufburschen geblieben ist. Wer weiß, wo er sich überall schon herumgetrieben hat ...«

»Halten Sie die Klappe, junger Mann!« Martha entdeckte plötzlich die Zigarettenpackung auf der Wäschekommode.

Josh straffte die Schultern und richtete sich zu voller Größe auf. »Was fällt Ihnen ein?« Er starrte Martha unter gesenkten Brauen hervor an. »Sie können nicht in mein Zimmer eindringen, für das ich gutes Geld bezahlt habe, und mir den Mund verbieten.«

»Haben Sie nicht.« Martha nahm das Päckchen und schaute hinein.

»Was habe ich nicht?«

»Für das Zimmer bezahlt.« Martha schüttelte das Päckchen. Es war eindeutig leer. »Keiner von euch hat hier für irgendwas bezahlt.«

Joshs Empörung entlud sich in einer Reihe krächzender, stammelnder Laute.

»Martha hat recht«, meldete sich Alice zu Wort. »Keiner hat bis jetzt bezahlt, nicht für das Zimmer, nicht für das Haus, und du hast dauernd nach irgendwelchen Mängeln gesucht, um den Preis zu drücken. Als Ranjit und Simon gesagt haben, dass sie beim Bezahlen keine Abstriche machen und eine positive Bewertung schreiben wollen, hast du dagegen gestimmt. Ich habe gesehen, wie du an den Wasserhähnen geschraubt hast, damit es aussieht, als wären sie undicht. Du willst, egal wie, einen Urlaub für lau herausschinden und denkst gar nicht dran, Martha für ihre Mühe und den Ärger, den sie mit uns gehabt hat, zu entschädigen. Und das ist das Abstoßende an dir, Josh. Nicht deine Eitelkeit oder deine Aufgeblasenheit oder die kahle Stelle am Hinterkopf. Du bist geizig.«

Josh schnappte nach Luft und betastete seinen Scheitel.

»Bilde dir nicht ein, dass es mit uns weitergeht, wenn wir wieder in London sind.« Er drehte und wendete sich vor dem Frisierspiegel, um einen Blick auf das kritisierte Areal werfen zu können. »Soweit es mich angeht, ist die Sache beendet.« Er strich die Haare zurück, schob sie am Hinterkopf zusammen, und nach einem letzten Blick in den Spiegel verließ er das Zimmer.

Martha und Alice hörten seine Schritte im Flur und dann auf der Treppe; er machte erstaunlich viel Lärm für einen Mann in Espadrilles.

»Und? Wie fühlst du dich jetzt?«, fragte Martha.

Alice machte Anstalten, sich im Bett aufzusetzen, ließ sich dann aber wieder zurückfallen. »Ganz gut. Es hat sich gelohnt, Ben zu küssen, auch wenn er ein Loser ist. Joshs dummes Gesicht war befriedigender als alles, was er in den letzten Wochen für mich getan hat.«

»OMG, du gehst viral!« Elodie platzte herein, dicht gefolgt von Zac. »Sieh dir das an!«

Elodie hielt Martha das Handy vor die Nase. »Ich hab das Video auf Snapchat gepostet«, berichtete sie atemlos, »und von da hat es jemand auf YouTube hochgeladen, und du hast schon zehntausend Klicks, und Leute haben es auf Facebook und Twitter und Instagram geteilt.« Sie schnappte nach Luft.

Martha studierte das Display, aber Elodies Hand zitterte vor Aufregung derart, dass sie nichts erkennen konnte.

Alice stand auf und kam herüber. »Wow.« Sie nahm Elodies Hand und half ihr, das Handy ruhig zu halten. »Kannst du den Ton lauter machen?«

Martha hörte Klavierspiel und jemand sang. Eine Frau. Die Stimme klang etwas rau, aber warm und kraftvoll.

»*As you drew your breath I made my wish, as you held my hand I gave my kiss.*« Martha erkannte die Worte.

»*I wasn't here to hear your cries but every step I take you with me, the child in my eyes.*«

Die Frau in dem Video hatte einen Zylinder auf und saß an einem Flügel, so viel konnte sie sehen.

»*The seeds we planted never got to grow but they blossomed in my broken heart, roots of love run deeper than you know.*«

»O mein Gott! Was ist das?« Martha riss Elodie das Smartphone aus der Hand und hielt es von sich weg, um besser sehen zu können.

»Sie waren großartig.« Elodie bebte vor Aufregung. »Ich war gestern Abend schon total geflasht, aber jetzt kriegen Sie krass viele Likes, und das Video wird geteilt wie verrückt, und die Leute sagen coole Sachen über Sie. Soll ich was davon vorlesen?«

»Nein.« In Marthas Kopf ging es drunter und drüber. »Wieso singe ich diesen Song?«

Elodie erklärte es ihr, und schon bald kehrte die Erinnerung zurück. Sie hatte die *East of Eden*-Platten aus dem Schrank oben geholt, und sie hatten dazu getanzt und mitgesungen, bis sie das Repertoire durchhatten. Sie hatten auch die Hüte heruntergeholt und verteilt. Alle hatten sich einen aufgesetzt.

»Und dann hast du dich ans Klavier gesetzt und angefangen zu singen«, sagte Zac. »Es war still wie in einer Kirche, Mann!«

»Ja«, sagte Alice. »Es war wunderschön.«

»Lindy und Ranjit haben geweint«, fügte Elodie hinzu. »Und der Vater von Paula hatte auch ganz feuchte Augen.«

Martha starrte auf das Display, sie konnte den Blick nicht davon abwenden.

»Ist der Song wirklich von dir?«, wollte Elodie wissen, als das Video zu Ende war.

Martha nickte.

»Cool«, sagten sie und Zac im Chor.

»Ich brauche eine Zigarette.« Martha zerdrückte das leere Päckchen in der Hand. »Wer kommt mit in den Ort?«

36

In den engen Straßen waren bunte Girlanden kreuz und quer von Haus zu Haus gespannt, ein farbenfrohes Netz aus Papierblumen, über dem der blaue Himmel strahlte. An allen Ecken standen mit Geranien und Lobelien bepflanzte Blumenkübel, aus Hängeampeln quollen kunterbunte Petunien, Efeu und Silberregen. Den Marktplatz hatte man mit langen Tischen und Bänken bestückt, und an den Rändern wurden unter den lauten Rufen der Markthändler und dem Klappern von Metallstangen Essensstände aufgebaut. Die umliegenden Geschäfte hatten über Mittag geschlossen; hinter den hellblauen Rollläden ruhte man sich aus und rüstete sich für den abendlichen Ansturm. Ein paar Touristen wanderten verloren herum, auf der vergeblichen Suche nach etwas, das man trotz der Hitze unternehmen konnte, um sich die Zeit zu vertreiben.

Alice, Elodie und Zac saßen vor dem *Chez Pierre*. Sally brachte eine zweite Runde Kaffee und stellte eine Schale Erdnüsse auf den Tisch.

Flora kam von der Toilette zurück. »Hier draußen ist es so heiß wie im Backofen«, sagte sie, als sie aus der halbdunklen Bar trat. Sie ließ sich auf einem der verschnörkelten Stühle aus Gusseisen nieder. »Die Hitze macht deine Kopfschmerzen bestimmt noch schlimmer, Alice.«

Alice trug eine riesige Sonnenbrille und murmelte etwas Unverständliches. Flora tätschelte ihre Hand.

Dass sie überhaupt mitgekommen war, lag an Zac. Er hatte sie auf der Trittstufe des Campers sitzen sehen, allein, den Kopf in die Hände gestützt, von ihrem strahlenden Lächeln war nichts mehr zu sehen.

»Lass dich nicht hängen, Tantchen«, hatte Zac gesagt. »Schnapp dir deine magische Handtasche und komm mit uns Kaffee trinken.«

Martha hatte das Gefühl, in der Hitze zu zerfließen, und fächelte sich mit der laminierten Speisekarte Kühlung zu. Dieser Tag war ohne Zweifel der heißeste aller heißen Tage eines durchweg heißen Sommers.

»Hallo, Martha Morgan, ich habe Ihr Video auf YouTube gesehen«, rief ein Mann, der einen Crêpes-Stand aufbaute. »Große Klasse.«

Martha rückte mit ihrem Stuhl weiter in den Schatten.

Sally lachte, während sie mit den leeren Tassen zur Tür ging. »Du kannst dich nicht verstecken.«

»Anonym war gestern.« Zac ließ Erdnüsse aus der Hand in seinen Mund rieseln.

Martha rutschte tiefer in ihren Stuhl. »Das gefällt mir nicht«, murmelte sie und zündete sich eine Zigarette an.

Seit ihrer Ankunft im Dorf hatten schon einige wildfremde Menschen Martha angehalten und ihr gesagt, wie begeistert sie von dem Song wären. Die Verkäuferin im Tabakladen hatte sogar ein paar Takte gesungen; sie schien den englischen

Text tatsächlich schon auswendig zu können. Eine alte Frau beugte sich aus dem Fenster und rief: »*Belle chanson!*«

Ein Mann, der auf einer Leiter stand und eine Girlande befestigte, hatte zu ihr heruntergerufen: »Wann gibt es den Song bei iTunes zu kaufen?«

»Sie werden nicht glauben, was die Leute über Sie in den sozialen Medien schreiben.« Elodie scrollte durch ihr Display.

»Ich will es gar nicht wissen.« Martha drückte die Zigarette aus. Sie hatte eine ziemlich genaue Vorstellung vom Tenor der Kommentare. Damals-heute-Fotos en masse bei Facebook. *Die hat sich übelst gehen lassen! Die hat sogar an den Ellenbogen Cellulitis.*

Elodies Augen wurden groß und größer. »Hört euch das an: ›Reine Magie.‹ ›Eine wunderbar gereifte Performance und trotzdem das beglückende Wiedersehen mit einer alten Freundin.‹ ›Martha Morgan hat mein Herz berührt.‹ ›Ich bin zutiefst ergriffen.‹«

Elodie blickte auf. »Das steht alles bei Twitter.« Sie schaute wieder auf ihr Handy. »Hier ist einer, der schreibt einfach nur ›Fanfuckingtastic‹.«

»Kann ich mal sehen?« Martha setzte sich aufrecht hin und ließ sich von Elodie das Handy reichen.

Ein atemberaubender Song, Text und Melodie. Martha überflog die Kommentare. *Habe lange darauf gewartet, wieder etwas von ihr zu hören – wurde nicht enttäuscht.*

»Da haben Sie's: Alle lieben Sie.« Floras Lächeln war wieder da. »Ach, ist das da drüben nicht der junge Mann, der für Sie arbeitet?« Flora zeigte auf den kopfsteingepflasterten Marktplatz.

Diesmal war es Alice, die ihr Gesicht hinter einer Speisekarte versteckte.

Martha schaute in die Richtung, in die Flora gezeigt hatte.

Ben saß auf seinem Bike, hatte den Helm abgenommen und sprach mit einer jungen Frau.

»Glaubst du, das ist seine Freundin?« Alice lugte über den Rand der Speisekarte.

Strähnige, hellblonde Haare, ein langes weißes Hängekleidchen – Martha kannte das Mädchen. Es war die Kleine, die ihr bei Jean-Paul ein Päckchen Zigaretten verkauft hatte.

Ben zog etwas aus der Tasche und gab es dem Mädchen. Sie steckte den Gegenstand in eine abgewetzte Schultertasche und drückte ihrerseits Ben etwas in die Hand. Es wurden noch ein paar Worte gewechselt, dann setzte Ben den Helm auf, startete das Motorrad und verschwand in einer der schmalen Gassen.

Das Mädchen ging mit schnellen Schritten quer über den Platz. Sie kramte in ihrer Tasche und schien das Grüppchen vor der Bar nicht zu bemerken.

»Lässt Jean-Paul dich die Drecksarbeit machen?«, fragte Martha, als das Mädchen an ihrem Tisch vorbeiging.

»Verzeihung?«

Martha deutete mit dem Kopf in Richtung der Gasse, in der Ben verschwunden war. »Ich bin überrascht, dass ihr euch das traut, am helllichten Tag in aller Öffentlichkeit zu dealen.«

Das Mädchen blieb stehen und starrte Martha an. »Was wollen Sie von mir?«

»Ich habe gesehen, dass du Ben Stoff verkauft hast.«

Das Mädchen strich sich eine Haarsträhne hinters Ohr. »Ich habe nicht *gedealt*.« Sie betonte »gedealt«. »Ich helfe Ben, seinen Bruder zu finden.«

»Seinen Bruder?«

In der Tasche des Mädchens klingelte das Handy. Sie nahm es heraus und begann, schnell auf Französisch zu sprechen. Dabei drehte sie nervös eine Haarsträhne um den Finger, und ihre Augen wanderten unruhig hin und her. Endlich beendete sie das Gespräch, schaltete das Handy aus und ließ es zurück in die Tasche gleiten.

»Ben hat einen Bruder?«, fragte Martha noch einmal, aber das Mädchen war schon weitergegangen.

»Bitte sag Jean-Paul nicht, dass du mich gesehen hast«, rief die Kleine Martha über die Schulter zu. Ihr Handy klingelte erneut, sie fing an zu laufen und bog mit fliegenden Haaren und schlenkernder Tasche um die nächste Hausecke.

Martha sah Alice an. »Hat Ben dir gegenüber etwas von einem Bruder erwähnt?«

Alice schüttelte den Kopf.

»Ich wusste, dass er einen Bruder hat.« Zac stippte mit dem Finger die letzten Erdnusskrümel aus dem Schüsselchen. »Habt ihr sein Tattoo nicht gesehen?«

»Er hat eine Menge Tattoos«, meinte Alice.

Zac leckte den Finger ab und wischte ihn dann an seinem T-Shirt ab. Flora reichte ihm mit tadelnder Miene eine Papierserviette.

»Welches Tattoo?«, fragte Martha.

»Zwei Fäuste, die sich berühren.« Zac demonstrierte die entsprechende Geste. »Und darunter steht: ›Thicker as water‹. Wie in ›Blut ist dicker als Wasser‹.«

»Das weißt du genau?«

»Ja.«

Flora rollte mit den Augen. »Ich will gar nicht wissen, woher.«

Zac ignorierte sie und lehnte sich auf seinem Stuhl zurück. »Und seine Mutter ist tot.«

»Wegen der Taube auf seinem Arm?«, fragte Martha.

»Nein, wegen dem *RIP Mum* auf seiner Schulter.«

Sie schwiegen betreten. Zacs Blick wanderte zwischen Martha und Alice hin und her. »Und er hat gesessen.«

372

Martha und Alice sahen sich an.

»Er war im Bau, Knast, Gefängnis«, erklärte Zac, für den Fall, dass sie nicht begriffen hatten.

Flora stöhnte. »Woher hast du das schon wieder?«

»Es steht auf seiner Hand.« Zac tippte auf die Stelle zwischen Daumen und Zeigefinger. »Fünf kleine Punkte. Das ist das Zeichen.«

»Zeichen für was?«

»Vier Wände.« Zac stach viermal mit dem Finger in die Luft. »Und der Punkt in der Mitte ist der Typ, der da drin eingesperrt ist.«

Keiner sagte etwas.

Elodies Handy auf dem Tisch vibrierte. Sie las die Nachricht. »Mein Dad fragt, ob ich zurückkommen kann. Er und Mum haben versucht mit Noah zu reden, aber der ist mal wieder ausgeflippt.«

37

Schon als der Wagen in die Einfahrt einbog, hörten sie das Geschrei. Aber es war nicht Noah, der einen seiner Tobsuchtsanfälle hatte, es war Paula, die auf dem Parkplatz stand und Tüten, Beutel und Kleidersäcke achtlos in den Kofferraum des Volvos warf. Alle anderen standen um sie herum, auch die Kinder. Martha parkte den Saab, und sie stiegen aus.

»Ich will einfach nur nach Hause. Ich muss sofort anfangen, mir einen neuen Job zu suchen.«

Simon versuchte, den Arm um seine Frau zu legen.

»Beruhige dich, Paula, es ist doch nur noch eine Nacht, und morgen fahren wir dann alle gemeinsam nach Hause.« Er schaute hilfesuchend zu Ranjit und Lindy.

»Paula, bitte bleib. Reuben wird die Mädchen vermissen, wenn ihr jetzt fahrt.« Lindys Hand lag auf der Schulter ihres Sohnes, Ranjit stand neben ihr und wiegte Tilly auf dem Armen.

»Wir werden unser ganzes Leben ändern müssen.« Eine offene Reisetasche flog zu dem anderen Gepäck, eine Boxershort von Simon segelte heraus und landete auf der Erde. »Keine Einkäufe bei *Waitrose* mehr, Schluss mit der Mitgliedschaft im

Natural Trust.« Paula knüllte die Unterhose zusammen und beförderte sie in die Tiefen des Kofferraums. »Und das Fitnessstudio kann ich mir auch nicht mehr leisten.« Sie schluchzte.

Elodie stieß ihre Mutter an. »Wo ist Noah? Dad hat gesagt, er wäre total ausgerastet.«

Aber Carla hatte kein Ohr für ihre Tochter, ihre Aufmerksamkeit galt wichtigeren Dingen. »Ich könnte ein Interview mit dir machen, Paula, für einen Artikel über die Folgen, wenn Frauen, die als Alleinverdiener die Familie ernähren, plötzlich ohne Job dastehen. Redakteure lieben Stories vom tiefen Fall der …«

Simon fiel ihr ins Wort. »Paula, Liebes, ich versuche die ganze Zeit, dir zu sagen, dass es nicht so schlimm ist, wie du glaubst.«

»Aber Carla hat recht.« Paula warf die Schwimmtasche der Kinder ins Auto. »Wir sind auf mein Gehalt angewiesen. Wie sollen wir die ganzen Rechnungen bezahlen? Die Hypothek! Den dämlichen Anbau!« Sie fing von Neuem an zu weinen.

»Hör mir doch wenigstens eine Minute zu«, flehte Simon.

»Es gibt bestimmt jede Menge Jobs für Fachjuristen im Bereich Asset Finance«, sagte Ranjit so sanft als ob er ein Kind trösten wollte.

»Du hast keine Ahnung von Asset Finance, du bist Buchhalter!«, giftete Paula ihn an. »Und was glaubst du, wer mich noch nimmt? Die Bank stellt mir bestimmt kein Empfehlungsschreiben aus.«

»Wenn du mich einmal ausreden lassen würdest …« Simon nahm die Schwimmtasche wieder aus dem Kofferraum, »… müsstest du dich nicht mehr so aufregen.«

»Leg das sofort zurück!«, schrie Paula hysterisch.

Die Zwillinge brachen in Tränen aus. »Ihr habt versprochen, dass wir heute Abend zu dem Fest gehen!«

»Die Bank hat Paula gefeuert!«, rief Carla Flora zu, die als Letzte ausgestiegen war.

»Ich bin nicht *gefeuert* worden!«, fuhr Paula sie an. »Man hat mir einen Aufhebungsvertrag angeboten!«

»Sorry, ich dachte, du hättest *gefeuert* gesagt.« Carla zuckte die Schultern.

»Hat sie auch«, flüsterte Josh gut hörbar.

»Warum ist Paula gefeuert worden, Daddy?« Reuben zupfte an Ranjits Hemd.

»Die Bank hat einen wichtigen Prozess verloren, weil Paula einige Dokumente falsch abgelegt hat.«

»Das behaupten die!« Paula wischte sich die Zornestränen ab. »Die haben mich nur benutzt, um mir ihre eigenen Fehler und Machenschaften unterzuschieben!«

»Dann bist du nur ein Sündenbock?«, fragte Josh.

Reuben sah Paula fasziniert an. »Ein Bock? Wie bei den Ziegen, die wir in Cornwall gesehen haben?«

Paula stöhnte kraftlos. »Ich bin kein Sündenbock! Höchstens eine dumme Ziege.«

»Sie hat es erst heute Morgen erfahren, als sie endlich ihre E-Mails abrufen konnte«, klärte Ranjit seinen Sohn auf.

»Wenn ich meine E-Mails früher gesehen hätte, hätte ich vielleicht noch was retten können!« Paula beförderte die Schwimmtasche mit wütendem Schwung zurück in den Kofferraum. Die Zwillinge zogen sie wieder heraus.

»Wo ist Noah?«, fragte Elodie noch einmal.

»Die Sache ist die, Paula …« Simon legte seiner Frau die Hand auf den Arm, aber sie schüttelte sie ab.

»Ich werde jeden Job annehmen müssen, der mir angeboten wird«, jammerte sie. »Mein Gott, am Ende unterrichte ich noch Rechtskunde in der Oberstufe!«

»Und was ist daran so schlimm?«, fragte Lindy. Es klang gekränkt. »Ich habe mich gerade entschlossen, wieder als

Lehrerin zu arbeiten.« Sie schenkte Ranjit ein Lächeln. Er legte den Arm um sie.

»Meinst du wirklich, man stellt dich als Lehrerin für Rechtskunde ein, nachdem du als Anwältin gefeuert wurdest?«, stichelte Josh.

»Man hat mich nicht gefeuert«, erklärte Paula böse. »Sie bieten mir einen Aufhebungsvertrag an. Vielleicht bekomme ich sogar eine Abfindung, das wird noch zu klären sein.«

»Weiß *irgendjemand*, wo Noah ist?« Elodie drehte sich langsam um die eigene Achse und hielt Ausschau nach ihrem kleinen Bruder.

»Die Sache ist die …«, fing Simon wieder an.

»Geh und hol die Sojamilch! Es stehen noch drei Packungen in der Küche.« Paula bückte sich nach der Kühltasche.

»HÖR MIR ZU!«, brüllte Simon.

Paul fuhr aus ihrer gebückten Haltung auf und starrte ihn an. Alle starrten ihn an.

»Die Sache ist die«, fuhr er in gemäßigtem Ton fort, »dass auch ich heute meine Mails gecheckt habe. Und es war eine Nachricht von meiner Agentin dabei.«

»Deiner was?«, fragte Paula ungläubig.

»Meiner Literaturagentin. Na ja, meine und die von deinem Vater.«

Paula machte den Mund auf, um etwas zu entgegnen, aber Simon kam ihr zuvor.

»Ich weiß, du willst sagen, wir hätten keine Literaturagentin, aber Fakt ist, wir haben eine, und sie hat uns einen Deal für vier Bücher in Großbritannien, in Australien und Deutschland verschafft, der schon in trockenen Tüchern ist. In den USA laufen die Verhandlungen noch, und es steht noch nicht fest, wer der Höchstbietende sein wird.«

Paula gab einen erstickten Laut von sich.

»Du machst Witze«, sagte Ranjit.

Simon schüttelte den Kopf. »Nein, das ist kein Witz. In den letzten zwei Jahren haben Max und ich, wenn die Zwillinge in der Schule waren, an einem Kinderbuch gearbeitet. *Billy Bacon, Geheimagent.*«

Er schaute ringsum in verdutzte Gesichter. »Der Text stammt von mir, die Illustrationen sind von Max.«

»Alter, Respekt!« Ranjit hob den Daumen. »Wer hätte das gedacht? Worum geht es denn in der Geschichte?«

»Der Held ist ein dicker kleiner Junge, elf Jahre alt, der in der Schule gemobbt wird und seinen Lehrer hasst. Doch in seiner Freizeit ist er Spion und hilft dabei, die Welt vor einem megalomanen Schokoladenfabrikanten zu retten, der bewusstseinsveränderndes Kakaopulver in die von seiner Firma hergestellten Schokoladenwaffeln mischt, um die Menschheit unter seine Kontrolle zu bringen und die Herrschaft über den Planeten an sich zu reißen.«

Die anderen starrten ihn sprachlos an.

»Du hast Fat Larry vergessen«, sagten die Zwillinge einstimmig.

»Richtig.« Simon schlug sich vor die Stirn. »Billy hat einen Hund namens Fat Larry, der mit Billy mittels Telepathie kommuniziert und Auto fahren kann.«

»Cool«, sagte Zac.

»Cool«, echoten Ranjit und Josh.

»Und ihr beide habt davon gewusst?« Paula hatte ihre Stimme wiedergefunden und sah ihre Töchter an.

»Klar. Daddy und Grandpa haben uns nach der Schule daraus vorgelesen. Es ist eine wirklich gute Geschichte«, antworteten beide im Chor.

Paulas Blick kehrte zu ihrem Mann zurück. »Und dafür bekommt ihr Geld?«

Simon nickte. »Eine Summe im sechsstelligen Bereich.«

»Cool«, wiederholten Zac, Ranjit und Josh.

Paulas Mund klappte auf, zu, wieder auf.

Simon schloss sie in die Arme. »Vorausgesetzt, ich finde die Zeit, die nächsten drei Bücher zu schreiben, müssen wir uns ums Geld vorerst keine Sorgen machen.«

Paula schaute zu ihm auf. »Ich dachte immer, du würdest den ganzen Tag vor dem Fernseher sitzen und Süßigkeiten in dich hineinstopfen.«

Simon grinste. »Nun, ich esse ab und zu einen Schokoriegel, aber nur zu Recherchezwecken. Und manchmal sitze ich auch vor dem Fernseher, aber nur, wenn ich darauf warte, dass dein Vater mit seiner Mappe vorbeikommt.«

»Weiß Dad schon von der Mail eurer Agentin?«

»Ich habe ihm eine Nachricht geschickt, er scheint sie aber noch nicht gelesen zu haben.«

Paula rieb sich die Augen. »Ich habe ihm schreckliche Dinge an den Kopf geworfen. Wahrscheinlich wird er nie wieder ein Wort mit mir reden.«

Simon streichelte beschwichtigend ihren Rücken. »Du kennst doch deinen Vater. Er wird dich immer lieben, egal, was du sagst oder tust. Genau wie wir alle.«

»Wie meinst du das?«

Ein gellendes Quietschen zerriss die Luft.

»Noah!« Carla raffte ihren langen roten Rock hoch und rannte in Richtung Pool. Die anderen liefen hinterher.

Martha folgte als Letzte; die Angst, dass es einen weiteren Hornissenangriff gegeben haben könnte oder irgendein anderes dieser für Noah so typischen Missgeschicke, verlangsamte ihre Schritte.

Am Pool angelangt, hörte sie die Zwillinge lachen. Reuben erklärte: »Das ist echt lustig!«, während von den Erwachsenen vereinzelt ein *O nein! O nein!* zu hören war.

Martha schnappte nach Luft.

Tillys gelber Baby-Schwimmring trieb durch den Pool, und auf dem Rand kauerte etwas Kleines, Braunes, Pelziges, das vor Angst quietschte.

Martha schrie auf. »Pippa!«

»Wart ihr das?«, schnauzte Josh Noah an. »Habt ihr das arme Tier auf den Ring gesetzt?«

Noah lachte. »Es gefällt ihm.«

»Er hat dem Kaninchen ja nichts getan.« Carla legte die Arme schützend um ihren Sohn. »Es ist nur ein harmloser Spaß.«

»Das ist kein Spaß, das ist Tierquälerei!« Elodie hatte die Fäuste in die Hüften gestemmt.

»Ja, das ist Tierquälerei.« Josh wiederholte die Worte seiner Tochter, dabei schaute er seine Frau an.

Carla ließ Noah los und sah ihn streng an. »Es ist unverzeihlich, dem hilflosen Tier so etwas anzutun.« Sie zwinkerte Josh zu und lächelte verstohlen.

Noah zog einen Flunsch. »Es war die Idee von dem Mann.«

Platsch. Pippa war ins Wasser gesprungen und paddelte zielstrebig auf den Beckenrand zu. Die Kinder jauchzten begeistert und Noah hüpfte euphorisch auf und ab.

»Ich *wusste*, dass sie schwimmen kann.«

Ranjit kniete sich hin, fischte Pippa aus dem Wasser und übergab sie an Martha. Martha wickelte das triefnasse Tierchen in eins der herumliegenden Handtücher und drückte es behutsam an sich. Dann wandte sie sich an Noah.

»Was für ein Mann?«

»Der Mann eben.«

»Meinst du Ben?«

Noah schüttelte den Kopf. »Der Mann«, wiederholte er und schaute die anderen Kinder hilfesuchend an.

Reuben senkte den Blick und studierte interessiert eine Ameisenkolonne, die durch die Pflasterfugen wanderte.

Martha spürte, wie Feuchtigkeit aus Pippas nassem Fell durch das Handtuch in ihr T-Shirt zog. »Wie hat er denn ausgesehen, dieser Mann?«

Noah presste die Lippen zu einem schmalen Strich zusammen.

Carla legte ihm mütterlich die Hand auf die Schulter und lächelte Martha an. »Er hatte schon immer eine überaus lebhafte Fantasie.«

Von der anderen Talseite wehte leise Musik herüber.

»Klingt, als wäre das Festival eröffnet«, sagte Flora. »Wir sollten aufbrechen, damit die Kinder noch die Blumenschau sehen können, bevor das Feuerwerk losgeht.«

»Wir fahren alle.« Ranjit nickte ihr zu. »Wir haben heute Grund zu feiern, mehrere Gründe sogar. Simon hat einen hochdotierten Buchvertrag an Land gezogen, meine Lindy kann wieder lächeln«, er drückte seiner Frau die Hand, »Josh und Carla haben wieder zueinandergefunden …« Er verstummte und schaute verlegen von Alice zu Flora.

»Auch wir haben uns gefunden.« Flora griff nach Alice' Hand.

»Es war Liebe auf den ersten Blick. Ich habe festgestellt, um wie viel befriedigender das Zusammensein mit einer Frau sein kann«, bestätigte Alice.

»Wirklich?«, entfuhr es Josh.

Alice und Flora lächelten sich an.

»Ach, Josh! Die beiden nehmen dich auf den Arm«, sagte Carla.

Flora lachte ironisch. »Woher willst du das wissen? Hast du nicht erst vor ein paar Monaten wortwörtlich dasselbe zu mir gesagt?«

»Frieden!« Ranjit hob beide Hände. »Kein Streit heute Abend. Martha, im Range Rover ist noch ein Platz frei, Sie können also gern bei uns mitfahren.«

»Danke für das Angebot, aber ich bleibe lieber hier.«
Martha kraulte das Kaninchen auf ihrem Arm. »Ich tröste
Pippa und schaue mir das Feuerwerk vom Garten aus an.«

Ein fernes Donnergrollen mischte sich in die Musik, die
leise vom Dorf herübertönte.

»Nicht noch so ein Unwetter«, seufzte Lindy.

»Ach was, das ist noch weit weg.« Ranjit zog sein Handy
zurate. »Laut Wetterbericht der BBC bekommen wir hier eine
klare Nacht.«

Simon konsultierte ebenfalls sein Smartphone. »Google
meldet leichte Niederschläge.«

Josh schaute auf sein Display. »Meine Wetter-App sagt: die
ganze Nacht Sonnenschein!?«

Auch die übrigen Erwachsenen zückten ihr Handy und
googelten nach der exaktesten Wettervorhersage.

»Bullenhitze in Peckham, meldet Sky News.«

»In Nordafrika rechnet man mit Sandstürmen.«

»Stopp!« Es war Paulas Stimme. Alle Köpfe flogen hoch.
»War es nicht viel schöner ohne Internet? Wir haben uns
richtig unterhalten, statt Informationen aus dem WWW wie-
derzukäuen.«

Martha lächelte in sich hinein und ging ins Haus.

38

Die Nacht explodierte in einem Farbenrausch. Gleißende Funkengarben schraubten sich im Sekundentakt in den Himmel und erblühten am Horizont zu riesigen Bällen aus funkelnden Sternen.

Martha nahm einen Schluck Wein und streichelte Pippas Rücken. Das Fell war mittlerweile getrocknet, roch aber immer noch nach Chlor. Eine Rakete beschrieb einen hohen Bogen über dem Tal. Sie zog einen violett flimmernden Kometenschweif hinter sich her und streute auf dem Scheitelpunkt ihrer Bahn eine Wolke aus schillerndem Feenstaub über den Himmel.

Martha hörte das Jubeln und Klatschten der Zuschauer im Ort und fragte sich, ob ihren Gästen das Feuerwerk gefiel und was sie zu dem Blumenschmuck sagten und zu den Ständen mit den Spezialitäten der Region, den Crêpes und den Würstchen und den Pommes Sarladaise.

Eine Dahlie aus purpurnen Sternen erblühte über dem Städtchen, tauchte das Sonnenblumenfeld in ein neonfarbenes Leuchten. Ein dünner Schleier aus schwefligem Rauch trieb auf *Les Cerises* zu. Martha atmete den Geruch ein. Er erinnerte sie an die Bonfire Night in Abertrulli, an Lagerfeuer am Strand, an

383

Wunderkerzen und in der Glut gebackene Kartoffeln und an das Ah! und Oh!, wenn vom Garten hinter dem Hotel an der Landzunge die Raketen aufstiegen.

Das erste Mal, an das sie sich erinnerte, war sie mit ihrer Mutter dort gewesen. Sie stand am Strand, war drei oder vier Jahre alt, und ihre kleine Hand lag warm und sicher in der ihrer Mutter. Beim letzten Mal war sie selbst die Mutter gewesen, die eine Kinderhand in der ihren hielt, Owens Hand. Er hatte gelacht, über die Funken, die vom Himmel regneten, über das Zischen und Pfeifen der Raketen. Irgendwann an diesem Abend hatte er einen seiner neuen Fausthandschuhe verloren. Sie hatte es nie übers Herz gebracht, den übrig gebliebenen zweiten wegzuwerfen.

Martha begann ganz leise zu singen.

»As you drew your breath I made my wish,
as you held my hand I gave my kiss …«

Ein Krachen wie von einem Kanonenschuss donnerte über das Tal, als sich goldene Sterne wie ein riesiger Schirm gleich über dem Ort ausbreiteten, bevor sie nach und nach im samtenen Schwarz des Himmels verglühten.

»The seeds we planted never got to grow,
but they blossom in my heart,
roots deeper than you know.«

Erste Tropfen fielen und malten große dunkle Flecken auf den trockenen Erdboden.

»At night I wander and silently cry,
the air holds a whisper, the wind holds my sigh …«

Martha stand auf, nahm Pippa und ging zum Haus.

»I wonder if you walk under darkening skies,
I look up to the stars, child in my eyes.«

❖

Das Haus war dunkel, nur in einem Zimmer im Dachgeschoss brannte ein Licht. Martha runzelte die Stirn. Elodie musste es angelassen haben. Der Regen wurde stärker, die Tropfen schwerer. Martha ging die Stufen zur Terrasse hinauf. Gerade als sie sich umdrehte und zurückschaute, erhellte über der jenseitigen Hügelflanke ein menschengemachtes Wetterleuchten die Nacht. Vor schwarzer Kulisse erstrahlte ein minutenlanges Finale furioso aus Blüten, Fontänen und Supernovas. Dann war es vorbei, hier und da verzischte ein Nachzügler sein kurzes Leben fast unbeachtet in den Rauchschwaden und den tief hängenden Wolken, die unbemerkt heraufgezogen waren. Ferner Jubel wehte über das Tal. Martha öffnete die Küchentür und knipste das Licht an.

Die Gäste hatten angefangen für die morgige Abreise zu packen, dann aber alles stehen und liegen gelassen, um in den Ort zu fahren. Ein paar Reisetaschen und Koffer warteten bereits neben der Eingangstür auf den Transport zum Auto. Ein kleiner Hügel Schmutzwäsche lag auf dem Tisch, daneben ein Sammelsurium aus Sonnencremetuben, Kinderbüchern und bunten Filzstiften.

Martha entdeckte auf dem Tisch außerdem einen Teller mit Käse, ein paar Cocktailtomaten und einem Baguette, von dem erst ein kleines Stück abgebrochen war. Sie setzte Pippa auf den Boden und gab ihr eine von den Tomaten.

Im Wohnzimmer nebenan hörte sie ein Geräusch, ein Rascheln, ein leises Scharren.

»Hallo?« Martha war ganz sicher, dass alle ihre Gäste ins Dorf gefahren waren.

»Hallo?«, rief sie noch einmal, aber außer dem Brummen des Kühlschranks und dem Regen, der gegen die Fensterscheiben trommelte, war nichts zu hören.

Sie ging durch die Küche ins Wohnzimmer und knipste auch dort das Licht an. Es war niemand da, bis auf Elvis.

Martha ging über den Perserteppich zum Flügel und klappte den Deckel auf. Ihr Zeigefinger strich über die Tasten, das Elfenbein fühlte sich kühl und glatt an. Sie schlug eine Taste an. Der Ton hallte laut durch die Stille des leeren Hauses. Sie setzte sich hin, spielte eine Tonleiter und ging über in Beethovens »Für Elise«, ein Stück, das sie als Kind unzählige Male unter dem strengen Blick ihrer hochnäsigen Lehrerin geübt hatte. Als es zu Ende war, legte sie beide Hände in den Schoß und schloss die Augen. Sie konnte sich immer noch nicht erinnern, dass sie letzte Nacht hier gesessen und gespielt hatte.

»*As you drew your breath I made my wish* …«

Sie flüsterte die Worte, öffnete die Augen, legte die Hände auf die Tasten und versuchte, die Töne zu finden. Nein, es klang nicht richtig. Zweiter Versuch, andere Tonart.

»*As you held my hand I gave my kiss* …«

Es klang immer noch falsch, nicht wie die Melodie, die sie in ihrem Kopf hörte.

Martha stand auf und schaute oben auf dem Flügel nach, ob dort das Notizbuch mit ihren hingekritzelten Noten und Songtexten lag, fand aber nichts außer einem Kranz aus hart gewordenem Wachs, wo der Kandelaber gestanden hatte, eine Ausgabe von *Marie Claire*, auf der jemand mit Kugelschreiber herumgekritzelt und dem Covergirl einen Bart gemalt hatte, und einen Flyer von einer nahegelegenen Weinkellerei. Höchstwahrscheinlich hatten Sally und Pierre im Zuge ihrer Aufräumarbeiten das Buch mit anderen Sachen zusammen nach oben in den Dielenschrank gebracht.

Sie setzte sich wieder hin und glaubte schon wieder, ein Rascheln zu hören, gefolgt von einem Geräusch, das wie Husten klang.

»Pippa?«, rief sie in Richtung Küche. Hoffentlich hatte das Kaninchen im Pool kein Wasser in die Lunge bekommen. Sie stand auf und schaute durch die Tür. Entwarnung. Pippa saß zufrieden unter dem Tisch und nagte an der Tomate.

Martha machte kehrt und ging zur Treppe. Sie brauchte dieses Notizbuch.

Die hölzernen Stufen knarrten unter ihren Schritten. Sie hörte den Regen auf das Dach trommeln, das monotone Tropfen der kaputten Dachrinne. Das Wetter hatte dem Fest vermutlich ein vorzeitiges Ende bereitet; ihre Gäste waren bestimmt schon auf der Rückfahrt. Martha beeilte sich, sie wollte nicht von ihnen am Klavier ertappt werden.

Auf der Treppe wehte ihr ein leichter Wind entgegen. Oben angekommen sah sie, dass das kleine Dachfenster hin- und herschlug. Das war es, was sie vorhin gehört hatte. Sie machte das Fenster zu und hakte den langen schmiedeeisernen Riegel ein, bevor sie sich zu dem Schrank umdrehte.

Urplötzlich erschütterte ein lautes Krachen das Haus, ein greller Blitz tauchte die Treppe in helles Licht. In diesem Sekundenbruchteil glaubte Martha auf den Stufen unter ihr eine Gestalt zu sehen, die Umrisse eines Mannes. Dann war wieder alles dunkel. Ihr erster Gedanke war, dass eine verirrte Feuerwerksrakete ins Dach eingeschlagen und explodiert war. Sie wusste natürlich, dass das Unsinn war. Es folgten noch ein Krachen und noch ein Blitz, aber dieses Mal sah sie keine Gestalt auf der Treppe. Martha tastete sich an der Wand entlang, bis ihre Finger gegen den Lichtschalter stießen. *Klick.* Nichts geschah.

»Verdammter Mist!« Sie zog ihr Feuerzeug aus der Hosentasche und ging im Licht der kleinen Flamme zurück zur Treppe. Das kleine Metallrädchen an ihrem Daumen wurde heiß, gleichzeitig stieg ihr ein schwacher Brandgeruch in die Nase. Sie steckte das Feuerzeug ein und stand im Dunkeln. Es roch immer noch verbrannt. Das Feuerwerk? Schließlich hatte das Fenster offen gestanden. Sie schnupperte. Nein, das war

Rauch, eindeutig. Ihre Augen begannen zu tränen. Blinzelnd schaute sie sich um und bemerkte ein rötliches Leuchten unter der Tür zu Elodies Zimmer. Ohne nachzudenken, lief sie hin und machte sie auf.

Das Zimmer brannte lichterloh. Flammen liefen an den Gardinen hinauf und an den Deckenbalken entlang, sprangen auf das Bett und marschierten in breiter Front über die Steppdecke und den Schlafanzug mit den Einhörnern hinweg, der zusammengeknüllt auf dem Kopfkissen lag.

Martha knallte die Tür zu.

»Gottverdammt!« Sie stand da wie angewurzelt und bemühte sich, einen klaren Gedanken zu fassen.

»Gottverdammt!«, sagte sie noch einmal, ging zum Dielenschrank und öffnete die Tür. Ihrer Hand glitt über Stoff und Papier und das Leder der Doc Martins. Ein berstendes Krachen aus Elodies Zimmer ließ sie heftig zusammenzucken.

»Teufel noch mal, was machst du hier?« Eine Hand packte Marthas Arm mit festem Griff.

Sie wandte den Kopf, und in dem wabernden Leuchten, das aus Elodies Zimmer drang, erkannte sie Max.

»Meine Sachen«, sagte sie hilflos. »Meine Fotos …«

»Keine Zeit.« Max riss sie an sich, als in dem Zimmer neben ihnen erneut ein lautes Krachen ertönte, als wäre die Decke eingestürzt. »Wir müssen hier weg!«

Martha blickte zu Boden und sah eine Flammenzunge unter der Tür hervorschießen, auf der Suche nach neuer Nahrung.

»Meine Notizbücher, meine Songs!«

Max' Griff war eisern. Er schob Martha vor sich her zur Treppe. »Das ist jetzt nicht mehr wichtig. Beeil dich!«

Martha wollte sich umdrehen. »Owens Handschuh …«

»Um Himmels willen, Weib, wirst du jetzt endlich nach unten gehen!«

Diesmal gehorchte Martha. Der dichter werdende Qualm nahm ihr den Atem, sie hielt sich eine Hand vor Mund und Nase und hastete die Stufen hinunter.

Im Erdgeschoss suchten Martha und Max sich einen Weg durch das dunkle Wohnzimmer, prallten gegen Sessel, stolperten über Teppichkanten. Martha ertastete das kühle Metall des Kerzenleuchters und zündete mit dem Feuerzeug der Reihe nach die Stummel an, die von letzter Nacht noch auf den Armen steckten. Die zuckenden Flämmchen beleuchteten Max' angespanntes Gesicht.

Über ihren Köpfen ein Knirschen und Bersten.

»Raus hier, raus! Das ganze Treppenhaus stürzt ein!« Max stieß Martha in die Küche.

»Pippa!« Sie schaute unter den großen Küchentisch, leuchtete mit dem Kandelaber in die Ecken. »Ich kann sie nicht finden.«

Max war schon an der Terrassentür. »Tiere haben einen guten Instinkt. Sie hat bestimmt längst das Weite gesucht.«

Zusammen liefen sie ins Freie und die Treppe hinunter in den Garten. Martha hob den Kopf und sah Flammen aus dem Dach züngeln. Tonziegel gerieten ins Rutschen und fielen klirrend in die Blumenrabatten rings um das Haus.

»Weiter«, drängte Max. »Hier ist es zu gefährlich.«

Unten am Weg blieben sie stehen und drehten sich um. Erst jetzt wurde Martha bewusst, dass sie den Leuchter immer noch in der Hand hielt und umklammerte, als hinge ihr Leben davon ab. Sie stellte ihn ins Gras, die Kerzen waren längst erloschen, dann richtete sie den Blick auf das sterbende Haus und sah ein Flammenband auf dem First entlangwandern. Manchmal wurde es an einzelnen Stellen kurz vom Regen niedergeschlagen, doch es loderte hartnäckig immer wieder auf.

Max nahm sie in den Arm und drückte sie an sich. Etwas

Weiches strich an ihrem Fuß entlang. Sie schaute nach unten. Pippa. Sie hob das Kaninchen auf und hörte im selben Moment in der Ferne die Sirene der Feuerwehr. Ihr wurden die Knie weich vor Erleichterung.

»Bestimmt noch gut zehn Minuten, bis sie hier sind«, sagte Max.

Inzwischen stand die gesamte ihnen zugewandte Dachseite in Flammen. Die Ziegel fielen in Massen, entblößten das Skelett der glosenden Sparren, Funken stoben in den Nachthimmel. Es war ein schreckliches Schauspiel und doch ebenso faszinierend wie das Feuerwerk.

Marthas Blick irrte vom Dach zu einem der Fenster im ersten Stock. Sie glaubte, etwas gesehen zu haben, eine Bewegung, in ihrer Vorstellung das Zucken einer Flamme, eine auflodernde Gardine vielleicht.

»Lieber Gott, da ist noch jemand im Haus!« Max hatte es ebenfalls gesehen.

Ein Mensch stand hinter dem Fenster, die Arme erhoben. Es sah aus, als würde er winken oder wäre im Begriff, die Scheibe einzuschlagen.

»Wessen Zimmer ist das?« Max war bereits unterwegs zum Haus.

»Da schlafen die Jungs. Reuben und Noah. Aber sie sind mit den anderen ins Dorf gefahren.«

»Die Person war auch größer als ein Kind«, rief Max über die Schulter. Er rannte jetzt. »Eher wie ein Mann.«

Martha folgte ihm, Pippa auf dem Arm. Sie schaute noch einmal zu dem Fenster hinauf. Es war niemand mehr zu sehen.

»Du darfst da nicht noch mal reingehen!« Martha blieb vor der Terrasse stehen, während Max zwei Stufen auf einmal die Treppe hinaufsprang. »Max, nein …« Pippa begann zu zappeln, zerkratzte mit ihren Krallen Marthas bloßen Arm. Sie setzte das Kaninchen auf den Boden und sah ihm nach, wie es in großen Sätzen hangabwärts flüchtete, in Richtung der Kapelle und des Kirschengartens. Als sie sich wieder zur Terrasse umdrehte, war Max verschwunden.

Die Zeit stand still. Martha hätte nicht sagen können, ob Sekunden vergingen oder Minuten.

Manchmal klang es, als ob die Sirene des Feuerwehrautos näher käme, dann war sie nur wieder ganz leise durch das Getöse des um sich greifenden Brandes zu hören. Martha hielt sich den Arm vor Mund und Nase, um nicht so viel Qualm einzuatmen.

»Max«, rief sie wieder und wieder. Ihr Hals tat ihr weh, sie musste husten.

Hinter dem Fenster im zweiten Stock war ein gespenstisches rotes Leuchten zu sehen. Sie blickte zur Terrassentür. Kein Max. Verzweifelt drehte sie sich um. Auf einem der Gartenstühle lag ein vergessenes Badetuch. Sie nahm es, rannte zum Pool, tauchte es ins Wasser und wickelte es sich tropfnass um Kopf und Schultern, nur die Augen ließ sie frei. Der vollgesogene Frotteestoff war schwer und heraustriefendes Wasser rann in ihren Ausschnitt und an den Armen hinunter. Sie rannte zum Haus zurück, ihr schlimmes Bein schien sie gar nicht zu spüren. Sie sprang die Stufen zur Terrasse hinauf und betrat die von dichtem Qualm erfüllte Küche.

So gut wie blind, wich sie instinktiv Stühlen, Taschen und Koffern aus und gelangte so ins Wohnzimmer. Sie drückte das nasse Handtuch um den Kopf und steuerte auf die Treppe zu. Der Lack am Geländer warf schon Blasen. Sie zögerte und spähte durch den Rauch nach oben. Der Flur am Kopf der Treppe war erfüllt von einem pulsierenden, dämonischen Rot, als hätte das Feuer ein schlagendes Herz. Als Martha den Fuß hob, um ihn auf die erste Stufe zu setzen, stieß sie gegen etwas Weiches. Sie streckte die Hand aus und fühlte rauen Pelz und Krallen.

Elvis.

Der riesige ausgestopfte Bär war umgefallen und lag quer vor der Treppe. Und er schien etwas unter sich begraben zu haben. Martha bückte sich, tastete an dem pelzigen Gesellen entlang und berührte Finger, eine Hand. Sie hörte ein Stöhnen. Max?

Martha packte zu und zog an seinem Arm. Das Handtuch rutschte von ihrem Kopf. Sie verstärkte ihren Griff, machte einen Schritt nach hinten, stieß gegen einen Widerstand und fand sich auf dem Boden liegend wieder. Nach einer Schrecksekunde rollte sie sich herum und suchte auf allen vieren mit der ausgestreckten Hand nach dem Hindernis, über das sie gestolpert war. Auch dieses Hindernis war ein Mensch. Unter ihren Fingerspitzen fühlte sie ein Gesicht, weiches, kurz geschorenes Haar.

Sie atmete Rauch ein und musste husten. Sie konnte nicht mehr aufhören. Vor ihren Augen tanzten schwarze Punkte, für einen Moment fürchtete sie, ohnmächtig zu werden.

Reiß dich verdammt noch mal zusammen, befahl sie sich selbst. *Tu was!*

Sie rappelte sich hoch, holte ihr Handtuch, wickelte es sich wieder um den Kopf und bewegte sich mit kleinen, vorsichtigen Schritten und vorgestreckten Händen in Richtung der Flügeltür zum Garten. Ihre Finger berührten Glas, fanden die Türklinke.

Martha drückte die Klinke herunter, aber die Tür ging nicht auf. Sie stemmte sich gegen den Holzrahmen – nichts. Sie griff wieder nach der Klinke, ruckte und rüttelte – vergeblich. Die Tür klemmte.

Denk nach, Martha Morgan. Streng dein Gehirn an.

Die Barhocker! Nach über zwanzig Jahren in diesem Haus, fand sie sich blind zurecht. Trotzdem stolperte sie auf dem Weg zur Bar wieder über den am Boden liegenden Mann, konnte sich aber diesmal fangen. Die Barhocker hatten ein ziemliches Gewicht, doch als sie jetzt einen davon hochhob, war er federleicht.

Zurück bei der Terrassentür, schwang sie den Hocker gegen das Glas des einen Flügels, bis es beim dritten Mal endlich zerbrach. Scherben flogen, und frische Luft verdrängte für einen Moment den Rauch. Mit dem Fuß stieß Martha das Glas heraus, das im unteren Drittel der Tür noch im Rahmen steckte, dabei schnitt sie sich in den Zeh. Sie verwünschte ihre Sandalen, machte aber trotzdem weiter, bis alle Splitter entfernt waren.

Die Feuerwehrautos – mehr als eines – waren ein gutes Stück näher gekommen. Der Widerschein des Blaulichts huschte über den Hang neben der Straße.

Martha hastete zurück zur Treppe und schaffte es, Elvis von dem Mann, der darunter lag, herunterzurollen. Es war tatsächlich Max, der jemanden hatte retten wollen und nun selbst gerettet werden musste.

Sie umklammerte seinen Unterarm mit beiden Händen und zog. Das Handtuch glitt zu Boden, sie spürte die Hitze wie einen Schlag im Nacken. Der schlaffe Körper bewegte sich nur ein paar Zentimeter. Martha zog stärker, der groß gewachsene Ire war schwer wie Blei.

»Komm schon, sei nicht so störrisch!« Sie machte einen Schritt rückwärts und noch einen. Ihr Fuß stieß gegen eine Teppichkante, und sie stellte fest, dass Max zur Hälfte auf dem Zebrafell lag.

Sie ließ seinen Arm los, packte den Rand des Fells und schaffte es, den schlaffen Körper zur Terrassentür zu zerren.

Dort gelang es ihr irgendwie, ihn durch den leeren Türrahmen zu bugsieren. Sie hoffte, das Fell würde ihn vor Verletzungen durch Scherben und Glassplitter schützen.

Nachdem sie ihn ein Stück vom Haus weggeschleift hatte,

393

richtete sie sich auf. Sie hoffte auf Feuerwehrmänner, die ihr zu Hilfe eilten, aber trotz des mittlerweile fast ohrenbetäubenden Geheuls schwenkten die blauen Lichter gerade erst oben durch das Tor. Max lag zu ihren Füßen im Gras und stöhnte leise. Martha ging neben ihm in die Hocke.

»Du leichtsinniger Dummkopf«, flüsterte sie. »Wofür hältst du dich? Für Supermann?«

»Der andere …« Max' Stimme klang heiser. »Ist er okay?«

Martha drehte sich um und versuchte, durch den Rauch im Wohnzimmer etwas zu erkennen. Genau in dem Moment stürzte aus dem oberen Stockwerk ein brennender Balken herab und landete auf Elvis. Hundert Jahre altes Fell und Sägemehl gingen sofort in Flammen auf. Der zweite Mann lag kaum einen Meter neben diesem neuen Brandherd.

Ein Blick zur Einfahrt zeigte ihr, dass die Löschfahrzeuge sich unendlich langsam die von dem vielen Regen aufgeweichte Einfahrt hinunterquälten. Sie schaute wieder zu dem Mann im Wohnzimmer. Auf seiner Brust schwelten Flammen.

Marthas Blick wanderte zu Max, dann wieder zu dem Fremden. Ein paar Schritte hinter der Tür lag das Badetuch, das sie bei Max' Rettung verloren hatte.

Sie atmete noch einmal tief ein, dann rannte sie los. War im Zimmer, hob das Handtuch auf, es war noch feucht. Warf es über den besinnungslosen Mann und schlug mit den Händen darauf, bis die Flammen auf seiner Brust erstickt waren.

Das Feuer hatte inzwischen das Sofa ergriffen, die schmorenden Polster produzierten schwarzen, beißenden Qualm.

Der Qualm brannte in Marthas Kehle, Tränenbäche liefen über ihr Gesicht. Sie musste husten, bekam keine Luft, die Flammen kreisten sie ein, umtanzten sie in einem Ringelreihen aus grellem Orange.

Obwohl alle ihre Instinkte ihr sagten, sie solle fliehen

und sich in Sicherheit bringen, breitete sie das Tuch auf dem Boden aus, rollte den Mann darauf und machte es genauso wie vorher bei Max: Sie schleifte ihn über den Boden zum Ausgang.

Sie kam ungefähr einen halben Meter weit, dann blieb der Stoff an etwas hängen, einem vorstehenden Nagel oder einem Splitter der Dielenbretter. Sie mobilisierte alle Reserven, aber das Handtuch bewegte sich keinen Millimeter weiter. Glutheißer Rauch füllte ihre Lungen, sie konnte nicht atmen, ihre Kräfte verließen sie. Sie fühlte, wie das Handtuch zerriss, in ihrer geballten Faust hielt sie nur noch einen Fetzen. Plötzlich wurde sie hochgehoben und schwebte durch die Luft. Sie hörte französisches Stimmengewirr, das Knistern von Funkgeräten, weinende Kinder, eine Frau rief: »*Dad!*« Dann spürte sie Regen auf der Haut, wundervollen, kühlen, erfrischenden Regen. Ein Junge rief: »Das ist der Mann!«, dann stülpte jemand etwas auf ihr Gesicht, und sie versank in einen tiefen, traumlosen Schlaf.

Samstag

39

»Es sieht so aus, als hätte man dir die Präsidentensuite gegeben.« Martha machte es sich in dem Ledersessel neben Max' Bett bequem und ließ den Blick durch das geräumige, mit einem Panoramafenster und einem großen Flachbildschirm ausgestattete Zimmer wandern. »Mein Zimmer ist nicht halb so groß.«

»Wen wundert's? Du hast nur eine Rauchvergiftung und eine kümmerliche Schnittwunde am Fuß. Ich habe eine Rauchvergiftung, einen gebrochenen Knöchel und eine Gehirnerschütterung.«

»Ich darf heute Nachmittag nach Hause.« Martha seufzte. »Nicht, dass ich noch so etwas wie ein Zuhause hätte. Es ist furchtbar. Es fühlt sich an, als ob sich mein ganzes Leben in ein Trümmerfeld verwandelt hätte, buchstäblich.« Sie schlug die Hände vors Gesicht und presste die Fingerspitzen gegen die Augen, um die furchtbaren Bilder der Flammen zu verdrängen, die *Le Couvent des Cerises* verzehrt hatten und alles, was sie an irdischem Gut ihr Eigen nannte.

Max hob den Kopf von dem gestärkten weißen Kissen. »Das ist Unsinn! Sieh's doch mal so: Ich weile noch unter den Lebenden und dieser arme Kerl, der auf der Isolierstation liegt, auch, vorerst wenigstens. Du hast zwei Leben gerettet. Du bist phänomenal!«

Martha ließ die Hände wieder sinken. »Phänomenal?«, wiederholte sie zweifelnd.

»Ja, phänomenal! Da versuche ich, der große Held zu sein, stürme ins Haus und falle dann mit dem Menschen, den ich retten wollte, die Treppe runter. Um ein Haar hätte ich uns beide umgebracht.«

Martha hob den Zeigefinger. »Und Elvis, nicht zu vergessen.«

»Der Ärmste hat uns wahrscheinlich davor bewahrt, dass wir uns den Hals brechen.«

»Zum Dank ist er jetzt ein Häufchen Asche.«

»Ja, und? Ist eine ehrenvolle Einäscherung nicht besser, als für alle Ewigkeit ausgestopft in der Gegend herumzustehen?«

Martha lachte. »Du hast recht, der gute Elvis hatte zu Lebzeiten immer einen leicht gequälten Gesichtsausdruck.«

»So gefällst du mir schon besser.« Max grinste. »Man muss die Dinge positiv sehen. Bestimmt bist du versichert?«

»Schon, aber ich fürchte, nicht ausreichend. Und mit der Ferienhausvermietung ist es Essig. Außer, es gibt bei *Dordogne Dreams* auch einen Nischenmarkt für Leute, die gern in ausgebrannten Ruinen urlauben. Ob Tamara schon erfahren hat, was passiert ist? Ich kann ihr herablassendes Mitleidsgesäusel schon hören.«

»He, he, nicht wieder in Depressionen verfallen.«

»Ich kann nichts dafür. Mir fällt es schwer, das Leben so optimistisch zu betrachten wie du.«

Max atmete tief ein. »Martha, ich muss dir noch erzählen, warum ich eigentlich zurückgekommen bin.«

»Ich dachte, wegen eures Deals. Simon hatte dir doch deshalb geschrieben.«

»Unser Deal?«

Bevor Martha antworten konnte, flog die Tür auf und vier Kinder stürmten ins Zimmer. Hinter ihnen drängten Paula, Simon, Ranjit, Lindy mit Tilly, Carla und Josh und Elodie und Zac herein. Dem ganzen Pulk folgte eine hünenhafte Krankenschwester in einem weißen Kittel und weißer Hose, die böse dreinschaute und laut auf Französisch schimpfte.

»Ich glaube, sie möchte euch begreiflich machen, dass so viel Besuch auf einmal hier nicht gern gesehen ist«, sagte Martha.

»Für mich kann es gar nicht zu viel Besuch sein.« Max breitete die Arme aus, und die Zwillinge sprangen aufs Bett, um ihn zu begrüßen. »Vorsicht, der Knöchel! Obacht, der Kopf!«

»Ich habe ihr versichert, dass wir nicht lange bleiben.« Paula stellte eine große Schachtel Cremetörtchen auf den Nachtschrank. »Aber ich fürchte, sie versteht kein Englisch.«

»Paula!« Max betrachtete erstaunt die Gebäckschachtel. »Geht es dir gut?«

»Du darfst ein bisschen sündigen.« Paula streichelte die Hand ihres Vaters. »Nach allem, was du durchgemacht hast.«

Max schüttelte ungläubig den Kopf.

»Vielleicht teilen wir uns das Gebäck bei einer Tasse Tee. Ich bin sicher, ich kann die Krankenschwester erweichen.«

Die Genannte richtete sich zu voller Größe auf und ihre steinerne Miene verwies die Vorstellung, dass man sie zu etwas »erweichen« könnte, ins Reich der Fantasie.

»Wenn ich's mir recht überlege, vergessen wir das mit dem Tee.«

»Leider müssen wir auch gleich wieder weg«, sagte Simon mit einem betrübten Blick auf die Törtchen.

»Wir wollen die Achtzehn-Uhr-Fähre erreichen«, erklärte Ranjit, der Tilly auf dem Arm hatte.

»Wir hatten einen sehr schönen Abend im *Château du*

Pont«, erzählte Lindy und kitzelte Tilly unter dem Kinn. »Tilly hat angefangen zu krabbeln.«

»Und ich habe mich im Fitnessraum gründlich ausgepowert«, sagte Paula. »Ich fühle mich wie neugeboren.«

»Aber es war nicht so gemütlich wie in *Les Cerises*«, beeilte Lindy sich hinzuzufügen.

»Keinesfalls.« Paula nickte. »Schrecklich weiche Betten, Und im Restaurant konnte man das Männerklo riechen.«

»Und der Coq au Vin, den ich gestern Abend hatte, kam bei Weitem nicht an Ihr Bœuf Bourguignon heran, Martha.« Simon rieb sich den Bauch.

»Stimmt. Außerdem ist die Aussicht dort eher bescheiden.« Ranjit hielt Martha sein Handy hin. Sie konnte ein paar Buchsbaumkugeln ausmachen und ein gemauertes Türmchen mit Zinnenkranz.

Lindy schob Reuben nach vorn, der mit großem Ernst eine mit buntem Kräuselband zugebundene Schachtel Macarons vor sich hertrug. Durch den transparenten Deckel konnte man das bunte Gebäck bewundern.

»Ein kleines Dankeschön für die wunderbaren Urlaubstage in Ihrem Haus«, sagte Ranjit. »Wir wissen, es ist nichts, verglichen mit dem, was Sie verloren haben, aber …«

Martha nahm die Schachtel entgegen. »Mir tut es leid wegen eures Gepäcks.« Sie ließ ihren Blick durch die Runde wandern.

Paula lachte ein wenig verlegen. »Unseres war ja zum Glück schon im Auto.«

»Und unsere Koffer haben in der Küche gestanden«, sagte Lindy. »Bis dahin ist das Feuer nicht gekommen, die Sachen riechen nur ein bisschen nach Rauch.«

»Alles, was ich zum Anziehen dabeihatte, ist verbrannt.« Elodie hörte sich überraschend fröhlich an, und Carla klatschte in die Hände.

»Sobald wir zu Hause sind, machen wir uns einen schönen Tag und gehen shoppen. Schluss mit diesen tristen T-Shirts!«

Zac stupste Elodie an. »Ich komme mit, als dein Stylingcoach. Wie wär's mit schulterfreien Tops und einem dieser sexy Mini-Röcke mit Schlitz hinten?«

Elodie rollte mit den Augen.

Josh räusperte sich streng. »Ich werde mein Angebot, dich nach Hause zu fahren, noch einmal überdenken, Freundchen.«

Martha schaute sich im Zimmer um. »Wo stecken eigentlich Flora und Alice?«

»Sie sind bei Sally und Pierre geblieben«, antwortete Josh. »Wir haben ihnen angeboten, bei uns mitzufahren, aber sie wollten nicht.« Er zuckte mit den Schultern. »Offenbar versuchen sie immer noch, so zu tun, als wären sie ein Paar. Sie tun doch nur so, oder, Carla?«

»Aber ja doch, Schatz.« Carla streichelte ihm flüchtig über die Wange, dann ließ sie sich am Fußende von Max' Bett nieder und schaute Martha an. »Und wie geht es mit Ihnen weiter?« Sie beugte sich vor und ergriff Marthas Hand. »Sie haben Ihr Zuhause verloren, Ihre Möbel, all Ihre Erinnerungsstücke.«

»Musst du noch Salz in die Wunde streuen?« Max schüttelte den Kopf.

Carla ließ sich nicht stoppen. »Wenn ich irgendwas tun kann …« Noah zapfte hinter dem Rücken seiner Mutter Händedesinfektion aus dem Spender und bespritzte Reuben damit. »Die Story wäre jetzt sogar noch besser. *Mein französisches Exil ein Raub der Flammen – ein Traum in Trümmern.* Oder so ähnlich.«

Martha entzog Carla ihre Hand. »Ich möchte nicht, dass Sie mich interviewen oder über mich schreiben oder was immer Sie vorhaben.«

»Nun, dann werde ich mir etwas anderes einfallen lassen, um zu helfen.«

»*Deux minutes.*« Der weibliche Zerberus an der Tür hob warnend Zeige- und Mittelfinger.

»Und es macht dir bestimmt nichts aus, wenn wir jetzt nach Hause fahren?« Paula strich die grüne Bettdecke glatt. »Ich hoffe, man sorgt hier gut für dich.« Sie erhob die Stimme. »Man kennt ja den Standard in den hiesigen Krankenhäusern nicht.«

»Kind, ich habe zwar eine Gehirnerschütterung, aber meine Ohren sind nicht betroffen«, sagte Max. »Und ich fühle mich hier sehr gut aufgehoben.« Er lächelte die Krankenschwester an.

Simon winkte die Zwillinge zu sich, sie gehorchten widerwillig. »Also dann, Schwiegerpapa. Ich komme in ein paar Tagen mit einem Van zurück, um dich und das Bike abzuholen.«

»Das ist nicht nötig.« Max winkte ab. »Ich kann alleine zurückfahren. Vielleicht bleibe ich noch und helfe Martha.«

»Sei nicht albern«, sagte Paula. »Du wirst zu Hause gebraucht. Du musst die Illustrationen für die nächsten Billy-Bacon-Geschichten zeichnen.«

Max starrte seine Tochter an. »Billy Bacon?« Er wandte sich an seinen Schwiegersohn. »Hast du es ihr erzählt?«

Ranjit legte Simon die Hand auf die Schulter. »Weiß er noch gar nichts von seinem Glück?«

»Was für ein Glück?« Max schaute fragend von einem zum anderen.

»Hast du meine Nachricht nicht gelesen?« Simon zog das Handy aus der Tasche. »Ich dachte, deshalb wärst du zurückgekommen.«

»Nein, ich bin zurückgekommen, weil …« Max unterbrach sich. »Nun, das tut nichts zur Sache. Jedenfalls war mein Akku leer, und ich habe keine Nachrichten bekommen.«

»Dann hast du noch keine Ahnung?«

»Herrgott noch mal! Ahnung wovon?«

Auf dieses Stichwort hin fingen alle Erwachsenen und sämtliche Kinder an, es ihm zu erklären. Gleichzeitig. Jeder erzählte das, was er für das Wichtigste hielt.

Max ließ die geballten Informationen auf sich einwirken. Als schließlich wieder Stille einkehrte und alle ihn erwartungsvoll anschauten, holte er tief Atem. »Träume ich? Ist die Gehirnerschütterung schlimmer, als ich dachte?« Er betastete mit den Fingerspitzen den breiten weißen Verband um seinen Kopf.

Paula beugte sich zu ihrem Vater hinab und gab ihm einen Kuss auf die Wange. »Wir brauchen dich, Dad. Nicht nur wegen der Bücher. Wir brauchen dich als Teil unserer Familie. Ich brauche dich. Ich habe dich immer gebraucht.«

»Ach, nicht doch«, wehrte Max ab. »Du musst nicht nett zu mir sein, nur weil ich fast gestorben wäre.«

»Ich wünschte, ich wäre immer nett zu dir gewesen. Du warst – du bist – der beste Vater der Welt.« Paula wandte sich an Martha. »Danke, dass Sie ihn gerettet haben.«

Martha spürte, dass sie rot wurde. »Keine Ursache. Das war doch selbstverständlich.«

Max zwinkerte ihr zu.

DONG, KLONG, DONG, KLONG, DONG, KLONG.

Noah hatte den großen gelben Abfalleimer in der Ecke entdeckt und trat mit wachsender Begeisterung auf das Pedal.

Der strafende Blick der Krankenschwester beeindruckte ihn nicht. »*Arrête ça!*« Der strenge Ton wirkte, Noah ließ von dem Eimer ab und suchte nach einem neuen Betätigungsfeld. Die Schwester erriet seine Absicht und verstellte ihm den Weg zu dem automatischen Handtuchspender. Er schaute mit Unschuldsmiene zu ihr auf, dann drehte er sich zu seiner Mutter um.

»Gehen wir jetzt den Mann besuchen?«

»Woher kennst du *den Mann*, Noah?«, fragte Martha.

»Er hat uns Schokolade geschenkt.«

»He!«, rief Reuben. »Wir haben versprochen, ihn nicht zu verpetzen.«

»Das ist nicht gepetzt«, sagte die eine Zwillingsschwester.

»Er braucht die Sachen nicht mehr«, sagte die andere.

»Was für Sachen?«, fragten alle Erwachsenen wie aus einem Mund.

Aber die zwei Minuten waren um, und die Kranken-schwester machte den Besuchern deutlich, dass sie das Zimmer nun verlassen mussten. Mit energischen Handbewe-gungen wedelte und schob sie alle unvermittelt zur Tür hi-naus.

Draußen auf dem Flur machte Paula noch einmal kehrt, lief zum Bett zurück und drückte Max einen Abschiedskuss auf die Wange. »Ich hab dich lieb, Dad.«

»*Allez! Toute suite!*«

Folgsam eilte Paula aus dem Zimmer. Vom Flur aus winkte sie noch einmal, bevor Simon sie wegzog. Die Tür ging zu, und die Gäste verschwanden genauso schnell und überstürzt wieder aus Marthas Leben, wie sie vor sechs Tagen darin auf-getaucht waren.

»Wer hätte das je für möglich gehalten!«

»Paula?«

»Nein, oder ja, Paula auch, aber dass ein Buch heraus-kommt, an dem ich mitgearbeitet habe, auf dem mein Name steht! Ist das nicht total verrückt?«

»Soll ich uns einen Kaffee holen, damit wir darauf an-stoßen können?« Martha stand auf und zog die von den Kin-dern zerknautschte Bettdecke glatt.

»Nein.« Max suchte Marthas Blick und hielt ihn fest. »Was ich möchte, sind ein paar Minuten von deiner Zeit, um dir zu sagen, warum ich gestern Abend zurückgekommen bin.«

Seine Hand wanderte über die Bettdecke, und Martha spürte, wie seine Finger die ihren berührten.

Die Tür wurde geöffnet, die Schwester trat ein.

»Madame Morgan?«

Martha nickte.

»*À l'infirmerie un jeune homme vous a demandé – il veut vous parler. Est-ce que vous avez compris?*«

Martha nickte. »*Oui, je comprends.*« Ihr Französisch reichte aus, um das Gesagte zu verstehen: »Im Stationszimmer ist ein junger Mann, der mit Ihnen reden möchte.« Sie folgte der Schwester aus dem Zimmer.

40

Ben lag halb auf einem der Besucherstühle in dem langen Flur und hatte die Beine von sich gestreckt. Sein Kopf lehnte an der Wand, wo ein Poster die richtige Methode des Händewaschens demonstrierte. Sein Blick war starr an die Decke gerichtet. Martha bemerkte den Bartschatten an Kinn und Wangen und die dunklen Ringe unter den Augen. Er sah so erschöpft aus, wie sie sich fühlte.

Ben wandte den Kopf und sah ihr zu, wie sie langsam näher kam. Wegen der verbundenen Zehe humpelte sie noch stärker als sonst. Er stand auf, um ihr zu helfen. Martha winkte ab und setzte sich auf den Stuhl neben dem seinen. Auf der gegenüberliegenden Flurseite gab eine durchgehende Fensterfront den Blick frei auf einen wolkenlosen blauen Himmel, von dem Gewitter der vergangenen Nacht keine Spur mehr.

»Du bist bestimmt wegen deines Bruders hier«, sagte sie.

Ben nickte und ließ sich wieder auf seinen Stuhl sinken. »Ja, aber auch, weil ich mit dir reden wollte. Ich möchte dir einiges erklären.«

»Wie geht es ihm denn?«

»Es ist ernst, sagen die Ärzte.«

Martha senkte den Blick auf die Schachtel Macarons, die sie noch in der Hand hielt. Die bunte Schleife passte irgendwie nicht in diese nüchterne Umgebung.

»Ich möchte dir erklären, was passiert ist«, sagte Ben. »Aber ich weiß nicht, wo ich anfangen soll.«

»Wer ist der Ältere?«, fragte Martha.

»Jamie.« Ein zaghaftes Lächeln. »Er ist ein Jahr älter als ich. Irische Zwillinge, hat unsere Mutter immer gesagt.«

Ein Arzt kam den Flur entlang, in seiner Tasche meldete sich der Beeper, und er setzte sich mit wehendem Kittel in Bewegung.

»Wie alt warst du, als eure Mutter gestorben ist?«

Ben schluckte. »Ich war sechs. Es passierte einen Tag nach Jamies Geburtstag. Auf dem Kaminsims standen noch seine Glückwunschkarten. Ich weiß noch, dass die Notärztin sagte, es wäre etwas Besonderes, so viele Karten zu bekommen.«

»Und woran ist sie gestorben? War sie krank?«

Ben studierte schweigend seine Handflächen, als stünde seine Geschichte dort geschrieben. »Sie hat Abendessen gemacht«, begann er schließlich. »Gebackene Bohnen. Der Fernseher in der Küche lief. Prinzessin Diana war gestorben, und sie zeigten die vielen Blumen, die die Menschen vor dem Buckingham Palace abgelegt hatten. Mum stand am Herd, rührte ewig lange im Topf mit den Bohnen, und dann machte es *Plumps,* und sie lag auf dem Boden.«

»Was habt ihr getan?«

»Wir haben darauf gewartet, dass unser Dad nach Hause kommt. Wir dachten, dass Mum schläft. Wir haben versucht, mit einem Geschirrtuch die Bohnen aufzuwischen. Sie hatte Soßenspritzer im Gesicht.«

Martha wurde bewusst, dass sie das Schleifenband der Gebäckschachtel so fest um ihren Finger gewickelt hatte, dass sie sich an dem scharfen Rand geschnitten hatte.

»Danach habe ich darauf gewartet, dass die Leute auch uns Blumen bringen, wie bei Prinzessin Di«, fuhr Ben fort. »Aber natürlich ist keiner gekommen. Mein Bruder und ich haben dann alle Rosen im Garten abgeschnitten und vor dem Haus in einer Reihe hingelegt. Als unser Vater sah, was wir getan hatten, setzte es Ohrfeigen. Da hat er uns zum ersten Mal geschlagen, aber nicht zum letzten Mal. Ich glaube, zu der Zeit hat er auch angefangen zu trinken.«

Ben verstummte, als zwei Krankenschwestern im Laufschritt vorbeihasteten, sie schoben einen Rollwagen mit einem medizinischen Gerät vor sich her. Als sie hinter der sich automatisch öffnenden Flügeltür verschwunden waren, seufzte er tief und sprach dann weiter.

»Auf Dauer konnte es nicht gut gehen. Eines Tages kamen Leute vom Jugendamt und nahmen uns mit. Um unserem Dad ein bisschen Erholung zu gönnen, sagten sie, eine Art Urlaub. Sie brachten uns in ein großes Haus am Rand von Glasgow. Wir dachten zuerst, es wäre ein Hotel, aber es hatte mit einem Hotel rein gar nichts zu tun. Wochenends kam Dad uns besuchen, aber an einem Wochenende kam er nicht und dann – tja, wir haben ihn nie wieder gesehen.«

Martha betrachtete ihren Finger und den roten Blutstropfen, der aus dem Schnitt quoll.

»Ich gebe immer anderen die Schuld.« Ben ließ den Kopf hängen. »Aber wenn ich ehrlich bin, liegt die Schuld allein bei mir.«

»Schuld? Woran bist du denn schuld?«

»Jamie hat sich immer vor mich gestellt. Er hat mich immer beschützt, seinen *kleinen Bruder*.« Bens Stimme war zu einem Flüstern geworden. »Er ist an meiner Stelle mit ihnen mitgegangen. Es hat ihn kaputtgemacht.«

»Mitgegangen? Wohin?«

Ben überlief ein Schauder, er antwortete nicht.

Martha setzte zum Sprechen an, aber sie fand keine Worte.

»Mit sechzehn hatte Jamie die Nase voll«, fuhr Ben fort. »Er demolierte mit einer Spitzhacke das Auto des Heimleiters und kam für sechs Monate ins Jugendgefängnis.«

Ein weiterer Arzt eilte im Dauerlauf an ihnen vorbei und verschwand ebenfalls durch die Tür am Ende des Flurs.

»Als Jamie rauskam, hatte er sich verändert, er war hart und voller Wut. Er wollte, dass ich mit ihm komme und wir zusammen in eine eigene Wohnung ziehen, aber ich lebte zu der Zeit bei einer Pflegefamilie. Die Pflegemutter war schon etwas älter, ein wenig knurrig, aber gütig und humorvoll.« Ben nickte Martha zu, und ein kleines Lächeln huschte über sein Gesicht. »Ein bisschen wie du.«

»Oh.« Martha lächelte zurück.

»Ich hatte sie gern. Sie achtete darauf, dass ich zur Schule ging, half mir bei den Hausaufgaben und brachte mir Kochen bei. Ich hatte Spaß daran, deshalb besorgte sie mir einen Samstagsjob in der Küche eines recht guten Hotels. Als ich mein Abschlusszeugnis in der Tasche hatte, meldete ich mich in der Kochschule an. An den Wochenenden war ich oft bei Jamie, wir hingen in seiner Wohnung ab, zogen uns Filme rein, zockten Computerspiele und so weiter. Aber er war da schon auf Droge. Und er hat gedealt. Er kannte ein paar von den Kellnern in dem Restaurant, in dem ich arbeitete, und gab mir kleine Tütchen Gras für sie mit. Ich war sehr jung, ich fand nichts dabei. Fast alle, die ich kannte, kifften. Als Jamie mich bat, ihnen ein größeres Päckchen zu bringen, habe ich keine Fragen gestellt. Ich wurde geschnappt, und natürlich war es Heroin. Die Polizei wollte wissen, wo ich es herhatte. Ich hielt dicht, und diesmal war ich es, der in den Knast wanderte. Nach allem, was Jamie für mich getan hatte, war es das Mindeste, was ich tun konnte.«

»Ach, Ben!« Martha schüttelte den Kopf. »Wie furchtbar.«

Ben sah zu Boden. »Eigentlich hatte ich noch Glück. Man hat mich in die Küche gesteckt, also war ich beschäftigt, da vergeht die Zeit schneller. Und niemand will sich's mit der Küche verderben, deshalb hat man dort seine Ruhe. Nach der Entlassung hat mir der Bewährungshelfer einen Job besorgt. Nur Burger braten in einem Imbiss, aber es war ein Job.«

»Und Jamie?«

»Er war ganz unten. Er hing an der Nadel. Ich versuchte ihm zu helfen, und eine Zeitlang hat es auch funktioniert. Er war clean und fand sogar einen Job auf einer Baustelle. Dann kam er mit einer Freundin an. Wie sich herausstellte, war sie ein Junkie, und natürlich dauerte es nicht lange, bis auch er wieder drauf war. Er verlor den Job und stand dauernd wegen Geld bei mir auf der Matte. Damals hatte ich eine feste Anstellung als Koch in Edinburgh, und was ich absolut nicht brauchen konnte, war ein Bruder, der mir alles versaut. Ich habe mich bemüht, ihn auf Distanz zu halten, aber er ließ nicht locker. Er hat mir ständig vorgehalten, was er alles für mich getan hätte, und dass ich schuld daran bin, dass es ihm dreckig geht. Ich konnte nicht anders, ich fühlte mich verpflichtet, ihm zu helfen. Ich habe immer gedacht, man darf seine Familie nicht im Stich lassen. Unser Vater hatte das getan, und ich wollte nicht sein wie er.

Ich kann nicht zählen, wie viele Freunde ich verloren habe, weil Jamie anfing, lange Finger zu machen, oder wie oft ich gefeuert wurde, weil ich zu spät kam oder mitten in der Schicht wegmusste. Ich habe eine Menge Leute hängen lassen, nur um Jamie mal wieder aus der Scheiße zu retten. Einmal habe ich ihm das Geld gegeben, das meine Freundin und ich für einen Urlaub gespart hatten.« Er stieß ein kurzes, hartes Lachen aus. »Versteht sich von selbst, dass sie bald meine Exfreundin war.«

»Und wieso bist du jetzt hier in Frankreich?«

»Mein Mitbewohner hat mich aus der WG geworfen. Er war sauer, weil Jamie seinen Fernseher geklaut hat, um ihn zu verticken und sich Stoff zu kaufen. Und an dem Punkt hat's mir gereicht. Ich habe gedacht: *Fahr doch zur Hölle!*, und bin abgehauen. Ich bin einfach auf mein Motorrad gestiegen und losgefahren: kein Plan, kein Ziel, immer nur Richtung Süden. Das war vor sechs Wochen. Es hat sich großartig angefühlt, als wäre eine riesige Last von meinen Schultern genommen.«

»Aber er hat dich gefunden?«

»Scheiß Handys! *Les Cerises* war perfekt, kein Netz, kein Internet. Aber er hatte mein Handy schon vorher geortet und mich bis zum Dorf verfolgt. Dort musste er dann nicht mehr lange nach mir suchen. Er hatte ein Auto gestohlen, um mir nach Frankreich hinterherzufahren – verrückt. Er hat nicht mal einen Führerschein.«

»Der kupferfarbene Kombi?«

Ben nickte.

»Und er hat bei Jean-Paul Drogen gekauft?«

Ben nickte wieder. »Ein Junkie ist wie ein Drogenhund, er findet seinen Stoff. Natürlich war er pleite, und Jean-Paul hat von mir verlangt, dass ich Jamies Schulden bezahle.«

»Ihr habt euch geprügelt?«

Ben befühlte seine Unterlippe. Der Riss war geheilt, aber nach wie vor sichtbar. »Ich habe schon auf dem Schulhof immer Dresche gekriegt. Als Schläger bin ich eine Niete.«

»Und deshalb hast du mir den Schmuck gestohlen und das Geld? Du wolltest die Schulden deines Bruders bezahlen?«

Ben machte ein entsetztes Gesicht. »Ich habe dich nicht bestohlen, nie! Das war Jamie. Jean-Paul hatte ihm weisgemacht, dass du reich bist, ein Ex-Popstar, berühmt. Jamie kam her, um die Lage zu checken. Er hat den Kindern Schokolade versprochen, wenn sie ihm etwas bringen, das er verscherbeln kann. Sie haben ihn ins Haus gelassen. Den Rest kennst du. Ich habe den Schmuck im Handschuhfach seines Autos entdeckt. Ich war fuchsteufelswild. Aber er war sogar noch stolz darauf, wie er die Kinder manipuliert hat. Unglaublich, nach unserer eigenen beschissenen Kindheit. Da ist mir klar geworden, dass ich von hier verschwinden muss.«

»Aber du bist noch im Dorf geblieben?«

»Weil ich Jamie nicht finden konnte. Ich wollte ihn mitnehmen, bevor er noch mehr Schaden anrichten kann. Ich habe gestern den ganzen Tag nach ihm gesucht, aber nur den Kombi gefunden. Er hing im Straßengraben, aber von Jamie keine Spur.«

»Martha!«

Martha schaute auf. Vom Aufzug her näherten sich drei Personen, umflort vom Sonnenlicht, das in breiter Bahn durch die großen Fenster strömte, sahen sie fast aus wie überirdische Wesen. Martha erkannte Sallys barocke Kurven, Floras Turmfrisur und an den auf und ab wippenden langen Locken und dem kurzen, schwingenden Sommerkleid auch Alice.

Auch Ben hob den Kopf. Auf seinem Gesicht breitete sich ein Strahlen aus.

Weder er noch Martha bemerkten den Arzt, der aus der Tür am anderen Ende des Flurs kam. Ihre ganze Aufmerksamkeit galt den drei Frauen. Deshalb hörten sie nicht das leise Quietschen der Gummisohlen des Arztes auf dem Linoleum und auch nicht den schweren Seufzer, mit dem er sich für die schwere Pflicht wappnete, wieder einmal angstvoll wartenden Angehörigen eine traurige Nachricht überbringen zu müssen.

Martha winkte den Frauen. Ben stand auf. Alice lief ihm entgegen, aber der Arzt war als Erster bei Ben und Martha. Vor Ben blieb er stehen.

»Es tut mir sehr leid.« Er strich mit dem Handrücken über seine müde gefurchte Stirn. »Zuletzt konnten wir nichts mehr für Ihren Bruder tun.«

41

Auf *Les Cerises* herrschte vollkommene Stille. Kein Plantschen, kein Geschrei und Gelächter, kein Klirren von Besteck, kein Gläserklingen oder Korkenknallen. Sogar die Zikaden waren in der Mittagshitze verstummt.

Martha saß am Rand des leeren Pools, die Feuerwehr hatte das Wasser zum Löschen benutzt. Sie sehnte sich nach einer Zigarette, aber ihre Lungen schmerzten noch beim Atmen, und ihr Hals war rau.

Sie legte den Kopf in den Nacken und schaute zum Himmel. Ein Flugzeug zog einen schnurgeraden weißen Kondensstreifen durch das grenzenlos erscheinende Blau. Vielleicht war es die Maschine, die Flora nach Hause brachte.

Sally hatte versprochen vorbeizukommen, nachdem sie Flora am Flughafen Bergerac abgesetzt hatte. Vermutlich wollte sie Martha wieder überreden, vorläufig bei ihr und Pierre zu wohnen. *Immer die traurigen Reste deines Zuhauses anschauen zu müssen wird dir das Herz brechen.*

Die traurigen Reste ihres Zuhauses … Martha hatte sie angeschaut, und ihr Herz war nicht gebrochen.

Das ausgebrannte Gemäuer erinnerte an das Gerippe eines urzeitlichen Riesentiers, das hier verendet war. Schwarz verkohlte Dachbalken zeichneten sich wie ein morscher, skelettierter Brustkorb vor dem blauen Hintergrund des Himmels ab.

»*Il sera ressuscité*«, hatte der Zugführer zu trösten versucht. »*Comme le phénix de ses cendres.*«

Wie der Phönix aus der Asche ... Er meinte es gut, aber Martha hatte keine Kraft mehr, sich mit dem Haus zu beschäftigen. Es war der Mittelpunkt ihres Lebens gewesen, ihre Zuflucht, ihr sicherer Hafen. In diesem Zustand aber empfand sie es als eine Bürde, die sie nicht mehr tragen konnte.

Sie wandte den Blick ab und musterte stattdessen den zerknitterten Brief, den sie in den Händen hielt. Sie strich das Papier glatt, las die Worte erneut und fügte in Gedanken den Teil ein, der Pippas Nagezähnen zum Opfer gefallen war. Sie wusste immer noch nicht, ob sie es wirklich glauben sollte. Vielleicht war es ja doch nur ein grausamer Scherz.

Die Sonne war bereits untergegangen, als sie gestern Abend in *Les Cerises* aus Sallys Auto gestiegen war. Die ganze Fahrt über hatten sie den Brandgeruch wahrgenommen, er hing im Tal und schien nicht abzuziehen.

»Ich komme mit rein«, hatte Sally gesagt, als sie auf dem Parkplatz angehalten hatte. »Ich möchte sicher sein, dass du es dir nicht doch noch anders überlegst. Willst du wirklich hierbleiben?«

Martha war fest geblieben, und schließlich hatte Sally sich gefügt. Den Ausschlag gab Marthas Argument, dass Flora, Ben und Alice bei Pierre in der Bar mit dem Abendessen auf sie warteten.

Martha winkte, bis der kleine Wagen durch das Tor verschwunden war. Es war eine seltsame Heimkehr, dachte sie, ohne Tasche, in geschenkten Kleidern.

Was sie angehabt hatte, hatte man im Krankenhaus weg-geworfen. Flora und Alice hatten Unterwäsche besorgt, und Sally hatte ihr zwei Fundstücke aus ihrem Kleiderschrank ins Krankenhaus gebracht.

»Tut mir leid«, meinte sie verlegen, als sie den geblümten Volantrock und die Bluse mit Elastikbündchen aus der Tüte zog. »Das waren die einzigen Sachen, von denen ich glaube, dass sie dir passen könnten. Mir sind sie schon seit Jahren zu klein.«

Ein Windstoß bauschte die weiten Blusenärmel, als Martha den Weg zur Kapelle einschlug. Joshs Porsche stand noch da, randvoll mit steinhart getrocknetem Lehm und Geröll. Irgendjemand würde den Abschleppwagen rufen müssen.

Max hatte sein Motorrad daneben geparkt. Martha strich im Vorbeigehen über den glatten Ledersitz der Harley. *Hallo, Finoula.*

Hinter ihr stöhnten und ächzten die Reste des Hauses wie eine leidende Kreatur. Martha musste an die traurige Szene im Krankenhaus denken, an Bens erschüttertes *Nein!*, als der Arzt ihm sagte, dass sein Bruder gestorben war. Alice hatte ihn umarmt, gehalten, Trostworte gemurmelt, während er weinte und weinte und weinte.

Martha öffnete die Tür ihres nunmehr einzigen Domizils und knipste den Lichtschalter an. Nichts geschah.

»*Cachu!*«, fluchte Martha auf Walisisch.

Im Halbdunkel sah sie Pippa mitten in der Küche auf dem Fußboden sitzen und an etwas Weißem knabbern. Martha hockte sich hin, um sie zu streicheln. »Alles gut mit dir, *cariad bach?*«

Das Weiße entpuppte sich als zusammengeknüllter Papier-ball, Martha hob ihn auf, strich ihn glatt und erkannte den Brief von der Bank, den sie am Tag zuvor versehentlich Max

415

an den Kopf geworfen hatte. Eine Ecke des Umschlags hatte Pippa angenagt, Martha konnte ein Stück des darin befindlichen Schreibens sehen. Sie schluckte trocken und verzog das Gesicht. Ihr Hals schmerzte, sie stand auf und ging zum Spülbecken, um etwas zu trinken. Sie lehnte sich an die Spüle und betrachtete den Brief.

Was konnte die Bank ihr noch schreiben, das jetzt noch eine Rolle spielte?

Wenn sie das Haus wiederhaben wollten – bitte sehr. Langsam schlitzte sie den Umschlag auf und zog das Schreiben heraus. Es war zu dunkel zum Lesen. In einer Schublade der Anrichte fand sie ein Teelicht und ein Feuerzeug. Im Schein des Kerzenflämmchens erkannte sie statt des erwarteten grünen Logos und Namenszugs der Bank im Briefkopf gerundete orangefarbene Lettern. Ihre Brille war nicht in Reichweite, sie musste den Brief auf Armeslänge von sich weghalten, um wenigstens das Großgeschriebene entziffern zu können: *Proctor & Jones, Rechtsanwälte*.

Ihr lief ein eiskalter Schauer über den Rücken. *Anwälte?* War es jetzt so weit? Sie ging ins Schlafzimmer, suchte ihre Brille, setzte sich aufs Bett und las:

Sehr geehrte Ms Morgan,
wir möchten Sie hiermit davon in Kenntnis setzen, dass wir
gehalten sind, Ihnen aus dem Nachlass des verstorbenen
Mr Lucas Oates fünfzig Prozent der ihm als Autor der
zwischen den Jahren 1982 und 1985 veröffentlichten
Songs der Band East of Eden *zugeflossenen Tantiemen*
auszuzahlen.

In seinem Testament erklärt Mr Oates, er habe in der
Vergangenheit fälschlicherweise die alleinige Autorenschaft
der in dem genannten Zeitraum entstandenen musikalischen
Werke für sich und Ms Catherine Smith reklamiert. Er

bringt sein Bedauern darüber zum Ausdruck und möchte den Sachverhalt nunmehr offiziell dahingehend korrigiert wissen, dass Sie als dritte Partei gleichberechtigt an der Entstehung der in Rede stehenden Werke beteiligt gewesen sind und sowohl Anspruch auf die Nennung als Co-Autorin gehabt hätten als auch auf den daraus resultierenden Anteil am Gewinn. Er hat unsere Kanzlei beauftragt, die entsprechenden juristischen Schritte zu unternehmen.

Als Entschädigung für bis dato entgangene Tantiemen hat Mr Oates Ihnen die Summe von 500 000 britischen Pfund (in Worten: fünfhunderttausend) vermacht.

Bitte setzen Sie sich zwecks Klärung der Modalitäten mit unserem Büro in Verbindung.

Mit freundlichen Grüßen
Nathan Jones

Martha nahm die Brille ab. Ihr zitterten die Knie, und sie blieb wie betäubt sitzen. Als irgendwann das Teelicht erlosch, kroch sie unter die Decke. Sie wachte erst am nächsten Tag gegen Mittag wieder auf, den Brief hielt sie immer noch in der Hand.

Jetzt am Pool las sie das anwaltliche Schreiben bestimmt zum hundertsten Mal.

»Danke, Lucas«, flüsterte sie in den strahlend blauen Himmel.

Auf der Straße näherte sich ein Auto. Sie spürte ein Kribbeln freudiger Erregung bei der Aussicht, Sally von dem Brief zu erzählen. Gleichzeitig fragte sie sich, ob es nicht besser wäre, das Ganze selbst erst einmal zu verdauen, bevor sie ihre Freundin damit überfiel.

Reifen knirschten über den Schotter, der eigentlich zum Auffüllen der Schlaglöcher gedacht gewesen war, von dem Sturzbach Mittwochnacht aber mitgerissen und großzügig auf dem Gelände verteilt worden war. Der Wagen hielt, der Motor wurde ausgeschaltet. Eine Autotüre wurde zugeschlagen, dann noch eine.

Martha hatte eigentlich mit Sally gerechnet, stattdessen hörte sie nun die halblauten Stimmen zweier Männer, die sich in kurzen, knappen Sätzen unterhielten. Vielleicht waren das die Brandermittler, die der Wehrführer angekündigt hatte, oder die Polizei.

Martha richtete sich auf, faltete den Brief zusammen und steckte ihn in die Seitentasche des viel zu großen Rocks. Sie wünschte, sie hätte sich vorhin noch etwas Vernünftiges angezogen.

»Das sieht übel aus, richtig übel«, hörte sie eine Stimme sagen. »Schlimmer, als ich nach ihrer Schilderung erwartet habe.«

Martha nahm Pippa, die bei ihr gesessen hatte, auf den Arm.

»Mein Gott, die arme Frau!« Der zweite Mann hatte einen walisischen Akzent. »Sie muss am Boden zerstört sein.«

»Dann sollten wir mal nach ihr sehen.«

»Ich weiß, du bist nervös, aber ich finde, du solltest erst einmal allein mit ihr sprechen.«

Es folgte ein langes Schweigen, dann sagte der andere: »Okay, drück mir die Daumen.«

Martha hörte langsame Schritte den Weg zum Haus hinaufkommen. Sie reckte den Hals, um über den Staketenzaun schauen zu können, der das Poolgelände vom Weg trennte. Sie erblickte einen jungen Mann mit blonden Locken. Er war mittelgroß und trug ein lose fallendes Baumwollhemd über dreiviertellangen Khakishorts. Er ging mit langen, federnden

418

Schritten, blieb dann aber zögernd stehen und schaute zurück.

»Nun mach schon«, rief sein walisischer Begleiter. »Ich bleibe hier und bewundere die Aussicht.«

»Okay, ich geh ja schon.«

»Alles wird gut, Owe«, rief der Waliser ihm hinterher.

Martha schnappte nach Luft. Es war nur ein ganz leises Keuchen, aber das Geräusch ließ den Mann aufhorchen. Er drehte den Kopf, und ihre Blicke trafen sich.

Ein Herzschlag, eine Ewigkeit, Zeit ohne Bedeutung. Ein Moment dehnte sich zu Jahren, Jahre waren ein Moment.

Der junge Mann strich sich das Haar aus der Stirn. Seine Augen waren von einem tiefen, warmen Dunkelbraun, in dem man versinken konnte.

Martha setzte zum Sprechen an, einmal, zweimal. »*Owen?*«

»Martha?«, fragte der Mann und dann, fast tonlos: »Mum?«

Zwei Tage später

Sie saßen vor dem *Chez Pierre*. Max hob sein Glas. »Ich finde, ein Toast ist angebracht.« Zustimmendes Gemurmel am Tisch. »Auf den Zauber des Anfangs.«

Alle erhoben ihr Glas. Als Alice mit Ben anstieß und ihn anlächelte, verschwand etwas von der Traurigkeit in seinem Blick.

Martha betrachtete über den Tisch hinweg ihren Sohn und dessen dunkelhaarigen Freund. Owen und Rhys hatten eben von ihren Heiratsplänen berichtet.

»Wir hoffen, dass die Zeremonie in Wales stattfinden kann, auf Gower, wo meine Eltern leben«, sagte Rhys.

Owen lächelte. »Immerhin bin ich ja auch zur Hälfte Waliser.«

Rhys wandte sich an Martha. »Ich versuche, ihm die Sprache beizubringen. Wir wollen das Ehegelöbnis auf Walisisch sprechen.«

»Leider bin ich kein guter Schüler.« Owen lachte. »Das einzige Wort, an das ich mich erinnere, ist *cariad*.«

Rhys zwinkerte Martha zu. »Nun ja, *cariad* ist das wichtigste Wort überhaupt, oder nicht?«

Martha nickte. »Es heißt Liebe«, erklärte sie den anderen und trank einen Schluck Wein. Owen hatte es nicht vergessen, auch wenn er sagte, er könne sich eigentlich an nichts erinnern. Er trug die Eindrücke seiner Kindheit unbewusst in sich, ebenso all die Liebe und Fürsorge, die ihm seine Mutter und Großmutter geschenkt hatten. Sie beobachtete, wie liebevoll er mit seinem Partner umging. Wo hatte er das gelernt? Nicht bei Andrew, so viel stand fest. Martha fühlte Zorn in sich aufflammen, wenn sie daran dachte, wie Andrew seinen Sohn behandelt hatte. Eines Tages würde sie ihren Exmann damit konfrontieren und ihm deutlich sagen, was sie von ihm hielt.

Aber so weit war es noch nicht, und sie verdrängte den Gedanken wieder. Denn heute sollte nichts sie von Wolke sieben herunterholen, auf der sie seit zwei Tagen schwebte.

Martha hatte nicht glauben können, dass Owen wirklich und wahrhaftig vor ihr stand und sie nur der Zaun von ihm trennte. Sie fühlte das weiche Fell von Pippa, die sich an ihren Hals schmiegte, und den Wind, der die weiten Ärmel ihrer Bluse bauschte. Trotzdem fragte sie sich, ob sie nicht vielleicht schlief und dies alles nur ein Traum war.

»Wieso bist du hier?«, hatte sie endlich herausgebracht.

»Ich habe von dem Brand gehört und wollte herkommen.« Einen Augenblick schwieg er befangen. »Für den Fall, dass du mich brauchst.«

»Dass ich dich brauche?« Marthas Stimme klang erstickt. »Nach all den Jahren, in denen du mich gebraucht hättest und ich nicht für dich da war?«

Owen legte die Hand auf den Zaun, er hatte die schmalen, eleganten Finger der Frazers. »Du bist für mich da gewesen. Mehr als du ahnst.«

»Wie meinst du das?«

»Als ich zwölf war, habe ich deine Briefe gefunden und

auch all die Geburtstagskarten und Geschenke. Sie lagen ungeöffnet unten in dem Schrank, in dem Vater seine Jagdflinten aufbewahrt. Ich habe jede Zeile gelesen, die du geschrieben hast, ich weiß nicht wie oft.« Er blinzelte die Tränen in seinen Augen weg. »Ich wollte dich kennenlernen, aber als ich jünger war, wusste ich nicht, wie ich es anstellen sollte, und später ...« Seine Stimme brach.

Martha streckte die Hand nach ihrem Sohn aus, aber eine seltsame Scheu hinderte sie daran, ihn zu berühren.

»Auch ich habe mir so gewünscht, dich bei mir zu haben. Ich habe versucht, ein Zuhause für dich zu schaffen.« Sie biss sich auf die Unterlippe.

»Ich kann mir vorstellen, was für Steine mein Vater dir in den Weg gelegt hat. Er ist kein einfacher Mensch.«

Martha studierte sein Gesicht. Sie erkannte die Frazers in den gut geschnittenen Zügen, aber statt kaltem, blauem Stahl sah sie in seinen dunklen Augen nichts als warmherzige Freundlichkeit.

Er legte seine Hand auf Marthas Schulter, und der Boden unter ihren Füßen begann zu schwanken. Sie versuchte zu sprechen, aber Owens Gesicht verschwamm vor ihren Augen, und auch der Garten hinter ihm löste sich in einem wabernden, irisierenden Nebel auf.

Pippa sprang von ihrem Arm herunter. Aus großer Ferne hörte sie Owen rufen: »Rhys, komm her, hilf mir!«

Ganz allmählich wurde Martha bewusst, dass sie auf einem weichen Kissen lag; es war das Polster der Sonnenliege. Über sich sah sie das Gesicht eines fremden jungen Mannes, der sie teilnahmsvoll musterte.

»Ich glaube, es ist nichts Schlimmes, sie kommt schon wieder zu sich«, sagte er zu Owen, der neben ihm stand. »Es muss ein Schock für sie gewesen sein, als du nach so langer Zeit plötzlich vor ihr standest.«

»Vielleicht braucht sie etwas zu trinken. Wasser?«

»Wir haben noch eine Flasche im Auto.«

Martha sah Owen durch die kleine Pforte gehen und versuchte panisch, sich aufzurichten. *Bleib hier*, wollte sie rufen und verwünschte den Körper, der ihr nicht gehorchen wollte. Sie fragte sich voller Angst, was Owen von ihr denken mochte. Hoffentlich glaubte er nicht, dass sie betrunken war oder unter Medikamenten stand.

»Keine Sorge, er ist gleich wieder da«, beruhigte sie der fremde junge Mann, als hätte er ihre Gedanken gelesen.

Martha ließ sich von ihm sanft zurück auf das Polster drücken. »Bleiben Sie noch einen Moment ruhig liegen, dann sind Sie bestimmt gleich wieder auf den Beinen. Ich bin übrigens Rhys.«

»Ich habe mir fünfundzwanzig Jahre lang diesen Moment des Wiedersehens ausgemalt. Ohnmächtig werden war nicht vorgesehen.«

Rhys lächelte. Er trug eine Hornbrille und sein schwarzes Haar war nach hinten gekämmt. Martha fand ihn außerordentlich attraktiv. »Owen hat lange davon geträumt, seine Mutter kennenzulernen. Seit ich ihn kenne, redet er von Ihnen. Die Postkarte war meine Idee, doch als keine Antwort kam, dachte er, dass Sie ihn nicht sehen wollen.«

»Wie kommt er denn darauf?«

Rhys zuckte die Schultern. »Sie haben nichts von sich hören lassen.«

»Ich hatte Angst.«

»Die hatte er auch. Er wollte noch warten, bis er sich wieder meldet. Er wollte, dass Sie Grund haben, stolz auf ihn zu sein, und Ihnen erst gegenübertreten, wenn seine Karriere richtig ins Laufen gekommen ist.«

»Die Karriere im Familienunternehmen?«

Rhys lachte. »Wie man's nimmt. Ich habe mich bemüht, ihn zu überzeugen, dass Sie sich freuen werden, wenn Sie hören, was er macht. Aber natürlich hatte sein Vater viele Jahre Zeit, um sein Selbstvertrauen zu untergraben.« Rhys schüttelte sich. »Seinetwegen wünsche ich mir, dass es so etwas wie eine Hölle gibt.«

Bei der Vorstellung, welche Verletzungen Andrew Owens kleiner Kinderseele zugefügt haben mochte, zog sich Marthas Herz zusammen.

»Aber als die Frau ihm von dem Brand erzählt hat, konnte ihn nichts davon abhalten, sofort herzukommen und zu sehen, ob er Ihnen helfen kann.«

»Welche Frau?«

»Karen? Carol? Ich kann mir Namen so schlecht merken.« Er drehte sich zu Owen um, der mit einer Flasche Mineralwasser in der Hand vom Parkplatz heraufkam. »Wie hieß noch die Frau, die dich per Messenger kontaktiert hat?«

Owen gab Martha die Wasserflasche und hockte sich neben der Liege ins Gras. »Sie schrieb, dass sie im Urlaub hier gewesen sei.« Er richtete den Blick auf die ausgebrannte Ruine. »Carla?«

»Carla?« Martha versuchte erneut, sich aufzusetzen.

Owen nickte. »Ja, so hieß sie.«

»Wie hat sie dich gefunden?«

»Über Google?«

»Ich habe wer weiß wie oft nach Owen Frazer gegoogelt und nie mehr gefunden als ein undeutliches Passfoto und einen mageren Lebenslauf.«

»Sie hat nach Owen Morgan gesucht«, erklärte Rhys.

»Morgan?« Martha fuhr sich durch die Haare, sie war verwirrt.

»Ich habe meinen Namen geändert, als Vater drohte, mich

zu enterben, nachdem ich ihm gesagt hatte, dass ich schwul bin.«

»Bigotter alter Dinosaurier.« Rhys schnaubte verächtlich durch die Nase.

Owen sah Martha an. »Ich habe deinen Namen angenommen.« Er lächelte. »Ich hoffe, du hast nichts dagegen.«

»Ob ich etwas dagegen habe?« Martha schüttelte den Kopf. »Ich freue mich. Ich freue mich sehr.«

»Owen ist Musiker.« Aus Rhys' Stimme sprachen Liebe und Stolz. »Er spielt in einer Band. *Velvet Couch.* Du hast sie bestimmt schon gehört. Ihr neuester Song läuft bei Radio 6 Music rauf und runter.«

»Sie haben das Stück genau zweimal gespielt«, stellte Owen richtig.

»Owen ist der Leadsänger«, fuhr Rhys enthusiastisch fort. »Und er spielt Gitarre.«

»Du singst?« Martha betrachtete ihren Sohn mit ganz neuen Augen.

Er nickte.

»Er schreibt auch die Songs«, erzählte Rhys weiter. »Sie sind großartig. Warte, bis du sie hörst, Martha. Du wirst begeistert sein.«

Owen wurde rot. »Rhys übertreibt.«

»Nein. Aber ich spreche als sein größter Fan.« Rhys legte Owen den Arm um die Schultern und grinste Martha an. »Sie können mir glauben, wenn ich Ihnen sage, dass Ihr Sohn supertalentiert ist.«

Owen gab Rhys lachend einen Schubs. »Blödsinn! Du bist voreingenommen!«

»Ich sage die Wahrheit, nichts als die Wahrheit.«

»Liebe macht blind.« Owen wandte sich kopfschüttelnd Martha zu. »Ich wünschte, ich wäre so gut wie du.«

Martha trank einen Schluck aus der Wasserflasche. »Ich

fürchte, ich tauge schon seit Langem nicht mehr als Vorbild.«

»Das stimmt doch gar nicht. Sie sind fantastisch«, sagte Rhys. »Owe, diese Carla hat dir doch den Link zu dem YouTube-Video geschickt, oder?«

Owen nickte. »Wir haben gesehen, wie du am Klavier sitzt und *Child in My Eyes* singst.«

»Zum Heulen schön«, sagte Rhys.

Owen strich sich mit beiden Händen das Haar aus dem Gesicht. »Vielleicht klingt es dumm, wenn ich das jetzt sage«, er schaute Martha unverwandt in die Augen, »aber als ich den Song gehört habe, hatte ich das Gefühl, du singst ihn für mich.«

»Wie fühlt es sich an, ihn wiederzuhaben?«, wollte Max wissen.

Marthas Gesicht leuchtete. »Ich muss mich ständig kneifen.«

Max goss den letzten Rest Wein in Marthas Glas. Auf dem Podium in einer Ecke des Platzes spielte ein kleines Orchester französische Volksweisen, die letzte Nacht von *Les Floralies* war fast vorbei. Der Mond hing groß und rund über den kreuz und quer gespannten Blumengirlanden und tauchte den fast menschenleeren Platz in ein helles Licht.

Die anderen waren bereits zu Bett gegangen, Sally und Pierre waren in der Bar mit Aufräumen beschäftigt.

»Ich kann nicht verstehen, dass wir 'aben wieder so viele Gäste für Übernachten«, beschwerte sich Pierre, der herausgekommen war, um den Tisch abzuwischen. »Wie kann sein, wenn ich sage, ich nie wieder mache B&B, *jamais au grand jamais!*«

»Aber wir sind nicht die Sorte Touristen, die du früher gehabt hast«, tröstete ihn Martha. »Sieh mal, Alice hat Gäste bedient, wenn sie nicht Ben bei den Vorbereitungen für die Beerdigung geholfen hat. Und Owen und Rhys sind begeistert von dem Zimmer, das du ihnen gegeben hast, mit dem Blick auf den Marktplatz. Sogar Pippa scheint sehr zufrieden mit dem großen Gehege, das dir der Sohn des Metzgers geliehen hat.«

»Und ich bin auch sehr hilfsbereit.« Max hob sein Glas hoch, damit Pierre darunter durchwischen konnte.

»Zum Glück liegen unsere Fremdenzimmer im ersten Stock, Max.« Sally nahm die leere Weinflasche vom Tisch. »Du musst mit deinem Knöchel nur eine Treppe hoch.« Sie zeigte auf die Krücken, die an Max' Stuhl lehnten. »Und Martha schläft gleich nebenan.« Mit einem verschwörerischen Augenzwinkern verschwand sie in der Bar.

»Das ist mir eine!« Max lachte.

Martha fühlte, wie sie rot wurde. Seit Sally Max am frühen Nachmittag aus dem Krankenhaus abgeholt hatte, machte sie ständig solche Andeutungen.

»Hast du dir schon Gedanken darüber gemacht, wie es weitergehen soll?«, fragte Max nach kurzem Schweigen. »Mit deinem Leben, meine ich. Wie stellst du dir deine Zukunft vor?«

Martha drehte den Stiel ihres Glases zwischen den Fingern. »Ich weiß noch nicht. Dank Lucas bin ich frei in meinen Entscheidungen, aber das macht es auch schwierig …«

»Hast du vor, das Haus wieder instand setzen zu lassen?«

Marthas Blick wanderte über den blumengeschmückten Marktplatz. Neben dem Brunnen tanzte eng umschlungen ein älteres Paar. Im Schein der Lampen am Boden des Wasserbeckens funkelten die Tropfen, die aus der Muschelschale in den Händen eines feisten Cherubs rieselten, wie Diamanten.

»Eigentlich sähe ich das Anwesen gern in den Händen anderer Besitzer, die *Le Couvent des Cerises* aus seinem

Dornröschenschlaf wecken. Um ehrlich zu sein, habe ich daran gedacht, Frankreich zu verlassen.« Sie legte den Kopf zurück und ließ die letzten Tropfen aus ihrem Glas in den Mund rinnen. »Vielleicht gehe ich nach England zurück. Ich könnte das Angebot annehmen, das Posh Paul mir gemacht hat.«

»Posh Paul?«

»Paul Thomas. Wir haben ihn so genannt, weil er auf so einer noblen Privatschule war, bevor er in Kontakt mit uns gewöhnlichen Menschen kam. Paul, der feine Pinkel.«

»Er war auch in eurer Band, oder?«

Martha nickte. »Heute organisiert er Sommerfestivals, sozusagen Mini-Glastonburys am Strand. Er hat das Video gesehen und angefragt, ob ich Lust hätte, nächstes Jahr bei einer seiner Veranstaltungen aufzutreten.«

»He!« Max hob den Daumen. »Das ist ja wunderbar. Ein Talent wie das deine sollte nicht vergeudet werden.«

Martha suchte nach alter Gewohnheit in allen Taschen nach ihren Zigaretten, dann fiel ihr ein, dass sie drei Tage ohne ausgekommen war. Weil sie beschlossen hatte, dass das so bleiben sollte, beschäftigte sie ihre Hände mit dem Weinglas.

»Ich bin nicht sicher, ob ich den Mut aufbringe, mich noch einmal auf eine Bühne zu stellen. Vielleicht sollte ich das Jüngeren überlassen.«

»Wie deinem Owen?«

»*Velvet Couch* ist wirklich gut. Owen hat mir ein paar ihrer Songs vorgespielt. Ich bin immer noch überrascht. All die Jahre bin ich davon ausgegangen, dass sein Vater ihn irgendwo in der Großfinanz untergebracht hat, während er in Wirklichkeit durch Kneipen getingelt ist und Songs geschrieben hat. Er hat wirklich Talent.«

»Von wem er das wohl geerbt hat.«

Die Musik verstummte. Das Paar, das so selbstvergessen getanzt hatte, schlenderte Hand in Hand über den Platz. Max und Martha schauten ihnen nach. Sie schwiegen eine Weile.

»Und wo in England möchtest du dich niederlassen?«, fragte Max, nachdem das Paar in einer von Bäumen gesäumten Straße verschwunden war.

»Was mir vorschwebt, ist ein kleines, verwunschenes Cottage irgendwo in Wales.«

»Am Meer?«

»Selbstverständlich.« Martha lächelte versonnen. »Mit Ausblick auf die Cardigan Bay. Und einem Rosenbogen über der Eingangstür.«

»Und einem Gemüsegarten hinter dem Haus?«

»Für Pippa wäre das das Paradies. Sie könnte den ganzen Tag Salat mümmeln, und ich würde lernen, das, was ich anbaue, auch zu kochen.« Sie hing einen Moment schweigend ihren Gedanken nach.

»Vielleicht schaffe ich mir auch einen Hund an. Einen ausgemusterten Rettungshund, der ein neues Zuhause sucht.«

»Ein treuer Gefährte auf langen Spaziergängen am Strand.«

»Ja, ich sehe mich durch den Sand humpeln mit meinem steifen Bein.«

»Und ich nebenher, mit meinem kaputten Knöchel.«

Martha zog die Augenbrauen hoch. »Ich wusste nicht, dass du auch da sein würdest.«

»Nun ja, vielleicht unternehme ich gerade eine Motorradtour durch Wales und komme ganz zufällig in deine Gegend. Oder ich habe das kleine, verwunschene Häuschen nebenan gekauft.«

»Mein Cottage wird sehr einsam liegen. Nebenan ist mindestens eine Meile entfernt.«

Jetzt war es Max, der die Augenbrauen hochzog. »Aber das wirst du doch wohl nicht wieder tun wollen.«

»Was denn?«

»Dich vor der Welt verkriechen, ein Eremitendasein führen …«

»Leben wie eine Nonne? Ist es das, was du mir unbedingt noch sagen wolltest?«

Max schüttelte lächelnd den Kopf. »Nein. Was ich dir sagen will, ist etwas ganz anderes.«

»Ich höre.«

»Ich wollte dir sagen, warum ich zurückgekommen bin.«

»Nicht nur, um mir das Leben zu retten?«

Max' Lächeln wurde breiter. »Genau genommen hast du mir das Leben gerettet. Zum zweiten Mal.«

»Wieso zum zweiten Mal?«

Max legte beide Hände flach vor sich auf die Tischplatte. »Es ist etwas, worüber ich noch mit niemandem gesprochen habe. Dass ich die Geschichte allerdings einmal ausgerechnet dir erzählen würde, hätte ich im Leben nicht gedacht.« Er verstummte, als das Orchester wieder zu spielen begann, die Instrumentalversion eines französischen Chansons, Schwermut aus Klarinette und Oboe.

»Heraus damit, bevor ich die Geduld verliere und mich ins Bett verabschiede.«

»Schon gut.« Max streckte die Arme lang aus, wie bei einer Dehnübung vor dem Sport. »Ich war auf meiner Maschine unterwegs zur Fähre und musste die ganze Zeit über das nachdenken, was du beim Abschied gesagt hattest. Es ging mir nicht aus dem Kopf.«

»Was habe ich denn gesagt?«

Das Orchester hatte zu einem neuen Stück angesetzt, Max trommelte mit beiden Zeigefingern den Rhythmus auf die Tischplatte. »Weißt du noch, als ich losgefahren bin …? Du warst sehr aufgewühlt.«

Martha schaute ihn abwartend an.

»Du hast gesagt, dass du dich fragst, ob dein Leben überhaupt einen Sinn hat.«

Martha zuckte die Schultern. »Das war Unsinn. Was man so daherredet, wenn man sich selbst leidtut.«

»Ich kenne den Zustand.« Max fing Marthas Blick auf und hielt ihn fest. »Mir ging es so, als meine Frau, Finnoula, gestorben war. Ich war fertig, am Ende. Ich stand plötzlich allein da mit einem Kind, das störrisch und bockig war, weil es seine Mutter verloren hatte und die Welt nicht mehr verstand.« Max holte tief Luft. »Manchmal war ich überzeugt, dass ich es nicht schaffe.« Seine Stimme wurde leiser. »Ich dachte, Orla wäre in einem Kinderheim besser aufgehoben als bei einem depressiven Vater, der über den Tod seiner Frau nicht hinwegkommt.« Er strich sich müde über die Stirn. »Aus heutiger Sicht kann ich es kaum glauben, aber so ist es gewesen, das waren meine Gedanken. Eines Morgens, Orla war in der Schule, fühlte ich mich besonders elend. Angefangen hatte es gleich nach dem Aufstehen, mit dem Zöpfeflechten und den Schleifen. Ich habe ihr beim Bürsten wehgetan, und sie hat geschrien, dass ich das alles nicht richtig mache und dass sie mich hasst. Nachdem ich sie an der Schule abgesetzt hatte, fuhr ich statt zur Arbeit wieder nach Hause. Ich weiß, dass ich am Küchentisch gesessen habe und gedacht habe, dass die Welt ohne mich besser dran wäre, dass Orla ohne mich besser dran wäre. Dann lief dein Song, *Moondancing*, im Radio und etwas, der Text, deine Stimme, gab mir neue Kraft. Mir war, als würdest du zu mir sprechen, mir Mut machen. Du hast mich aus meinem Tief herausgeholt.«

Martha schwieg, ihre Miene spiegelte Skepsis.

»Jetzt findest du, dass ich Unsinn rede.« Max lächelte. »Aber weißt du, ich bin damals vom Tisch aufgestanden und zur Arbeit gefahren mit diesem Songtext im Hinterkopf. Und nach Feierabend, auf dem Heimweg, habe ich bei Woolworth die Single gekauft und wieder und wieder gehört. Auch danach habe ich jedes Mal, wenn ich deprimiert war, die Platte aufgelegt, und es ging mir besser. Dein Song hat mir die Kraft gegeben, durchzuhalten. Er hat mir das Leben gerettet.«

Max schwieg. Martha betrachtete seine Hände, die auf der Tischplatte lagen: Handwerkerhände, groß, braun, schwielig und vernarbt von der Arbeit mit Stein und schwerem Werkzeug.

»Ich bin also umgekehrt, um dir diese Geschichte zu erzählen«, sprach Max weiter. »Damit du siehst, dass dein Leben durchaus einen Sinn hat. Weil es dich gab, bin ich noch hier. Deshalb hat Orla einen Vater, und ihre Kinder haben einen Großvater, und wir sind zusammen mit Simon eine glückliche Familie. Das ist doch sehr viel Sinn, findest du nicht?«

Martha sagte nichts, ihre Stimme hätte verraten, dass sie mit den Tränen kämpfte.

Schweigend saßen sie sich gegenüber. In der Bar war das Klirren von Gläsern zu hören, die weggeräumt wurden, dann ein Scheppern. Pierre fluchte auf Französisch, und Sally lachte.

Über ihren Köpfen wurde ein Fenster geöffnet. Martha hörte Rhys fragen: »Hast du diesen Sternenhimmel gesehen?«, und Owen antworten: »Ich kann ihn auch von hier aus bewundern.« Dann wurde das Fenster wieder geschlossen.

Martha schaute hinauf zum Mond, der über dem Platz stand. Schon als Kind hatte sie das stille, melancholische Gesicht am Himmel in den Bann gezogen. Sie dachte an Jamies Beerdigung, die für den nächsten Vormittag angesetzt war. *Welchen Sinn hätte es, ihn überführen zu lassen?*, hatte Ben gesagt. *Unser Zuhause war kein Zuhause, er wird auch hier in Frieden ruhen.*

Er hatte zusammen mit Alice den Eingang der Dorfkirche mit Blumen vom Markt geschmückt: ein Rosenbogen über dem historischen Portal aus der Normannenzeit, Vasen mit Lilien und Gardenien auf dem Altar.

»So hätten wir es uns für unsere Mutter gewünscht«, hatte Ben gesagt, als er es Martha früher am Nachmittag gezeigt hatte.

Auf der kleinen Bühne hatte sich der Violinist erhoben und spielte alleine. Nach und nach gesellten sich die übrigen Instrumente zu der Geige hinzu, und die vertraute Melodie erklang. Martha erwachte aus ihren Gedanken und schaute Max an.

»Ich kann nicht glauben, dass du sie dazu gebracht hast, das zu spielen!«

»Ich war's nicht.« Max hob die rechte Hand zum Schwur. »Wie hätte ich das anstellen sollen, von hier aus?«

»Irische Magie.«

»Dafür reichen meine Superkräfte leider nicht. Ich glaube, das Orchester spielt es allein für dich.«

»Außer uns ist niemand mehr hier.«

Max schob seinen Stuhl zurück und stand auf. »Darf ich bitten, Martha Morgan?«

Martha warf einen Blick auf seine Krücken.

»Ich komme mit einer zurecht, wenn ich mich auf dich stützen darf.«

»Was ist mit meinem Bein? Und meiner verbundenen Zehe?«

»Wir bleiben schon stehen, wenn wir uns beim Tanzen gut aneinander festhalten.«

»Was für eine billige Anmache!« Aber Martha erhob sich ebenfalls.

»Ich habe dich gewarnt, dass ich aus der Übung bin, was das Knüpfen zarter Band angeht.«

Martha ging um den Tisch herum und schob ihren Arm unter den von Max. »Dann komm, tun wir's im Mondschein.«

»Jetzt bist du diejenige mit der billigen Anmache.«

Lachend gingen sie quer über den Platz auf das Orchesterpodium zu. Am Brunnen blieben sie stehen.

»Hier?«, fragte Max.

Martha nickte.

Max nahm Martha in die Arme, und sie wiegten sich im Takt der Musik. Martha schaute über Max' Schulter hinüber zur Bar. Hinter einem Fenster im zweiten Stock brannte Licht, und die Gardine bewegte sich. Ob sie beobachtet wurden? Sally? Martha lächelte und überließ sich Max' Führung. Seine Arme hielten sie fest umfangen, Wange an Wange drehten sie sich langsam im Kreis.

Max summte die Melodie leise mit, sein warmer Atem strich über ihr Ohr, und als die Musik anschwoll und das Orchester zur Reprise ausholte, holte sie tief Luft und sang mit.

Ein Jahr später

Abertrulli

Über dem Meer ging die Sonne unter, der Himmel färbte sich rosa. Die große Hitzewelle war vorbei, aber die Luft war noch warm, und ein lauer Wind blähte die Transparente und Banner rings um die Bühne. Martha lugte durch den Spalt im Vorhang.

Der Strand wimmelte von Menschen, die mit Handtüchern oder Liegestühlen ihr Revier markiert hatten und nun Picknickkörbe auspackten. Immer wieder hörte man Weinkorken ploppen oder das Klappern von Bierflaschen, die aus der Kühlbox gezogen wurden.

Kinder liefen in die Brandung hinein, um kreischend zu flüchten, wenn die Schaumzungen nach ihren Füßen leckten, andere pusteten um die Wette bunt schillernde Seifenblasen in die Luft. Babys saßen in mit Fähnchen und Blumen geschmückten Buggys neben ihren Eltern, an Buden und Ständen konnte man sich das Gesicht bemalen und Zöpfe flechten lassen, es gab tausend Sorten Eiscreme und Fastfood aus aller Herren Länder.

Auf dem Gelände des Hotels auf der Landzunge gab es keinen freien Platz mehr, und in den bunten Häusern entlang der Strandpromenade drängten sich die Bewohner und ihre Gäste an den Fenstern der oberen Etagen oder auf den schmiedeeisernen Balkonen im viktorianischen Stil. Die Dachterrasse des *Sailor's Arms* war voll besetzt, und auf dem Parkplatz standen die Menschen auf den Dächern von Autos und Wohnmobilen und warteten geduldig darauf, dass es losging.

»Mir ist schlecht«, sagte Martha, während sie den Blick über die Zuschauerscharen wandern ließ.

Max, der hinter ihr stand, legte ihr die Hände auf die Schultern. »Du bist in drei Monaten bei vier Konzerten aufgetreten, du hast live in einer Fernsehshow gesungen und unzähligen Radiosendern Interviews gegeben, *Child in My Eyes* war in den Charts: Wie kannst du da noch Lampenfieber haben?«

Martha ließ den Vorhang los, drehte sich um und schaute ihn an. »Der Grund ist, dass ich hier aufgewachsen bin. Ich kenne die Leute, und die Leute kennen mich. Ich habe da hinten den Sohn vom Pfarrer entdeckt, der mich immer am Pferdeschwanz gezogen und gesagt hat, dass meine Mutter eine Hure sei, weil sie ein uneheliches Kind hat. Das hatte er von seinem Vater.«

»Und wie sieht er heute aus?«

Martha schaute wieder durch den Vorhangspalt. »Er hat einen langen violetten Mantel an und darunter etwas, das aussieht wie Satinshorts.«

»Oha! Was sein Vater wohl dazu sagen würde.«

»Ich bin trotzdem nervös.«

»Mach dich nicht verrückt, Martha«, meldete sich Flora aus dem Hintergrund. Sie saß an einem improvisierten Schminktisch und dekorierte ihre Frisur mit glitzernden Accessoires. »Jeder deiner Auftritte war wunderbar.«

»Nicht zuletzt deinetwegen.« Martha lächelte ihr zu. »Du bist eine großartige Unterstützung auf der Bühne.«

»Backgroundsängerin zu sein ist schon etwas ganz anderes, als Mrs Clementine zu spielen. Es bringt einem viel mehr Spaß.« Sie zwinkerte einer jungen Frau mit kurzen Haaren zu, die mit einem Clipboard im Arm am Bühnenrand stand.

»Zehn Minuten für alle«, verkündete sie und erwiderte das Augenzwinkern mit einem vielsagenden Lächeln.

»Das Konzert wird grandios!« Posh Paul erschien, er grinste breit und rieb sich vergnügt die Hände. Die beginnende Glatze und der Wohlstandsbauch machten es Martha nach wie vor schwer, in ihm den rappeldürren Leadgitarristen mit dem Kindergesicht und dem blondierten Bürstenhaarschnitt wiederzuerkennen. »Dieser einmalige Gig in Abertrulli war eine meiner genialeren Eingebungen. Dass Idris und Sledge zugesagt haben, heute Abend mitzuspielen, ist das Sahnehäubchen, und wie hätte ich Nein sagen können, wenn alle mich bestürmen, meine alte Klampfe zu entstauben. Mann o Mann, ganz wie in alten Zeiten!«

»Wenn man davon absieht, dass Idris und Sledge mit einem halben Kindergarten angereist sind.« Martha lachte.

»Ich weiß, ich weiß! Momentan liegen sie Kopf an Kopf, was den Verschleiß von Ehefrauen angeht. Es sind jeweils vier, wenn ich richtig gezählt habe. Sie sind noch im Hotel, lesen Gutenachtgeschichten vor und wechseln Windeln. Ich kann nur hoffen, dass sie rechtzeitig aufkreuzen.« Posh Paul schaute auf die Uhr und wandte sich an Max. »Umso besser, dass ihr schon da seid. Für euch war der Weg hierher ja nicht so weit.«

Max nickte. »Vom Cottage bis hier ist es nur eine knappe halbe Stunde.«

»Martha, kannst du welche von der Wimbledon-Clique sehen?«, rief Flora von hinten.

Martha suchte in der Menge nach bekannten Gesichtern. »Nein. Da draußen sind einfach zu viele Menschen.«

Dann erspähte sie auf einmal Noah, der auf Joshs Schultern saß und ein walisisches Fähnchen schwenkte. Neben Josh stand Ranjit mit einem kleinen Mädchen auf den Schultern, das nur Tilly sein konnte. Sie war in diesem einen Jahr ordentlich gewachsen, hatte einen niedlichen Pixie Cut und trug zur Feier des Tages eine Blume im Haar. Lindy saß mit Reuben auf einer Picknickdecke und hielt Plastikbecher in den Händen, die von Carla mit Sekt gefüllt wurden. Simon und Paula hatten es sich neben ihnen auf einer eigenen Decke bequem gemacht. Simon sah aus, als hätte er etwas Gewicht verloren, und Paula wirkte fülliger. Beide leckten ein Eis. Martha sah, wie sie die tropfenden Waffelhörnchen den Zwillingen zum Probieren hinhielten. Alle vier waren erst vor wenigen Wochen bei Max und Martha zu Besuch gewesen. Durch das gemeinsame Buchprojekt hatte sich eine enge Freundschaft entwickelt.

Kaum dass der Termin für den Gig in Abertrulli feststand, war die Nachricht gekommen, dass alle drei Familien, statt wie üblich einen Kurztrip ins Ausland zu unternehmen, ein Ferienhaus in der Nähe gemietet hatten, um bei dem Auftritt live dabei zu sein.

»Ich fürchte, es gibt keinen Pool«, hatte Paula berichtet, »aber dafür ist es nicht weit entfernt von eurem Cottage und hat eine herrliche Aussicht auf die Bucht. Es gibt viel Platz zum Spielen für die Kinder und sogar ein Gartenhäuschen, in das Simon sich zurückziehen kann, um an dem nächsten Buch weiterzuarbeiten. Max kann jeden Tag mit seinen Zeichnungen zum Brainstorming vorbeikommen.«

Martha suchte weiter und entdeckte etwas weiter entfernt Elodie und Zac, die auf dem Rand der Bootsrampe saßen und Pommes frites aus einer fettigen Spitztüte aßen. Elodie trug ein weißes T-Shirt mit einem aufgedruckten goldenen Herz, und an ihrem Hinterkopf wippte ein kecker Pferdeschwanz. Ihre Figur hatte sich ansprechend gerundet, und sie war nicht mehr so blass. Sie schaute auf das Display ihres Smartphones, woraufhin ihr Zac einen Schubs gab und sie fast von dem Mäuerchen heruntergerutscht wäre. Sie riss ein Büschel Seetang aus und schlug damit nach Zac, der lachend die Hände über den Kopf hielt. Obwohl Martha ihn nicht hören konnte, wusste sie, was er sagte: »Nicht die Locken rocken.«

»Mein Neffe spielt wieder mal den Clown.« Flora hatte sich neben Martha gestellt und schaute ebenfalls zu den beiden Teenagern hinüber. Martha wandte sich ihr zu und musterte ihr Outfit.

»Du siehst umwerfend aus in diesem Kleid. Türkis ist deine Farbe.«

»Deine rote Lederjacke ist auch ein Hingucker. Passt perfekt zu den pinken Strähnchen.«

»Überhaupt keine Ähnlichkeit mehr mit einer Nonne.« Max legte die Arme um Martha und gab ihr einen vorsichtigen Kuss auf die bereits geschminkten Lippen.

Martha musste lachen, und Max küsste sie noch einmal.

»He, he, Schluss mit dem Geturtel«, fuhr Posh Paul dazwischen. »Ihr habt Besuch.«

Martha drehte sich um und sah Sally mit ausgestreckten Armen auf sich zukommen, und in der nächsten Sekunde fand sie sich in einer kräftigen Umarmung wieder.

»Wir haben uns eine Ewigkeit nicht gesehen.« Sally gab sie frei und trat einen Schritt zurück. »Aber ich habe dich gehört, im Radio.« Sie unterzog Martha einer kritischen Musterung. »Du siehst gut aus. Farbe steht dir viel besser als das ewige Schwarz.«

»Ja, eben habe ich zu Flora gesagt, sie sieht überhaupt nicht mehr aus wie …«

Martha brachte Max mit einem strengen Blick zum Schweigen.

»*Bonjour, ma cherie.*« Pierre deutete zwei Küsschen zur Begrüßung an. Eine große rosa Kunststofftasche hing über seiner Schulter, und in den Armen hielt er ein kleines rosafarbenes Bündel.

»Ist das, was ich glaube, das es ist?«, fragte Martha mit einem Lächeln.

Pierre nickte, zog behutsam die flauschige Decke etwas auseinander, und zum Vorschein kam ein winziges Gesichtchen mit fest zusammengekniffenen Augen. Der kleine Mensch sah aus, als wäre Schlafen Schwerstarbeit.

»Wenn ich vorstellen darf – Celeste.« Pierre strahlte der Vaterstolz aus allen Knopflöchern. »Celeste Martha.« Er legte Martha das Bündel sanft in die Arme.

»Wir haben sie nach dir genannt«, sagte Sally.

Martha schaute das Baby an. Die rosigen Lippen waren zu einem perfekten O gerundet. *Ein Wunder ist geschehen*, hatte Sally Martha getextet, als zweifelsfrei festgestanden hatte, dass sie im vierten Monat schwanger war.

»Sie ist bezaubernd«, flüsterte Martha. »Ein echtes kleines Wunder.«

»Sie ist nicht immer so friedlich.« Sally zog ihre Bluse zurecht. »Du solltest sie hören, wenn sie Hunger hat! Und sie hat immer Hunger, sie saugt mich aus. Ich fürchte um den Erhalt meiner wertvollsten körperlichen Aktivposten.«

»Wird die laute Musik sie nicht erschrecken?« Flora streichelte mit dem Zeigefinger über die zarte Wange des Babys.

»Ach was, nein!« Sally lachte. »Sie ist jeden Abend mit uns unten in der Bar und Krach gewöhnt. Der Coup de France hat doch gerade angefangen. Wenn siebzig grölende französische Fußballfans sie nicht aufwecken, dann wird auch ein bisschen laute Musik sie nicht stören. Oh! Fast hätte ich's vergessen. Pierre, schau doch in der Tasche mal nach dem Geschenk, das wir mitgebracht haben.«

Pierre ging in die Hocke, wühlte in der rosa Umhängetasche und packte nacheinander Feuchtreinigungstücher, Windeln, Strampler und eine Stoffgiraffe aus.

»Ah! *C'est ici!*« Er zog ein Marmeladenglas mit einem rot gepunkteten Deckel und einem handbeschrifteten Etikett heraus und hielt es Martha hin. »Von Alice und Ben.«

Martha las vor: »Champagner-Kirsch-Marmelade.«

»Verkauft sich auf dem Markt wie, ah, *comme des petits pains*, wie die warme Semmel.«

»Das sieht gut aus.« Martha drehte das Glas hin und her. Auf dem Etikett war oben eine Kirschenblüte aufgedruckt und am unteren Rand ein Schmetterling.

»Der Marktstand ist ein Riesenerfolg«, schwärmte Sally. »Außer Kirschmarmelade verkaufen Alice und Ben Kirschchutney, Kirschsauce, verschiedene Muffins mit Kirschfüllung, Punschkirschen und sogar Gin aus Kirschen. Die neuen Eigentümer von *Le Couvent des Cerises* sind mehr als froh, dass ihre Mieter die Kirschen ernten und verwerten.«

»Und Alice und Ben fühlen sich wohl in der Kapelle?«, erkundigte sich Martha. »Trotz der Lärmbelästigung durch die Bauarbeiten am Haus?«

»Sie fühlen sich sehr wohl«, erwiderte Sally. »Das Haus ist so gut wie fertig. Es sieht prachtvoll aus. Wenn man es nicht wüsste, würde man nicht glauben, dass es einen Brand gegeben hat.«

»Und keine Risse mehr in die Mauer«, fügte Pierre hinzu. »Kein gestürzt Dach.«

»Eingestürzt«, berichtigte ihn Sally, bevor sie sich wieder an Martha wandte. »Hast du gehört, dass aus *Les Cerises* eine Kochschule werden soll? Eine Woche mit Übernachtung, regionale Spezialitäten und was weiß ich noch alles.«

»Oh.« Martha legte die kleine Celeste zurück in die Arme ihrer Mutter. »Da werde ich mich anmelden. Auf dem Gebiet gibt es für mich noch viel zu lernen.«

»Du solltest dein Licht nicht so unter den Scheffel stellen.« Max tätschelte ihr die Schulter. »Deine Kochkünste haben sich wirklich verbessert. Zum Beispiel hast du eine enorme kulinarische Fantasie entwickelt, um der Zucchinischwemme in unserem Garten Herr zu werden.«

»Fast hätte ich das Beste vergessen.« Sally lächelte verschmitzt. »Alice und Ben sind gebeten worden, einige Kurse zu geben.«

»Und sie dürfen in der Kapelle wohnen bleiben?«

»Genau, für sie könnten die Dinge gar nicht besser laufen. Sie wären heute Abend liebend gern dabei gewesen, aber man hat ihnen einen Stand auf dem großen Markt in Périgueux angeboten, und diese Chance konnten sie sich natürlich nicht entgehen lassen.«

Sally wiegte ihr Töchterchen auf den Armen. Die kleine Celeste öffnete die großen blauen Augen und schaute aus ihrem warmen Nestchen in die Welt.

Martha betrachtete das Baby und dachte an Ben und Alice. Überall neues Leben und neue Wege. *Der Zauber des Anfangs*.

»Drei Minuten«, rief die junge Frau mit dem Clipboard.

»Wir gehen zu den anderen an den Strand und schauen von da aus zu, wie du die Massen begeisterst.« Sally schloss Martha noch einmal in die Arme, anschließend Max und Flora und Posh Paul und einen verdutzten Roadie, der zufällig vorbeikam.

Am Strand skandierte die Zuschauermenge *Martha, Martha*, und jemand schrie: »Wir lieben dich!«

Das Lampenfieber, das sie über dem Wiedersehen mit alten Freunden fast vergessen hatte, flammte wieder auf. Ihr Herz schlug schneller, und sie spürte wieder diese Angst, auf der Bühne zu stehen und den Text vergessen zu haben. Ihr Magen krampfte sich zusammen. Flora ergriff ihre Hand und drückte sie.

»Du schaffst das!«

In diesem Moment erschienen Idris und Sledge. Sie waren völlig außer Atem und entschuldigten sich für ihre späte Ankunft.

»Ich musste auf den letzten Drücker noch mal los und was gegen Fieber besorgen«, schnaufte Idris. »Die Chefin glaubt, dass Buddy-Blue sich was eingefangen hat.«

»Helsinki hat ihren Lieblingsteddy verbummelt, deshalb mussten wir das ganze Hotelzimmer auseinandernehmen.« Sledge atmete tief durch. »Zum Schluss stellte sich heraus, dass Odessa ihn in der Minibar versteckt hatte.«

»Immer noch Rock 'n Roll, Jungs?« Posh Paul lachte.

»Das musst du gerade sagen, Mr Monogamus.« Sledge zückte seine Drumsticks und imitierte einen Trommelwirbel auf Posh Pauls Kopf.

»Zwei Minuten!«

Auf der Bühne erklang die Intro-Musik, die Soundleute signalisierten, dass alles bereit sei.

Martha lugte noch einmal durch den Vorhang. Owen hatte versprochen, dass er da sein würde.

»Um nichts in der Welt würde ich das verpassen, Mum«, hatte er gesagt, als Martha ihm von dem geplanten Konzert berichtete. Obwohl er selbst gerade mit *Velvet Couch* auf Tour war, war Owen schon zu drei Konzerten gekommen, um seine Mutter auf der Bühne stehen zu sehen. Aber Abertrulli war etwas Besonders. Für sie beide.

»Rhys und ich werden da sein«, hatte er Martha am Telefon versichert.

»Eine Minute.«

Sledge trommelte mit seinen Sticks in die Luft, Idris zog

443

an seinen Fingern, bis die Gelenke knackten – die übliche Vorbereitung auf seine legendären Gitarrenriffs.

»Toi, toi, toi«, flüsterte Max Martha ins Ohr. »Ich gehe runter und drängle mich vor bis in die erste Reihe.«

Martha nickte. Die Angst schnürte ihr die Kehle zu.

»Bereit?«, fragte Posh Paul.

»Nein«, kam die Antwort wie aus einem Munde.

»Dann let's go!«

Als sie hinter dem Vorhang hervorkamen und die Scheinwerfer sie erfassten, wurden sie von einem gewaltigen Jubel der Menge empfangen. Idris und Posh marschierten über die Bühne und hängten sich ihre Gitarren um, Sledge ließ sich auf dem Hocker hinter seinem Schlagzeug nieder. Flora trat an ihr Mikro, während die Jungs die ersten Akkorde spielten. Die Menge geriet in Ekstase.

Martha beschirmte die Augen mit der Hand und spähte in das Meer der Gesichter, sie suchte das wichtigste, das eine, auf das es ihr ankam. Hier und da blinzelten Sterne am dunkler werdenden Himmel, und als wäre es ein Teil der Inszenierung, ging hinter der Landzunge ein orangefarbener Mond auf.

Sie nahm das Mikrofon vom Ständer. Neben ihr schwenkte Flora ihre Hüften zur Melodie und bewegte lautlos die Lippen: *Fang an*.

Martha trat an den Bühnenrand. Sie schaute nach unten, in die ersten Zuschauerreihen. Da war Max, gleich hinter der Absperrung, Sally und Pierre standen nicht weit von ihm entfernt, und auch Elodie und Zac hatten es geschafft, sich bis ganz nach vorne durchzukämpfen. Sie hielten die Handys über den Kopf und filmten.

Martha ließ den Blick weiterwandern, über das Gewoge der etlichen Tausend Zuschauer. Ein Scheinwerfer schwenkte über die Menge hinweg, hob ausschnittmäßig erwartungsvolle Gesichter aus der amorphen Masse und hochgereckte, hin und her schwenkende Arme.

Martha umklammerte das Mikro, ihre Handflächen waren schweißnass. Ihr Blick kehrte zu Max zurück, er nickte ihr ermutigend zu. Hinter sich hörte sie drei separate Trommelschläge – das Zeichen für ihren Einsatz. Sie holte tief Luft, setzte zum Singen an, und in diesem Moment entdeckte sie Rhys, allein unter den Zuschauern. Er grinste und zeigte zur Bühne hinauf. Martha drehte den Kopf und sah neben Posh Paul einen zweiten Bassisten stehen. Blonde Locken verdeckten sein Gesicht, während er auf seiner Gitarre den Trommelschlägen ein wummerndes Echo nachsandte.

Owen blickte auf und lächelte, und Martha wurde bewusst, dass sie ihren Einsatz verpasst hatte. Aber es war nicht schlimm, das Publikum sang schon die erste Zeile, und als Martha bei der zweiten Zeile einsetzte, gesellten sich mehr und mehr Stimmen hinzu, bis am Ende der ersten Strophe der ganze Strand zu singen schien, ein einziger machtvoller Chor.

Martha streckte ihnen die Hand entgegen, den Fremden und den Freunden, ihrer Liebe, ihrem Sohn, und sie sang mit ihnen allen, lauter als je zuvor:

»And I am dancing on the moon.«

Die Welt, wie sie uns gefällt: Ein unvergesslicher Sommer in Schweden

Mia Jakobsson
EINE SOMMERLIEBE
IN SCHWEDEN
Roman
DEU
288 Seiten
ISBN 978-3-404-17935-0

Ein Sommer auf der Insel Smögen? Klingt idyllisch! Doch die Bäckerin Tove und ihre drei Kinder reisen nicht ganz freiwillig dorthin. Sie sind auf das Geld des Knäckebrot-Fabrikanten Patrik angewiesen. Und der wiederum braucht, quasi leihweise, eine Bilderbuch-Familie, um einen amerikanischen Investor zu beeindrucken. Aber kann der ewige Junggeselle Patrik überzeugend den Familienvater spielen? Und wie soll Tove den kleinen Benny dazu bringen, einen fremden Mann Papa zu nennen?
Mit leckeren Rezepten zum Nachbacken

*Berührende sommerliche Liebesgeschichte
auf einer kroatischen Insel*

Sofia Caspari
DIE KLEINE PENSION
AM MEER
Roman
DEU
368 Seiten
ISBN 978-3-404-17933-6

Jule braucht dringend Abstand vom Alltag und beschließt, mit ihrem Sohn Johan auf die Insel Krk zu reisen. Jule ist alleinerziehend; ihr Sohn hat über seinen Vater Ivan kroatische Wurzeln. Als sie im Internet nach einer Unterkunft sucht, entdeckt sie eine zauberhafte Pension – und erkennt überrascht, dass diese Ivans Eltern gehört. Mit klopfendem Herzen bricht sie nach Krk auf, um Ivans Familie zu treffen, die nichts von Johan weiß. Und dann kommt alles ganz anders als erwartet …

Die Community für alle, die Bücher lieben

★ In der Lesejury kannst du
Bücher lesen und rezensieren, die noch nicht erschienen sind

★ Gemeinsam mit anderen buchbegeisterten Menschen in Leserunden diskutieren

★ Autoren persönlich kennenlernen

★ An exklusiven Gewinnspielen und Aktionen teilnehmen

★ Bonuspunkte sammeln und diese gegen tolle Prämien eintauschen

Jetzt kostenlos registrieren: www.lesejury.de

Folge uns auf Instagram & Facebook:
www.instagram.com/lesejury
www.facebook.com/lesejury